W0406970

BASTEI
LÜBBE
TASCHENBUCH

Über die Autorin:

Hedwig Neven DuMont, geborene von Auersperg, ist mit dem Verleger Alfred Neven DuMont verheiratet. Sie engagiert sich für zahlreiche soziale Belange und ist Vorsitzende des Vereins *wir helfen* für Kinder und Jugendliche. Für ihren Einsatz wurde sie 2006 mit dem großen Verdienstkreuz des Verdienstordens der Bundesrepublik Deutschland ausgezeichnet. BACKGAMMON ist Hedwig Neven DuMonts erster Roman.

Hedwig Neven DuMont

BACK-
GAMMON

Kriminalroman

BASTEI
LÜBBE
TASCHENBUCH

BASTEI LÜBBE TASCHENBUCH
Band 16 083

1. Auflage: Oktober 2011

Dieser Titel ist auch als E-Book erschienen

Bastei Lübbe Taschenbuch in der Bastei Lübbe GmbH & Co. KG

Originalausgabe

Dieser Vertrag entstand durch die Vermittlung der
Verlagsagentur Lianne Kolf.

Copyright © 2011 by Bastei Lübbe GmbH & Co. KG, Köln
Titelillustration: © shutterstock/C.
Umschlaggestaltung: Gisela Kullowatz
Satz: Urban SatzKonzept, Düsseldorf
Gesetzt aus der Garamond
Druck und Verarbeitung: GGP Media GmbH, Pößneck
Printed in Germany
ISBN 978-3-404-16083-9

Sie finden uns im Internet unter
www.luebbe.de
Bitte beachten Sie auch: www.lesejury.de

Der Preis dieses Bandes versteht sich einschließlich
der gesetzlichen Mehrwertsteuer.

Sämtliche Figuren dieses Romans sind frei erfunden.
Alle Ähnlichkeiten mit Lebenden
und Verstorbenen sind deshalb rein zufällig und
nicht beabsichtigt.

DIENSTAG, 4. APRIL 2001

Sorgfältig knüpfte er die graugrün gemusterte Krawatte vor dem großen Spiegel an der Innenseite der Badezimmertür und strich sich noch einmal mit dem Kamm durch die kurz geschnittenen grauen Haare, schloss prüfend die dunkelgraue Jacke seines Anzugs und entfernte eine Fluse vom Revers. Er legte großen Wert auf die Korrektheit seines Aussehens. Dann ging er wie jeden Morgen in die Küche, nahm Milch aus dem Kühlschrank, füllte etwas davon in die Schale auf dem Boden und legte eine Scheibe gekochten Schinken daneben. Er mochte Katzen, ihre Eigenwilligkeit, ihre Ablehnung gegenüber jeder engeren Bindung außer der ihrer Umgebung. Vielleicht waren Katzen das Einzige, was er wirklich mochte. Wo war sie? Gestern Nacht hatte sie ihm noch ihre Krallen gezeigt, beleidigt wegen irgendetwas. Die Küchenuhr zeigte 8.26 Uhr, er musste los, war spät dran. Diese unerwünschten morgendlichen Stippvisiten seiner Tante waren schuld an seiner Verspätung. Wie er sie hasste, diese Besuche. Am Spätnachmittag konnte er diese Überrumpelungen nicht verhindern, aber für morgens musste er schnellstens einen triftigen ablehnenden Grund finden.

Er nahm Hut und Mantel vom Garderobenständer neben dem Eingang, prüfte mit einem letzten Blick in den Spiegel, den er auch dort angebracht hatte, sein korrektes Aussehen und machte sich dann eilig auf den Weg.

Sein Büro war nur zehn Minuten entfernt; zu Fuß genauso schnell erreichbar wie mit dem Auto. Der Fußweg, der durch die städtische Grünanlage führte, lag direkt hinter dem Haus, in dem er diese ordentliche und neutral möblierte Zweizimmerwohnung gemietet hatte.

Seine Sekretärin, eine junge, hier in Deutschland geborene Chilenin, erwartete ihn wie jeden Morgen um 8.45 Uhr, und trotz des morgendlichen Besuchs war er pünktlich, auf die Minute.

Punkt 12.30 Uhr verließ er das Büro und ging zum Mittagessen. Er aß nur mittags warm, vorwiegend allein. Sie kannten ihn in dem Restaurant gleich um die Ecke. Sie wussten, dass man ihn mit einer Suppe, einem Schnitzel, gemischtem Salat und etwas roter Grütze zum Nachtisch zufriedenstellen konnte, und das fünfmal die Woche. Morgens machte er sich nur einen schwarzen Kaffee. Abends aß er zwei Scheiben Brot mit einer Scheibe Schinken. Dies besorgte die Haushaltshilfe, die dreimal in der Woche kam, um seine Wohnung gründlich zu reinigen.

☆

Kriminalkommissar Michael Weide saß noch an seinem Schreibtisch, als das Handy klingelte. Es war Claras Handynummer, die im Display aufleuchtete. »Hallo, was gibt's – brauchst du mal wieder einen starken Mann für deine Prügelknaben?«

Seit zwei Jahren arbeitete Clara als Kommissarin in der Abteilung B und war zuständig für Ermittlung und Vorbeugung im Jugendbereich. Michael arbeitete in der Mordkommission, und manchmal bat sie ihn um Hilfe. Er war nicht nur ein Kollege, inzwischen verband sie auch eine enge Freundschaft. Er war ein Genießer und schlemmte so gern wie sie. Wenn bei ihr etwas Besonderes brutzelte, rief sie ihn spontan an, und dann kam er mit seiner Freundin Maja. Oder die zwei schleppten sie in originelle Restaurants, in die sie alleine nicht gehen würde.

»Ja, ich … ich brauche Hilfe!«, kam es schluchzend.

»Clara, bitte, wo bist du?«

»Michael, ich …« Er hörte wieder nur Schluchzen.

»Michael, sie ist tot. Der Notarzt war hier, als ich kam, und er stellte altersbedingtes Herzversagen fest. Wir haben sie …« Eine Pause. »Wir wollten sie schön machen, sie hat zwei … Ich …«

»Clara, ich komme, bloß sag mir endlich, wohin.«

»Zu meiner alten Dame, du weißt doch, meine Nachbarin. Ich, ich … warte auf dich.«

Michael würde kommen.

Unruhig flüchtete Clara von Raum zu Raum. Vielleicht war alles nur Einbildung, ein schlechter Traum, aus dem sie gleich aufwachen würde. In der Bibliothek spürte sie Jayjas Gegenwart so stark, dass es sie zurück in das große Wohnzimmer trieb. Dort setzte sie sich auf das verschlissene, mit grünem Samt bezogene Sofa, um auf Michael zu warten. Sofort überfiel sie bleierne Müdigkeit. Der gestrige Abend war schuld an ihrem Zustand. Ein ätzender Abend, der sie sogar jetzt noch in ihrem Kummer verfolgte. Deswegen hatte sie verschlafen. War nicht wie sonst jeden Morgen vor dem Dienst hier gewesen. Zu viel Alkohol, den sie in ihrem Frust in sich hineingeschüttet hatte. Sie schwor sich, diese Kontakte endgültig einfrieren zu lassen. Lustig gemacht hatten sie sich. Clara, wie kannst du nur, du bist jung und vergräbst dich mit so einer alten Schachtel – und auch noch einem Krüppel. Sozialeinstellung ist okay, aber was du da machst, ist grotesk. Einmal im Monat die Eltern, das muss sein! Aber sie ist ja nicht mal Familie. Wann warst du das letzte Mal beim Friseur? Und was Neues zum Anziehen würde auch nicht schaden.

Und dann hatte sie heute Morgen auch noch ihr Wecker im Stich gelassen. Nicht einmal Zeit für einen Espresso hatte sie, und einen Apfel zum Frühstück gab's auch nicht. Ohne das übliche Morgenküsschen im Nachbarhaus war sie losgerast. Vor der Apostelkirche war Stau, und neben dem Gemüsestand wurde gerade ein Parkplatz frei. Sie schnappte sich einen Apfel und auch eine von den makellos aussehenden Tomaten, hatte daran gerochen, nichts gerochen, und hatte sie wieder zurückgelegt.

»Hier ist keine Selbstbedienung!«, hatte die Frau vom Gemüsestand loskrakeelt. So laut und ausfallend war sie geworden, dass sich mehrere Zuschauer zu diesem Straßentheater eingefunden hatten. Zusammen mit den Minuten im Stau war es höchstens eine viertel Stunde, die sie zu spät zur morgendlichen Dienstbesprechung kam.

Michael kam, und Clara nahm ihn an der Hand und zog ihn durch den Eingangsbereich in die Bibliothek. Aber selbst mit ihm konnte sie es dort nicht aushalten. Alles erinnerte sie zu sehr an Jayja und die vielen gemütlichen Abende mit ihr.

»Warum setzen wir uns nicht, und du erzählst mir das Wichtigste?«, wollte Michael von ihr wissen.

Sie schüttelte abwehrend den Kopf und zog ihn weiter durch das Esszimmer in das nie benutzte Wohnzimmer, und dort landete sie auf dem grünen Sofa, das keine Erinnerungen barg.

»Michael«, Clara schluckte, »ich weiß nicht, wo ich anfangen soll. Alles ist so schrecklich, ich bin ganz durcheinander. Ich ... ich glaube, sie wurde, sie wurde ... ich glaube, Jayja wurde ermordet!«

»Clara, bitte, was hat der Arzt gesagt?«

Geduldig wartete er, aber Clara saß in sich versunken da und schwieg.

»Clara, bitte, du musst mir alles erzählen und eins nach dem anderen. Was ist passiert, nachdem wir uns um elf Uhr achtundvierzig getrennt haben? Du wolltest zu den Jugendlichen, die heute Nacht nach der Schlägerei ins Evangelische Krankenhaus eingeliefert wurden.«

Clara nickte: »Stimmt, aber weil's fast auf dem Weg liegt, habe ich diesen kleinen Umweg gemacht. Ich wollte meinen Morgenfrust loswerden und das verschlafene Morgenküsschen nachholen. Als ich hier ankam, wartete vor dem Haus ein Notarztwagen. Aber ich hab mir nichts dabei gedacht. In der Bibliothek, wo Jayja sich tagsüber immer aufhielt, war niemand. In ihrem Ankleidezimmer stolperte ich beinahe über eine blasse Señorita Kos. Sie ist Jayjas Haushälterin und war nicht ansprechbar, schüttelte nur den Kopf und deutete dann auf das Schlafzimmer. Jayja lag auf ihrem Bett, und der Notarzt packte gerade seine Sachen ein. Auf mein Küsschen reagierte sie nicht. Keine Reaktion auf mein Streicheln über ihre Wange. Sie lag nur da, bewegungslos und still. Rührte sich, auch bei dem zweiten Kuss, den ich ihr auf die Wange drückte, nicht.«

Clara hielt inne, und Michael ließ ihr die Zeit, die sie brauchte.

»Der Arzt, er war so kühl, so sachlich …«, fuhr Clara schließlich fort. »›Sind Sie eine Angehörige?‹, wollte er von mir sehr distanziert wissen. Und ich, ich wusste nicht, was ich da antworten sollte. Michael, Jayja war für mich wie Familie und … ich mache mir schreckliche Vorwürfe, dass ich gestern Abend wegen einer Party nicht mehr bei ihr war – und heute früh auch nicht. Ich war nicht da, um Hilfe zu holen. Sie hat mir allerdings immer wieder gesagt, dass sie auf keinen Fall noch einmal in ein Krankenhaus wollte. ›Der da oben‹ – und dabei hat sie so nach oben geschaut, als ob sie in der Zimmerdecke ein Loch zum Himmel hätte – ›der schenkt mir jetzt hoffentlich und endlich, nach allem, ein friedliches Zuhause‹.«

»Und was hat der Arzt gesagt?«, wollte Michael jetzt wissen.

»Er erklärte mir, sehr reserviert, weil ich doch nicht Familie bin, dass er über den Notdienst gerufen wurde. Dass die Todesursache ganz offensichtlich Herzversagen war und er nichts mehr tun konnte.«

Michael spürte, wie schwer es ihr fiel, über alles zu sprechen, und ließ ihr Zeit.

»Michael, es ist schlimm, aber zu der Frage des Arztes nach ihrer Familie hab ich keine Antwort gefunden. Mir ist niemand eingefallen, den ich benachrichtigen könnte. Wir waren so eng befreundet, und ich weiß nichts, einfach nichts …« Clara schluckte. »Warum hat sie mir da nicht vertraut?«

»Clara, bitte, was geschah, als der Notarzt weg war?«

»Ich ging in die Küche, wollte mit Señorita Kos reden. Sie war gerade im Begriff zu gehen und hatte schon über ihrer blaugestreiften Arbeitsuniform die Winterjacke an. Sie weinte und wollte weg. Ich hab sie ins Schlafzimmer gezogen, reden konnten wir nicht. Sie kann nur Spanisch. Aber dann ist sie doch noch geblieben, um mir beim Schönmachen von Jayja zu helfen. Ach Michael!« Clara seufzte. »Ich wusste gar nicht, wie zerbrechlich Jayja war. Nur Haut und Knochen, als wir ihr gemeinsam das wollene Jackenkleid auszogen. Und dann ging ich in ihr Ankleidezimmer. Es roch nach ihr, roch nach dieser Mischung von Lavendel und Rosen. Ich habe alle Schränke aufgemacht. Wollte etwas Besonderes, nicht die Jackenkleider, die sie immer passend zu jeder Jahreszeit trug. Señorita Kos hatte begonnen, Jayja mit ihrem Lieblingslavendelwasser abzureiben. Wir haben sie zusammen auf die Seite gerollt, um auch ihren Rücken mit dem Lavendelwasser abzureiben. Und dann ...« Clara stockte. »Da waren zwei dunkle Flecken, und das seidene Unterhemd klebte an dieser Stelle am Rücken fest. Ich zog daran, bis es sich löste, und da waren zwei Nadeleinstiche. Ungefähr eine Handbreit unter dem linken Schulterblatt.« Clara zögerte einen Moment und sah Michael an, bevor sie ruhig und voller Überzeugung fortfuhr: »Michael, jemand hat meine geliebte Jayja umgebracht!«

Michael schwieg einen Moment. »Clara, ich muss es selbst sehen.«

Clara stand auf, und Michael folgte ihr ins Schlafzimmer. Sie war überrascht, wie vorsichtig Michael Jayja auf die Seite drehte, um einen Blick auf ihren Rücken zu werfen. Ebenso behutsam drehte er den Körper zurück. Dann sah er Clara fest in die Augen. »Ich werde mich darum kümmern. Aber jetzt möchte ich, dass du nach Hause ...«

Weiter kam er nicht, denn plötzlich konnte Clara ihre Tränen nicht länger zurückhalten. Michael nahm sie in die Arme, und sie ließ ihrer Trauer freien Lauf, bis Staatsanwalt Peter Cross und die Spurensicherung eintrafen.

Michael informierte Peter Cross über alles, was Clara ihm mitgeteilt hatte. Clara fühlte sich dazu im Moment nicht in der Lage und verkrümelte sich zu Jayja ins Schlafzimmer.

Clara und Señorita Kos hatten mit ihrer Schönmach-Aktion bedauerlicherweise schon viele wichtige Indizien ungewollt zerstört. Einer der zwei Männer bis zur Spurensicherung beschäftigte sich intensiv mit den Anziehsachen, die noch auf dem Sessel lagen. Vorschriftsgemäß stellte er alle Teile einzeln in Plastiktüten sicher, auch ein beschriebenes Blatt, das aus dem linken Jackenärmel flatterte. Clara hatte sich still neben die Kommode gesetzt, aber als sie diese Notiz sah, sprang sie auf. Jayja schrieb immer alles auf einen kleinen gelben Block, der griffbereit in einer Tasche am Rollstuhl hing. Die Memos für Clara und für Señorita Kos wurden dann sorgfältig von dem Block abgetrennt und ihnen übergeben. Weitere Notizen blieben auf dem Block, und wenn der Block vollgeschrieben war, wanderte er in die rechte Schreibtischschublade. Diese Notiz, wann hatte Jayja sie geschrieben? War sie dabei überrascht worden? Warum sonst war dieses Blatt in ihrem Jackenärmel versteckt – und stand da nicht »Clara« ganz oben?

»Halt, warten Sie, diesen Zettel muss ich haben!«

Die Antwort war ein sehr abweisendes Kopfschütteln und ein durch den Mundschutz schwer verständliches »Hier haben Sie nichts zu suchen«. Und dann wurde der Memozettel vorschriftsgemäß in einem eigenen Tütchen sichergestellt.

Clara wurde etwas laut: »Dieser Zettel, er ist für mich!«

»Das geht jetzt nicht, und jetzt lassen Sie mich arbeiten«, kam es sehr unwirsch aus der Vermummung. Doktor Georg Sporn, der Pathologe, traf ein. Er war berühmt für seine Gründlichkeit. Jayja lag da so still und hilflos, und er diktierte wie immer alles in das Mikrofon eines kleinen Geräts, das um seinen Hals hing, und ordnete dann den Transport ins gerichtsmedizinische Institut an. Claras innere Kälte mischte sich mit Entsetzen. Wie konnten die anderen so distanziert sein? Es tat weh, wie reserviert Doktor Sporn diese Untersuchungen vornahm.

»Komm, wir werden später deine Hilfe brauchen.« Michael zog Clara vom Stuhl. »Und ich werde Hans klarmachen, dass ich diesen Fall übernehmen möchte. Aber Maja ist jetzt da und nimmt dich mit.«

Was war es, das noch in Claras Kopf herumspukte? Sie versuchte, sich zusammenzureißen. Und dann kam es wie ein Blitz: Wo war Roo, wo war der Kater? Immer wenn sie die

Wohnung betreten hatte, war er ihr zur Begrüßung liebevoll um die Beine gestreift. Wo war er? Und in diesem Moment beschloss Clara, Roo ein neues Zuhause zu geben. »Backgammon werde ich ihm wohl nicht beibringen können«, murmelte sie leise, und ein Lächeln stahl sich auf ihr Gesicht bei der Erinnerung an die vielen gemeinsamen Backgammon-Spiele mit Jayja. Und immer hatte Roo auf dem freien Stuhl gesessen, über den Tischrand geblinzelt und manchmal versucht, mit der Pfote einen der Steine zu erwischen.

»Clara«, Michael schaute sie irritiert an, »ist alles in Ordnung? Wenn du willst, bleibst du heute Nacht bei uns.«

»Michael, die Memoblöcke aus der rechten Schreibtisch-Schublade, den Zettel aus dem Ärmel, ich brauche sie!«

»Nein, komm, lass es gut sein, wir werden uns auch darum kümmern.« Und damit schob er sie sanft und endgültig aus der Wohnung.

Clara hatte sich über das Angebot, bei Michael und Maja zu übernachten, gefreut. Maja kümmerte sich rührend um sie, und Michael kam früher als üblich mit einem besonderen Apfelkuchen nach Hause, den sie dann gemeinsam verspeisten. Michael schenkte noch einmal die Teetassen voll. »Clara, du hast uns oft von Jayja erzählt, aber ich hab immer noch kein genaues Bild von ihr.«

Clara schüttelte den Kopf. »Ach Michael, da gibt's so viel …«

»Gut, fang einfach von vorne an. Wie habt ihr euch kennengelernt?«

»Meine Mutter bestand darauf, dass ich in eine gute Gegend ziehe, als ich hier in Köln anfing, und war mit dem ausgebauten Giebeldach in der Nummer 4 einverstanden.« Clara schwieg einen Moment. »Es war wirklich das Einzige, womit meine Eltern einverstanden waren. Als sie erfuhren, dass ich statt des Jurastudiums die Polizeilaufbahn eingeschlagen hatte, war der Teufel los. Vor acht Jahren tauchte dann hier auf dem Pauliplatz ein rettender Engel auf. Ich fuhr damals Motorrad, und an dem Morgen hatte ich verschlafen; passiert mir leider immer wieder.«

Michael grinste. »Das kann man wohl sagen, aber wenn's dein einziges Laster ist, kann ich damit leben.«

»Ich war viel zu spät dran, und noch im Halbschlaf bin ich mit dem Motorrad einfach losgerast. Aus der Kornelimünsterstraße kam ein Auto. Mein Schutzengel, der gerade die Straße überqueren wollte, begriff die Gefahr und hat das Auto mit seinem Spazierstock aufgehalten. Den Stock mit dem Silbergriff, den brauchte sie schon damals zum Gehen. Das Auto hätte mich mit großer Wahrscheinlichkeit überfahren. Der Autofahrer musste scharf bremsen und schlitterte noch ein gutes Stück über den Bordstein. Fluchend ist er aus seinem Auto gesprungen. ›Sind Sie völlig übergeschnappt? Was machen Sie da? Ich zeig Sie an! Einsperren müsste man diese senilen Alten!‹, brüllte er die alte Dame an. Aber sie blieb gelassen. ›Hätten Sie jetzt lieber ein junges Mädchen auf dem Gewissen?‹, fragte sie ihn ruhig. ›Die hat nicht aufgepasst. Vorfahrtstraße! Es wäre ausschließlich ihre Schuld gewesen!‹ ›Sie glauben wirklich, wenn so ein junger Mensch hier auf der Straße stirbt oder für ein ganzes Leben querschnittsgelähmt ist, spielt das keine Rolle?‹ – Und dann drehte sie sich zu mir um. Ihr Gesicht, ich mochte es vom ersten Augenblick. Ein leuchtendes, schönes Gesicht, umkränzt von silberweißem, leicht gelocktem Haar. Die alte Dame schaute mich streng an. Ohne lange nachzudenken, nahm ich ihre rechte Hand, beugte mich darüber und gab ihr einen Handkuss. Sie erinnerte mich sofort an Mutters ältere Schwester, Tante Marie. Viele Ferien habe ich als Kind bei ihr verbracht. Bayern und die aristokratische Familie, in die sie eingeheiratet hatte, waren eine andere Welt. Ich liebte die gruseligen, lustigen Geschichten, die Tante Marie erzählen konnte. Ich liebte die besonderen Köstlichkeiten aus ihrer Tasche, die sie sehr gezielt verteilte, und bewunderte ihre ausgefallenen Hüte. Eines Nachmittags brachte sie uns statt einer Geschichte den Handkuss bei. ›Ein respektvolles Danke, merkt euch das, ist und bleibt der Handkuss.‹ Und das war dann bei meinem Schutzengel genau das richtige Danke. Sie überließ mir ihre Hand, und ein Lächeln huschte über ihr Gesicht. ›Versprich mir, dass du ab heute, wenn du Motorrad fährst, deine Gedanken auf der Straße und nicht irgendwo anders hast‹, befahl sie mir, bevor sie im Haus nebenan verschwand. Eine Woche später sah ich sie wieder, wie sie mit einer Einkaufstasche und dem Spazierstock in der Hand mit ihrer Haustür kämpfte. Ich trug ihr die Einkäufe in ihre Wohnung hinauf. Das dritte Stockwerk hatte sie nach der schweren Hüftoperation vor zwei Jahren so umbauen lassen, dass sie sich mit einem Rollstuhl ohne Schwierigkeiten darin bewegen konnte.«

Clara schwieg, und Michael ließ ihr Zeit.

»Ach Michael, es tut so weh. Vor vier Jahren …«, wieder schwieg sie einen Moment, »… wir saßen bei einem besonderen Glas Rotwein zusammen, hat sie mich plötzlich in die Arme genommen und mich ihr vom Himmel gefallenes Enkelkind genannt.« Clara wischte rasch eine Träne fort. »Von diesem Moment an war sie für mich Jayja. In ihrer Familie der Kosename für Großmama. Meine Großeltern verunglückten mit meinem vier Jahre älteren Bruder tödlich in einer Massenkarambolage auf der Autobahn, und das an meinem vierten Geburtstag, und die anderen sind nach Amerika ausgewandert. Michael, ich hatte plötzlich eine Großmutter! Aber erst jetzt wird mir klar, wie wenig sie mir von sich erzählt hat.«

»Clara, ist irgendwann einmal Post gekommen?«, wollte Michael wissen.

Clara schüttelte den Kopf. »Nein, aber du hast recht, darüber hab ich bis jetzt nie nachgedacht. Auf dem Briefkasten stehen weder Name noch Wohnungsnummer. Das Beschriftungsfeld des Klingelknopfes unten an der Haustür ist auch leer. Keine Post, keine Besuche. Auf jeden Fall nie, wenn ich da war. Der einzige Besucher, von dem ich weiß, war ihr Hausarzt. Das war letztes Jahr. Ihm hat sie erklärt, dass sie auf die zweiundneunzig zugehe, und das wäre wirklich lange genug. Und mit diesem künstlichen Am-Leben-Bleiben, was heute häufig praktiziert wird, wolle sie auf keinen Fall etwas zu tun haben. Und wenn es dann so weit sei, würde auch ein anderer Arzt bestätigen können, dass es endlich zu Ende sei. Der Doktor war sehr betroffen, als ich ihn zur Tür brachte. Übrigens, es gibt nur ein Telefon in der Wohnung in der Küche. Einmal fragte ich sie, ob das nicht zu weit für den Notfall sei, und da hat sie nur gelacht: ›Was für ein Notfall? Und du rufst ja nicht an, sondern kommst.‹«

Michael wollte eine Frage stellen, aber Clara unterbrach ihn: »Jetzt fällt mir doch noch etwas ein. Irgendwann – und ich weiß nicht einmal genau, wann – erzählte mir Jayja von dem Besuch eines Notars und dass sie jetzt alles gut geregelt hätte.«

Clara schloss einen Moment die Augen. Warum endete dieser Albtraum nicht? »Jayja!«, hätte sie am liebsten geschrien. Aber dann fühlte sie Majas Hand, die sie zärtlich streichelte. Und da musste sie wieder an Roo denken. Jayja lebte mit ihm und mit ihrer klassischen Musik. Die hörte sie Tag und Nacht, und Roo leistete ihr dabei schnurrend Gesellschaft. So konnte sie ihren Rollstuhl und ihre Unbeweglichkeit vergessen. Am liebsten war sie in ihrer Bibliothek. Bücher vom Boden bis zur Decke, die Landschaftsstiche, die noch vor einigen Jahren die Bücherreihen unterbrachen, mussten nacheinander weichen. Clara hatte ihr immer wieder Bücher, die in ihren Tageszeitungen besonders hervorgehoben wurden, besorgt. Einige davon musste Clara dann auch lesen. Ihre Diskussionen darüber waren leidenschaftlich und zeigten immer wieder neue interessante Perspektiven. Einmal, auch bei einer ihrer Buchdiskussionen, ging's um Familie, und da wollte Clara etwas über Jayjas Familie hören. Jayja wurde abweisend – und traurig, sehr traurig.

Jetzt nur nicht an ihre Abende denken. Auch nicht an den Rotwein, immer von außergewöhnlicher Qualität, den sie aus großen, hauchfeinen Gläsern tranken. Clara lernte, ihn im Glas zu lüften, damit er sein Aroma entfaltete, und besondere Weine wie Vegas Sicilia lernte sie zu dekantieren. Dafür gab es eine besondere Glaskaraffe mit Silberrand und einem verwischten Monogramm.

Sie hatten über vieles geredet. Aber wenn Clara jetzt darüber nachdachte, ging es immer nur sehr liebevoll um sie. Jayjas Vergangenheit wurde nie erwähnt, eine Familie, Freunde oder Beziehungen gab es nicht. Einmal wollte Clara von ihr wissen, wo sie so fließend Spanisch gelernt hatte. Mit Señorita Kos unterhielt sie sich nur auf Spanisch. Da wurde Jayja traurig und blass, und Clara hätte sich am liebsten wegen ihrer Taktlosigkeit die Zunge abgebissen.

Clara liebte und bewunderte Jayja. Ihr Wissen, ihre Bildung und ihre Fröhlichkeit. Trotz ihrer Unbeweglichkeit jammerte sie nie. Trotz der immer wiederkehrenden Schmerzen wirkte sie ausgeglichen. Und fast ein wenig kindisch wurde sie, wenn sie zusammen Backgammon spielten.

Clara lernte Backgammon von Hubertus, sein Spitzname war Hoby, und spielte es gut. Jayja spielte es sehr gut. Hoby, was er jetzt wohl machte, wie es ihm ging? Sie waren zwei Jahre lang ein Paar gewesen, und Clara hatte ihn noch immer nicht ganz aus ihren Gedanken verbannt. Jayja schätzte Hoby und hatte versucht zu vermitteln. »Clara, bitte, er bereut seinen einmaligen Ausrutscher von ganzem Herzen und hat mir geschworen, dass es nie wieder vorkommt!« Aber Clara schaltete auf eigensinnig und stur. Ohne ihren Dickschädel wären sie sicherlich noch ein Paar – und sehr wahrscheinlich ein glückliches Paar. Auf jeden Fall hatte sie seither niemanden getroffen, der ihr nur annähernd so gut gefiel wie er. Ihr Dickschädel, der einzige Punkt, wo Jayja ab und zu streng wurde. »Ich wünsche mir für dich irgendwann eine eigene Familie. Aber eine gute und dauerhafte Beziehung mit einem Mann geht nur mit Kompromissen von beiden Seiten. Dein Dickschädel wird mit der Zeit nicht kleiner, und deshalb muss ich aufpassen, dass du nicht zu eigensinnig, zu eigenbrötlerisch wirst.«

Selbst hier auf Michaels und Majas aufgeklapptem Schlafsofa ließen sie die Gedanken an Jayja nicht los. Deshalb zwang sie sich, den heutigen Morgen noch einmal durchzugehen. Sie war zu spät zur morgendlichen Konferenz gekommen. »Welche Ehre, dass du noch vorbeischaust«, hatte ihr Chef sie begrüßt. Hans Müller war in ihren Augen nichts weiter als ein eitler Angeber. Seinen quadratischen Körper hatte er in ein grünkariertes Jackett gequetscht, und er konnte sie auch pünktlich nicht ausstehen. Neben Michael wartete wie immer ein Platz auf sie.

»Gut, dann wiederhole ich es noch einmal für alle«, fuhr Hans fort, nachdem er genussvoll abgewartet hatte, bis Clara sich gesetzt hatte, damit auch der Letzte im Raum mitbekommen konnte, dass sie wieder einmal zu spät kam. »Es gab heute Nacht eine Schlägerei in der Benesisstraße, die sich dann zu einer Straßenschlacht entwickelte. Mal wieder eine Jugendgang. Es ist ein Wahnsinn, dass das kein Ende findet. Länger einsperren müsste man dieses Pack, damit sie es endlich lernen. Zwei liegen im Krankenhaus, zwei konnten die Kollegen heute Nacht herbringen. Wo sich der Rest der Meute versteckt, ist nicht bekannt.«

Er wandte sich an Clara: »Du kümmerst dich mit Jörg darum. Er hat heute Morgen den Aufsichtsdienst. Und ich schlage vor, sofort! Es gibt hier nichts weiter zu besprechen, was dich betrifft.« Hans und sein »Sofort« konnten ihr den Buckel runterrutschen, sie ging in ihr Büro. Die Schokolade im Schreibtisch würde helfen, ihren Ärger zu verdauen. Ihr Büro befand sich im vierten Stock, am Ende eines nie sauberen Flures. Das Privileg, nicht in einem der zwei Großraumbüros im zweiten Stock zu sitzen, verdankte sie Kriminalkommissar Stein. Sie wurde als frischgebackene Kommissarin seine Assistentin. Er war ein strenger Boss, ein vorbildlicher Kriminologe und bekannter Kommissar. Von ihm lernte sie eine Menge. Er bestand damals darauf, sie in seiner Nähe zu haben. Also bezog sie dieses Vorzimmer, und als er vor zwei Jahren pensioniert wurde, dachte niemand daran, das zu ändern.

Ihr Kollege Jörg, Freund von Hans und auch ein geschniegelter Wichtigtuer, lehnte bereits gelangweilt am Treppengeländer, als sie bei ihm auftauchte. »Deine Ruhe möchte ich haben«, knurrte er, bevor er sich zusammen mit Clara auf den Weg zu den Jugendlichen machte.

Auch der diensthabende Beamte bei den Zellen war übel gelaunt. Er fühlte sich bei seinem Frühstück gestört und knallte ihnen die Schlüssel zu den Zellen wortlos auf den Tisch.

Die beiden Jugendlichen, nach denen sie schauen sollten, waren in der Nummer achtzehn am Ende des Ganges untergebracht. Eine blonde Gestalt auf der Pritsche, höchstens zwanzig, richtete sich sofort auf, als sie auftauchten. Der zweite hockte zusammengekauert in der Ecke und wischte sich mit dem rechten Ärmel über ein geschwollenes Auge und die blutverschmierte Nase. Er trug einen alten schwarzen Pullover, an der Schulter zerfetzt. Der linke Arm hing bewegungslos herunter, und er stöhnte leise. Der junge Mann auf dem Bett räkelte sich, strich sich mit der Hand durch die blonden Haare, dehnte sich und sprang dann geschmeidig von der Pritsche. »Das war's jetzt wohl«, meinte er und versuchte, an Clara vorbei zur Tür zu kommen.

Doch Jörg, der diese Jugendlichen nicht ausstehen konnte, hatte seine Dienstwaffe aus dem Holster gezogen. »Stell dich an die Wand, sonst knallt's. Und du da unten«, er fixierte den Jungen auf dem Boden, »du stellst dich gefälligst daneben. Wir haben keine Zeit, um den Morgen mit euch Scheißpack zu verbringen.« Das jämmerliche Stöhnen aus der Ecke gab's für Jörg nicht.

»Wie? Ihr wollt mich weiter hier einsperren?«, meldete sich der Blonde.

»Wenn du nicht sofort deine Klappe hältst, wird das noch sehr viel länger dauern«, konterte Jörg und wandte sich an den anderen. »Und du machst jetzt endlich weiter, du Arschgeige, los, raus hier! Und stell dich gefälligst nicht so an!«

Clara hasste Jörgs Ausdrucksweise. Bei ihr zu Hause gab es solche Ausdrücke nicht. Sie waren verpönt und in ihrer Kindheit strengstens verboten. Sie landeten im ersten der vier Verhörzimmer. Das mit dem Sonnenblumenfeldfoto an der Wand.

Ein Kollege und leidenschaftlicher Fotograf hatte letztes Jahr mehrere Bilder gestiftet. Die Sonnenblumen strahlten, ganz im Gegensatz zu dem trüben Inventar und dem grauen Anblick vor dem Fenster. Jörg war mit seinem Handy beschäftigt und musste dann angeblich ganz dringend weg. Kurt kam, um ihn abzulösen, blieb aber gelangweilt an der Tür stehen. Es gab die Regel, mit aggressiven Jugendlichen zu zweit zu sein. Aber diese halbe Portion würde es kaum schaffen, sich selbst bis zum nächsten Verhörzimmer zu schleppen, geschweige denn, Clara zu überwältigen. Es handelte sich um einen der typischen Prügelknaben. Einen, an dem jeder seinen Frust loswurde und nie mit einer Revanche rechnen musste. Ein schmerzgekrümmtes Klappergestell. »Kurt, nachdem du dich nicht setzen willst, kannst du uns auch aus der Kantine zwei Kaffee mit Milch und zwei Schinken-Käse-Baguettes holen. Geht auf mein Konto.«

Jörg hätte dieses Zweier-Frühstück niemals akzeptiert, wäre mit Sicherheit ausgeflippt, einer Arschgeige auch noch zur Belohnung ein Frühstück zu servieren! So hatte der Jugendliche auch reagiert, als das Frühstück kam. Er starrte sie an, bewegungslos, als sie ihm das Tablett hinschob. »Komm, das ist für dich! Die Baguettes sind das Einzige aus der Kantine, das halbwegs schmeckt.« Als sie dann anfing, ihres zu essen, versuchte er es endlich auch mit dem nicht verletzten Arm. Sehr ungeschickt, es war zu groß. Da stand sie auf und ging zu ihm. Und er verkroch sich so schnell er konnte unter dem Tisch, aus Angst, wieder verprügelt zu werden. Sie brach das Baguette in mehrere Stücke. Erst als sie schon längst wieder saß, tauchte er auf und fing dann endlich an zu essen. So schnell hatte sie noch nie ein Baguette verschwinden sehen. Er schlang alles runter, selbst die kleinsten Krümel, die noch auf dem Teller lagen, und deshalb schob sie ihm noch die Hälfte ihres Brots hin. Das

Zahnlückenlächeln, das sie bekam, tat gut. Polizistinnen, dies bekam sie immer wieder vorgeworfen, hätten definitiv das Problem, dass sie in manchen Situationen zu weich seien.

»Wie heißt du?«, fragte Clara.

»Schlucker, na ja, jeder nennt mich so.«

»Und wie ist dein richtiger Name?«

Er zuckte mit der rechten Schulter. »Auf den Papieren steht, glaub ich, Georg. Der heilige Georg soll ein mächtiger Heiliger sein, hab ich gehört. Aber irgendwie hab ich das Gefühl, dass das mit dem Schutzheiligen bei mir nicht so funktioniert. Schlucker passt doch, ich hab immer schon alles, was es gab, in mich reingeschlungen. Hab mich oft dran verschluckt und bin manchmal fast dran erstickt.« Traurig schüttelte er den Kopf. »Ohne Reinstopfen is sowieso nix, ja, einfach nie nichts für mich übrig geblieben, und Hunger ist ätzend. Also eigentlich hab ich nix gegen den Löffel abgeben, nur zu weh sollte es nicht tun.« Er sackte wieder in sich zusammen.

»Was war los gestern Abend?«, ließ Clara nicht locker.

»Zusammengeschlagen haben sie mich«, antwortete er schließlich.

»Hast du keine Familie?«, wollte Clara von ihm wissen. Es dauerte, aber dann begann er leise: »Ich war in zwei Heimen, dann kam ich in eine Pflegefamilie. Da waren schon fünf Kinder – die bekamen Geld dafür, und ich war der Jüngste und die anderen …« Und da hörte er dann mitten im Satz mit einem schmerzhaften Stöhnen auf. Er brauchte dringend ärztliche Versorgung. Jörg war erstaunlicherweise bereit, ihn im Evangelischen Krankenhaus abzugeben.

Michael wollte eigentlich nur mit ihr einen Cappuccino trinken, hatte sie dann aber zu dem zweiten Jugendlichen begleitet. Michael war über einsneunzig und sehr schlank trotz seiner

Vorliebe für gutes Essen; ein Judo- und Karate-Profi, und von Maja wusste Clara, dass er zweimal in der Woche nach Dienstschluss ins Fitness-Studio ging. Also keine Pistole. Sie konnte Schießeisen, bei den Kollegen als »typisch Frau«, runtergemacht, sowieso nur im äußersten Notfall akzeptieren.

Der zweite Jugendliche lag ausgestreckt auf der Pritsche. Als er sie hörte und Michael, der in dieser Umgebung noch größer wirkte, sah, setzte er sich abrupt auf. »Wird Zeit, dass ihr mich hier rauslasst. Ich hab wirklich nichts angestellt«, erklärte er Michael manierlich. Warum war in bestimmten Situationen der Respekt vor einem Mann so viel größer? Die endlosen Diskussionen, die sie mit ihren Eltern über diesen Männerberuf geführt hatte, waren noch nicht vergessen. Es hatte Kämpfe mit ihnen gegeben, als durch Zufall herauskam, dass sie heimlich ihr Jurastudium nach nur drei Semestern abgebrochen hatte, um Polizistin zu werden. Mutter konnte nicht aufhören mit: »Du bist viel geeigneter, Anwältin oder Richterin zu werden!« Und ihr Vater: »Werde Ärztin – bin ich kein gutes Beispiel?! Großvater, den du leider nie kennengelernt hast, war doch auch schon Arzt!« Aber ihr Entschluss hatte festgestanden.

Dieser junge Mann war wirklich anders. Selbstbewusst und lässig. Blond, hübsch – und das Wort Hunger kannte er nicht. Auf ihre Frage nach seinem Personalausweis kramte er sitzend in den hinteren Taschen seiner teuren Jeans. Außer einem weißen Leinentaschentuch mit Monogramm und einem zerknüllten 100-Euro-Schein tauchte nichts auf. Beides schob er lässig in Claras Richtung. »Das schenke ich Ihnen gerne mehr hab ich im Moment nicht zu bieten.«

»Die Bleibe hier scheint dir ja besonders gut zu gefallen. In einem teuren Hotel muss man sich auch mit einem Ausweis anmelden.«

»Was heißt anmelden, ich war auf dem Weg zu meinem Auto und bin in das nächtliche Heckmeck hineingeraten. Mein Vater ist nicht unbekannt hier in Köln und hat hervorragende Anwälte. Ihre Kollegen haben mir gestern Nacht nicht eine Sekunde zugehört. Ein kleines Nachspiel wird diese Übernachtung sowieso noch haben. Wenn mein Vater nicht gerade in Washington wäre, hätte es sicher heute Nacht schon einen richtigen Zirkus gegeben. Maximilian de Koonig«, stellte er sich vor. »Meine Adresse: Lindenalle 11, Köln-Marienburg.« Er gehörte wirklich nicht zu ihrer problematischen, heimatlosen Jugend-Klientel, und es kam selten vor, dass bei diesen nächtlichen Einsätzen ein nicht Dazugehörender versehentlich mit eingesammelt wurde.

Sein Name war bekannt, aber selbst jetzt, mitten in der Nacht, wollte ihr keine Verbindung dazu einfallen. Immerhin wusste sie inzwischen wieder den Namen von dem Notar, Dr. Roberts. Hatte sie das Michael noch gesagt, bevor sie schlafen gegangen waren, oder nicht? Und dann fielen ihr endlich die Augen zu.

Mittwoch, 5. April

Heute wählte er die schwarzgrau gestreifte Krawatte, die er mit großer Sorgfalt band. Wie üblich füllte er Milch in die Schale der Katze und legte die obligatorische Scheibe Schinken daneben. Mit Mantel und Schirm verließ er seine Wohnung. Am Nachmittag würde er noch einmal die andere Seite der Stadt besuchen. Dort hatte er einen altmodischen Herrenausstatter entdeckt. Das Geschäft lag um die Ecke der Apotheke, in der er am Montagnachmittag sehr zufriedenstellend bedient worden war. Er liebte kleine Geschäfte und betrat prinzipiell keine Kaufhäuser. Die Fahrt dauerte allerdings mit der Straßenbahn gute zweiundvierzig Minuten, aber es lohnte sich. Er las in der Straßenbahn, und meistens gelang es ihm, den Platz neben sich frei zu halten.

Gestern hatte sich, langfristig gesehen, sicherlich einiges positiv entwickelt. Trotzdem fiel es ihm äußerst schwer, diese übereilte Einmischung zu akzeptieren. Die Jahre und Erfahrung hatten ihn gelehrt, dass sorgfältiges Planen ausschlaggebend für erfolgverzeichnende Ergebnisse war. Aus diesem Grund verabscheute er spontane Handlungen, die ein viel zu großes Risiko in sich bargen! Verabscheute auch seine spontane Reaktion, die jetzt nicht mehr zu ändern war!

☆

»Willst du heute noch hierbleiben?«, wollte Maja von Clara wissen, als sie mit dem Frühstück fertig waren.

»Danke, Maja, du bist lieb, aber ich glaube«, Clara überlegte einen Moment, »ein wenig Arbeit wird mir guttun, und ich möchte unbedingt mehr über Jayjas Familie in Erfahrung bringen. Und heute Abend werde ich nicht alleine sein. Eine gute Freundin kommt zu Besuch.«

Clara hatte sich schon lange auf den Besuch von Grazie gefreut, jetzt hatte sie eine Woche Ferien. Befreundet waren sie seit Claras Austauschjahr in England. Dort hatte Clara sich beim Tennis den Arm gebrochen, und Grazie, frischgebackene Krankenschwester, hatte sie betreut. Ohne Grazies Gekicher hätte sie es niemals in diesem scheußlichen Krankenhaus ausgehalten. Vor vier Jahren war Grazie wieder zurück in ihr Heimatland Indien gegangen und in dem Kloster, wo sie als Waise aufgezogen worden war, Nonne geworden. Es war ihr tiefster Wunsch gewesen. Inzwischen arbeitete sie als Krankenschwester in Essen.

In der Morgenkonferenz gab es das Übliche, und Clara versank mit ihren Gedanken in Fragen. Was tun, um … Eigentlich unvorstellbar, dass irgendjemand Jayja töten will oder wollte. Unvorstellbar, dass sie mit jemandem nicht lieb oder gerecht gewesen war. Das konnte man auch an ihrem Umgang mit Señorita Kos sehen. Sie war nicht nur Angestellte, sondern eine Freundin. Leider hatte Clara manches fröhliche Gelächter der beiden, weil es auf Spanisch war, nicht mitbekommen.

»Wie üblich nicht anwesend.« Ein leichter Fußtritt unter dem Tisch und ungeduldiges Bleistiftklopfen auf dem Konferenztisch weckten sie aus ihren Gedanken. »Ich hab dich gefragt, wie die Geschichte von gestern ausgegangen ist. Es wäre sehr entgegenkommend, gewisse Tagesergebnisse schon vor unserer gemeinsamen Sitzung zu erfahren.«

»Wieso, du warst vorhin nicht in deinem Büro. Einer von

den Jungs war schwer verletzt und wurde von Jörg ins Evangelische Krankenhaus gebracht. Den anderen mussten wir aus Mangel an Beweisen gehen lassen.«

»Was, ihr habt ihn einfach gehen lassen?«

Clara nickte.

»Wir sollten diese Straßenköter nicht so schnell wieder an die Luft setzen, die lernen es so nie.«

»Dieser als Straßenköter bezeichnete junge Mann hat einen einflussreichen Vater, und es wird meiner Ansicht nach noch ein Nachspiel geben.«

»Ein Nachspiel?«

»Er ist der Sohn von de Koonig, Lindenallee vierundsiebzig.«

Hans bekam einen roten Kopf, und den bekam er nur, wenn er sich besonders aufregte. Fassungslos starrte er sie an. »Das ist nicht Ihr Ernst«, siezte er Clara plötzlich. »Das soll doch wohl nur ein schlechter Witz sein!«, brüllte er.

Clara schüttelte den Kopf. Wenn es um Prominenz ging, wurde Hans immer komisch.

»De Koonig«, murmelte Hans mehrmals beunruhigt.

Clara wusste immer noch nicht, um wen es ging. Michael – wie gut, dass er da war – wusste anscheinend mehr. Sie spürte seinen sanften Tritt unter dem Tisch und sah, wie er einen Moment seine Lippen zusammenpresste. Altes Zeichen zwischen ihnen, jetzt den Mund zu halten.

Hans schob seinen Papierkram zusammen. »Clara, komm sofort mit in mein Büro, und Jörg, du bitte auch.«

»Jörg war bei diesem Vorgang nicht dabei«, mischte Clara sich ein, bevor Jörg die Situation noch verschärfen konnte.

»Was, du warst alleine?«

»Nein, Michael war mit.«

»Na dann er. Aber sofort. Die Sitzung ist beendet, jeder

weiß, was er zu tun hat«, donnerte Hans und verließ im Laufschritt den Raum.

Das Gespräch, das folgte, verlief extrem unerfreulich. Hans war außer sich. Für ihn war unbegreiflich, dass der Sohn von de Koonig überhaupt eine Nacht in Gewahrsam genommen wurde.

»Hans, erstens hatten wir keine Nachtschicht, also mit dieser Inhaftierung nichts zu tun. Außerdem möchte ich deine immer wiederholte Anordnung, das Jugendpack bei kleinsten Auffälligkeiten festzunehmen und zu arretieren, hier nicht unerwähnt lassen.«

»Aber doch nicht ...«

Clara fiel ihm ins Wort: »Du meintest doch noch vorhin, es sei unverantwortlich, diesen Straßenköter so schnell wieder auf die Straße zu lassen.«

»Ich gehe davon aus, dass meine Mitarbeiter als geschulte Polizisten erkennen können, wer dazugehört und wer nicht. Und ihn dann auch noch warten zu lassen wegen dem anderen, einem Kerl von der Straße. Das Ganze ist ungeheuerlich.«

Clara antwortete ihm wütend: »Stimmt, wie konnten wir nur? Aber der Kerl von der Straße war ein schwerverletztes Bündel und musste ins Krankenhaus.«

»Typisch Frau, euch kann oder muss man nur ein bisschen was vormachen und schon ...«

»Hans, da ist noch etwas, über das wir reden müssen! Elisabeth ...«

Hans unterbrach sie und schob seine Papiere zusammen. »Clara, für heute reicht's, das hat Zeit. Wir werden erst die Untersuchungen der Spurensicherung und der Pathologie abwarten.«

Als Michael in Claras Büro kam, saß sie auf der Fensterbank und starrte ins Leere. Sie war wie gelähmt.

»Komm, Clara, heute mach ich den Kaffee.«

Die Espressomaschine war das einzig Bemerkenswerte in ihrem Vorzimmerbüro. Ein Dankeschön von einem italienischen Wirt. Sie hatte seinen Fall mit sehr viel Glück gelöst, und im Gegensatz zu den meisten ihrer Kollegen war sie fest davon überzeugt, dass in ihrem Beruf »Glück haben« eine Rolle spielte. Michael wollte ihr in diesem Punkt nicht zustimmen. Er fand, Glück sei eine Sache, aber ihr Beruf sei etwas anderes.

»Michael, wie geht's jetzt weiter, und wie finde ich Jayjas Familie, falls es eine gibt? Und ... ach, ich weiß einfach nicht weiter ...«

»Komm, trink deinen Kaffee, der Notar Dr. Roberts, der sich bei dir gemeldet hat, wird vielleicht auch einiges wissen.«

»Stimmt, er hat mir mitgeteilt, dass er Unterlagen für mich hat. Aber ob uns die weiterhelfen?«

»Clara, bitte hör doch auf. Du weißt, am Anfang sind Ermittlungen immer schwierig. Ich verspreche, ich kümmere mich drum. Du fährst jetzt ins Krankenhaus, dann gibt es morgen bei der Konferenz nichts zu meckern. Und bitte sei pünktlich bei dem Notar. Wir telefonieren nachher.«

»Danke, lieber Aufpasser. Mein neues Kindermädchen. Ich bin im Moment wirklich ein hoffnungsloser Fall.«

Michael lachte und winkte ab.

Bei der Notaufnahme im Krankenhaus wusste niemand, wo der Jugendliche von gestern gelandet war. Die anderen beiden hatte man schon nach einer Stunde wieder auf die Straße befördert. »Wir können hier, auch der Polizei zuliebe, keine Schlafstelle für obdachlose Jugendliche aufmachen«, wurde sie nicht sehr freundlich belehrt. Clara rief Jörg an. Schlecht gelaunt motzte er sie an: »Was willst du? Ich hab ihn in der Notaufnahme abgegeben. Du denkst doch wohl nicht, dass ich meinen ganzen Tag mit solchen Pennern verbringen kann oder will. Und die zwei anderen, von denen hab ich keinen blassen Dunst, um die wolltest du dich doch kümmern.«

Und dann entdeckte sie ihn in der wie immer übervollen Ambulanz. Er hockte in einer Ecke auf dem Boden, neben einer voll besetzten Bank, und döste vor sich hin. »Hallo Georg!«

Er rührte sich nicht.

»Hallo Schlucker.«

Da schreckte er auf, und sie hatte das Gefühl, er freue sich. Das eine Auge war noch immer zugeschwollen, und mit seinem Arm war natürlich noch nichts geschehen.

»Komm, wir müssen sehen, dass du behandelt wirst.«

»Ist schon okay ...« Langsam und mühselig rappelte er sich auf.

Clara entdeckte Doktor Rasmusen mit zwei Schwestern am Ende des Flurs. Sie griff nach Schluckers rechter Hand und zog ihn so schnell wie möglich an den Wartenden vorbei. Die Leute starrten das seltsame Paar an. Aber Clara ließ sich nicht irritieren, und sie erreichten Dr. Rasmusen, bevor er im O.P.-Bereich verschwand. »Hallo, liebe Clara, was führt dich hierher?«, begrüßte er sie und schaute etwas verwundert auf Georg, dessen Hand sie immer noch festhielt.

»Mir geht's gut, danke, lieber Doc. Aber hier ist jemand, der dringend Ihre Hilfe braucht und schon seit gestern hier rumhängt.«

Dr. Rasmusen musterte Georg. »Komm, hier ist ein freier Stuhl, da setzt du dich bitte hin, und spätestens in einer halben Stunde wirst du abgeholt, und dann sehen wir weiter. Es freut mich«, er nahm Claras Arm und zog sie ein wenig zur

Seite, »dich wenigstens ab und zu für einen Moment zu sehen und vor allen Dingen gesund und munter. Nächste Woche bin ich mit deinen Eltern zum Abendessen verabredet. Muss für eine Tagung nach Berlin.«

»Professor Rasmusen, ich glaube, es ist dringend«, wurde er von einer Schwester unterbrochen.

»Ich komme. Dir alles Gute und bis, ach, das sagen wir jedes Mal, und dann ...« Er lachte. »Pass auf dich auf.«

Georg setzte sich gehemmt auf den ihm zugewiesenen Stuhl. Typisch! Die Frau auf dem Nachbarstuhl rückte so weit wie möglich von ihm ab.

12.17 Uhr, sie musste los, aber dem Kiosk in der Eingangshalle konnte sie trotz der Eile nicht widerstehen. Eine Vollmilchschokolade – für sie die größte Versuchung –, Pfefferminzbonbons und ein Sprudelwasser wanderten in ihre Tasche. Dann überlegte sie einen Moment und beschloss, die Schokolade Georg zu bringen. Er hatte mit Sicherheit seit dem Brot gestern nichts mehr gegessen, während sie bei Maja ein sehr reichliches Frühstück bekommen hatte. Sein Zahnlückenlächeln wärmte.

Fast pünktlich erreichte sie die Kanzlei von Dr. Roberts. Eine geräumige Villa in der Marienburger Straße. Der junge Mann an der Rezeption bat sie, einen Moment Platz zu nehmen, und schon nach wenigen Minuten erschien eine junge, gertenschlanke Frau in modisch pinkschwarzem Designer-Outfit. Sie fixierte Clara herablassend. Clara benutzte ihren Badezimmerspiegel mit wenigen Ausnahmen nur zum Zähneputzen. Ab und zu hatte sie sich für Jayja schön gemacht, die sich dann sehr darüber freute. Das war anders, wenn sie zu den Eltern nach Berlin fuhr. Da gab es jedes Mal heftige Diskussionen über ihr Aussehen. Das Erste, worauf ihre Mutter immer bestand, war der Besuch bei ihrem Friseur.

Ihre Mutter hasste Claras wilde dunkle Locken und wollte eine elegante Tochter. Und das Einkaufen mit tausend Sachen anprobieren war auch nicht Claras Fall. Aber sie gab nach, wollte keine Streitereien in der kurzen Zeit, in der sie ihre Mutter sah.

Bei der letzten Tür auf der rechten Seite blieben sie stehen und wurde nach dem Anklopfen auch gleich hereingebeten. Eine ältere grauhaarige Sekretärin saß am Schreibtisch und lächelte sie zur Begrüßung freundlich an. »Frau Ahrweiler, nehme ich an. Herr Dr. Roberts erwartet Sie bereits.«

Sie stand auf, öffnete eine Verbindungstür und trat zur Seite. In dem großen, hellen Raum mit hoher Decke saß ein grauhaariger, gut aussehender Herr von etwa sechzig Jahren hinter seinem Schreibtisch.

Er erhob sich höflich und kam ihr entgegen. »Frau Ahrweiler, ich denke, wir haben es bequemer, wenn wir uns hier an den Tisch setzen. Kann ich Ihnen einen Tee oder Kaffee anbieten?«, fragte er und schob für sie einen der Biedermeier-Sessel zur Seite. Dann schaute er kurz zur Tür, wo seine Sekretärin noch wartete.

»Da die junge Dame sich nicht entscheiden kann und ich auch nicht, wollen wir, glaube ich, Kaffee. Und die vorbereiteten Unterlagen, die brauchen wir bitte auch.«

Clara fühlte sich etwas gehemmt. »Bitte, Herr Dr. Roberts, ich bin eigentlich nur hierhergekommen, weil ich dachte, ja, die Hoffnung hatte, Sie wüssten, wen ich über den Tod von Elisabeth Kranz-Singer benachrichtigen könnte und sollte.«

»Ich fürchte«, Dr. Roberts schüttelte bedauernd den Kopf, »da kann ich Ihnen auch nicht weiterhelfen. Frau Kranz-Singer hatte nicht oft Kontakt mit unserer Kanzlei. Wir verwalten ihr Vermögen und regeln ihr Testament, einschließlich ihres Vermögens. Aber über Persönliches sind wir kaum informiert.«

Die Sekretärin brachte einen schwarzen Karton und Dr. Roberts öffnete ihn. Er nahm ein DIN-A4-Kuvert heraus, auf dem »Clara Ahrweiler« in Jayjas Handschrift stand, und gab es ihr.

»Wenn Sie möchten, unterhalten wir uns jetzt ein wenig, und dann lasse ich Sie allein, damit Sie das in Ruhe lesen können.«

Seine Sekretärin tauchte mit dem Kaffee auf. »Herr Dr. Roberts, ich möchte nicht stören, aber eben kam ein Anruf, und es machte den Eindruck, als sei es dringend.«

Er zog eine altmodische Taschenuhr aus seiner Westentasche. »Scheint dringend. Unseren gemeinsamen Kaffee müssen wir wohl auf das nächste Mal verschieben. Habe mich aber gefreut, Ihre Bekanntschaft zu machen. Und bevor ich's vergesse, Sie bekommen es auch schriftlich, die Testamentseröffnung ist nächsten Dienstag um elf Uhr und hier. Danach stehe ich gern für ein ausführliches Gespräch zur Verfügung. Und nun nehmen Sie sich Zeit.«

Der schwarze Karton war hier gelandet. Jayja hatte sie damals gebeten, diesen Karton zu verpacken und sorgfältig zuzukleben. Sie hatte diese Verpackung sehr ernst genommen und dann auch sehr genau geprüft und eine Stelle moniert. Diese Pingeligkeit war nicht typisch für Jayja und hatte Clara damals gewundert. Verwirrt zog sie einen Brief aus dem Kuvert, statt eines Datums stand oben rechts:

»Wann immer die Zeit gekommen ist.«

Meine liebste Clara,

heute setze ich mich an meine uralte Schreibmaschine – ja, die, über die Du gelacht hast –, um Dir über mein Leben zu schreiben. Darüber zu reden war und bin ich, wie du sicherlich einige Male gemerkt hast, leider nicht in der Lage!

Vielleicht, wenn ich ehrlich bin, tue ich es auch für mich und um mit sehr Traurigem jetzt im Alter endlich fertigzuwerden. Du solltest aber, wenn ich nicht mehr bin, einiges wissen!

Sei lieb umarmt, Deine Jayja

Clara kämpfte mit den Tränen. Sie brauchte einen Moment, bis sie die Kraft fand weiterzulesen.

Ich wurde 1918 in Nagykata bei Budapest als zweites von vier Kindern geboren und Elisabeth Anastasia Maria getauft. Meine Familie, alter ungarischer Adel, lebte bereits seit vielen Generationen auf dem Gut Virag Tanya, wo auch ich eine glückliche Kindheit und Jugend verbrachte.

Ich wurde 1938 nach Paris geschickt, um dort Geschichte und Französisch zu studieren. An der Sorbonne lernte ich Reinhard, einen Chilenen mit deutschen Vorfahren, kennen und verliebte mich in ihn.

Ein Jahr später erwartete ich ein Kind von ihm. Mein Vater war außer sich. Für unsere streng katholische Familie war das undenkbar. Er beschloss, mich ohne Verzögerung mit einem entfernten Vetter zu verheiraten. Damit war für mich die Entscheidung gefallen, Reinhard auch gegen den Willen meiner Eltern in seine chilenische Heimat zu folgen.

Leider verlor ich auf unserer langen und in diesen Zeiten noch sehr beschwerlichen Reise mein noch ungeborenes Kind.

Rührend, wie herzlich ich in Chile willkommen geheißen wurde. Reinhards Vater Antonio war beglückt über die Wahl seines Sohnes! Er richtete uns eine große, drei Tage dauernde Hochzeit aus!

Reinhard war Antonios einziges, spät geborenes Kind. Reinhards Mutter starb bei der Geburt. Mein Schwiegervater Antonio hoffte, dass sich durch unsere Verbindung die Depressionen, die Reinhard immer wieder überfielen und quälten, auflösen würden. Als ich dann wieder schwanger wurde und im November 1942 unseren Sohn Konrad entband, war die Freude übergroß. Für meinen Schwiegervater erfüllte sich ein langgehegter Wunsch. Endlich war die Nachfolge seiner riesigen Farm gesichert.

Er liebte uns. Leider waren uns nur wenige Jahre mit ihm vergönnt. Er starb 1947 an einem Herzinfarkt. Vielleicht – und da bin ich mir beinahe sicher – wäre sonst alles anders gekommen.

Das Leben in der Finca Santa Paola ging weiter ohne ihn. Seine gerechte, große Strenge fehlte, und Reinhard konnte diese nicht ersetzen. Glücklicherweise kümmerte sich José, der Verwalter, der bis dahin im Schatten meines Schwiegervaters gewirkt hatte, mit großer Gewissenhaftigkeit um Anstehendes, und so ging in der Finca alles seinen gewohnten Gang.

Die Briefe, die ich meiner Mutter in dieser Zeit nach Ungarn schickte, kamen zurück. Waren meine Eltern noch böse über mein Verhalten, oder hatte es mit dem Krieg in Europa zu tun? Ich hörte nicht auf zu schreiben, und natürlich machte ich mir Sorgen.

Deshalb beschloss Reinhard, mit uns Anfang 1948 nach Europa zu reisen. Er wollte mir meine Sorge um meine Familie nehmen. Unser Reiseziel war die Schweiz.

In Zürich kümmerte sich Reinhard um geschäftliche Angelegenheiten, und ich forschte nach meiner Familie. Leider blieben alle Bemühungen ergebnislos. Selbst aus der Schweiz gab es keine Möglichkeiten, Kontakt nach Ungarn herzustellen. Die russischen Besetzer hatten alle Grenzen hermetisch abgeriegelt. Ich erfuhr, dass viele der alten ungarischen Adelsfamilien in den Westen geflüchtet waren. Aber auch der öster-

reichischen Botschaft gelang es nicht, jemanden meines Familiennamens ausfindig zu machen.

Ich war sehr traurig, als wir nach sechs Wochen ohne Ergebnis wieder nach Chile abreisten. Wohin war meine Familie aus dem besetzten Ungarn geflohen? Ich weiß es leider bis heute nicht!

In Chile fanden wir alles in bester Ordnung vor. José leistete hervorragende Arbeit. Er hatte jetzt alle Bereiche unter seine Fittiche genommen und so unter seiner Kontrolle, dass für Reinhard nichts mehr zu tun blieb. Am Anfang versuchte Reinhard es noch zu ändern. Aber nachdem es nichts zu bemängeln gab, fühlte er sich dazu nicht im Recht und zog sich immer mehr zurück. Er verkroch sich in einem Seitenflügel des großen Herrschaftshauses und war zeitweise überhaupt nicht ansprechbar.

Unser Sohn, den ich selbst unterrichtete, und die vielseitigen Aufgaben in dem großen Haushalt (eine Welt, heute kaum vorstellbar, ganz ohne Maschinen, und fast alles Essbare wurde selbst hergestellt) beschäftigten mich so, dass ich Reinhards Zurückgezogenheit als momentane Unpässlichkeit nicht ernst nahm. Reinhard wurde immer stiller. Er verschwand stundenlang auf seinem Pferd und leise durch den Kücheneingang, wenn er seinen besten Freund José vorne auftauchen sah.

Abends wollte er nicht wie früher mit mir vor dem Kamin sitzen, und dann erschien er nicht einmal mehr zu den Mahlzeiten, erfand irgendeine Ausrede. Er verbrachte viele Stunden in seinem verdunkelten Arbeitszimmer auf der Couch. Seinem Sohn schenkte er höchstens Minuten und ein trauriges Lächeln, das einzige Lächeln, das er noch hatte. Der Arzt von Santa Cruz, mit dem ich sprach, wusste nichts damit anzufangen und meinte, es würde schon wieder werden.

José, der auch das mit großer Gewissenhaftigkeit in die Hand nahm, fand in Santiago eine Privatklinik. Wir fuhren mit ihm dorthin. Reinhard, dem die Klinik und auch die Ärzte gefielen, stimmte dem notwendigen Aufenthalt dort zu.

Ich besuchte ihn regelmäßig einmal in der Woche. José fuhr mich, denn ich konnte – in dieser Zeit nichts Ungewöhnliches – nicht Auto fahren. Man bewegte sich, heute ebenso kaum vorstellbar, mit Vierbeinern, also Pferden oder Eseln und Mulis, zu Fuß oder gar nicht.

José kümmerte sich um alles. Er besorgte einen Lehrer für Konrad und bat mich um die kleine Auflage, seinen Sohn Toni, drei Jahre älter als Konrad, am Unterricht teilhaben zu lassen. Josés Frau war mit einem der Saisonarbeiter schon vor Jahren verschwunden. Toni war, wie alle Kinder auf der Farm, Analphabet und stürzte sich mit großer Besessenheit ins Lernen. Konrad, der schon mit fünf hervorragend lesen und schreiben konnte, machte sich darüber manchmal bei Tisch auf kindliche, liebenswerte Art lustig. Für Toni nicht akzeptabel, der dann jedes Mal auf der Farm irgendwohin verschwand, um erst zum gemeinsamen Abendessen wieder aufzutauchen. Die Mahlzeiten wurden jetzt immer gemeinsam eingenommen. Ich beobachtete die Beziehung der beiden Knaben mit Besorgnis und erreichte die Bereitschaft des Lehrers, auch all die anderen Kinder der Farm gemeinsam zu unterrichten.

José war zuerst dagegen. Aber ausnahmsweise setzte ich meinen Willen durch, und so wurde in der alten Remise für alle Kinder ein Klassenzimmer eingerichtet. José verlegte sein Arbeitszimmer, um zentraler und erreichbarer zu sein, in einen der nicht benutzten Räume des Haupthauses.

Wir wuchsen wie eine Familie zusammen. Ich versuchte wirklich vieles, um Toni in unser Familienleben zu integrie-

ren. Dies gelang mir leider nur, wenn José anwesend war, sonst verschloss sich Toni mir völlig.

Der Vormittag gehörte dem Lehrer und dem Schulunterricht. Am Nachmittag lernten sie reiten und von José vieles über die Farmarbeit.

Konrad war sehr aufgeweckt und fröhlich. Die Zeit vor dem Schlafengehen gehörte uns beiden. Wir unterhielten uns, schmusten, lachten, oder ich tröstete ihn, weil irgendetwas am Tag schiefgelaufen war. Über Toni sprachen wir nie, aber wir redeten oft über Reinhard, seinen Vater, und ich hatte noch immer die Hoffnung, dass es den Ärzten gelingen würde, seine tiefe Depression zu heilen. Geändert hat sich alles.

Hier hört der Bericht mitten im Satz auf. Unten stand mit Bleistift das Datum vom Juni und dann etwas verwischt mit Bleistift:

Liebste Clara, du wirst auch den Rest der Geschichte erfahren. Es macht mich alles so traurig, bitte habe Geduld!

Tief berührt steckte Clara das Gelesene in ihre Tasche, bedankte sich bei der Sekretärin und verließ die Kanzlei. Sie hatte viel über Jayja erfahren. Aber noch viel mehr Fragen waren unbeantwortet geblieben.

Im Büro wartete ein Zettel von Ruth: »Bitte um Rückruf!« Doch Ruth ging nicht mehr ans Telefon. Ruth war die einzige Frau in der Nähe, Sekretärin von Hans, und man verstand sich sehr gut. Um Unerklärliches und Fragezeichen im Internet zu knacken, war sie immer wieder die letzte Rettung. Und in diesen Nachforschungen war sie unschlagbar. Clara erledigte noch schnell die übliche Hauspost, und dann wurde es Zeit.

Grazie liebte gutes Essen. Beim Metzger entschloss sich Clara für ein Schwarzfederhuhn. Die brauchten einiges länger im gut vorgeheizten Backofen, und so würde genug Zeit bleiben, um zum Bahnhof zu fahren. Zu Hause stellte sie den Backofen auf mittlere Hitze, zerstampfte frischen Knoblauch mit frischem Thymian, den sie vom Kräutertopf auf der Küchenfensterbank schnitt. Komische Einbildung, brannte da nicht Licht bei Jayja? Sie würzte das Huhn unter der Haut, machte es backofenfertig und ging kurz ins Bad. Sie musste los, und da sah sie auch Jayjas Badezimmerfenster beleuchtet. Sie rannte ins Schlafzimmer, riss dort das Fenster auf, beugte sich hinaus. Überall brannte drüben Licht. Selbst im nie benutzten Dachgeschoss. Die Spurensicherung hatte doch gestern ihre Arbeit abgeschlossen und die Wohnung versiegelt. Wieso brannte jetzt dort überall das Licht?

Clara rannte die Treppe hinunter, rannte die Treppe im Nebenhaus hinauf und fand die Wohnungstür verschlossen. Hatte die Spurensicherung eine wichtige Tatsache vergessen, und einer von ihnen holte das jetzt nach? Unten stand keines ihrer Autos. Clara klingelte, keine Reaktion. Sie hatte einen Schlüssel an ihrem Schlüsselbund.

»Für den Notfall, deinen Notfall! Du bist hier jederzeit herzlichst willkommen, auch zum Schlafen! Ich würde mich sehr freuen, weiß aber, dass junge Menschen ihr Eigenleben brauchen. Trotzdem möchte ich, dass du hier hereinkannst, wann immer du willst.«

Clara öffnete die Tür. Jede Lichtquelle, die es im Eingangsbereich gab, war eingeschaltet, beleuchtete ein Chaos. Ein Drunter und Drüber, das kaum zu beschreiben war. Der riesige alte Garderobenspiegel lag abgehängt und schräg über dem Inhalt des völlig ausgeräumten Garderobenschranks. Mäntel, Hüte, Jacken, Winterstiefel, nichts befand sich mehr, wo es hingehörte. Clara schob sich durch das Chaos Richtung Wohnraum.

Auch hier war alles von unten nach oben gekehrt und durchwühlt! Selbst die alten riesigen Perserteppiche waren zur Seite gezogen, ein Stück loses Parkett darunter herausgebrochen, der Biedermeierschrank leer. Das alte Meißner Porzellan lag zum Teil zerbrochen zwischen den ausgekippten Schubladen. Die fast zwei Meter hohen Bonsais waren aus ihren Töpfen und Übertöpfen herausgerissen, die Bibliothek mit leeren Buchregalen und großen Bücherhaufen auf dem Boden nicht wiederzuerkennen. Aus dem aufgeschnittenen Polster des antiken Schreibtischstuhls quoll die Polsterung. Der Rollstuhl hatte einen zerstörten Sitz und eine kaputte Rückenlehne. Auf den Fluren ausgeräumte Einbauschränke, deren Inhalt sich überall auf dem Boden bedand. Jemand hatte offensichtlich etwas gesucht. Schmuck? Geld? War dieser Jemand noch da? Clara rannte über die Wendeltreppe in die Räume des vierten Stocks, auch dort Chaos, und selbst im Dachgeschoss, das mit zwei Schlafzimmern für Gäste eingerichtet und kaum benutzt worden war, waren die Matratzen von den Betten gestülpt.

Erschrocken kramte Clara nach ihrem Handy, das – ein Glück – in ihrer Jackentasche steckte. »Michael, bitte entschuldige, aber ich bin in der Wohnung der alten Dame; ich hab von meiner Wohnung aus Licht gesehen, mich gewundert und … Hallo, kannst du mich hören? Also hier ist ein Chaos, wie ich es kaum beschreiben kann.«

»Clara, wo bist du?«

»Bei Jayja.«

Michael brüllte: »Bist du verrückt geworden?! Ist dir eigentlich klar, wie gefährlich das ist, was du da gerade tust?« Er hörte auf zu schreien, aber jetzt klang seine Stimme sehr streng. »Verlasse die Wohnung augenblicklich, und zwar sofort! Ich komme!«

Erst jetzt begriff sie, wie gefährlich das war, was sie da ohne nachzudenken getan hatte! Alleine, ohne Waffe, ohne Verteidigungsmittel. Diese Spontaneität, hatte das damit zu tun, dass sie Jayjas Wohnung auch als ein Teil ihres Zuhauses empfand?

Grazie stand schon am Bahnhofseingang, als Clara ankam. Sie umarmten sich, und dann raste Clara mit ihr nach Hause. Gut, dass keine der üblichen Streifen ihren Weg kreuzte. »Grazie, hier ist der Schlüssel, ich beeile mich, bitte mach es dir gemütlich.«

Michael war noch mit der Spurensicherung tätig. »Die Versiegelung der Tür wurde professionell entfernt, aber wirklich unerklärlich ist für uns die Tatsache, dass die Wohnungstür nicht aufgebrochen wurde. Dies ist ein außergewöhnliches Sicherheitsschloss, ohne passenden Schlüssel nicht zu öffnen.« Michael schaute Clara fragend an. »Wer hatte noch einen Schlüssel außer dir und Señorita Kos?«

»Ich wüsste nicht, wer.«

»Wie erreichen wir Frau Kos telefonisch? Vielleicht weiß sie etwas.«

»Telefonisch gar nicht, und ohne professionellen Übersetzer würde uns ein Telefonat sowieso nichts nützen.«

»Also gut. Clara, wir werden jetzt ein neues Schloss einbauen, obwohl ich mir einen weiteren Besuch dieses Unbekannten nicht vorstellen kann. Und du gehst mal schön zu deiner Freundin und, bitte, in Zukunft keine so unüberlegten Aktionen.« Er schob sie Richtung Eingang, und Clara machte sich zögernd durch das Chaos auf den Weg.

An der Tür drehte sie sich noch einmal um: »Michael, ich habe heute in der Kanzlei etwas bekommen, das auch du unbedingt lesen solltest. Es ist sehr persönlich. Aber Jayja wird nichts dagegen haben, und für unsere Untersuchungen ist es im Moment der einzige Wegweiser.«

Michael schob sie endgültig vor die Tür. »Hab einen schönen Abend, und ich fände es gut, wir würden uns morgen vor der großen Sitzung in deinem Büro treffen. Ich kann mir vorstellen, dass bis dann auch einiges von der Spurensicherung und Pathologie vorliegt.«

Grazie hatte liebevoll den Tisch gedeckt, und das Abendessen wartete fertig gekocht. Kerzen brannten, und Richard Bona machte die Musik. Typisch Grazie, sie hatte alles in die Hand genommen. Was für eine Freundin!

Donnerstag, 6. April

Sorgfältig knüpfte er seine Krawatte, heute die grüngestreifte. Unweigerlich fiel ihm dabei sein Vater ein. Dieser lehnte Krawatten apodiktisch ab. Unbelehrbar, blieb er in dieser Beziehung immer der analphabetische, primitive Landarbeiter, selbst in den Zeiten, wo er als Vorgesetzter und erster Mann repräsentieren sollte. Trotzdem war sein Vater der einzige Mensch, an den er mit einer gewissen Achtung denken konnte. Noch immer völlig unverständlich die Abhängigkeit, in die sich Vater zweimal begeben hatte. Zweimal war er in abschreckender Weise dem weiblichen Geschlecht verfallen. Ein guter Grund, sich selbst auf keine ernsthafte Beziehung einzulassen.

Er begab sich zum Kühlschrank, holte die Milch, schüttete diese in zwei Schalen und legte den obligatorischen Schinken daneben. Dann schaute er sich suchend um. Wo waren die beiden? Jetzt, wo Mina plötzlich eine zweite Katze in ihrem Lebensbereich hatte, wurde sie besonders kratzbürstig, nicht nur mit dem Neuen, einem Kater, nein, auch mit ihm. Mehrere Beweise dafür zierten seine Handrücken. Ein Blick auf die Uhr, er eilte zur Garderobe, griff nur nach dem Mantel und verließ seine Wohnung. Im unteren Treppenhaus wischte gerade eine Frau die Treppe. Rasch und schweigend schob sie ihren Eimer zur Seite, um ihn durchzulassen. Sie bekam ein kurzes Nicken, auch der Hausmeister, der gerade das Haus betrat. »Der hat's wie immer eilig«, meinte er zu der Frau, die weiter die Treppe putzte. »Eilig? Der ist doch ein Ekel, man könnte doch mal ein nettes Wort sagen. Von allen anderen Wohnungsbesitzern krieg ich Weihnachten immer ein Kuvert, und wenn da nur fünf Euro drin sind, aber er . . .« Sie zuckte mit den Schultern und wischte weiter. »Er ist Ausländer, da sind die Gebräuche anders, und Ärger macht der nie, er ist eigentlich der ruhigste Mieter, den wir je hatten.«

☆

Grazie, als Krankenschwester eine Frühaufsteherin, weckte Clara um sechs Uhr. Um sieben Uhr dreißig traf sie Michael in ihrem Büro, und das Erste, was er tat, war, Jayjas Lebensbericht zu lesen.

»Clara, eins versteh ich nicht, habt ihr . . .«

Clara unterbrach ihn: »Du meinst, über Konrad geredet?«

Michael nickte, aber Clara schüttelte nur traurig den Kopf. »Sie hat ihn nie erwähnt, und ich verstehe es nicht!«

»Komm, gut, dass wir es jetzt wissen.«

»Michael, heute Nacht ist mir eingefallen, dass viele Großgrundbesitzer, die von Allende in den siebziger Jahren enteignet wurden, ihr Land verließen. Wäre das nicht auch eine Quelle?«

»Bevor wir in die Ferne schweifen, Clara, müssen wir mit Señorita Kos Kontakt aufnehmen. Wann ist sie in der Regel zur Arbeit gekommen? Das wird sie vielleicht heute auch, du hast doch sicher ihre Telefonnummer.«

»Nein, nur ihre Adresse, aber keine Telefonnummer, und ein Handy gibt's soviel ich weiß auch nicht. Nachdem Jayja nie telefonierte, gab es keinen Grund für diese Ausgabe. Mein Spanisch beschränkt sich auf guten Tag, danke, wie geht's und auf Wiedersehen. Michael, ohne einen Übersetzer kommen wir ganz sicher nicht aus.«

»Den finden wir. Aber, Clara, was machen wir mit den Kosten? Hans wird die definitiv nicht akzeptieren.«

»Das geht in Ordnung, ich werde meinen Gürtel enger schnallen.« Als gastfreundliche Genießerin, die gern einlud und dann nicht sparte, war ihr Konto Ende des Monats immer sehr zusammengeschrumpft. Die Hälfte der Miete bezahlten noch immer ihre Eltern. Sonst verbot es Claras Stolz, noch irgendeine Hilfe der Eltern anzunehmen.

Sie konnte für fünfzehn Uhr einen Profiübersetzer organisieren. Georg, der Pathologe, war noch immer unerreichbar. »Ach Michael, in meinem Kopf geistern noch so viele Fragen herum. Wie teilt sich der Name Kranz-Singer auf? Wie können wir den Verwalter José oder seinen Sohn Toni finden? In Jayjas Schreiben tauchten nur die Vornamen auf. Können wir übers Internet den Lehrer suchen, der die Kinder damals in der Finca unterrichtet hat? Die Stadtverwaltung von Santa Cruz – ist sie durch das Internet erreichbar? Wie kommen wir an ein günstiges spanisch sprechendes Wesen, um die Sprachbarriere zu bewältigen?«

»Clara, komm, es reicht erst einmal. Wir müssen los zur Sitzung.«

»Du meinst, Hans heute keine Gelegenheit zur Kritik zu geben!«

Die Mühe hätten sie sich sparen können. Sie wurden beide vollkommen ignoriert. Clara träumte nicht vor sich hin, sondern meldete sich zu Wort. Es ging – wie so oft – um eine Gruppe Jugendlicher. Sie waren gestern um 22.42 Uhr in einen Laden eingebrochen und hatten alles aus der Kasse mitgehen lassen. Sie waren zu dritt oder zu viert gewesen, aber bis die Streife dort eingetroffen war, hatte man nur noch die Aussagen der Nachbarn zu Protokoll nehmen können.

»In den Laden sind sie vor einem halben Jahr schon einmal eingebrochen. Damals wurde, nicht zuletzt wegen des Umfelds, dringend zu einer Alarmanlage geraten«, versuchte Clara in Erinnerung zu bringen. Aber diese gab es immer noch nicht.

Nach der Sitzung ging Michael mit Clara in deren Büro. »Clara, ich brauch noch einen deiner Cappuccinos«. Er hatte eine Nachricht von der Spurensicherung und auch von Georg auf seinem Handy. Detaillierte Berichte würden spätestens morgen früh auf seinem Schreibtisch liegen.

»Sehr merkwürdig.« Michael schüttelte den Kopf. »Bis zum jetzigen Zeitpunkt gibt es keine einzige Fremdspur. Kein Briefträger, Handwerker, der Hausmeister oder Besucher, nichts, was man durch den Computer laufen lassen könnte, außer den Spuren einer Katze – und wie zu erwarten, die von Señorita Kos und dir. Eine Ausnahme – und die ist vom Notarzt.«

In diesem Moment meldete sich Michaels Funk. Er nahm das Gespräch entgegen und hörte sehr aufmerksam zu.

»Und – war das die Pathologie?«, wollte Clara wissen, als er das Gespräch beendet hatte.

Michael schüttelte den Kopf. »Clara, die Todesursache ist jetzt definitiv. Es handelt sich um die Überdosis eines Medikaments, das bei älteren Menschen mit leichter Herzinsuffizienz oft verabreicht wird. Offensichtlich wurde auch Frau Kranz-Singer damit behandelt. In hoher Dosis ist es jedoch sofort tödlich.«

»Was heißt das? War das Georg?«

Michael winkte ab und schaute betroffen aus dem Fenster.

»Bitte, Michael.«

»Es war Peter, der als Staatsanwalt jetzt dafür zuständig ist.

Die zwei Einstiche am Rücken sprechen eindeutig dafür, dass dieses Medikament in hoher Dosis mit einer Spritze injiziert wurde.« Er schwieg einen Moment, um dann fortzufahren: »Bei ihrer zarten Gestalt wirkte dieses Mittel besonders schnell. Der Täter wusste offensichtlich auch, dass sich dieses Mittel schnell auflöst. Hättest du die Einstiche an dieser ungewöhnlichen Stelle nicht bemerkt, wahrscheinlich ...« Michael schwieg einen Moment. »Clara, sie starb eindeutig eines gewaltsamen Todes!«

»Michael, ich ...« Clara sprang auf, war außer sich. »Ich begreife es nicht! Warum? Diese wunderbare, liebe alte Dame, wer sollte so etwas gewollt und getan haben?«

»Das herauszufinden wird jetzt meine Aufgabe sein.« Michael schüttelte wieder den Kopf. »Kriminalistisch gesehen gibt es im Moment nur zwei Verdächtige. Du bist sicher, dass die Señorita ...?«

Clara unterbrach ihn. »Michael, bitte hör auf. Selbst wenn sie nicht befreundet waren, warum sollte sie?«

Das Haustelefon klingelte, Ruth war dran. »Wir müssen miteinander sprechen, ich komme hoch.« Sie war nach zwei Minuten da und etwas außer Atem. »Ich habe nur einen Augenblick Zeit, aber ich muss es euch sagen. Er will Clara los sein, und das so schnell wie möglich, und Michael, nachdem du so eng mit Clara bist, sieht's für dich auch nicht gut aus.«

»Mich, uns los sein? Das fehlte im Moment noch.«

»Ja, und ein de Koonig spielt eine nicht unwesentliche Rolle. Das heißt, einer von seinen Sekretären oder Assistenten. Mit dem telefoniert Hans jetzt täglich. Immer mit geschlossener Zwischentür – und die wird von ihm selber sehr sorgfältig geschlossen. Ich wollte unbedingt, dass ihr das wisst, also tschüss.«

Clara braute den dritten Cappuccino. Bei ihrem letzten Schluck läutete das Haustelefon, der Übersetzer wartete unten. »Michael, ich bin vielleicht nicht in der Lage, alleine …«

»Clara, bitte, du schaffst das, ich müsste schon seit einer halben Stunde an der Deutzer Brücke sein. Außerdem, finde ich, ist es besser, nachdem ihr euch kennt und wir keinen Grund zur Annahme haben, dass Marulu Kos etwas mit dem Tod von Elisabeth Kranz-Singer zu tun hat.« An der Tür drehte er sich noch einmal um. »Lass uns am Samstag Abend zusammen ausgehen«, schlug er ihr jetzt vor, als ob er ihre Gedanken lesen konnte. »Wir brauchen etwas Besonderes. Und vielleicht können wir es uns bald als Arbeitslose nicht mehr leisten.« Er grinste spitzbübisch. »Macht euch bitte fein. Wenn ich schon mit drei Ladys ausgehe, sollten sie die Schönsten sein!«

Der Übersetzer, klein, stämmig, dunkelhaarig und um die vierzig, wartete unten. Sie fuhren zu der Adresse, die sie von Señorita Kos hatten. Clara war nie dort gewesen, die Señorita kam immer mit dem Bus. Clara hatte sie manchmal zur Bushaltestelle gebracht, ein Weiterfahren hatte sie immer kategorisch abgelehnt. »Trauen Sie meinen Fahrkünsten nicht?«, wollte Clara dann von ihr wissen. Die Antwort war ein so unverständlicher spanischer Redeschwall, dass sie es aufgegeben hatte.

Sie hatten sich täglich bei Jayja gesehen. Wann hatte die Señorita in dieser Zeit eigentlich Urlaub gemacht oder einen freien Tag genommen? Clara versuchte, sich zu erinnern. Ein unübliches Verhalten für eine Hausangestellte. Ab und zu schlief sie sogar im Dachgeschoss. War sie mit Jayja von Chile nach Deutschland gekommen? Was für eine Beziehung hatten die beiden eigentlich gehabt? Clara war entsetzt; diese Fragen – warum kamen die erst jetzt? Ihre Unterhaltungen mit Señorita Kos hatten sich wegen der Sprache auf weniges beschränkt, eigentlich nur »guten Tag« und »Wie geht's?«. Jayja hatte meistens ungeduldig auf Claras Kommen gewartet und wollte sie dann auch nicht mit anderen teilen.

Sie fuhren Richtung Mülheim. Die Gegend, in der sie landeten, war trostlos, achtstöckige Wohnblocks aus den sechziger Jahren. Graffitibesprühte Wände – und überall lag Müll. Clara parkte vor dem Block 178. Am Eingang B spielten zwei Halbwüchsige Fußball. Im Erdgeschoss gab es eine Reihe zerschlagener Fenster, alle notdürftig mit Pappe zugeklebt. Die Namensschilder, neben den zum Teil herausgerissenen Klingelknöpfen, waren unlesbar. Auf Claras Zettel mit der Adresse stand keine andere Information als die Hausnummer. Ein älterer Mann schlurfte mit seinem Hund vorbei, Clara ging zu ihm. Der Mann musterte sie misstrauisch.

»Wissen Sie zufällig, wo hier eine Frau Kos oder eine Familie Kos wohnt?«

»Wer? woher?«

»Aus Chile, spanisch sprechend.«

Er hustete eine Weile und zog dazwischen gierig an dem fast aufgerauchten Zigarettenstummel. Es dauerte, bevor er sich endlich entschloss zu antworten. »Ach, die Spanier, die wohnen ...«, er kratzte sich am fast kahlen Kopf, »... aber ganz sicher weiß ich's nicht, im dritten Stock in diesem Kasten. Da ham se zwei Wohnungen. Mit dem ganzen Kindergesocks, das die da auch haben ...«, und dann ging das Husten wieder los, und er war ganz offensichtlich zu keiner weiteren Auskunft bereit.

Sie machten sich auf den Weg durch ein schmutziges Treppenhaus mit beschmierten Wänden bis in den dritten Stock mit fünf Wohnungstüren. Auch hier kein Hinweis, kein Name, keine Klingel. Sie versuchten es bei der ersten und zweiten Tür. Keine Reaktion. Gegenüber dröhnte laute Popmusik. Es dauerte, bis endlich ein dunkelhaariger junger Mann, nur in einer Boxershorts, wütend die Tür aufriss, etwas Unverständliches brüllte, sie kurz anschaute und dann wütend über diese Störung die Tür wieder zuknallte. Hier war Frau Kos mit Sicherheit nicht zu finden.

Bei der dritten und letzten Tür auf der linken Seite des Ganges kam auch eine Reaktion auf ihr Klopfen und Rufen. Diese Tür wurde einen Spalt geöffnet. Eine sehr blasse, etwa dreißigjährige Frau schaute ängstlich heraus, ohne die Sicherheitskette zu lösen.

»Wir suchen Señorita Kos.«

Ein großer, sehr magerer, dunkelhaariger Mann tauchte hinter der Frau auf. »Wem Sie suchen?«

»Señorita Kos.«

»Wer Sie sind?«

Der Übersetzer, der sich bis jetzt zurückgehalten hatte, erklärte es ihm auf Spanisch. Clara zog ihren Ausweis aus der Tasche und schob ihn durch den Türspalt dem Paar zu. Der Mann studierte diesen sehr genau, verglich das Foto mit ihrem Gesicht und löste erst dann die Sicherheitskette, öffnete die Tür und ließ sie, noch immer zögernd, in einen Flur, vollgestopft mit nicht ausgepackten Kisten, Schulranzen und Kinderanoraks.

Er lotste sie durch das Chaos in eine Wohnküche, die offensichtlich auch als Schlafzimmer benutzt wurde. Auf dem unteren Bett eines Kinderetagenbetts spielten zwei kleine Kinder. Am Küchentisch türmte sich schmutziges Geschirr. Ein etwa zwölfjähriges Mädchen versuchte es gerade in eine Ecke zu schieben. Sehr zum Unmut eines etwa Dreizehnjährigen, der dort Ausaufgaben machte. Er schaute nur kurz auf. Aus dem Nebenzimmer kam das Weinen eines Babys. Die Frau verschwand und tauchte gleich wieder mit einem Säugling im Arm auf.

Der Mann scheuchte die zwei Kinder vom Tisch und bot ihnen die einzigen zwei freigewordenen Stühle an. Er selbst setzte sich auf einen Hocker, den er unter dem Tisch hervorzog. Mit dem Baby auf dem Arm begann die Frau Wasser zu kochen.

»Wir möchten mit Señorita Kos sprechen, ist sie Ihnen bekannt, und wissen Sie, wo wir sie hier finden könnten?«

»Natürlich wir wissen, wo sie wohnt, wir hier seit zwei Jahren, sie unsere Nachbarin. Nachbarin nicht nur, wie eine liebe Verwandte oder Tante. Ohne sie ...«, erklärte er auf Deutsch, schwieg einen Moment und dachte nach. »Ja, ohne sie wir gar nicht mehr hier!«

Clara stand auf. »Danke für die Auskunft, wir wollen Sie jetzt nicht weiter belästigen, wenn Sie uns nur die Wohnung zeigen könnten.«

Darauf folgte ein aufgewühlter Redeschwall auf Spanisch. Er redete ununterbrochen, mit den Händen gestikulierend, ohne kleinste Pause, und dann packte er aufgeregt Claras Arm und zog sie zurück auf den Stuhl. Seine Frau stellte drei ramponierte Tassen auf den Tisch und schenkte aus einer zerbeulten Teekanne eine dunkle Flüssigkeit ein.

Herr Minos nutzte die Redepause. »Soweit ich zusammenfassend übersetzen kann, ist Frau Kos vor zwei Tagen schon zeitig nach Hause gekommen. Sie war sehr, sehr traurig. Verzweifelt. Unglücklich! Die drei ältesten Kinder schlafen immer bei ihr. Da hier in der Wohnung sehr wenig Platz für alle ist, hat Frau Kos der Familie angeboten, wenigstens drei von den sechs Kindern bei sich schlafen zu lassen. Und das schon kurz nachdem die Familie vor zwei Jahren aus Argentinien hier eingezogen ist. Man verstand sich, sprach dieselbe Sprache, und sie war doch alleine und freute sich über die Kinder.«

Als Herr Minos mit seiner Zusammenfassung fertig war, fuhr der Mann in seinem recht verständlichen Deutsch ruhiger fort: »Oft kochte die Tante für uns alle. Vorgestern wir sie versuchten zu trösten. Ist uns nicht gelungen. Hat sogar mit uns geschimpft, was nie vorher war. Ich …«

Eine etwa Siebenjährige stürmte ins Zimmer und unterbrach ihn: »Mama, Papa, wo ist die Katze, die neue Katze?«

»Psst, sei still, wir sie suchen gleich, ich jetzt rede mit diesen Leuten und dann ich sie mit dir suche.« Nervös und schnell fuhr er auf Spanisch fort.

Herr Minos begann parallel zu übersetzen: »Tante Marulu, also Frau Kos, bat uns – und das ist auch vorher nie passiert –, dass die drei Kinder, die immer bei ihr schlafen, ausnahmsweise auf Matratzen bei uns schlafen müssten. Sie bräuchte diese Nacht – aber wirklich nur eine Nacht –, um mit ihrer Traurigkeit fertigzuwerden. Den Grund ihrer Traurigkeit hat sie uns nicht erzählt. Es muss etwas Schlimmes passiert sein! Sie machte einen verstörten Eindruck!«

Señora Sanchez drehte sich vom Spülbecken zu ihnen um und fuhr mit einem Schluchzer fort: »Als kleine Juanita sie hat umarmt, da fing sie böse zu schimpfen an. Hat sie geschüttelt. War schlimm durcheinander. So wir sie nie erlebt haben und so viel weinen. Nicht gut, das Weinen.« Dann drehte sie sich zurück zum Spülbecken, und jetzt bebten ihre Schultern.

»Gestern früh«, fuhr jetzt Señor Sanchez mit belegter Stimme fort, »hat unser Ältester ein wichtiges Schulbuch und Heft drüben vergessen. Er ist rüber und …«

Es wurde plötzlich beängstigend still in der Küche. Clara,

um nicht unhöflich zu erscheinen, schlürfte noch einen Schluck des sehr bitteren Tees und stand auf. »Danke, Sie waren uns eine Hilfe und …«

»Ich bringe Sie rüber!«

Die Tür gegenüber – die einzige, an der sie nicht geklopft hatten – war verschlossen. Señor Sanchez kam mit Herrn Minos hinter ihr her und hatte einen Schlüssel in der Hand. Zitternd schloss er auf.

Sie betraten einen freundlichen, aufgeräumten kleinen Flur mit einem antiken Tischchen, darüber einem alten Spiegel und einem altmodischen Garderobenständer, an dem ein Mantel und ein Hut hingen. Beides war Clara nicht unbekannt. Rechts ging es durch eine offene Türe in eine Wohnküche. Ein hellgeschrubbter Holztisch mit acht Stühlen, von denen ein einziger verrückt war. Im Zimmer daneben befanden sich ein Etagenbett, ein hölzernes Pult und eine Schlafcouch, sehr aufgeräumt, bis auf einen Kinderanorak und eine Plastiktüte auf dem unteren Bett. Am Ende des kleinen Flurs befanden sich ein grau gekacheltes Duschbad und noch ein Zimmer. Die Tür war nur angelehnt, und das Zimmer wurde fast ganz ausgefüllt von einem altmodisch geschnitzten Bett. Auf diesem lag Señorita Kos mit starr geöffneten, zur Decke gerichteten Augen – offensichtlich schon seit einer Weile in einer anderen Welt. Die blaue Strickjacke und die karierte Bluse hatte sie auch vor zwei Tagen an – daran erinnerte sich Clara mit Sicherheit. Was war passiert? Hatte sie vor Kummer einen Infarkt bekommen?

Clara drehte sich um, hinter ihr standen schweigend die beiden Männer. Clara schob sie auf den Flur. »Also, eins ihrer Kinder kam gestern früh hier in die Wohnung?«, begann sie mit ihren Fragen.

»Ja, Jacobo, unser Ältester.«

»Wie kam er in die Wohnung? War die Wohnungstür offen?«

»Nein, ziemlich sicher nicht, aber warten Sie, es ist besser, wir fragen ihn.«

Jacobo sprach fließend deutsch. »Ich möchte von dir wissen, ob die Tür offen stand, als du gestern früh herübergekommen bist?«

»Nein, die Tür war verschlossen!«

»Wie immer?«

»Ja, das heißt, nein!«

»Also, was war anders, oder wie soll ich das Nein sonst verstehen?«

»Normal, wenn wir bei ihr schliefen, sperrte sie immer die Tür, wenn wir in unseren Betten waren, zweimal zu und ließ den Schlüssel innen stecken! Aus Sicherheitsgründen, da kann dann niemand mit einem falschen Schlüssel von außen aufsperren! So hat sie uns das irgendwann einmal erklärt. Papa musste sogar ein Brett hier unten an der Tür anbringen, damit man den Schlüssel nicht durchdrücken und so holen konnte.«

Das Brett war ein Sperrholzbrett und passte an den beiden Enden nicht ganz.

»Ich weiß, sehr professionell sieht das nicht aus, wir konnten aber nichts anderes Gescheites damals auftreiben, und sie wollte es ganz plötzlich und schnell!«

»Gut, also was war anders?«

»Es war nicht abgesperrt, die Tür war nur zu, sonst hätte ich sie gar nicht aufmachen können. Zuerst dachte ich, sie ist vielleicht gar nicht mehr da.«

»Wir haben schon seit einem Jahr von ihr einen Schlüssel«, mischte sich der Vater ein.

»Und?«

»Ich ... ich hab aufgesperrt und ...« Der Junge schluchzte, und Clara wartete geduldig. Dann holte er tief Luft und fuhr fort: »Aber dann, ich bin reingegangen. Und sie war in ihrem Schlafzimmer, und da …«, er stockte, »da lag sie neben dem Bett! Ja, neben dem Bett und auf dem Bauch.« Er zitterte, und sein Deutsch wurde plötzlich gebrochen. »Ich mir gedacht habe, komisch, sonst immer früh wach, und warum noch angezogen von gestern. Und dann auch noch neben Bett!« Er stockte wieder. »Ich gerufen: Tante, hallo Tante, aber sie sich nicht gerührt.« Er schüttelte verzweifelt den Kopf und fuhr fort: »Ich nochmal gerufen. Nichts! Und dann hab ich Papa gerufen!«

Señor Sanchez nickte und sagte auf Spanisch. »Ich hab sie umgedreht. Natürlich wollte ich schnell einen Arzt holen. Wir haben hier einen sehr netten Doktor, auch aus Argentinien. Er hat manchmal, wenn die Tante für uns kochte, mit uns gegessen. Ich bin zu seiner Wohnung gelaufen. Aber er war nicht da. Er arbeitet in einem Krankenhaus, muss da eine halbe Stunde mit dem Zug hinfahren.« Er fixierte Clara intensiv und länger, bevor er fortfuhr: »Ich bin wieder zu ihr. Da war nichts mehr zu machen. Meine Frau und ich haben sie dann zusammen aufs Bett gelegt. Sie war schon so steif, so kalt, es war lange her, dass sie tot war.«

»Haben Sie einen anderen Arzt gerufen?«, wollte Clara von ihm wissen.

»Nein, dazu hatte ich zu viel Angst. Ich habe eine große Familie, und wenn ich ins Gefängnis komme, was ist dann mit ihnen?«

»Gefängnis?«

»Ja, Gefängnis, die denken womöglich, wir oder ich … Hier ist viel Kriminalität. Passieren immer wieder schlimme Sachen, und schuld sind dann wir Ausländer.«

»Wieso denken Sie an Kriminalität? Señorita Kos hatte vielleicht einen Infarkt.«

Er schwieg einen Moment. »Das glaub ich beinahe nicht. Einmal, vor einem dreiviertel Jahr, hat sie sich schlimm gestoßen. Es war in der Früh, und die Kinder waren schon weg, und natürlich ist sie zu uns gekommen, und meine Frau hat sie verbunden. Meine Frau hat Krankenpflege studiert, nicht ganz fertig, weil die Kinder kamen, aber das Wichtigste, das kann sie sehr gut.«

»Also glauben Sie, wenn sie sich nicht gut gefühlt hätte ...«

»Dann hätte sie es uns erzählt oder wäre rübergekommen, und das ganz sicher. Sie war durcheinander, das schon, aber einen kranken Eindruck machte sie überhaupt nicht.«

»Vielleicht hätte ihr ein Arzt doch noch helfen können.«

»Nein, da bin ich mir mit meiner Frau ganz sicher! In Südamerika gibt es nicht solche Institute wie hier, wenn da jemand stirbt, hilft das ganze Dorf. Wir haben sie gefunden, und da war sie schon eine gute Weile tot. Was kann ein Arzt da noch tun?«

»Hatte Señorita Kos außer dem Doktor, von dem sie gerade erzählten, Freunde oder Menschen, mit denen sie Kontakt hielt?«

»Also hierher kam nie Besuch. Nur einmal kam sie sehr spät, und wir haben uns Sorgen gemacht. Sie hat uns immer schon in der Früh erzählt, wenn sie bei ihren Arbeitgebern schlief. An dem Abend erzählte sie uns von ihrem Ziehsohn. Sie hat ihn wohl öfter gesehen, immer bevor sie so um sechs nach Hause kam. In letzter Zeit ging sie morgens früher, meistens schon viertel vor sieben mit den Kindern, um ihn zu besuchen.«

»Der Ziehsohn, haben Sie ihn kennengelernt, oder wissen Sie, wo wir ihn erreichen könnten?«

»Nein, wir immer merkwürdig fanden, er nie ist hierhergekommen. Wir vor vier Monaten eine Überraschungsfeier für sie zum Namenstag gemacht und wollten, dass er auch kommt!«

»Und?«

Señor Sanchez schüttelte den Kopf, und Herr Minos übersetzte: »Sie hat uns erklärt, dass er sehr, sehr tüchtig und sehr beschäftigt sei, sehr viel arbeitet und deshalb keine Zeit hat, sie zu besuchen. Dass sie deshalb ihn besucht. Sie hat immer wieder einen Kuchen für ihn gebacken, und den hat sie ihm dann wohl auf dem Weg zu ihrer Arbeit vorbeigebracht.«

Erneut wurde Clara bewusst, wie wenig sie über das Leben der beiden alten Damen gewusst hatte. Sie ging zum Fenster, wo ihr Handy Empfang hatte, und rief Michael an. »Bitte, schick einen unserer Rechtsmediziner in die Wohnung von Señorita Kos.«

»Wieso, geht's ihr nicht gut?«

»Nein, sie liegt tot auf ihrem Bett, und das wohl schon seit schätzungsweise vorgestern.«

»Soll da nicht lieber auch einer von der Spurensicherung mitkommen, was hast du für ein Gefühl?«

»Gar keines!«

»Dann ist es wohl besser, ich komme mit dem Team, das klingt irgendwie ...«

Sie legte auf, und nach zwei Sekunden läutete ihr Handy.

»Wir sind schon beide ein bisschen durcheinander. Wo ist das Ganze? Ich brauche eine Adresse und bin schon unterwegs!«

Herr Minos unterhielt sich mit Señor Sanchez und Jacobo noch im Flur.

»Habe ich etwas Wichtiges verpasst?«

Herr Minos schüttelte den Kopf. Clara wandte sich an Señor Sanchez. »Also, ich glaube, im Moment haben wir alles besprochen. Ich werde mich bei Ihnen wieder melden. Es wäre gut, wenn Sie in den nächsten Tagen erreichbar sind.«

Herr Sanchez nickte, und Jacobo schaute Clara traurig an. »Wo wird die Tante begraben? Was kann ich und meine Familie für sie tun? Sie hat so viel für uns getan.«

»Danke, Jacobo, jetzt wird erst einmal die Polizei ihre Arbeit tun, dann werden wir weitersehen. Aber es wäre gut, wenn ihr eure Sachen jetzt aus der Wohnung holt.«

Jacobo schüttelte den Kopf: »Das Schulzeug und auch unsere anderen Sachen haben wir schon gestern geholt. Die Wohnung ist ohne die Tante so traurig, da wollen wir gar nicht hin.«

Clara versuchte, sich zu konzentrieren, sich – wie sie das gewöhnt war – bestimmte wichtige atmosphärische Details einzuprägen. Und dann stellte sie fest, dass sie auch hier dazu nicht in der Lage war.

Staatsanwalt Peter Cross traf mit zwei Männern von der Spurensicherung ein. »Frau Ahrweiler, ein so schnelles Wiedersehen mit Ihnen habe ich nicht erwartet. Es wäre gut, Sie würden mir die Zusammenhänge und alles, was sie wissen, mitteilen.«

Sie setzten sich zusammen in die sehr aufgeräumte Küche, und Clara versuchte, ihm alles zu erzählen, was ihr einfiel. Er überwachte dann die Tatortbefundaufnahme, aber die Todesursache konnte auf diesem Weg nicht festgestellt werden. Deshalb beschloss er, die Pathologie mit einzubeziehen, obwohl ein tödlicher Herzinfarkt aus Kummer nicht auszuschließen war. Offensichtliche Spuren fanden sich keine, nur einige mögliche Schlussfolgerungen wie zum Beispiel der Stuhl, der anders am Esstisch stand, oder im Geschirrschrank – auffallend bei dieser schon fast pedantischen Ordnung – ein Glas und eine Tasse mit Untertasse anders weggeräumt.

Michael fuhr mit Clara nach Hause. »Michael, ich bin bestürzt und fassungslos!« Sie musste sich zusammenreißen. »Wahrscheinlich ist das jetzt unser zweiter Mord. Auch hier sieht zwar alles nach einer altersbedingten Todesursache aus, aber …« Der Rest des Satzes blieb Clara im Hals stecken.

Freitag, 7. April

Ein kurzer Blick auf seine Uhr, und dann zerkleinerte er weiter die verschiedenen großen und kleinen handbeschriebenen Blätter, die den ganzen Tisch bedeckten. Ein mit schwarzer Tinte eng beschriebenes Blatt verrutschte, wurde von ihm begutachtet. Er zögerte und beschloss, es nicht zu zerkleinern. Diese Erinnerung würde er mit einem nicht undankbaren Gedanken erst dann vernichten, wenn er endlich mit seiner schwer erkämpften neuen Lebensphase begann. Wieder ein Blick auf seine Uhr, es war noch Zeit. Deshalb schüttete er den Inhalt der Plastiktüte noch einmal auf den Tisch, um die Schnipsel noch weiter zu zerkleinern. Einige wenige noch verbleibende Seiten verstaute er in der Kommode und hinterließ den Tisch wie immer makellos leer.

Gegen das Fenster peitschte Regen. Ein typischer April-Wolkenbruch, wie in den Nachrichten gestern vorausgesagt. Er verließ seine Wohnung acht Minuten vor der gewohnten Zeit mit Mantel, Schirm, Hut und der gefüllten Plastiktüte. Zielstrebig machte er sich in den wie ausgestorbenen Grünanlagen auf den Weg zu den an verschiedenen, ihm bekannten Plätzen angebrachten Abfallbehältern. Er zog sich die mitgebrachten Plastikhandschuhe an und begann die Papierschnipsel mit dem aufgeweichten Abfall, der sich bereits in den Behältern befand, zu vermischen. Systematisch wiederholte er diesen Vorgang, bis der gesamte Inhalt der Tüte verteilt war.

Die Handschuhe wanderten in die leere Tüte, und diese

verstaute er ordentlich zusammengefaltet in seiner Manteltasche, um dann mit schnellem Schritt auf seinem üblichen Weg ins Büro zu eilen. Der Regen trommelte weiter auf seinen Schirm, und er umging mit großem Bedacht die Pfützen, die sich in der Zwischenzeit gebildet hatten.

☆

Es war sechs Uhr früh, und Grazie sang leise ihre Morgengebete. Clara tat nur so, als ob. Zum Singen war ihr heute nicht. Wie sollte das jetzt weitergehen? Normalerweise fiel ihr immer etwas ein. Aber durch die Nähe zu den Personen, die es plötzlich nicht mehr gab, war sie wie gelähmt.

Ihr erster Weg im Kommissariat führte zu Ruth. »Wir haben mal wieder für unsere Weltklassehackerin Arbeit. Meinst du, du schaffst das im Moment?«

Ruth strahlte, als sie das hörte. »Clara, du weißt doch, ich mache nichts lieber als diese Recherchen – und ohne die …«, sie schüttelte den Kopf, »ja, da hätte ich meinem Mann vielleicht doch schon nachgegeben und mit dem Arbeiten aufgehört.«

»Wir brauchen Informationen über eine ungarische, vielleicht auch österreichische Adelsfamilie mit dem Namen Kranz. Das heißt, davon gehe ich aus, denn Singer ist wohl der Nachname des Ehemanns. Eindeutiger aber als der Familienname ist der Name des Besitzes, den die Familie über mehrere Generationen besaß. Gut Virag Tanya in Nagykata, Ungarn, und 1918 wurde dort eine Elisabeth geboren. Den genauen Geburtstag weiß ich leider nicht.« Ein abwesendes Lächeln schlich sich in Claras Gesicht. »Schau mich nicht so an, ich denke gerade an meine Geburtstagsfeiern bei Jayja. Aber Geburtstag wurde nur bis zum fünfunddreißigsten gefeiert, ab dann war es der Namenstag, und deshalb weiß ich ihren nicht!«

Clara war sich ganz sicher, dass Ruth alles in ihrer Macht Stehende tun würde, um sie mit Informationen zu versorgen. Ruth war glücklich über die Abwechslung, und Clara hatte den Kopf frei, um sich wieder um die Jugendlichen zu kümmern. Sie rief im Evangelischen Krankenhaus an, aber dort waren keine Jugendlichen mehr. Am wahrscheinlichsten war das nicht mehr benutzte Fabrikgelände in Holweide. Erst kürzlich hatte man einen kostspieligen Stacheldraht um das Anwesen gezogen. Für die Jugendlichen kein Grund, diese Bleibe aufzugeben. Im Pförtnerhaus lief der Fernseher, ein Pförtner war nicht zu sehen. Sie parkte ihr Auto vor dem Tor und machte sich durch den offenen Seiteneingang auf den Weg, durchquerte eine mit riesigen Holzkisten vollgestellte Halle über einen Gang in die nächste Halle und wollte gerade umkehren, als sie Stimmen hörte. Sie bahnte sich einen Weg zwischen Kisten hindurch, und am Ende des Lagerraumes, zwischen Stapeln alter und neuerer Pappkartons und Holzkisten, leeren Bierflaschen, Zigarettenkippen, alten Klamotten und Plastikmüll, kämpften zwei Halbwüchsige auf dem Betonfußboden und prügelten aufeinander ein.

»Mach dich Matsch! Ich mach dich kalt, und das ...!«

Zwei Mädchen tauchten zwischen den umgekippten Holzkisten auf und näherten sich zögernd den zwei Kämpfenden. »Mensch, hört endlich auf!«, schrie die eine, und dann zu ihrer Freundin: »Was machen wir? Die bringen sich echt um!«

»Na und, dann ... dann gibt's für uns mehr zu essen – und ich hab Kohldampf!«

Clara stolperte beinahe über das Bein eines Jugendlichen, der bewegungslos in einer umgekippten Kiste mit Holzwolle schlief. Ein anderer hing so betrunken zwischen zwei Holzleisten, dass er nicht mehr aufrecht sitzen konnte. Er hatte zwei leere Bierflaschen auf dem Schoß und eine in der Hand und schimpfte laut und aggressiv vor sich hin. Ohne Waffe und allein konnte sie sich nicht einmischen, es blieben eigentlich nur der Rückzug und der Pförtner. In dem Moment tauchte neben ihr auch noch ein Boxertyp auf und pfiff schrill durch zwei Finger.

Die Prügelknaben richteten sich auf. »Was will die Abgewrackte hier?«, wollte er wissen.

Alle wandten sich zu Clara um.

»Das fragst du Arschloch sie mal lieber selber. Du bist doch hier der Boss!«, schnauzte eins der Mädchen.

»Willste eine geknallt haben? Und Arschloch, das bist du!«, brüllte er zurück und dann zu Clara: »He, was suchen Sie hier?«

»Ich suche Schlucker.«

»Ätzend, wer soll das denn sein?«

Clara überlegte einen Moment. »Der mit dem Gipsarm!«

»Ach, der Freak! Wenn, dann ist der draußen, da treiben sich die ärmsten Säue von uns rum. Die, die eigentlich auf den Müll gehören, aber echt!«

»Und jetzt sag der Abgewrackten, sie soll sich endlich dünnmachen, sonst müssen wir das für sie erledigen«, mischte sich jetzt einer der Prügelknaben ein und kam auf Clara zu – und die machte, dass sie rauskam.

Wenigstens regnete es im Moment nicht. Mühsam suchte sie sich einen Weg durch Matsch, Dreck und Müll in die Richtung, wo sie annahm, die ärmsten Säue zu finden. Ein kaputtes Tor, ein Schuppen mit einem hängenden Überdach, Matsch und ein Autowrack ohne Motorhaube, ohne Reifen, mit zerbrochenen Fenstern, einer Tür, die nur noch schief in den Angeln hing. Auf den Resten der Sitze schliefen drei nicht zu identifizierende Gestalten. Sie näherte sich vorsichtig, nichts rührte sich. Ein schmutziger eingewickelter Arm ragte unnatürlich und steif zwischen den zwei Schlafenden nach oben. Clara räusperte sich, und auch ihr leises, dann lauteres Hallo blieb ohne Wirkung. Solche Ausflüge sollte man nur im Team unternehmen. Auch ein Zeichen, wie durcheinander sie im Moment war. Letzter Akt, und dann würde sie endgültig von hier verschwinden. Sie kramte das Handy aus ihrer Tasche und stellte die Klingellautstärke auf maximal und Sirene. Die Jugendlichen schreckten sofort hoch, und einer von ihnen war Georg. Fassungslos starrte er sie an, als wäre sie seinem Traum entstiegen. Mühselig kroch er über den anderen aus dem kaputten Vehikel. Der beobachtete sie nur misstrauisch.

»Los, komm raus, Krabbe, bei ihr passiert dir nichts. Mit ihr können wir auch über Ken quatschen.«

»Bist du sicher? Die lügen doch immer alle!«

»Die nicht.« Georg grinste. »Und das, obwohl sie ein Bulle ist!« Dann stellte er sich vor Clara. »Wir brauchen dringend Ihre Hilfe. Ken liegt jetzt schon seit zwei Tagen dahinten drin und bewegt sich so gut wie nicht mehr! Ich hab ihm immer wieder Wasser gebracht, aber das hat er ausgekotzt. Was anderes Gescheites hatten wir nicht für ihn.«

Clara überlegte einen Moment. »Wir brauchen etwas, um ihn zu ...«

»... transportieren, da haben wir was.« Georg verschwand und kam nach zwei Minuten mit einer alten Schubkarre wieder. Mit einiger Mühe schafften sie den bewegungslosen Ken aus dem Autowrack. Sie wuchteten ihn in die Schubkarre und machten sich auf den Weg zu Claras Auto.

Clara atmete auf, als sie ihn endlich auf dem hinteren Sitz ihres Autos hatte. Krabbe war ihnen mit gebührendem Abstand gefolgt. Als Clara die hintere Tür schließen wollte, nahm er die Chance wahr und quetschte sich noch schnell ohne weitere Aufforderung neben Ken.

Georg zögerte; hinten war kein Platz mehr. Clara schob ihn auf den Beifahrersitz. Die drei verbreiteten einen Gestank, der kaum zu ertragen war, und da halfen auch die trotz strömenden Regens weit geöffneten Fenster nichts.

In der Notaufnahme hatten sie Glück. Die Schwester, die mit Dr. Rasmusen zusammengearbeitet hatte, erkannte Clara und Georg wieder. »Na, dir scheint's ja wieder ganz gut zu gehen, aber was haben wir denn da?« Ken kauerte zusammengesunken und apathisch in dem Rollstuhl, den sie am Eingang bekommen hatten, und zitterte.

»Brauchst keine Angst zu haben«, flüsterte Georg ihm zu.

Clara nahm ihre Jacke, mit der sie ihn zugedeckt hatte. »Ich glaube, er braucht schnelle Hilfe. Darf ich ihn hier bei Ihnen lassen?«

»Das dürfen Sie, ich verspreche, ich werde mich sofort um ihn kümmern.«

Georg und Krabbe trotteten wie zwei Schoßhunde hinter ihr her, als sie das Krankenhaus verließ. Beim Auto blieben die beiden zögernd stehen.

»Los, steigt ein. Irgendwie müssen wir jetzt schauen, dass ihr etwas zwischen die Zähne bekommt.«

Clara hielt bei McDonald's. »Ihr bleibt im Auto. Ich bin gleich zurück.« Sie kam mit zwei doppelten Hamburgern und zwei doppelten Portionen Fritten wieder. Krabbe starrte Clara entgeistert an.

Sie gab ihnen die Pakete. »Jetzt los, riecht das denn nicht gut, oder habt ihr etwa keinen Hunger?«

Georg grinste und stupste Krabbe an: »Du dachtest doch, ich spinne, als ich dir die andere Geschichte ...«

»Ich halt's nicht aus, ich flipp aus … ich …«

Und dann wurde es – bis auf ein lautes Schmatzen – still. Andächtig still! Clara spulte in der Zwischenzeit das übliche Programm ab, um die beiden unterzubringen. Sie versuchte es bei der städtischen Schlafstätte für Obdachlose, erwischte aber nur einen Anrufbeantworter: Wir haben tagsüber geschlossen und öffnen um 19 Uhr. Bei der Caritas war eine Warteliste von dreiundzwanzig Jugendlichen, und der SKM war auch mehr als überbelegt. Einfach bei der nächsten Ecke wieder auf die Straße mit ihnen. Es war sowieso hoffnungslos. Im Rückspiegel sah sie Georgs schmales Gesicht – und da blieb wohl nur ein einziger Ausweg: sie heute mit nach Hause zu nehmen und morgen in Ruhe weiterzusuchen. Wenn ihre Mutter das wüsste, würde sie einen Schreianfall bekommen und sie endgültig als reif für die Klapsmühle bezeichnen.

Grazie war von ihrem Ausflug aus Bonn zurück. Sie fand es gar nicht merkwürdig, als Clara in dieser Begleitung auftauchte, und übernahm mit großer Selbstverständlichkeit die Säuberungsaktion der beiden. Als Krankenschwester war man ganz offensichtlich Profi im Fremde-Rücken-Schrubben, Haarewaschen und was sonst dazugehört. Danach wurde Georgs Arm professionell neu verarztet. Um das Bad wieder in seinen Urzustand zu versetzen, brauchte Clara dann alle vorhandenen Putzmittel.

Inzwischen hockten die zwei verschreckt, in große Badetücher gewickelt, vor dem Fernseher und wussten nicht, wie ihnen geschah. Ihre Anziehsachen waren in der Waschmaschine, Georgs kaputten Pullover hatte Clara sofort in den Müll befördert und ihm eins ihrer alten Hemden gegeben. Nur das Wort »essen« war noch magischer als das Fernsehen und lockte sie an den Esstisch, auf dem Spaghetti und Claras Tomatensoße warteten. Grazie betete.

»Mit wem hast du gerade gequatscht, ohne dass er da ist und ohne Telefon?«, wollte Georg wissen.

»Mit Ihm«, und dabei schaute sie nach oben zur Zimmerdecke. »Er ist überall – und das immer. Wenn wir Ihn jetzt um etwas bitten, wird Er das hören! Ich hab Ihn gebeten, dass Er euch besonders beschützt.«

»Na ja, wenn du's glaubst ...«, meinte Krabbe und grinste. »Für gutes Futter hat Er heute jedenfalls gesorgt!«

Er stupste Georg an, dem das ein wenig peinlich zu sein schien. Trotz Fritten und Hamburger vor nicht einmal zwei Stunden verschwanden die Spaghetti in Windeseile. Georg war danach schlecht. Grazie tröstete ihn, das war das ungewohnt viele Essen. Wie er da sauber neben Grazie saß, fiel Clara zum ersten Mal auf, wie hübsch er war. Seine fein geschnittene, fast aristokratische Nase, seine fast schwarzen, etwas krausen Haare, die schönen dunkelbraunen Augen und der schmalgliedrige Körper. Ganz das Gegenteil vom stämmigen mittelblonden Krabbe.

»Beides nette, hübsche Jungs und haben schon vieles hinter sich«, meinte Grazie, als sie zusammen das Sofa im Wohnbereich ausklappten. Grazie und Clara würden sich das große Bett im Schlafzimmer teilen.

Samstag, 8. April

Die Krawatte, die er für heute auswählte, war dezent braunschwarz gemustert. Seine Armbanduhr zeigte 7.28 Uhr. Um diese Zeit war sie öfter, absolut unerwünscht, aufgetaucht. Hatte sich auch immer wieder vehement in die Auswahl seiner Krawatten eingemischt. Diese Krawatte von heute verabscheute sie und ließ es ihn auch immer deutlich wissen, behandelte ihn wie einen minderjährigen Idioten. Es passte ihm nie wirklich, auch ihre abendlichen Überfälle, trotzdem vermisste er diese Besuche jetzt.

Der Himmel strahlte in makellosem Blau, als er das Fenster der Küche und das gleich danebenliegende im Flur zum Lüften weit öffnete. Er rollte die Ärmel seines weißen Hemdes hoch und steckte sich die Krawattenspitzen vorne ins Hemd, nahm die gestern erworbene Pfanne und stellte sie auf die bereits brennende Gasflamme seines Herdes. In der Pfanne zerschlug er nicht sehr geübt die ebenfalls gestern besorgten Eier. Er fügte dann die Papierschnipsel dazu, ließ alles auf dem Herd, bis es schwarz verbrannt und nicht mehr erkennbar war. Die am Fenster abgekühlte Mischung beförderte er dann in eine Mülltüte und verknotete diese sorgfältig. Aus der Schublade nahm er eine neue Mülltüte, in die er etwas zerknülltes Papier von der Küchenrolle stopfte.

Die Pfanne säuberte er umständlich, bis sie glänzte, und räumte sie dann in einen der leeren Küchenschränke. Er stellte die Fenster der Küche und des Flures auf Kipp. Ein Blick genügte, es befand sich alles wieder in gewohntem Zustand.

Wie immer füllte er die zwei Schälchen für die Katzen mit Milch, legte den üblichen Schinken dazu und verließ beinahe zur üblichen Zeit mit dem Müllbeutel die Wohnung. Diesen stopfte er in die dafür vorgesehene Mülltonne, die bereits mit vier anderen Mülltonnen auf die Montagsleerung an der Straße wartete. Auf der Innenseite des Mülltonnendeckels klebte die Doppelseite einer Illustrierten, und ein nacktes weibliches Abbild kam ihm entgegengeflattert. Er wich zurück vor dieser aufreizenden Nacktheit. Ekelte sich vor diesem Stück Papier, das sich ohne Logik in seine Mutter verwandelte. Seine Mutter, ein immer wiederkehrendes hüllenloses, aufreizendes Gespenst, das ihn, als er drei Jahre alt war, wegen eines Gastarbeiters im Stich gelassen hatte. Aus heutiger Sicht – und dies war jetzt seine feste Überzeugung – sicherlich zu seinem Vorteil. Unvorstellbar, seine Kindheit in Gesellschaft einer Hure zu verbringen. Dem waren die Eintönigkeit und das Alleinsein schon damals eindeutig vorzuziehen.

Er beschloss, um sich von diesen Gedanken zu befreien, einen größeren Umweg durch die Grünanlagen zu gehen. Ein Blick auf seine Uhr bestätigte, dass er wie immer pünktlich zu der Geschäftsverabredung kommen würde.

☆

Um neun wachte Clara auf. Das Bett neben ihr war leer und die Wohnung still, und auf dem Küchentisch stand die Thermoskanne mit indischem Tee und einem Zettel: »Es ist so schönes Wetter, wir gehen auf Wanderschaft und kommen nicht spät wieder!«

Clara trank den Tee, dachte an Jayja und redete ein wenig in Gedanken mit ihr. Wo befanden sich die restlichen Seiten ihrer Aufzeichnungen? Oder hatte sie dazu keine Zeit mehr gehabt?

Clara zwang sich, diese Gedanken zu verscheuchen. Sie zog eins ihrer Kochbücher aus dem Regal – und eine ganze Ladung kam ihr entgegen. Bücher, ihr Tick, und es waren einfach zu viele in dem Küchenregal. Es fiel ihr schwer, an einem Buchladen vorbeizugehen, ohne wenigstens ein Buch zu kaufen. Zu Hobys Zeiten war ihre Leseobsession einer der Streitpunkte. Er hatte ihre Bücherstapel gehasst, die immer überall verteilt lagen. Am Anfang ihrer Kölner Zeit hatte sie als Erstes die Buchläden erkundet und so auch Siegfried kennengelernt. Er hatte ein Antiquariat von besonderer Art – und er schien auch aus einem Buch entstiegen zu sein. Sie liebte die Bücherberge bei ihm und half ihm öfter nach Dienstschluss beim Räumen.

Clara stopfte gerade mühsam die herausgefallenen Kochbücher zurück ins übervolle Regal, als Grazie mit zwei sehr gut gelaunten Jungs auftauchte. »Die Enten haben unser ganzes altes Brot gefressen, obwohl ihnen Krabbe ziemlich viel für sich abgeluchst hat«, erzählte sie.

»Also, schon wieder Hunger. Grazie, wir müssen einkaufen!«

Und das taten sie dann wie die Weltmeister, im Hinterkopf zwei Nimmersatt.

»Grazie, ich glaube, ein Friseurbesuch ist fällig, schau mich an: Ich sehe wild aus. Michael erwähnte extra, dass es heute Abend etwas Besonderes wird! Bist du mir böse, wenn ich dich jetzt schon wieder alleine lasse? Oder ich ziehe mir deine Uniform-, oder heißt das Klosterfrau-Haube …«

»Hör auf, und mach dich auf den Weg, ich habe nur eine Haube mit.«

Grazie hatte es da wirklich einfach mit ihrer Schwesterntracht. Keine Schönheitsmanöver! Nur von innen leuchten zählte, und das tat Grazie so hell wie ein Stern!

Die Jungs saßen satt, sauber und glücklich vor dem Fernseher, als Clara und Grazie aufbrachen. Maja und Michael warteten schon an einem ruhigen Tisch im hinteren Bereich des von Michael ausgesuchten Restaurants, als sie eintrafen. Michael stand auf, um sie mit einem strahlenden Grinsen zu begrüßen, und dann feierten sie! Was, wusste keiner von ihnen, einfach nur feiern! Trauriges vergessen und das Essen genießen. Es gab Kir Royal und sehr viele kleine wunderschön anzusehende Köstlichkeiten, und irgendwann machten sie sich zu dritt auf die Suche nach »für kleine Mädchen«.

In der Mitte des Lokals saßen vier Herren. Offensichtlich ein besonderer Tisch, denn drei Kellner umschwirrten ihn wie Bienen den Nektar. Und in dieser Runde saß – Clara konnte es nicht fassen – Hoby!

Waren es wirklich zwei Jahre ohne Kontakt? Er war so in ein Gespräch vertieft, dass er nicht auf seine Umgebung achtete. Clara, so überrascht wie paralysiert, achtete auch nicht auf ihre und stieß mit einem Kellner zusammen, der mit zwei vollen Tellern ihren Weg kreuzte. Eine der silbernen Wärmehauben krachte scheppernd zu Boden. In diesem Ambiente war das wie ein Paukenschlag. Alle Gäste unterbrachen ihre dezent geführten Gespräche. Hoby sah auf und erkannte Clara. Sie flüchtete hinter Grazie und Maja zu den Bequemlichkeiten. Auf dem Rückweg schlug sie einen großen Bogen um diesen Tisch.

Michael war besorgt. »Clara, ist etwas? Du bist plötzlich so still. Was habt ihr drei angestellt? Man kann euch keine Minute alleine lassen.« Er schenkte Clara den letzten Rotwein ein.

»Michael, bitte, ich kann das nicht mehr trinken, ich hab

schon mehr als genug gebechert, und uns alle drei kannst du schwer nach Hause tragen. Meine Kilos haben sich ...«

»Verdreifacht, und das ist schön, du siehst toll aus! Und jetzt muss ich ›für kleine Mädchen‹.«

Nachdenklich kam er wieder. »Wisst ihr, wer am Tisch in der Mitte sitzt? Ihr werdet es nicht glauben, de Koonig und ein Mann, der könnte der Zwillingsbruder von Hoby sein. Ich hoffe, das ist nicht taktlos, dass ich das erwähne.«

»Du meinst, der Tisch in der Mitte, der, wo die gesamte Kellnerschaft hofiert?«, wollte Maja wissen.

»Ja, der. Herrn de Koonig kenne ich allerdings nur aus der Zeitung, bin mir aber sicher.«

Und dann tauchte Hoby plötzlich an ihrem Tisch auf. Clara hatte verdrängt, wie gut er aussah. Sein interessantes, ausgeprägtes Gesicht und das Grübchen in der linken Wange waren wirklich verführerisch. Waren es die kurz geschnittenen blonden Haare? Etwas war anders. Oder war es die Ausstrahlung einer endgültig erwachsenen Persönlichkeit? Er begrüßte erst Grazie und Michael wie alte Bekannte, danach Maja, und wandte sich erst dann an Clara: »Bestimmte Begegnungen sind höhere Gewalt – und dies sollte man so akzeptieren!«

»Hallo Hoby«, war alles, was Clara herausbrachte.

»Ich freu mich über diese höhere Gewalt. Ich bin nur heute hier und muss morgen zurück nach Berlin. Bitte schenke mir eine halbe Stunde!«

Sie ging mit ihm in die nächste Bar. Und natürlich war's nicht eine halbe Stunde, sondern bis vier Uhr früh. Dann wurden sie rausgeschmissen, weil die Bar schloss. Er begleitete sie noch im Taxi nach Hause. Sie redeten ohne Punkt und Komma. Er wollte alles wissen. Mit wem sie zusammenlebte. Und als sie ihm ihre momentane Wohnsituation erklärte –

indische Krankenschwester in ihrem Bett, obdachlose Jungs in der Wohnküche –, konnte er nicht aufhören zu lachen. »Du hast dich so gar nicht verändert, wie herrlich!«

Er erzählte ihr sehr ehrlich von sich, und sein Fiasko mit Frauen wurde auch nicht verschwiegen. »Ich bin – ich gebe es zu – immer wieder auf sehr hübsche Puppen, ja Puppen, reingefallen. Aber eigentlich hielt ich sie schon nach den ersten zwei Stunden nicht mehr aus!« Er streichelte kurz über Claras Hand, bevor er fortfuhr: »Sie langweilten mich mit ihrem ständigen Modewahn und Schlanksein! Meinen Bedarf an weiblichen Abenteuern hab ich dann vor ungefähr einem Jahr endgültig an den Nagel gehängt.« Er schaute sie an. »Als ich dich heute sah, dachte ich zuerst, du wärst jetzt auch so. Du siehst so wunderschön aus, und ich hab mir eigentlich geschworen ... Na gut, lassen wir das. Aber als ich dich genau angeschaut habe, und in der Runde, in der du hier warst – euer fröhliches Gelächter hörte man durch das ganze Lokal –, da ...« Er zögerte einen Moment. »Um ein besonderes Juwel wiederzugewinnen, tu ich alles, und darin hab ich Übung. Allerdings war's bis jetzt immer geschäftlich!«

Clara kroch leise in ihr Bett, Grazie wachte trotzdem auf.

»Ich hab mir schon Sorgen um dich gemacht, geht's dir gut?«

»Mir geht's wunderbar«, antwortete Clara kichernd. Sie versuchte, Grazie alles zu erzählen, kam ein bisschen durcheinander – und dann fielen ihr die Augen zu.

SONNTAG, 9. APRIL

Seine sonntäglichen Gepflogenheiten spielten sich ausschließlich in seiner Wohnung ab. An diesem Tag verließ er diese nicht, kleidete sich leger in einen dunkelblauen Trainingsanzug und vertiefte sich schon am Morgen in ausgewählte, sehr spezifische Literatur. Im Moment beschäftigte er sich intensiv mit Stalin, der auf ihn eine große Faszination ausübte. Bücher – sie beförderten ihn nach wie vor in andere Welten. Dadurch benötigte er niemanden. Damals, die Bücher aus der Bibliothek des Haupthauses, die hatte er sich immer heimlich geholt, sie seit seinem neunten Lebensjahr verschlungen. Je kriegerischer, desto besser. Friedrich der Große, Stalin, Lenin, Cäsar und selbst Hitler wurden zu Ikonen. Durch das Lesen hatte er Träume entwickelt, die ihn aus seinem Dasein in ein anderes entführten. Sein Selbstbewusstsein, das immer wieder durch seine Umwelt vernichtet und in den Dreck gezogen wurde, hatte sich so aufgebaut.

Durch diese Persönlichkeiten lernte er, dass man sich zur Wehr setzen musste. Dass man der Umwelt seine Stärke klar und deutlich zeigen musste, um den Respekt zu bekommen, den man erstrebte und erwartete.

Er schätzte die heute nicht mehr belastende Schweigsamkeit. Jetzt noch schweigsamer, ohne den hausgemachten Sonntagskuchen, den er noch letzten Sonntag verspeisen musste. Nicht nur kein Sonntagskuchen, sondern auch kein Gespräch, das ihn mit Strenge und Bevormundung nach wie vor in halbwüchsige Unmündigkeit versetzte. Angeblich kam es aus großer, ja übergroßer Liebe, was auch immer dieser Begriff bedeuten mochte!

Er schätzte diese schweigsamen Sonntage. Ganz im Gegensatz zu seiner frühsten Kindheit. Das Sprechen nicht gewohnt, hatte er nur mit Schwierigkeit einen ganzen Satz herausbekommen. Mit dem schweigsamen Vater hatte es keine Kommunikation gegeben. Er war müde gewesen, wenn er abends spät von der Arbeit nach Hause kam. Die Nachbarin Asunta Koltz, die einzige aus der Nachbarschaft, die nicht zur Farmarbeit ging, hatte ihm mittags etwas zu essen gegeben. Sie wurde sogar dafür entlohnt und stellte ihm, soweit er sich erinnern konnte, in einer Blechschüssel eine undefinierbare Mahlzeit vor die Haustür. Niemand wollte ihn. Sie verjagten ihn, wenn er auftauchte, verlachten ihn, weil er keinen normalen Satz herausbrachte.

Jetzt bestand seine Mittagsmahlzeit am Wochenende aus einem Kartoffelauflauf mit Speck, den seine Zugehfrau jeden Freitag in seinem Kühlschrank deponierte. Dieser wurde mit großer Genauigkeit geteilt, im Backofen achtzehn Minuten aufgebacken und eine Hälfte Samstagmittag, die zweite Hälfte Sonntagmittag um 12.35 Uhr verspeist. Dazu genehmigte er sich jeweils eine Flasche dunkles Bier. Wenn sein Bruder sich angemeldet hatte, besorgte er noch zusätzlich eine Quiche, die er fünfzehn Minuten im Backofen erwärmte und die man ohne viel Umstände aus der Aluminiumform essen konnte. Er bestand auf Regelmäßigkeit, schon als Kind hatte er das lange Warten auf seinen Vater verabscheut.

☆

Clara hatte wieder verschlafen – und das bis kurz vor elf. Auf dem Esszimmertisch warteten der indische Tee und ein Zettel: »Wir machen einen kleinen Ausflug und sind zu Mittag wieder zurück.«

Clara musterte sich im Badezimmerspiegel, der Wunsch schön zu sein tauchte auf. Und nachdem ihr dazu dann doch nichts einfiel, ging sie in die Küche, um die Bouillon aufzusetzen. Dazu lief Manu Chao, keine Klassik, um nicht traurig an Jayja zu denken. Jayja war keine Esserin gewesen, aber diese Bouillon hatte sie geliebt, und über das gestrige Wiedersehen hätte sie sich gefreut. Jayja und Claras Mutter fanden unabhängig voneinander das »Happening«, das vor zwei Jahren ihre Trennung mit Hoby verursachte, für eine endgültige Trennung nicht ausreichend. Clara war unbeeinflussbar gewesen und hatte auf stur gestellt. Sie war damals spontan nach Berlin geflogen, um ihren Vater, der unerwartet mit einer Nierenkolik ins Krankenhaus musste, zu besuchen. Für Hoby sollte es eine Überraschung sein. Ohne sich vorher bei ihm zu melden, war sie am späten Abend vom Krankenhaus zu seiner Wohnung gefahren und hatte ihn im Wohnzimmer mit einer fast nackten Frau vorgefunden.

Mit seiner Beteuerung: »Ich habe wirklich nichts mit dieser Frau. Wir haben bei unserem Betriebsfest einfach zu viel getrunken und waren nicht mehr ganz klar ...« war sie nicht fertig geworden. Zwei Jahre waren eine lange Zeit, man würde sehen!

»Hallo, Clara«, wurde sie aus ihren Gedanken geholt. »Wir sind wieder da! Heute ist doch Sonntag, und wir haben für dich gebetet!«

Krabbe baute sich vor ihr auf. »Wir waren in der Kirche. Ich wollte überhaupt nicht, nur Grazie zuliebe. Na ja und dann, ich geb's ja zu, das war nicht übel. Die Leute waren nett, tolle spanische Musik, einer mit Gitarre und einer mit so 'ner Trompete.«

»Und der Hunger hat uns dann nach Hause getrieben«, meinte Grazie lachend. »Hier riecht es ja köstlich!«

Der Nachmittag und der Abend mit Krabbe und Georg wurde fröhlich, und zu essen gab es mehr als genug.

Montag, 10. April

Wie üblich füllte er zwei Schälchen mit Milch, legte eine doppelte Portion Schinken daneben, platzierte in der Küche einen maschinengeschriebenen Zettel für seine Zugehfrau neben das Spülbecken: »Bitte den Katzen Milch und Katzenfutter geben! Ich bin für eine Nacht nicht in der Stadt, komme aber morgen am Nachmittag wieder.«

Dann ging er noch einmal ins Bad, kontrollierte den Sitz der dunkelgrau gemusterten Krawatte, strich über sein dunkelblaues Jackett, um etwaige Staubfäden zu entfernen, nahm eine schwarze Umhängetasche, die im Flur stand, und verließ wie immer mit Mantel und Schirm seine Wohnung.

☆

Michael machte einen müden Eindruck, als sie nach der üblichen Morgenkonferenz für einen Cappuccino in Claras Büro gingen. Auf dem Schreibtisch wartete eine Nachricht von Ruth: »Der Verwalter oder vielmehr Eigentümer (dies konnte ich nicht besser eruieren) von Santa Paola in Santa Cruz heißt Toni Roscanz, Sohn von José Roscanz!«

Michaels Funk meldete sich, ein Toter im Parkhaus des Kaufhofs.

»Michael, bitte, ich weiß, du hast wirklich viel zu tun, aber ich muss unbedingt nach dem Rest von Jayjas Lebensbericht suchen. Und gibt es endlich Neuigkeiten von der Pathologie?«, fragte Clara.

»Nein, aber wenn ich etwas erfahre, lass ich es dich sofort wissen. Und Clara, heute Nachmittag geh ich mit dir in die Wohnung, bitte hab ein bisschen Geduld.«

Clara versuchte, ihren Schreibtischkram in den Griff zu bekommen, aber ihre Gedanken waren in Santa Cruz. Mit schlechtem Gewissen fuhr sie nach einer halben Stunde nach Hause.

Grazie hatte liebevoll mit den Jungs einen Apfelkuchen gebacken, und den verspeisten sie warm in der Küche. »Clara, wir haben die ganze Zeit, während du arbeiten warst, überlegt, wie es jetzt weitergeht und ...« Grazie schnitt noch ein dickes Stück ab und schob es Georg auf den Teller. »Leider ist uns bis jetzt dafür noch nichts Passendes eingefallen. Wo könnten wir für die beiden Arbeit finden?«

Clara dachte nach und griff zum Telefon. Siegfried brauchte immer wieder Hilfe. Als Bücherwurm kam er viel zu selten dazu, die in seinem Antiquariat abgegebenen Bücher wegzuräumen. Dann stapelten sie sich in Bergen auf dem Boden und überall. Er war einverstanden, aber nur probeweise.

Als Michael ihr am späten Nachmittag Jayjas Wohnung öffnete, überfiel Clara eine solche Traurigkeit, dass sie sich beinahe außerstande fühlte zu bleiben. Aber mit Grazie und den zwei Jungs schaffte sie es. Und gemeinsam begannen sie auch aufzuräumen. Clara verstand es nicht, trotz intensiver Suche blieben die Memoblöcke, die so wichtig in Jayjas täglichem Leben waren, unauffindbar.

Dienstag, 11. April

Er verabscheute Hotels. Aus Sparsamkeitsgründen entschied er sich immer für die billigste Klasse. Der Spiegel in dem muffigen Duschbad war so beschlagen, dass er seinen Scheitel nicht kontrollieren konnte.

Die Gespräche mit dem Anwalt gestern in Stuttgart hatten keineswegs das erhoffte Resultat gebracht. Das bedeutete eine Reise in die Schweiz. Jetzt war vieles nicht mehr rückgängig zu machen. Sein Fehler – und nachträglich ärgerte ihn seine Unbedachtsamkeit, wie konnte er ihre Neugierde vergessen. Er hatte sie doch immer wieder bei ihren Besuchen ertappt, wie sie in seinen Sachen stöberte. Dies hatte zu heftigen Auseinandersetzungen geführt, die sie mit nicht akzeptablen Ausflüchten, doch nur ein wenig Ordnung zu schaffen, aus dem Weg räumte. Er hatte unvorsichtigerweise die Tüte aus der Apotheke vom Montag, den 3. April, in der Garderobe bei seinem Mantel gelassen. Am 1. April hatte sie ihn schon am späten Nachmittag überfallen und über Herzschmerzen geklagt. Dies hatte dann zu ihrem ausführlichen Gespräch über Medikamente geführt, über Vor- und Nachteile von Herzmitteln, und als Krankenschwester kannte sie sich wirklich gut aus. Sein Zug ging in dreiundzwanzig Minuten, er würde seinen Kaffee am Bahnhof trinken!

☆

Der Abschied von Grazie stimmte alle traurig. Sie winkten, bis der letzte Wagon des Zuges verschwand. Dann brachte Clara die Jungs zu Siegfried. Er bekam nur eine kurze Umarmung. »Nachher, wenn ich die zwei abholen komme, hab ich mehr Zeit!«

Clara war zehn Minuten zu spät und wurde bereits an der Rezeption von Herrn Dr. Roberts erwartet. Man führte sie sofort in eins der Sitzungszimmer. Ein moderner schwarzer Stahltisch, darauf ein Aktenordner, altmodische Biedermeierstühle, die in dieser Kombination erstaunlich schön aussahen.

»Wenn Sie bitte Platz nehmen, Herr Dr. Roberts kommt sofort. Darf ich Ihnen in der Zwischenzeit etwas zu trinken anbieten?«, wurde sie höflich gefragt.

»Nein danke.« Clara merkte, wie aufgeregt sie war. Wie würde es jetzt weitergehen, was mit Jayjas Sachen passieren? Was mit der Einrichtung, den vielen Büchern, den vielen Kleinigkeiten, mit denen sie sich umgeben und die sie geliebt hatte? Hatte sie alles einer sozialen Einrichtung vermacht? Würde heute doch noch ein Erbe auftauchen? Für sie war das Wichtigste, alle Wünsche von Jayja zu erfüllen, und hoffentlich stand in dem Testament auch etwas darüber, wo sie begraben werden wollte. Doktor Roberts befreite sie mit einer freundlichen Begrüßung aus ihren Grübeleien.

Clara verließ die Kanzlei wenig später wie betäubt. Es war nicht zu fassen, und sie wusste nicht, wie sie mit diesen Neuigkeiten umgehen oder fertigwerden sollte. Alles Mögliche hatte sie sich vorgestellt, aber damit hatte sie nicht gerechnet.

Als Michael dann in ihr Büro kam, wartete sie nicht einmal, bis er sich setzte. »Michael, Jayja hat mir alles …«, sie verschluckte sich, »… alles vererbt. Die Wohnung gehört jetzt mir! Sie ist nicht wie angenommen gemietet, und …« Clara stockte. »Michael, da ist ein Aktenberg von einer Schweizer Bank, vollgestopft mit Zahlen, Kolonnen von Zahlen, und dafür zuständig ist ein Bankier in Zürich, und ...« Sie schüttelte den Kopf und trank einen Schluck ihres Cappuccinos. »Michael, es gibt ein beachtliches Vermögen, und außer mir ist nur noch Marulu Kos in dem Testament aufgeführt. Ihr Gehalt muss weiterbezahlt werden und ab fünfundsechzig eine großzügige Altersversorgung. Der Schweizer Banker ist über alles informiert. Außerdem soll Marulu Kos den kleinen Sekretär aus dem Schlafzimmer erhalten. Und dann stand in Klammern, typisch Jayja: ›Meine Anziehsachen, bitte schenke sie einem Altersheim, für dich sind sie zu altmodisch, und Marulu Kos passt nicht hinein.‹«

Clara kramte in ihrer Tasche und zog das Testament heraus. »Michael, den Schluss, den möchte ich dir vorlesen: *Mein Liebes, ich bin sicher, Du wirst mit dem Erbe ganz in meinem Sinne umgehen, und sicherlich wirst Du jetzt auch begreifen, warum Du für mich ein vom Himmel gefallenes Enkelkind warst! Aber Du wirst auch verstehen, dass ich sehr glücklich bin, endlich wieder mit meinen Liebsten vereint zu sein!*« Clara wischte die Tränen weg, bevor sie fortfuhr: »Michael, der letzte Satz, der ist dick unterstrichen: *Aber bitte sei vorsichtig!*«

Michael saß nur da und schwieg.

»Hallo, hast du mir überhaupt zugehört?«

Michael nickte.

»Übrigens, Dr. Roberts ist mit meiner Verwirrung sehr verständnisvoll umgegangen. Er hat den umfangreichen Aktenordner mit dem für mich kaum verständlichen Inhalt wieder an sich genommen und auch sofort begriffen, dass ich zuerst Jayjas Lebensgeschichte ganz kennen muss, um irgendeine Entscheidung treffen zu können.«

»Verstehe, und jetzt?«

»Also, im Moment möchte ich, dass alles so bleibt, wie es ist. Jayja geht in ihrem Testament davon aus, dass ich alles weiß und dementsprechend handele!«

»Clara, was könnte die Warnung bedeuten?« Michael fixierte Clara. »Meinst du, sie wusste, in welcher Gefahr sie sich befand, und verkehrte deshalb mit niemandem? Clara, bitte denk nach, hat sie jemals irgendjemanden erwähnt?«

»Michael, es ist schrecklich, ich grüble schon seit Tagen, aber über ihre Vergangenheit haben wir nie geredet. Zweimal hab ich unbedacht was gefragt, und da ist sie so traurig und still geworden, dass ich mir geschworen habe aufzupassen. Aber ich hoffe, dass ich mit der Fortsetzung ihres Lebensberichts klarer sehe. Suchen ist angesagt.« Clara schlürfte den letzten Schluck aus ihrer Tasse. »Michael, bitte, ich brauch den Schlüssel von Jayjas Wohnung; und sag mal, gibt's irgendwelche Neuigkeiten von der Pathologie?«

»Nein, wenn ich etwas erfahre, lass ich es dich sofort wissen, und den Schlüssel besorge ich dir. Die Wohnung gehört doch jetzt dir. Komm, wie wäre es, wenn wir uns zusammen eine Mittagspause, eh schon spät, in der Kantine gönnen würden? Du weißt, wie die anderen über uns denken. Wir waren lange nicht mehr unten und ...«

Clara schüttelte abwehrend den Kopf. »Ich hab keinen Hunger!«

»Das glaubst du doch selber nicht. Und Hungern wird auch nichts helfen, also ...« Er rüttelte etwas an ihrer Stuhllehne. »Los, vielleicht gibt's Neuigkeiten, die wir noch nicht kennen.«

Die Kantine war leer. Nur an einem der großen Tische brachen gerade drei Kollegen auf, und außer einem jungen, unbekannten Neuanfänger, der sich verbissen ein Gulasch hineinstopfte, waren sie alleine, bis Ruth auftauchte, um sich wie immer einen Salat ins Büro zu holen. Sie setzte sich zu ihnen.

»Er ist im Rathaus. Dort ist heute ein Empfang. Der von ihm so hoch verehrte de Koonig wird Ehrenbürger. Hans ist zwar nicht eingeladen, aber einer der Assistenten, durch euren Fall jetzt mit Hans ganz eng, will ihn reinschmuggeln. De Koonig ist sein Hero, und ihr seid out! Leider habe ich noch nichts Ungarisches mit dem Namen Kranz gefunden, meine Suche geht weiter, und ...« Jörg tauchte mit zwei unbekannten Kollegen auf und setzte sich neben Clara. »Den Rest erzähl ich euch, wenn ich mehr weiß«, beendete Ruth ihren Satz.

Jörg fixierte Ruth. »Da scheinen sich ja Geheimnisse auf diesem Tisch zu tummeln, oder täusch ich mich da?«

»Geheimnisse, wie könnte ich Geheimnisse vor dir haben?«, konterte Michael mit einem gequälten Lächeln.

»Michael, tu nicht so, ihr habt das gerade laufende Gespräch bei unserer Ankunft abrupt abgebrochen!«

»Ja, wir wollten gerade gehen«, antwortete Clara und stand auf. Sie war diesen Unterhaltungen im Moment noch weniger als sonst gewachsen.

Ruth schaute auf ihre Uhr. »Ich muss sowieso, du weißt, Hans sieht es nicht gern, wenn ich meine Zeit vertrödle«, erklärte sie Jörg schnippisch, nahm ihren noch nicht aufgegessenen Salatteller und verschwand mit Clara und Michael.

»Hoffentlich gibt das jetzt keinen Ärger für dich, liebe Ruth. Ich kann mir schon in etwa die Story vorstellen, die Hans jetzt aufgetischt bekommt«, bemerkte Michael, als sie außer Sichtweite waren.

»Ach weißt du, ich komm schon klar«, antwortete Ruth mit einem Lächeln, das Claras Laune schlagartig verbesserte.

Clara erledigte Schreibtischkram und fuhr dann zu Siegfried. Er schimpfte gerade mit Krabbe. Georg hockte in ein Buch vergraben im hinteren Teil der Bücherei und war so vertieft darin, dass er nicht einmal kurz aufschaute.

»Deine Jungs«, stöhnte Siegfried. »Zwei sind mir zu viel, aber wenn Georg bei mir bleiben will, bekommt er ein ordentliches Taschengeld. Er kann etwas für seine Bildung tun …« Siegfried konnte ein gutmütiges Lachen nicht unterdrücken. »Und ich bin zufrieden!«

Sie nahm die Jungs mit nach Hause.

»Krabbe, an was hättest du denn vielleicht Spaß?«

»Auf jeden Fall nicht so scheiß Bücher!«

Georg protestierte. »Hör auf, die sind kein Scheiß, die sind toll! Das ist doch nur, weil du das mit dem Lesen nicht gepeilt kriegst. Ist echt nicht so schwer. Aber du versuchst es ja nicht mal.«

»Und du bist ein blöder Angeber, bildest dir was ein, du …«

Clara parkte das Auto. »Schluss, hört auf zu kabbeln, sagt mir lieber, was es heute Abend zu essen geben soll.«

Mittwoch, 12. April

Der Schlaf im eigenen Bett konnte durch nichts ersetzt werden. Trotzdem hatte ihn die gestrige Lektüre der Zeitschrift, die er sich am Bahnhof besorgt hatte, in einen Gedankentunnel gestopft, dem er todmüde selbst im eigenen Bett heute Nacht nicht entkommen war. Und jetzt, wo er sich zwang, aus dem Fenster auf die Grünanlagen zu schauen, bewusst den Kaffee, den er sich besonders stark zubereitet hatte, zu trinken, geisterte sie in seinem Kopf herum. Die von allen wie eine Heilige Verehrte, Angebetete! Auch seinen Vater, die einzige Person, die zu ihm gehört hatte, hatte sie verhext. Gehasst hatte er sie, wirklich gehasst. Sie hatte ihm alles genommen, obwohl es den gegenteiligen Eindruck erweckte. Ihr verdankte er es, dass er nicht analphabetischer Landarbeiter geworden war, sondern eine andere Laufbahn einschlagen konnte. Gerechterweise musste er sich eingestehen, dass er lesen und schreiben nur durch sie gelernt hatte. Aber der Stachel der ungerechten Verteilung von Wohlstand und Anerkennung hatte nicht aufgehört zu bohren. Er war eisern entschlossen, nachdem sie viele Jahre in diesem Luxus gebadet hatte, sich das zu holen und wenigstens für seinen letzten Lebensabschnitt zu gönnen!

☆

Nach einer Nacht mit wilden Träumen brach Clara zeitig mit Krabbe auf.

»Georg, bitte mach dir ein Brot, bevor du zu Siegfried

fährst. Krabbe ist ab heute an der Quelle, und bald haben wir einen Superkoch!«

»Muss ich da wirklich mit?« Krabbe schaute sie verzweifelt an.

»Du brauchst keine Angst zu haben, und ich hoffe, du wirst es mögen. Unser Kantinenchef erwartet dich, und da gibt's keine Bücher, nur Töpfe, mit denen du was anfangen musst!« Clara drehte sich noch einmal zu Georg um, der mit an die Tür gekommen war. »Beinahe hätte ich es vergessen: Hier ist der Ersatzschlüssel und Geld für die Straßenbahn.« Clara streichelte kurz über seine Wange. »Also bis heute Abend, und mach es gut.« Georg strahlte sie an wie die Sonne, obwohl es draußen in Strömen regnete.

Im Präsidium gab sie Krabbe in der Kantine ab. Der Kantinenchef, der ihr noch einen Gefallen schuldete, übernahm ihn selbst. Krabbe würde heute als Azubi bei ihm anfangen. Hoffentlich war Kochen das Richtige.

Pünktlich saß sie neben Michael. Es gab das Übliche: Autosünden und heute eine kleinen Einbruch mit Unbekannten und zwei geklauten Autos in Junkersdorf.

Nach der Sitzung folgte sie Michael in sein Büro. »Was gibt es Neues von der Spurensicherung wegen der Memoblöcke?«, wollte Clara von ihm wissen, kaum dass sie den Raum betreten hatten. »Michael, der Memozettel, der im Ärmel ihres Pullovers steckte, ist – glaube ich – wichtig.«

»Ich werde mich darum kümmern.« Michael war es offensichtlich unangenehm, dass noch nichts geschehen war.

»Und gibt's was Neues in Sachen Marulu Kos?«

»Clara, es sieht so aus, dass sie an einer Überdosis Solanum Ducamara, Bittersüßer Nachtschatten, mit einer Mischung von Arsenik gestorben ist. Der Tod erfolgte im Koma durch eine Lähmung der Atmung.«

»Michael, wie grauenhaft!« Clara schüttelte verzweifelt den Kopf. »Dieser Albtraum hört einfach nicht auf, und findest du es nicht auch sehr merkwürdig? Bei beiden hatte es erst den Anschein eines natürlichen Todes. Wenn wir Jayja nicht ausgezogen und gewaschen hätten, dann ... Und bei Marulu Kos hatte ich schon beinahe ein schlechtes Gewissen, dass die Pathologie und Spurensicherung mobilisiert wurden. ... Ach, lassen wir das. Ich komme mir zurzeit manchmal regelrecht hysterisch vor.«

»Also, erstens hast nicht du, sondern ich bei Marulu Kos die Spurensicherung mobilisiert«, erwiderte Michael, »und zweitens haben wir, den Umständen entsprechend, keineswegs gründlich gearbeitet. Ich bekomme alle Unterlagen, wenn die Untersuchungen endgültig abgeschlossen sind. Bei Marulu Kos gibt's viele unbekannte Spuren. Etwas ist positiv: Von dir ist keine Spur gefunden worden.« Er grinste. »Also dort hast du dich ganz offensichtlich nicht herumgetrieben, oder?«

»Hör auf! Mir ist nicht zum Lachen«, antwortete Clara ihm traurig.

»Das sehe ich. Und was schleicht jetzt gerade durch deinen Kopf?«

»Ich denke ständig an Jayja und überlege die ganze Zeit, wo sie jetzt am liebsten ihre letzte Ruhe finden würde und welches der schönste Friedhof für sie wäre.«

»Das ist ein Wort. Komm, wir schauen uns ein paar an. Notruf steht gerade keiner an, und wenn, bin ich erreichbar!«

Sie sprinteten über alle drei großen Friedhöfe Kölns, aber für Clara war eindeutig der Melatenfriedhof der schönste. Zum Teil verwittert, man könnte es auch ungepflegt nennen, trotzdem stand es außer Frage, dass Jayja hier am glücklichsten sein würde!

Der Termin für das Begräbnis wurde für den nächsten Dienstag um 14.30 Uhr festgelegt. Der Platz reichte auch für Marulu Kos, falls sich nicht doch noch Familie meldete und auf einen eigenen Friedhofsplatz bestand.

Claras Konto pfiff jetzt allerdings auf dem letzten Loch. Friedhofsgebühren – und verfuttert hatten sie zu viert auch mehr als sonst. Ihre zwei Mitbewohner brauchten für die Arbeit außerdem noch ein paar Anziehsachen – das konnte auch nicht mehr hinausgeschoben werden. Sie entschloss sich, über ihren Schatten zu springen und von ihrem Vater ein Darlehen zu erbitten.

Donnerstag, 13. April

Heute entschied er sich für die grau gemusterte Krawatte. Wie immer füllte er Milch in die Katzenschalen und legte den Schinken daneben. Dann ging er zum Tisch und wischte mit seinem Taschentuch Papierstreifen, die er sehr fein geschnitten hatte, in ein braunes gefüttertes DIN-A5-Kuvert. Er adressierte das Kuvert mit Druckbuchstaben, ohne einen Absender daraufzuschreiben, klebte mehrere Briefmarken darauf, wog das Kuvert prüfend in seiner Hand und fügte zwei weitere Marken hinzu. Dann blätterte er noch einmal kurz durch das abgegriffene Heft auf dem Tisch und verstaute es mit der aufzuräumenden Wäsche in der zweiten Schublade seiner Kommode im Schlafzimmer. Dieses Heft würde er als Nächstes zerkleinern. Es war sowieso nur deprimierende Lektüre. Er hatte nicht gewusst, wie sehr seine Tante von ihrer Mutter als Jüngste von fünf Kindern verwöhnt, ja verhätschelt worden war, und ihr Vater deshalb extrem streng dagegengewirkt hatte. Man konnte sein Verhalten eindeutig als Misshandlung bezeichnen. Abgesehen von der Prügel, wurde sie immer wieder für viele Stunden in den lichtlosen Besenschrank unter der Treppe gesperrt. Nicht erstaunlich, dass es erst heftige Diskussionen zwischen den Geschwistern gegeben hatte, bevor sie zustimmte, ihn wenigstens für eine Zeit aufzunehmen. Ledig, Krankenschwester, keine engeren Freundschaften oder Beziehungen, eine achtunddreißig Quadratmeter große Wohnung und ein seit Jahren eingespielter Tagesablauf waren für diese neue, ungewohnte Zweisamkeit problematisch. Sich wirklich aufeinander einzustellen war ihnen, wie die letzten Ereignisse gezeigt hatten, nie gelungen. Trotzdem musste er mit einer gewissen Dankbarkeit zugeben, dass er durch sie zum ersten Mal in seinem Leben versorgt worden war. Zum ersten Mal hatte jemand darauf geachtet, dass er sauber und ordentlich gekleidet die Schule besuchte, regelmäßige Mahlzeiten bekam und seine Hausaufgaben korrekt erledigte. Sie war wie eine Ameise, die immer alles aufräumte, alles ordnete und nie aufhörte, ihn wie ein Kleinkind zu behandeln.

Ihre Abende hatten sie gemeinsam und keineswegs schweigsam verbracht, und auch das war gewöhnungsbedürftig. Ihr manischer Ordnungssinn führte immer wieder, wie zum Beispiel letzte Woche, zu den heftigsten Auseinandersetzungen. Die Uhr in der Küche, unzählige Male von ihr zurechtgerückt, heute stand sie tatsächlich nach dem letzten Aufziehen etwas schief. Er verrückte sie genervt, und pünktlich wie immer machte er sich auf den Weg ins Büro. Diesmal auf der Straße, um das Kuvert in den nächstgelegenen Briefkasten zu werfen.

☆

Kein gemeinsamer Cappuccino, Michael war schon in der Früh zu einem Fall gerufen worden, und Clara stellte fest, dass sie im Moment nicht gut ohne ihn funktionierte. Und dann bekam sie auch noch von Ruth die Order, dass Hans sie erwartete – und das sofort.

Hans hatte sich die Begrüßung gespart. »Staatsanwalt Cross wird gleich hier sein, und wir haben da einige Fragen an dich, Clara.« In dem Moment tauchte der Staatsanwalt auf. Freundlich schüttelte er erst Clara und dann Hans die Hand. »Guten Morgen, es tut mir leid, ich stand in einem Stau.«

Sie setzten sich, und dann fing Hans sofort an: »Heute Morgen wurden wir darüber unterrichtet, dass du die alleinige Erbin der verstorbenen Elisabeth Kranz-Singer bist und von ihr ein erwähnenswertes Vermögen geerbt hast.« Er musterte Clara mit zusammengezogenen Augenbrauen. »Sicherlich wirst du verstehen, dass aus dieser Situation einige Fragen entstanden sind. Du bist an dem besagten Dienstag zu spät zur Dienstbesprechung erschienen!«

»Das ist richtig.« Clara nickte.

»Im vorliegenden Bericht der Pathologie heißt es, der Tod von Elisabeth Kranz-Singer sei zwischen acht Uhr fünfzig und neun Uhr fünf eingetreten. Wo warst du da?«

»Ich habe verschlafen. Hab vergessen, neue Batterien für meinen Wecker zu kaufen. Bin in einem Stau hängengeblieben und habe mich mit der Verkäuferin am Gemüsestand vor der Apostelkirche gestritten.«

»Wir werden uns mit der Frau in Verbindung setzen.« Hans' Erregung war deutlich spürbar.

»Tu das. Wenn ihr den Geruch ihrer Tomaten erwähnt, wird sie sich erinnern!«

»Die Spurensicherung hat bestätigt, dass die Wohnungstür, die mit einem Sicherheitsschloss ausgestattet ist, nicht gewaltsam geöffnet wurde. Claras Fingerabdrücke«, er wandte sich an den Staatsanwalt, »fanden sich nicht nur an der Kleidung der Toten, sondern in der ganzen Wohnung.« Hans schüttelte den Kopf. »Clara, du bist beurlaubt! Ich verlange, dass du dich aus diesen Ermittlungen heraushältst! Entschuldigen Sie, Herr Cross, ich wollte Ihnen nicht alle Fragen vorwegnehmen.«

»Das haben Sie keineswegs, und nachdem ich bereits mit Frau Ahrweiler die wichtigsten Punkte durchgegangen bin, ist für mich im Moment keine Frage offen.«

Clara stand auf. »Hans, vielleicht ist das für dich der einfachste Weg, mich endlich loszuwerden!« Peter Cross war auch aufgestanden, und Clara schüttelte ihm die Hand.

Ihr war klar, dass es jetzt wichtiger als je zuvor war, Jayjas Lebensbericht zu finden. Und Michael würde ihr dabei helfen müssen. Für sie gab es inzwischen keinen Zweifel mehr. Alle Spuren führten in die Vergangenheit.

Sie wollte gerade das Haus verlassen, als Michael auftauchte. »Michael, zum hundertsten Mal: Der Zettel in ihrem Pulloverärmel, er war für mich, und ich muss wissen, was da draufstand.«

»Zuerst einmal hallo, da scheint jemand ziemlich genervt. Clara, wie wäre es mit einem Cappu?«

»Michael, ich war gerade bei Hans, der Staatsanwalt war auch da. Und als Hauptverdächtige muss ich mich ...«

»... aus dem Ganzen raushalten«, setzte Michael den Satz fort. »Diesen Zettel, nein, den Inhalt werde ich so schnell wie möglich auftreiben.«

»Halt, Michael, mir ist vorhin noch etwas eingefallen. Zuerst habe ich es nicht wahrgenommen, dachte, mich auf das Wichtigste zu konzentrieren. Mitten in unserem Gespräch bei den Nachbarn von Marulu Kos stürmte die siebenjährige Tochter ins Zimmer und suchte nach der neuen Katze!«

»Katze?«

»Ja, Katze. Stell dir vor, es ist Roo!«

»Sehr unwahrscheinlich, aber prüfen sollten wir das auf jeden Fall. Und du bist sicher, dass Marulu Kos den Kater nicht immer wieder zu sich nach Hause mitgenommen hat?«

»Ganz sicher, und für die Nachbarn war diese Katze auch etwas ganz Neues. Vielleicht wissen sie sonst noch einiges über Marulu Kos«, überlegte Clara laut weiter. »Zum Beispiel, von wo sie aus Chile kam. Vielleicht ist ihnen doch noch etwas dazu eingefallen.«

»Warum fahren wir nicht hin, am besten jetzt gleich?«

»Die sprechen zu wenig Deutsch, wir brauchen jemanden, der übersetzt.«

»Also Übersetzer von hier lieber nicht.«

»Michael, hier gibt es eine spanische Gemeinde. Die treffen sich jeden Sonntag in der Santa Agatha zum spanischen Gottesdienst. Das weiß ich von Grazie, sie war letzten Sonntag mit den Jungs dort und war begeistert.«

»Komm, dann fahren wir dorthin und schauen, ob wir den Pfarrer auftreiben. Er wird sicherlich etwas wissen.«

Santa Agatha war abgesperrt, aber am hinteren Eingang entsorgte ein Mann Müllsäcke. Er führte sie durch einen Hof zum Pfarrhaus. Der Pater, ein Dominikaner, schlank, groß, ein offenes, kluges Gesicht, etwa fünfundvierzig, war da und öffnete ihnen selbst die Tür. »Hallo, Sie haben Glück, denn ich wollte gerade gehen, aber was kann ich für Sie tun?«

»Wir haben gehört, dass hier jeden Sonntag ein spanischer Gottesdienst stattfindet. Wir suchen jemanden, der uns ein bisschen in spanischer Sprache weiterhelfen könnte. Vielleicht kennen Sie jemanden, der Zeit und Lust hätte, sich noch etwas dazuzuverdienen.«

»Also, Profiübersetzer haben wir meines Wissens hier keine.«

Clara schüttelte den Kopf. »Nein, einen Profi brauchen wir nicht. Wir versuchen, vermisste Familienangehörige in Chile ausfindig zu machen.«

Der Pater überlegte einen Moment. »Ich kenne eine Chilenin, die schon seit zwölf Jahren in Deutschland lebt. Sie kommt morgen um zehn Uhr hierher, und ich bin sicher, sie kann Ihnen helfen.«

Michael ließ Clara auf dem Weg ins Präsidium raus. Der Gedanke, heute Abend für Michael, Maja und die Jungs ein gutes Abendessen zu kochen, war tröstlich. Georg half ihr, als er nach Hause kam; er schälte den Spargel. Clara hackte Schalotten und Petersilie klein, verteilte diese mit Butterflöckchen über dem gepfefferten Fischfilet, dem sie nicht widerstehen konnte. Krabbe hockte auf dem Sofa und machte einen bedrückten Eindruck, wollte nicht reden und schon gar nicht helfen.

»Also komm, jetzt haben wir schon einen halben Profikoch, und was macht der? Faulenzt auf dem Sofa rum. Du machst heute die Hollandaise. Das Einzige, was schwierig ist. Wenn du zu rühren aufhörst, wird's Rührei.«

Aber Krabbe erhob sich nicht.

»Jetzt komm schon, hier, das Wasser für dein Wasserbad kocht!« Clara gab ihm ihre Hand und zog ihn hoch.

Die Hollandaise gelang ihm, er wurde fröhlich und ausgelassen. Natürlich lobte sie ihn besonders! Er brauchte ganz offensichtlich noch eine Eingewöhnungszeit in der Kantine. Im Moment jedenfalls wollte er nicht mit ihr über seine Arbeit in der Kantine sprechen.

Ganz im Gegensatz zu Georg. Er war mit dem nicht ganz einfachen Siegfried und seiner Arbeit sehr glücklich!

Freitag, 14. April

Er entschied sich für die rot gemusterte Krawatte, und wie immer füllte er den zwei Katzen die Milch in ihre bereitstehenden Schalen. Heute hockte Mina stolz und unnahbar in der Mitte der Küche. Ihr Reich! Wo war die andere? Er ließ seine Blicke durch die Küche wandern. Sie musste da sein, gestern hatte er sie völlig verschreckt unter seinem Bett gefunden, sie hervorgeholt und sich dafür einige wirklich schmerzhafte Kratzer eingehandelt. Heute hatte sie sich in die hinterste Ecke des Wohnzimmers zurückgezogen. Vielleicht war es doch ein Fehler gewesen, diesem Kater ein Zuhause zu geben. Für ihn bei rückblickenden Überlegungen sehr nachvollziehbar. Er hatte damals auch die Veränderung, obwohl in eine sehr exquisite Umgebung, verabscheut. Hatte das plötzliche erzwungene Familienleben gehasst. An die Blicke seines Vaters, weil er nicht wusste, wie er sich in dieser sehr eleganten Umgebung verhalten sollte, erinnerte er sich noch heute, nach vierzig Jahren. Auch an die Vorwürfe seines Vaters wegen seiner schlechten Manieren, die ihn nach dem Abendessen und als Abschluss eines Tages tief getroffen hatten. Seine Flucht vor diesen strafenden Blicken. Flucht in das beklemmend leere, in das immer mehr verkommende Haus – und wieder alleine.

Dies hatte er einmal unter vier Augen mit Vater zur Sprache gebracht und sich dadurch einen akribisch geplanten Tagesablauf ohne eine freie Minute eingehandelt. Vater hatte versucht, ihm in seiner Sprachlosigkeit klarzumachen, dass es nichts Besseres gäbe als Wissen. Mehr wissen als die anderen, und für diese besondere Chance wäre wirklich etwas mehr Dankbarkeit für die heilige Elisabeth und ihre außerordentliche Großzügigkeit angebracht gewesen. Was sich andere schwer erkämpfen mussten, hatte er durch sie auf einem Tablett serviert bekommen.

☆

Nach einem gemeinsamen ungewöhnlich stillen Frühstück brachen die beiden Jungs zur Arbeit auf. Georg glücklich, aber Krabbe das Gegenteil. Hoffentlich brauchte er nur noch etwas Zeit, um Spaß an seiner Arbeit zu finden.

Michael holte sie ab, und zusammen fuhren sie zu Santa Agatha. Die Kirchentür stand offen, und jemand übte auf der Orgel. Der Pater kam und bat sie in seine Sakristei. Dort wartete eine dunkelhaarige rundliche Frau von etwa fünfzig Jahren mit einem ebenfalls dunkelhaarigen jungen Mann. »Sie brauchen jemanden zum Übersetzen?«

Clara nickte. »Mein Spanisch geht über einige Höflichkeitsfloskeln nicht hinaus. Ab und zu verstehe ich etwas, aber ich bin mir nie sicher, ob es das Richtige ist!«

»Ich kann Ihnen leider im Moment nicht helfen, ich habe jetzt eine Vollbeschäftigung, aber Antonio studiert Betriebswirtschaft und möchte sich gern noch etwas dazuverdienen. Die letzten wichtigen Prüfungen sind gerade vorbei, er hätte im Moment Zeit dazu.«

Zu dritt fuhren sie zu den Nachbarn von Señorita Kos. Nieselregen, einer der typisch grauen Apriltage, wo man nicht weiß, ob es hageln wird. Die Gegend, durch dieses Licht noch trostloser, zeigte sich völlig menschenleer, wie ausgestorben.

Aus der Wohnung drang Babygeschrei. Nach längerem Klopfen wurde endlich die Tür einen Spalt geöffnet. Als Frau

Sanchez Clara erkannte, öffnete sie. Das Baby auf ihrem Arm hatte sich beruhigt. Sie sah blass und übernächtigt aus. In der Wohnküche hockten die beiden Jüngsten auf dem Boden, das Chaos schien noch größer als beim letzten Besuch.

Frau Sanchez bot ihnen die beiden einzigen Stühle an. Für Antonio, der ihr helfen wollte und nur unbeholfen im Weg stand, angelte sie den Hocker unter dem Tisch hervor. Antonios Erschrecken über diese Wohnsituation war ihm ins Gesicht geschrieben. Señora Sanchez schob mit dem Baby auf dem Arm einen Berg schmutziges Geschirr auf dem Tisch zusammen und erklärte ihnen: »Mein Mann heute nicht da. Er … er … Gracias a Dios! – für drei Tage Arbeit auf Baustelle!«

»Señora Sanchez, wir haben noch einige Fragen an Sie.« Clara deutete auf Antonio. »Und dieser junge Mann wird alles übersetzen.«

Antonio übersetze, so gut er konnte.

»Bitte gern, aber ich, nein, wir alle, wir vermissen sie so. Wir …« Sie schluckte und zögerte. »Was ist mit unserer …« Sie stockte. »Was ist mit ihr? Sie haben sie abgeholt! An dem Tag, an dem Sie auch da waren! Und seither nichts mehr, kein Sterbenswörtchen! Vorgestern waren noch mal drei Leute in der Wohnung. Ach, und bevor ich es vergesse: Mein Mann soll verhört werden, das haben sie das vorletzte Mal angekündigt, und wir dürfen jetzt in dieser Zeit nicht verreisen!«

»Richtig, die Untersuchungen laufen noch«, kam es jetzt von Michael.

»Darf ich Ihnen einen Tee anbieten?«

»Nein danke.« Clara schüttelte den Kopf. »Wir wollen Sie nicht zu lange stören! Nur noch eine Frage: Wissen Sie vielleicht, wo wir Señorita Kos' Familie erreichen können?«

»Das weiß mein Mann viel besser als ich. Die zwei haben viel miteinander geredet, und ich will nichts Falsches sagen.«

»Noch eine Kleinigkeit: Als ich das letzte Mal hier war, hat Ihre Tochter eine Katze gesucht. Haben Sie diese schon lange?«

»Oh, die Katze, nein, wir hatten nie eine Katze! Mit den vielen Kindern, das reicht wirklich, auch ohne Haustier! Tante Marulu war ganz gegen Haustiere. Aber an dem Abend, als sie so traurig nach Hause gekommen ist, da sind unser Sohn und die Zweite vor dem Abendessen rüber, um etwas zu holen, und da war die Katze«, übersetzte Antonio weiter.

»Hat Marulu Kos früher schon einmal eine Katze mitgebracht?«

»Nein, sie fand, dass Haustiere nur in große Wohnungen gehören oder in Häuser mit viel Platz, und den brauchen wir schon für unsere Kinderchen! Es waren auch ihre Kinderchen, die meinen! Und ...« Sie zögerte einen Moment, bevor sie fortfuhr: »Sie war an dem Abend so anders, unsere Tante, so ganz anders, wir haben sie alle nicht verstanden, aber die Katze hat sie wieder mitgenommen! Trotz weinen und ...«

»Was heißt anders?«

»Wir haben sie immer nur lieb erlebt. An dem Tag, nein Abend, war sie nicht nur traurig, sie war genervt, wütend, und unserer Tochter hat sie sogar eine Ohrfeige verpasst!«

»Und dann?«

»Na ja, die Kinder haben die Katze am nächsten Mittag, als sie aus der Schule kamen, gesucht, überall gesucht, sie wollten immer schon ein Haustier. Doch sie war verschwunden, spurlos verschwunden.«

»Haben Sie ein Telefon?«

»Nein, das ist viel zu teuer!«

»Ich gebe Ihnen meine Handynummer und etwas Geld. Bitte sagen Sie Ihrem Mann, er soll mich anrufen. Und rufen Sie mich an, falls die Katze wieder auftaucht!«

Michael brachte Clara in die Paulistraße und gab ihr den

Schlüssel. »Ich komm nachher und hol ihn wieder, noch ist die Wohnung von der Spurensicherung nicht freigegeben. Das werden wir so bald wie möglich in die Wege leiten. Aber ich weiß, wenn du nicht weitersuchen kannst, bedeutet das für dich eine schlaflose Nacht.«

Aber als Clara dann vor Jayjas Wohnungstür stand, um noch einmal nach dem Lebensbericht zu suchen, überfielen sie Fluchtgedanken. Der Gedanke, Jayja nicht dort vorzufinden, war kaum zu ertragen. Sie riss sich zusammen. Der Schreibtisch vor dem Fenster gähnte noch immer ohne Schubladen. Die lagen umgekippt und leer unter dem Schreibtisch auf dem Boden. Clara räumte die restlichen Bücherberge zur Seite und stapelte sie ordentlich vor den leergefegten Regalen. Die mit Seidenband zusammengebundenen Briefbündel aus den zwei mittleren Schubladen des Schreibtischs tauchten nicht auf. Der Packen Fotos, der mit einem blauen Bändchen zusammengehalten in der größten untersten Schublade aufbewahrt worden war, war auch spurlos verschwunden. Clara verstaute einige Bücher, die zusammengehörten, im Regal und konnte es auch nicht lassen, das eine oder andere schnell durchzublättern, um dann mit etwas schlechtem Gewissen weiterzusuchen und zu räumen.

Michael kam. »Und, war deine Suchaktion erfolgreich?«

Clara schüttelte den Kopf. »Aber schau, was ich gefunden habe. Jayjas Geldbörse mit vierhundertdreiundachtzig Euro und auch ihre Brillantbrosche. Michael, das war eindeutig kein normaler Einbruch. Der Einbrecher hat offensichtlich nur alles Persönliche von Jayja mitgenommen.« Clara drückte Michael Börse und Brosche in die Hand. »Und da ist noch was, was ich merkwürdig finde.« Clara zog ihn in die Küche. »Warum ist die Küche völlig verschont? Hier in Señorita Kos' Reich steht alles wie immer ordentlich an seinem gewohnten Platz!«

Samstag, 15. April

Heute keine Krawatte, keine Termine außer dem Besuch seines Halbbruders Fritz. Kastrieren hätte man ihre Mutter müssen, und das direkt nach der Geschlechtsreife! Solche Frauen wie sie waren absolut ungeeignet, sich zu vermehren! Fritz kam in Deutschland auf die Welt. Im Gegensatz zu seinem Vater machte sich der deutsche Vater zwei Monate nach der Geburt aus dem Staub. Als sie sich kennenlernten, war Fritz arbeitslos, und das seit einigen Monaten. Fast Analphabet durch zu häufige Ortswechsel und ausfallende Schulbesuche, vermisste er solche erfreuliche Erfahrung, wie Klassenbester zu sein und zuweilen für sein Wissen bewundert zu werden. Er hatte gleich am Anfang einen bärenstarken, von allen verachteten Dummkopf angeworben. Die Kombination – sein Kopf und Fritz' Muskeln – ergab eine besondere Einheit. Fritz bräuchte auch einen Kopf, aber nicht seinen. Er unterstützte ihn und hatte ihn jetzt hoffentlich dauerhaft bei einer kleinen Bremer Firma als Lastwagenfahrer untergebracht.

☆

Köstlich, dieses Rumtrödeln in der Früh, da könnte man sich mit der Zeit schon dran gewöhnen! Krabbe stritt sich schlecht gelaunt mit Georg, und sie war nicht unglücklich, als die zwei die Wohnung verließen, um zur Arbeit zu gehen. Antonio kam pünktlich wie verabredet. Er war durchgefroren, das Thermometer war wieder gefallen, der Frühling tat sich dieses Jahr schwer. Sie kochte aus den Ingwerknollen, die noch in dem Zwiebelkorb rumflogen, Ingwertee. Antonio versuchte mit Hilfe der Auslandsauskunft und verschiedenen Nummern in der Finca Santa Paola Toni Roscanz zu erreichen. Ohne Erfolg, es meldete sich niemand. Dann suchten sie im Internet Santa Cruz und fanden dort nichts außer einem Weinbauern. Sie gingen auf seine Website. Er exportierte seit zwei Jahren seine Weine in die Vereinigten Staaten, aber auch nach Europa, vor allem nach England. Sie beschlossen, mit ihm Verbindung aufzunehmen.

Antonio war tatsächlich nach zwei Versuchen erfolgreich und gab ihr den Telefonhörer. »Ist es möglich, Ihre Weine hier in Deutschland zu beziehen?«

Clara wurde überschüttet mit einem spanischen Redeschwall und gab Antonio den Hörer zurück. Er hörte sich alles an und notierte dann eine Telefonnummer.

»Antonio, haben wir etwas?«, wollte Clara wissen, als er fertig war.

»Ja, ein Freund von ihm ist zufällig jetzt in Deutschland und spricht fließend deutsch.«

Clara erreichte ihn. »Ich bin morgen am Spätnachmittag in Ihrer Gegend, übermorgen habe ich eine Sitzung in der Stadt!«

»Zufall oder Glück, was man ja immer wieder braucht. Ich würde mich freuen, wenn wir morgen hier bei mir eine kleine Weinprobe stattfinden lassen könnten!«

José Montrano stimmte zu.

Sonntag, 16. April

Missmutig schaute er aus dem Fenster. Sein Bruder hatte erst gestern am Spätnachmittag aus einer Telefonzelle angerufen, um ihm mitzuteilen, dass er mit dem Lastwagen und einer Reifenpanne noch immer auf der Autobahn Hannover rumhing und deshalb erst heute, am Sonntag, kommen würde. Mit viel Hunger, darauf sollte er sich schon vorbereiten!

Sein sonntäglicher Tagesplan, auf den er großen Wert legte, war damit verdorben. Verdorben wie die Wochenenden, zu denen Vater ihn und die Tante regelmäßig nach Santa Paola abgeholt hatte. Albträume, wenn er jetzt daran dachte. Unerträglich – und sein Vater, der einzige Mensch, der zu ihm gehört hatte, löste sich vor seinen Augen auf. Verwandelte sich in einen Unbekannten, einen strengen Fremden. Für Vater hatte es nur noch den Wunderknaben gegeben. Loblieder ohne Ende und immer wieder die Frage, warum er, sein Sohn, nicht so sein konnte. Warum er nie freundlich, nie fröhlich und an nichts interessiert war. Nicht einmal reiten oder schwimmen konnte er wie alle Kinder von Santa Paola. Und deshalb blieb an den Wochenenden nichts anderes, als sich zwischen den Mahlzeiten mit Büchern zu verstecken! Zu den Mahlzeiten wurde seine Anwesenheit verlangt, obwohl sein schweigsamer Vater, jetzt plötzlich redegewandt, sich nicht mit ihm, sondern nur ausgiebig mit allen anderen unterhalten hatte. Auf dies alles hatte er sehr gut verzichten können, auf Fritz' Besuch allerdings heute nicht. Fritz bekam immer wieder kleine Aufgaben von ihm. Dieses Mal eine von ihm sehr sorgfältig gepackte kleine Kiste, die entsorgt werden musste.

☆

Ausgeschlafen und ordentlich angezogen fuhren sie zu dritt nach Santa Agatha zum Gottesdienst. Die Jungs hatten sich das erstaunlicherweise beim Frühstück von ihr gewünscht. Danke, Grazie, dachte Clara am Ende dieses besonderen Erlebnisses. Claras Kirchenbesuche hatten sich in den letzten Jahren auf Weihnachten und Ostern beschränkt. Aber diese Fröhlichkeit, diese warmherzige Gemeinschaft von Jung und Alt, leider alles auf Spanisch, war etwas Besonderes, und man wurde mit eingebunden. Die Umarmungen und das Gelächter dann auf dem Kirchhof bekamen sie nur am Rande mit, sie mussten los.

Zu Hause entschloss sich Clara, eine von Jayjas Rotweinflaschen zu holen, und war sich sicher, dass Jayja darauf bestanden hätte. Sie hatte Michael den Schlüssel abgeluchst. Es machte sie traurig, als sie vor dem prall gefüllten, sehr geräumigen Weinkühlschrank stand, Jayjas Worte noch deutlich in ihrem Kopf: »Clara, bitte merk dir, in dem Weinkühlschrank bedient man sich von unten. Falls du einmal neue Flaschen einräumst, bitte immer ganz oben. Die ganz besonderen Rotweine lagern in den untersten Reihen.« Marulu Kos hatte immer wieder den Auftrag bekommen, im besten Weinladen der Stadt Wein zu besorgen. Dies musste dann genau der Wein sein, den Jayja aus einem ihrer Weinbücher ausgesucht hatte. Wein – wenn Clara jetzt darüber nachdachte, war das der einzige Luxus, den Jayja sich gegönnt hatte! Sie erinnerte sich, wie Jayja einmal nicht nur etwas meckerte, sondern wirklich streng mit der Señorita wurde, weil sie zwar den richtigen Wein, aber den falschen Jahrgang mitgebracht hatte. Es gab eine große spanische Diskussion zwischen den zwei Frauen, und Marulu Kos ging beleidigt den Wein umtauschen. Die beiden hatten, wurde Clara jetzt bewusst, eine undefinierbare Beziehung. Sie begegneten sich, soweit Clara es trotz des sprachlichen Nichtverstehens beurteilen konnte, distanziert liebevoll.

Clara nahm eine Flasche aus der Mitte, und als sie zurück in ihre Wohnung kam, wartete Krabbe bereits mit Herrn Montrano am Eingang.

Sie begrüßten sich, und da sah er die Flasche in ihrer Hand. »Für diesen Wein würde ich sogar einen Einbruch wagen«, meinte er grinsend. »Und dann auch noch der richtige Jahrgang, unglaublich! Habe ihn schon länger nicht getrunken, ist etwas ganz Besonderes. Mir scheint, ich bin hier in einem wirklichen Weinkennerhaushalt gelandet!«

In der Küche stellte Clara die zwei schönen Rotweingläser, die sie vor drei Jahren von Jayja bekommen hatte, auf den Tisch, drückte ihm die Flasche mit Öffner in die Hand und holte in der Zwischenzeit etwas Schinken, Oliven und ein Stück Manchego aus dem Kühlschrank.

Er zögerte. »Was, den soll ich jetzt wirklich öffnen?«

Clara nickte. »Zum Anschauen habe ich ihn nicht mitgebracht.«

Vor der nächsten Flasche von Jayjas Wein, das schwor sich Clara, würde sie erst in den Weinbüchern nachschauen, um was für einen Wein es sich handelte. Diese Flasche war aus der Mitte, und ihre Ahnungslosigkeit war peinlich!

»Mit so einer Gastlichkeit habe ich natürlich nicht gerechnet. Danke, ich hoffe, Sie kommen mal nach Chile und hoffentlich in meine Gegend, die besonders schön ist!« Andächtig schwenkte er seinen Wein im Glas. »Ein köstlicher Tropfen.«

»Ihre Gegend ist doch Santa Cruz?«

»Ja«, genussvoll roch er an seinem Wein, »ich komme aus Santa Cruz.«

»Kennen Sie zufällig die Finca Santa Paola?«

Sein sehr offenes Gesicht wurde blitzartig traurig und verschlossen.

In diesem Moment kam Georg in die Küche. »Clara, Siegfried hat vorhin angerufen. Heute Abend ist im WDR eine Diskussion über Lesen, und wir können live dabei sein. Ich möchte auf jeden Fall. Wenn du willst, müssten wir es ihm jetzt sagen, sonst bekommt er keine Karten mehr.«

»Will Krabbe denn?«

»Nee, so was find ich voll sch...« Krabbe wurde rot und hielt sich die Hand vor den Mund. »Ich ... ich geh zu einem Gitarren-Konzert mit Antonio! Der hat mich nach dem Gottesdienst darauf angesprochen. Wo genau, weiß ich nicht, aber du bist da auch herzlich eingeladen.«

»Sind die zwei ...«, Jose schaute sie fragend an, »Halbgeschwister, oder?«

Clara lachte. »Finden Sie die Ähnlichkeit ausreichend für Halbgeschwister?«

»Na ja, möglich ist doch alles. Und ...«, er überlegte einen Moment, »... es ist so eine – jetzt such ich nach dem richtigen Wort – gute Atmosphäre hier bei Ihnen.«

»Das ist ein Kompliment, das mich wirklich sehr freut, danke.«

»Sie müssen mich nicht auslachen, ich finde, in Deutschland sind die Familien so streng und ernst miteinander!«

Clara nickte. »Ja, leider. Aber Sie waren vorhin, als ich Sie nach der Finca Santa Paola fragte, auch sehr ernst.«

»Woher kennen oder wissen Sie etwas von dieser Finca?«

»Ich kenne weder die Finca noch Chile, ich ...« Sie schauten sich schweigend an. »Ich habe jemanden von dort sehr …«, sie zögerte, um das richtige Wort zu finden, »… geschätzt, nein, wirklich verehrt!« »Geliebt« wollte sie nicht sagen, das war einem Unbekannten gegenüber viel zu persönlich.

»Zu verehren gab und gibt es nur eine Person, und niemand von uns weiß, ob sie noch lebt.« Nachdenklich schwenkte er den Wein in seinem Glas, um dann mit Bedacht einen kleinen Schluck zu trinken. »In Santa Paola ist sie noch immer nicht vergessen, ja hochgeehrt. Niemand wusste, schon damals nicht, wohin sie so plötzlich verschwunden ist! Und das hat sich bis heute nicht geändert!«

Sie schwiegen beide, Clara schnitt einige Scheiben von dem Manchego ab. »Hier, nehmen Sie doch noch ein Stück.« Sie schob ihm das Brett hin. »Und könnte diese Hochverehrte vielleicht Elisabeth …«

Er unterbrach sie: »Elisabeth Kranz-Singer, meinen Sie etwa sie?« Er schüttelte den Kopf. »Das kann doch nicht möglich sein! Mich gab's noch nicht, als sie die Farm verließ, aber meine Mutter durfte in die Schule, die sie für alle Kinder von Santa Paola eingerichtet hatte!« Er schwieg wieder, und dann fuhr er mit einem Seufzer fort: »Es geschahen komische Dinge auf Santa Paola, auf jeden Fall wurde darüber sehr negativ geredet. Und über jetzt – über jetzt will und kann ich wirklich nicht mit Ihnen reden! Ich bin beruflich sehr viel unterwegs, und natürlich könnten die Geschichten, die im Umlauf sind, auch nur böse Nachrede sein.«

»Nur noch eine Frage: Gibt es in Santa Cruz eine Familie Kos?«

Er nickte. »Es gibt eine Familie Kos-Blanco.«

»Ist Ihnen diese bekannt?«

Er schüttelte lachend den Kopf. »So klein, wie sie Santa Cruz jetzt machen, ist es nun doch nicht!«

»Bei Fragen zu dieser Familie – wer könnte mir in Santa Cruz weiterhelfen?«

»Ich hoffe, das ist nicht zu unhöflich, aber jetzt machen Sie mich neugierig! Hat diese Frage auch etwas mit unserer heiligen Elisabeth zu tun?«

Clara schüttelte den Kopf. »Leider kann ich Ihnen jetzt im Moment darüber keine Auskünfte geben, ich verspreche aber …« Sie zögerte. »Ich verspreche, Sie erfahren alles, wenn es überstanden ist.«

»Okay, lassen Sie mich einen Moment überlegen. Diese Familie Kos, handelt es sich da um jemand Bestimmten, und ist dieser Jemand alt oder jung?«

»Die Familie einer etwa Fünfundsechzigjährigen, oder vielleicht sogar siebzig?«

»Also, nicht ganz einfach. Wie Sie sicher wissen, hat sich bei uns in den siebziger Jahren viel geändert. Leider nicht nur zum Besten. Manche Familien haben sich aufgelöst, sind verschwunden. Ich werde meine Mutter fragen.« Mit großem Genuss leerte er bedächtig und schweigend sein Glas. »Ich weiß nicht, wie ich mich für diesen köstlichen Tropfen bedanken kann, dieser Besuch hier war ein nicht vorauszusehendes Erlebnis. Ich hoffe, ich kann mich in Santa Cruz revanchieren. Bis dahin bleiben wir hoffentlich in Kontakt.«

Montag, 17. April

Mit der üblichen Sorgfalt band er die grün karierte Krawatte, schüttete Milch für die zwei Katzen in die Schälchen, legte wie immer neben beide ein Stück Schinken, ging zum Tisch, auf dem seine schwarze Aktentasche lag. In diese packte er einen sorgfältig zusammengelegten schwarzen Pullover, dann ging er zur Garderobe, holte von dort ein paar schwarze Turnschuhe, die er mit etwas Küchenpapier umwickelt auch in der Aktentasche verstaute. Er würde heute noch einmal erneut die Suche nach dem ausschlaggebenden, noch fehlenden Dokument aufnehmen. Ohne dieses, so hatte man ihm telefonisch und auch schriftlich aus der Schweiz bestätigt, wäre eine Anfechtung der momentanen Situation aussichtslos! Mit der Aktentasche, Mantel und einem dunkelgrauen Schal verließ er pünktlich wie immer seine Wohnung, um ins Büro zu gehen.

☆

Clara hatte Kopfweh und eine schlechte Nacht hinter sich. Die wenigen Informationen über Santa Paola geisterten in ihrem Kopf herum. Langsam war sie sich beinahe sicher, dass alles – auch Jayjas Tod und der Tod von Marulu Kos – mit Santa Paola zu tun hatte. Was war dort vorgefallen, und warum musste es jetzt und nach so vielen Jahren hier so grausam enden?

Als Clara die letzten Tassen in die Spülmaschine räumte, meldete sich Michael. »Du wirst im Büro erwartet, aber heute werde ich dabei sein.«

Hans saß an seinem Schreibtisch. »Michael, ich glaube, da gibt's einen Notfall in der Zülpicher Straße. Und Clara, hol dir einen der Stühle hierher.« Er wartete nicht, bis sie saß, sondern legte sofort los. »Michael, du gehst jetzt besser, Clara ist jetzt nicht mehr tatverdächtig, und ich beiße ihr nicht den Kopf ab. Wir haben übrigens jetzt auch die Bestätigung der Gemüsefrau.«

Michael zögerte noch immer.

»Ich möchte Clara jetzt über einige Details informieren, die du schon kennst«, wandte Hans sich wieder an Michael. »Es braucht ihre Mitarbeit.«

»Hans, ich bin in der Mordkommission, also ...«

»Okay, funk dem zuständigen Kollegen, dass du dich verspätest, und hol dir einen Stuhl.« Hans wartete ungeduldig, bis Michael saß. »Im Fall Marulu Kos hat die Spurensicherung ihre Arbeit abgeschlossen, und auch nach sorgfältigster Suche wurden bei Marulu Kos weder Pass noch sonstige aufklärende Papiere gefunden. Sie war nicht gemeldet, muss wohl schwarz hier eingereist sein. Das Einzige, das herausgefunden werden konnte, ist, dass sie diese Wohnung seit mindestens fünfzehn Jahren bewohnte. Sie war schon Mieterin, allerdings mit einem fingierten Namen, bevor der jetzige Hausmeister mit einer neuen Gebäudeverwaltung für diese Gebäude zuständig wurde. Pünktlich beglich sie, immer mit Bargeld in einem Kuvert, am Ersten des Monats ihre Miete. Nie Auffälligkeiten oder sonstige Kontakte mit anderen Mietern. Bis auf diese Südamerikaner, ihre Nachbarn.« Hans schob eine Akte auf seinem Schreibtisch zur Seite. »Und hier ist etwas Wichtiges: Es fanden sich eindeutige Spuren, ich betone eindeutige, die noch nicht identifiziert werden konnten. Clara, hast du eine Ahnung, wer das sein könnte? Du hast sie ja, soweit ich das überblicke, sechs Jahre erlebt?«

»Nein, keine Ahnung. Eigentlich kenne, nein, kannte ich sie nicht. Wir haben außer Begrüßungsfloskeln nie miteinander geredet. Sprachbarriere – und sie war sehr zurückhaltend.«

»Euer Kontakt war also nicht besonders, und du weißt wirklich nichts?« Hans fixierte Clara aufmerksam.

»Hans, hör auf, es reicht! Ich möchte genauso nachdrücklich, vielleicht noch mehr als alle anderen, den Mörder von Elisabeth Kranz-Singer ausfindig machen, und nachdem ich davon ausgehe, dass diese beiden Morde in einem Zusammenhang stehen ...«

Hans unterbrach sie: »Wie kommst du darauf?«

»Elisabeth Kranz-Singer verkehrte außer mit mir und Marulu Kos mit niemandem!«

»Und?«

»Hans, da muss es einen Zusammenhang geben, und der muss gefunden werden! Du wolltest ja, dass ich mich raushalte. Ich hoffe, das ist, nachdem ich nicht mehr zu den Tatverdächtigen gehöre, aufgehoben. Und bitte, schick mir eine Kopie der eingegangenen Spurensicherungsunterlagen.«

Sie verließen Hans' Büro. Michael hatte es eilig. »Halt, Clara, beinahe hätte ich es vergessen: Jayjas Wohnung ist freigegeben. Das heißt, du kannst die Schlüssel jetzt haben. Ich wollte es dir schon abnehmen, aber Unterschriftfälschen lohnt sich nicht!« Schon im Weggehen, drehte er sich noch einmal um. »Jetzt ist es dein Reich, und vielleicht findest du beim Räumen doch noch etwas, was uns weiterhilft.«

Georg stand auf einer Leiter im hinteren Teil des Antiquariats und räumte Bücherkisten aus dem obersten Regal. Siegfried wühlte unter ihm in Bücherbergen. Sie suchten nach einer bestimmten alten Enzyklopädie. Siegfried zweifelte langsam, ob diese überhaupt noch vorhanden war. Ein bekannter Auktionator, immer wieder guter Kunde, benötigte sie bis spätestens morgen. Das Bücherchaos auf dem Boden wuchs, die Aufregung der beiden auch.

»Regt euch bitte ab, ich glaube, ich kann euch helfen. Jayja hat eine außergewöhnlich große Reihe alter Lexika in ihrer Bibliothek, und ich bin mir beinahe sicher, dass da auch ein solches dabei ist. Ich habe allerdings jetzt ein Rendezvous!«

»Rendezvous, typisch, das hast du mir nie gestattet«, mischte sich Siegfried ein.

»In dem Fall ist deine Konkurrenz ein Dominikaner. Aber wir könnten uns um sieben in Jayjas Wohnung treffen. Ihr sucht, während Krabbe und ich zwar nichts für unser geistiges, aber etwas für unser leibliches Wohl tun!«

»Das heißt, wir sind gerettet. Ich kann allerdings erst um acht, um sieben bin ich mit einem der wenigen guten Kunden verabredet. Also, ich freu mich auf das Abendessen, ich habe plötzlich jetzt schon Hunger, und dann werden wir uns gemeinsam dort in die Sucherei stürzen!«

Auf dem Weg nach Santa Agatha besorgte sie in der Lebensmittelabteilung des Kaufhofs – teuer, aber gut, und sie konnte es einfach nicht lassen, an Essen zu denken – ein Lammkarree, frischen Thymian und einen besonderen Senf. Nächsten Monat wird richtig gespart, aber Feste mussten gefeiert werden, wie sie fallen!

Um kurz vor vier entdeckte Pater Anselmo Clara vor dem Pfarrhaus und bat sie in ein altmodisches, etwas verwohntes Wohnzimmer. »Ich weiß, hier sieht es nicht so aus, wie man's erwartet. Ich habe nichts geändert, das ist alles mein Vorgänger, und er kommt – so Gott will – irgendwann wieder. Darf ich Ihnen vielleicht einen Tee oder Kaffee anbieten?«

»Danke, wirklich nicht nötig, aber ich schließe mich allem an.«

»Also, dann wollen wir unseren besonderen Hagebuttentee.«

Der Hagebuttentee schmeckte erfrischend bitter, und ihr Gespräch verlief fast wie eine Beichte. Sie erzählte ihm alles, von Jayja, von der ebenfalls ermordeten Marulu Kos und der Nachbarsfamilie.

»Morgen werde ich mich um die Familie Sanchez kümmern. Die spanische Mentalität ist mir lieb und nah. Meine Mutter war Argentinierin.« Er schwieg einen Moment. »Sicher auch ein Grund, warum es mir solche Freude macht, mich um diese spanische Gemeinde zu kümmern.«

»Ich würde gern Spanisch lernen.«

»Gute Idee, da finden wir sicher jemanden. Haben Sie noch etwas anderes auf dem Herzen?«

»Sie können in meine Seele blicken. In der Tat bin ich eigentlich wegen etwas völlig anderem hier. Morgen soll Elisabeth Kranz-Singer auf dem Melatenfriedhof beerdigt werden. Würden Sie ...«

»Ein Gebet für sie in den Himmel schicken, sehr gern. Das machen wir zusammen am Grab. Ich freu mich auch auf unser Wiedersehen.«

Es war kurz vor sieben, als Clara die Einkaufstaschen in ihre Küche brachte und plötzlich Lust auf einen Wein von Jayja hatte. Sie wusste, Jayja würde es freuen, und deshalb beschloss sie, eine Flasche zu holen.

DIENSTAG, 18. APRIL

Gerade als er seine Jacke anzog, hörte er die Wohnungstür. Seine Zugehfrau, die üblicherweise erst kam, wenn er das Haus bereits verlassen hatte, war heute früher gekommen, um noch einmal mit ihm die Versorgung der zwei Katzen zu besprechen. Ihren Vorschlag, die Katzen in der Woche seiner Abwesenheit zu sich zu nehmen, hatte er kategorisch abgelehnt. Katzen brauchten nicht Menschen, sondern ihre gewohnte Umgebung. Die Zugehfrau würde also jetzt täglich kommen, um die beiden jeden Morgen zu versorgen. Er würde sie selbstverständlich dafür besonders entlohnen. Sein Rückflug aus Südamerika war genau in fünf Tagen! Diese Reisen, dreimal im Jahr, in genau errechneten Abständen und gezwungenermaßen, dienten dazu, nicht die detaillierte Übersicht zu verlieren. Nächsten Sonntag würde er die beiden Katzen wieder selbst versorgen! Vielleicht war es die letzte dieser Reisen. Er wollte dieses Anwesen endlich loswerden! Immerhin hatte er es mit der Zeit geschafft, alle Farmbewohner, ihm seit seiner Kindheit bekannt und gehasst, zu vertreiben!

Es gab angeblich einen Interessenten! Schwer verständlich, denn der ganze Besitz war in einem desolaten Zustand! Rombo – er hatte ihn vor einem Jahr und neun Monaten angeheuert, das Anwesen zu bewachen. Was Rombo, noch immer nichts im Kopf, nur Muskelpaket, gern angenommen hatte. Was er den ganzen Tag dort alleine trieb, blieb ein Rätsel. So verkommen, wie sich das ganze Anwesen bei jedem

Besuch zeigte, würde man sicher keinen großen Profit mit dem Verkauf erwirtschaften.

☆

Clara wachte auf. Wo war sie? Was war das für ein Zimmer? Automatisch suchte sie nach ihrer Uhr auf dem Nachttisch. Was war mit ihrem Arm? Und wer streichelte sanft über ihre Hand? Mutter – was für ein absurder Traum?! Sie musste aufwachen!

»Clara, Liebling, schön, dass du wieder bei Bewusstsein bist. Jetzt kann dieser junge Mann endlich eine Duschpause einlegen.« Mutter lächelte Georg liebevoll an. »Georg ist seit gestern Abend hier. Deine Bewachung wollte er mit niemandem teilen.«

Michael mischte sich ein. »Ich werde ihn nach Hause bringen.« Er war also auch hier.

»Aber wer bleibt dann bei Clara?«, protestierte Georg.

»Bin ich niemand?«, hörte Clara ihre Mutter.

»Keine Angst, Georg.« Michael legte beruhigend eine Hand auf Georgs Schulter. »Auf unsere Clara wird jetzt auch offiziell gut aufgepasst. Und kein Unbekannter wird in dieses Zimmer gelassen.«

»Hallo ihr drei! Was ist los? Warum bin ich hier, seit wann ...« Clara hörte ihre eigene Stimme wie durch einen Nebel.

Mutters Frage: »Liebes, denk nach, an was erinnerst du dich?«, konnte sie spontan nicht beantworten. Was war passiert? Warum fiel es ihr so schwer, sich an gestern zu erinnern? »Ich ... ich wollte einen Wein holen. Bin die Treppe zu Jayjas Wohnung hoch, und dann ...« Clara überlegte angestrengt. »Es ging alles so schnell. Ich wollte gerade die

Tür aufschließen, und dann ...« Sie musste eine Pause einlegen, bevor sie fortfahren konnte. »Dann hörte ich etwas hinter mir ... und dann ein starker, stechender Schmerz am Kopf.« Sie entzog ihrer Mutter ihre rechte Hand – die andere hing unbeweglich in einer Schlinge – und tastete damit über ihren Kopf. Er war bandagiert. Sie schwieg, überlegte angestrengt. »Hab mich umgedreht, jemanden gesehen habe ich nicht. Bin wohl sofort zusammengekracht.«

»Du hattest Glück, Georg fand dich zwei Minuten nach sieben vor der noch verschlossenen Tür. Es muss kurz davor passiert sein«, hörte sie ihre Mutter.

»Die Uhrzeit? Das kann höchstens eine Minute vor sieben gewesen sein! Ich habe mich bei Pater Anselmo verquatscht.«

»Georg bildet sich ein, jemanden auf der Treppe zum Dachboden gehört zu haben«, erklärte ihr Michael, der sich jetzt neben ihr, auf der anderen Seite des Bettes, herunterbeugte. »Aber beim Hinauflaufen ist ihm niemand begegnet. Der Krankenwagen und der Notarzt kamen zum Glück schnell! Mich rief er sofort mit deinem Handy an. Von da an konnte ihn niemand von deiner Seite entfernen. Die Kollegen, die ihn verhörten, wollten allerdings wissen, warum er nicht auf dem Dachboden nachgeschaut hat. Diese Frage fand er bescheuert, sollte er etwa dich deswegen alleine lassen ...?«, hörte sie nur noch verschwommen und versank wieder in Dunkelheit und Schlaf.

Mittwoch, 19. April

5.17 Uhr, und er versuchte sich jetzt seit gut 4 Stunden und 22 Minuten trotz seines laut schnarchenden Nachbarn zu entspannen. Schlafen war ihm auf diesen Flügen noch nie gelungen. Bedauerlicherweise – und dies würde ihn sicher intensiv die nächsten Tage beschäftigen – war ihm das Auffinden des notwendigen Papiers gestern vor der Abreise nicht gelungen. Die Schweizer bestanden darauf, und ohne dieses würde es nicht einmal zu einem Vorgespräch kommen. Ein dummer Zufall, mit dem man bei allen noch so sorgfältigen Planungen immer rechnen musste, hatte es vereitelt.

Die Maschine war in der Touristenklasse brechend voll und mit sechs Stunden zweiunddreißig Minuten Verspätung abgeflogen. Auf seiner linken Seite saß der Geist von Asunta Koltz. Auf jeden Fall sah sie aus wie sie. Dieses Scheusal – und Vater hatte ihr vertraut. Mit drei hatte sie ihm immer wieder den Mund zugeklebt, damit er auf keinen Fall schreien konnte. Das Nachbarhaus zu betreten war ihm strengstens verboten, und ihren vier Kindern war der Umgang mit ihm untersagt gewesen. Dieser Albtraum fehlte jetzt gerade noch.

☆

Als sie das nächste Mal aufwachte, saß Michael neben ihrem Bett. »Hallo, liebe Clara, schön, dass ich dich auch wach erlebe. Die Blumen da«, er zeigte auf ein buntes Gesteck auf der Fensterbank, »sind von den Kollegen, die dir fast alle«, dabei grinste er, »gute Besserung wünschen!«

»Michael, wie spät ist es eigentlich?«

»Nachmittag, spielt doch keine Rolle. Deine Mutter, ich hab sie etwas essen geschickt, kommt gleich wieder. Und Georg ist heute Nachmittag bei Siegfried, der ihn wegen irgendwas dringend braucht.«

»Michael, ist heute Dienstag?«

»Nein, Mittwoch, warum fragst du?«

»Am Dienstagnachmittag war doch Jayjas Begräbnis.«

»Stimmt, ich war da. Du weißt, ich bin Atheist, aber Pater Anselmo ist was Besonderes.«

»Michael, ich glaub, ich muss gleich wieder schlafen, das sind die Mittel, die sie mir verpassen. Danke, dass du ...«

Donnerstag, 20. April

Kein gewohntes entspannendes Morgenritual. Die Krawatte, die er vor dem Spiegel knüpfte, war die von gestern.

Es gab tatsächlich einen Kaufinteressenten, der sich morgen das Anwesen anschauen wollte, und er war eisern entschlossen, das Ganze jetzt endgültig zum Abschluss zu bringen. Ihr Schlangengeist hauste noch immer in allen Räumen. Am meisten natürlich im ersten Stock und das, obwohl er die Möbel von dort, sofort nach dem Tod des Vaters, viel zu billig verkauft hatte. Fast verschenkt, um sich den an sie erinnernden Anblick schnellstens zu ersparen.

Nur die Bibliothek hatte er im Urzustand gelassen. Verstaubte Bücher wie früher, und niemand merkte damals, dass er sich immer wieder dort verkrochen, sich ausgeliehen hatte, was immer ihm in die Finger kam. Dort hatte er seine großen Idole kennengelernt, mit ihnen kommuniziert; sie hatten ihn verstanden. Stalin und auch Hitler integrierte er in sein Leben. In diese Bücher war er versunken und entwickelte Träume. Er brauchte auf diese Weise keinen Umgang mehr mit der nicht zu akzeptierenden Umwelt. Durch das genaue Studieren dieser Persönlichkeiten – sie wurden dann wechselweise zum Vorbild – lernte er vieles, auch wie man sich zur Wehr setzt!

☆

Das Klopfen an der Tür weckte Clara. Eine Krankenschwester kam mit einem riesigen Blumenstrauß ins Zimmer. Ihre Mutter, die neben dem Bett auf ihrem Stuhl eingenickt war, fuhr erschrocken hoch und nahm die Blumen etwas brummig entgegen.

»Clara, mein Gott, wer schickt dir einen solchen Strauß?« Sie öffnete das angeheftete Kuvert, legte die Grußkarte aufs Bett und ging eine Vase besorgen.

Es dauerte eine Weile, bis sie wiederkam. »Liebling, was ist mit dir? Da kommt ein Traumstrauß, und du bist verzweifelt?«

Clara schüttelte nur den Kopf. Es war grauenhaft, sie sah fürchterlich aus. Ihr Kopf war noch immer bandagiert, und ausgerechnet jetzt wollte Hoby sie besuchen.

»Mutter, ich muss ins Bad. Schau, wie ich aussehe!«

»Clara, bekommen wir Besuch? Von wem sind diese Rosen? Du und der Wunsch nach einem Spiegel, ganz was Neues«, lachte ihre Mutter.

»Das ist gar nicht komisch! Ich fang gleich zu heulen an, und dann seh ich noch schrecklicher aus!«

Ihre Mutter nahm alles in die Hand. Sie verhandelte mit der Stationsschwester, die ihr dann einen dezenten Kopfverband anlegte. Maja brachte das schönste Nachthemd aus Claras Kleiderschrank. Mit vereinten Kräften zogen sie ihr das Nachthemd über den Gipsverband und verschönten sie, so weit das möglich war. Bis zum Badezimmerspiegel schaffte Clara es nicht. Der Puderdosenspiegel ihrer Mutter zeigte ihr einen großen schwarzblauen Fleck am Auge, genug, um auf weitere kosmetische Eingriffe zu verzichten. Und dann schlief sie einfach wieder ein.

Aufgeweckt wurde sie durch etwas Warmes, sie sanft Abtastendes, sich über ihr Gesicht Bewegendes; ein bisschen kratzte es auch. Und dann entfernte sich das Warme, da waren zwei blauen Augen, noch immer ganz nah. Augen, die sie gut kannte, die sich wieder näherten – und wieder wurde es feuchtwarm und kratzig auf der rechten Wange, am Kinn, auf der Nase, am Mund – und keine Augen. Sie machte ihre zu, genoss den kratzigen Kitzel, der jetzt über ihre Schläfen zum Kinn wanderte. Und dann war es ganz plötzlich vorbei. Clara stöhnte. »Hoby, bitte nicht aufhören!«

»Mein Liebling, was machst du für Sachen?«

Und wieder wurde es kratzig und warm. Er war heute früh, nach einer sehr geschäftigen Woche in San Francisco, um 7.10 Uhr in Berlin gelandet und hatte erst dann Michaels Nachricht bekommen. Er hatte alles stehen und liegen gelassen und war mit dem nächsten Flugzeug zu ihr gekommen. Wie grotesk, da lag sie zusammengeschlagen, konnte sich nicht ohne Schmerzen bewegen und war trotzdem so glücklich wie schon seit Langem nicht mehr.

»Mein Liebling, was machst du nur für Sachen«, murmelte er wieder, nahm sie erneut zart in die Arme, und dann ging das köstliche sanfte Gekratze wieder los.

Hoby kümmerte sich den ganzen Tag liebevoll um sie. Zwischendurch schlief sie immer wieder ein, und jedes Mal wurde sie von zarten Küssen geweckt. Hoby hatte ihr beim Essen geholfen, hatte vorgelesen, ihr Witze erzählt, und manchmal war er bei ihr eingenickt. Aber er war auch unnachgiebig geblieben und hatte alles wissen wollen. Und Clara hatte ihm in Abständen die ganze traurige Geschichte von Jayja erzählt und auch, was dann in der Folge geschehen war.

Hoby hatte sehr aufmerksam zugehört, und als sie endete, war seine Beunruhigung deutlich spürbar. Er blieb bei ihr, immer in ihrer Nähe, und schließlich war er nur zögernd in sein Hotel gefahren.

Freitag, 21 April

Trotz des klaren blauen Himmels war er in übler Stimmung. Vielleicht hätte er diesen Spaziergang nicht machen sollen. Er war fast so weit, hier alles quasi zu verschenken.

Der Mensch, darüber dachte er gerade intensiv nach, ohne es wirklich zu begreifen, ist so konstruiert, dass es unumgänglich notwendig ist, mit der Umwelt Kontakt aufzunehmen. Aber schon damals wollte keiner der hier Lebenden, ausgenommen natürlich seines selten anwesenden Vaters, etwas mit ihm zu tun haben. Und immer wenn er hier war, kam alles wieder hoch.

Gestern Abend hatte er dann eine scharfe Konfrontation mit Rombo gehabt. Dieser Hohlkopf schlich den ganzen Tag um ihn herum. Bis zu dem Punkt, wo er diesen Tölpel keine Sekunde länger in seiner Nähe ertragen konnte, und es kostete große Anstrengung, es diesem Kretin klarzumachen. Rombo wurde aggressiv, da half nur noch das Gewehr. Rombo verschwand – und das hoffentlich endgültig. Noch ein Grund mehr, das Anwesen so schnell wie möglich einem neuen Besitzer zu übergeben.

☆

Clara saß im Bett und versuchte zu lesen, als ihre Mutter um zehn Minuten nach acht auftauchte. Sie wohnte, kaum zu glauben, mit Georg und Krabbe in Claras Wohnung. Georg hatte sie gestern zu einem besonderen Zahnarzt für Implantate geschleppt. Die Adresse kam von Dr. Rasmusen. Er hatte die drei gestern zum Abendessen eingeladen.

»Wie war denn euer Abend?«, wollte Clara wissen.

»Hast du tatsächlich trotz Hoby festgestellt, dass wir gestern noch einmal da waren, und gesehen, wie unsere zwei aussahen?« Ihre Mutter lachte. »Bitte gib es zu, diese neue Verkleidung ist doch gut! Ganz einfach war unser Shopping nicht, aber bin ja von dir einiges gewöhnt.«

»Mutter, ich fass es nicht.«

»Was?« Ihre Mutter kicherte wie ein junges Mädchen. »Gib's zu, wenn ich einmal mit etwas anfange, hör ich nicht auf, und Krabbe muss einen anständigen Vor- und beide einen Nachnamen haben.«

»Mutter, bitte sag mir, was ist mit dir passiert? Immer hast du über meinen Umgang geschimpft. Nein, nicht über Hoby, er war die von dir sehr geschätzte Ausnahme. Du warst sehr böse mit mir, als es auseinanderging. Du warst fest davon überzeugt, dass es ausschließlich meine Schuld ist, mein Sturkopf, oder?«

»Meinem Mädchen scheint's wieder besser zu gehen, das klingt ja schon beinahe nach einer kleinen Auseinandersetzung. Trotzdem glaube ich, das sollten wir im Moment noch lassen, also bitte sei nicht stur, und lass uns über etwas Schönes reden.«

»Stimmt, ein eigenwilliger Sturkopf war ich schon als Kind! Ihr hattet es wirklich nicht immer leicht mit mir!«

Da nahm ihre Mutter sie in die Arme und flüsterte etwas Unverständliches.

Samstag, 22. April

Es musste schon wieder die braune Krawatte sein, die er sich vor dem angeschlagenen Spiegel band. Dann ging er in die sehr geräumige Küche des Haupthauses, um sich einen Kaffee zu kochen. Der Interessent für die Farm hatte sein Kommen auf Anfang der Woche verschoben. Grund genug, heute Morgen nach Santiago zu fahren und dort das bekannteste Maklerbüro aufzusuchen. Außerdem musste ein Ersatz für Rombo gefunden werden. Denn selbst wenn der Verkauf jetzt erfolgreich war, würde die Abwicklung nicht in so kurzer Zeit möglich sein. Er war keineswegs bereit, seinen Aufenthalt hier zu verlängern.

☆

Um sechs wachte Clara das erste Mal auf, um sieben wieder, und wollte sich schön machen, aber gab es dann nach zwei schmerzhaften Versuchen auf, schlief wieder ein, und um acht weckte sie ein weicher Kuss am Mundwinkel. Hoby war da, und ihr Tag verschwamm in Zweisamkeit, Schlafen, Aufwachen. Er war nah, streichelte sie, fütterte sie, erzählte ihr Witze, die sie nicht verstand, oder las ihr Geschichten vor.

Sonntag, 23. April

Sein gestriger Ausflug in die Stadt war erfolgreich. Morgen würde ein tüchtig wirkender Makler kommen und alles in Augenschein nehmen. Er hatte allerdings schon gestern gewarnt, Immobilien täten sich noch immer schwer, man müsste geduldig sein. Geduld war etwas, das ihm immer schon wesentlich und wichtig erschien, alles was er zu schnell oder spontan erledigt hatte, zeigte sich dann später als Fehler. Nur hier drängte es, dieser Besitz verschlang ihn.

In der Nacht hatte ihn Asunta Koltz überfallen, ihm deutlich gezeigt, was für ein Abschaum er war. Ihre Kinder hatten auf einem anderen Stern gelebt, und wenn er aufgetaucht war, hieß es: Achtung, der Hosenscheißer ist mal wieder auf Wachposten. Das waren dann die ersten Worte, die er lernte und nicht verstand. Sie sprachen zu schnell, sprachen eine andere Sprache als sein schweigsamer Vater. Anders als die Worte, die er sich selbst zusammenbastelte.

Drei Sprachen waren es jetzt, die er akzentfrei beherrschte, trotzdem vermisste er nichts, wenn ein Tag ohne ein Wort vorbeistrich. Ohne Vergangenheit wäre der Platz hier – und das gestand er sich ehrlich ein – ideal!

☆

Hoby kam mit Claras Mutter schon vor der Morgenvisite. »Mein Liebes, ich habe für Krabbe und mich einen Flieger um viertel vor elf und lass dich mit deinem Aufpasser alleine!« Sie streichelte Clara über die Wange. »Und morgen wird Hoby von deinem Vater abgelöst!«

»Mutter, willst du Krabbe wirklich mitnehmen?«, wollte Clara kopfschüttelnd wissen.

»Ja, definitiv. Krabbe kann erst in der Kantine glücklich werden, wenn er ein wenig Selbstbewusstsein gespeichert hat. Dazu müssen wir wenigstens das kleine ABC und das Einmaleins lernen. Dein Freund, der Koch, hat mit mir geredet. In der Küche machen sie sich alle dauernd über ihn lustig. Stell dir vor, du kannst auf den Packungen nicht lesen, was es ist, und da ist ihm gleich am Anfang Salziges sehr süß geworden! Ich werde dafür sorgen, dass er lesen lernt – und die restliche Zeit hilft er Vater dann im Garten.«

Montag, 24. April

Gestern Nachmittag kam ein angeblicher Käufer in Begleitung von zwei Herren, alle drei Krawattenträger, und auch ihr Schuhwerk gepflegt und aus Leder. Sie inspizierten alles, die Ansiedlung hinter dem Hügel, jetzt zwölf völlig verfallene Häuser, wo alle Arbeiter und er mit Vater gewohnt hatten. Das Haupthaus, alle Nebengebäude und selbst die Grundstücksgrenzen wollten sie abgehen.

Dieses Unternehmen kostete ihn den ganzen Nachmittag. Den Abschied registrierte er als endgültig, obwohl der Käufer sich vielleicht noch einmal melden wollte. Das Anwesen befände sich in einem zu desolaten Zustand, und die Kosten, um dies alles zu renovieren, würden sich nicht amortisieren.

☆

Hoby war wieder in Berlin, hatte Clara aber schon mehrere Küsse durchs Telefon geschickt. Mit ihrem Vater am Arm begannen Claras erste Gehversuche, schleichend über den Krankenhausgang. Sie war die Attraktion, alles schaute, denn hinter oder vor ihr bewegte sich ein Riese, ihr Aufpasser. Als sie ihn zum ersten Mal vor ihrer Tür entdeckte und mit ihm reden wollte, da streckte er sich nur noch mehr, einen Wortwechsel lehnte er ab. Reden war unerwünscht.

Ihr Vater nervte mit Fragen. Clara verzieh ihm – er war zutiefst beunruhigt. Die alte Leier, dass er und Mutter ihre Berufswahl bedauerten. Clara spielte die Schlafende.

Dienstag, 25. April

Keine Krawatte, nicht einmal anziehen wollte er sich. Regen peitschte gegen das Fenster. Seine Nacht, eine Nacht mit der Heiligen, von ihm gekreuzigt, die er auszog, und das bis auf das Lendentuch. Ihre nackten aufreizenden Brüste, im Traum nicht mehr unterscheidbar, ob wirklich ihre oder die seiner Hurenmutter. Das Lendentuch, das er ihr heruntergerissen hatte; und selbst eine Masturbation hatte nichts gebracht, hatte alles nur verschlimmert.

Er beschloss, den Tag mit ausgewählter Literatur im Bett zu verbringen. Die notwendige Fahrt in die Stadt verschob er auf den nächsten Morgen. Der junge Mann, den das Maklerbüro gestern geschickt hatte, war ein kleiner Angestellter und entpuppte sich als absolute Niete. Ein absoluter Dummkopf, der zum Abschied auch noch loswurde, dass dieses Anwesen nicht einmal mehr zu verschenken sei.

☆

Georg war wie immer der Erste an ihrem Bett. Die Thermoskanne hatte er zur Abwechslung mit einem besonderen Ingwerwasser gefüllt. »Soll besonders gesund sein. Dein Vater hat heute verschlafen, hab ihn nur kurz gesehen, aber der Ingwertee hat ihm auch geschmeckt, und er wird jetzt bald hier sein!« Georg schenkte ihre Tasse voll und gab sie ihr, berührte sie dabei, wurde rot, und dann bekam sie sein Lächeln, ein wunderschönes Lächeln. Der Zahnarzt hatte seine Arbeit gut gemacht. »Hier ist ein Buch von Siegfried.« Georg legte es auf ihr Bett. »Nicht so intellektuell wie das gestern. Ich hab ihm erzählt, dass das für uns unverständlich war, aber immerhin zum Lachen.«

Michael brachte ihr am späteren Vormittag einen Latte Macchiato im Pappbecher und ein Stück Sahnekuchen. »Du wirst zu dünn, meine liebe Freundin. Ich hab's schon kapiert, der junge Arzt, der hier alle paar Minuten auftaucht, der will dich möglichst lange hierbehalten, das kann ich verstehen, aber ich brauche dich, ich bin ohne dich wirklich nur ein halber Polizist!«

Ihr Vater war am Vormittag mit ihr über den Gang gelaufen, und dann hatte sie ihn in die Flora geschickt. Er machte einen traurigen Eindruck; er brauchte seinen Garten, und das wusste Clara.

Mittwoch, 26. April

Heute würde er sich eine neue Krawatte in der Stadt leisten, die braune, die er gerade knotete, brauchte eine Pause. Und den richtigen Makler musste er auch auftreiben.

Kaffee gab's keinen mehr, das Notwendigste für die nächsten Tage musste eingekauft werden, und der Gedanke, jemanden als bewachenden Bewohner für hier zu finden, lohnte sich. Vielleicht lohnte es sich auch, heute in einem bestimmten Viertel eine Hure zu seiner Befriedigung aufzusuchen.

☆

Clara wachte auf – es war noch dunkel draußen – und spürte eine Energiewelle, die sie zum Aufstehen reizte. Ein gutes Zeichen, nicht mehr nur zu schlafen. Warum nicht die CD von Maja in Angriff nehmen? Ein Spanischkurs, fließend sprechen in nur drei Tagen. Fast nicht glaubhaft, und dabei fragte sie sich, warum sie nicht schon früher auf diese Idee gekommen war. Jayja wollte mit ihr deutsch sprechen, das war ihre Muttersprache. Clara hörte sich die CD an. Um acht Uhr brachte Georg Vater und den Tee. Vater schleppte sie ein letztes Mal über den Gang und konnte es nicht lassen, sie noch einmal intensiv zu löchern.

»Warum musstest du ausgerechnet diesen Beruf ergreifen? War's, weil wir so dagegen waren und du dich durchsetzen wolltest, oder warum sonst? Um ehrlich zu sein, Mutter und ich machen uns schreckliche Vorwürfe.«

»Nein, Paps, es war bestimmt nicht aus Trotz. Willst du wirklich wissen, warum ich unbedingt zur Polizei wollte?«

»Ja, das möchte ich – und zwar jetzt.« Er setzte sich auf Claras Bettrand und nahm ihre Hand in seine.

»Kannst du dich noch an meine Freundin Erika in der Volksschule erinnern? Ihr mochtet sie nicht. Sie war immer ungewaschen, benutzte Wörter, die ihr grässlich fandet, und unhöflich war sie auch. Unsere Wege trennten sich, als ich aufs Gymnasium kam. Wir haben uns trotzdem immer wieder getroffen. Und fast jedes Mal kam sie mit einem blaugeschlagenen Auge oder einer Beule, so oft kann man gar nicht die Treppe runterfallen. Zu ihr nach Hause durfte ich nie. Von einem anderen Mädchen, das in ihrer Nähe wohnte, erfuhr ich, dass ihr Vater immer betrunken war und dann die Mutter und sie zusammenprügelte«, sprudelte es aus ihr heraus.

Ihr Vater runzelte die Stirn und dann schaute er sie nachdenklich an.

»Willst du es weiterhören?«

Er nickte als Antwort.

»Irgendwann einmal hab ich mit ihr vor der Bäckerei Robel gestanden. Ich hatte für uns beide ein Stück Kuchen gekauft. Da kamen zwei Polizisten. Sie überquerten die Straße, und einer pflanzte sich vor uns, nein, vor ihr auf, begutachtete sie von oben bis unten, und dann packte er sie am Arm. ›Jetzt haben wir dich Früchtchen endlich, das Klauen werden wir dir schon noch abgewöhnen.‹ Sie nahmen sie einfach mit, obwohl sie meines Wissens wirklich nie etwas Ungesetzliches angestellt hatte. Für mich entstand damals der Wunsch, etwas gegen diese Ungerechtigkeiten zu tun, etwas an diesen Schicksalen zu ändern. Und während meines Studiums habe ich bemerkt, dass ich nicht theoretisch arbeiten will. Ich will Kontakt zu diesen jungen Menschen.« Clara schwieg einen Moment.

»Clara, ist das wirklich deine Welt?«

»Ja, Paps, während meiner Lehrjahre bei der Polizei gab es immer wieder Momente, da hätte ich gern alles an den Nagel gehängt.« Sie grinste verschmitzt. »Das hat mir dann aber mein Stolz verboten.«

Claras Vater beugte sich nah zu ihr. »Ach Clärchen« – so nannte er sie, seit sie ein kleines Kind war – »es ist noch nicht zu spät dazu.«

»Doch, Paps, es ist zu spät.« Wieder grinste sie verschmitzt. »Jetzt bin ich gern Polizistin. Und übrigens, immer mehr Frauen schlagen diesen Berufsweg ein. Sei stolz auf mich.«

Donnerstag, 27. April

Seine neue Krawatte war grell, aber die Auswahl so gering und dieser Wechsel sicher besser als nichts. Fast wie unter Zwang hatte es ihn gestern in das Viertel getrieben, wohin er damals zur Tante verbannt wurde. Und da tauchte sie plötzlich als Geist auf, stürzte sich auf ihn. Die Zuwendung, die er damals von ihr bekommen hatte, obwohl er ihr auf die Nerven ging, berührte ihn plötzlich tief. Nicht diese Zärtlichkeit, von der er immer geträumt hatte, die er immer wieder abends von einem Zweig der Linde belauscht und beneidet hatte. Diese Zärtlichkeit hatte sie nicht gekannt, die war ihr fremd gewesen. Aber sie hatte ihm große Mahlzeiten bereitet; mit Argusaugen beobachtet, dass er alles aß, wenn sie von ihrer Arbeit aus dem Krankenhaus gekommen war. Sie prüfte alle Schulaufgaben, seinen Umgang, prüfte, ob er ordentlich gekleidet und gewaschen war, prüfte, wo er hinging, prüfte, ob er sein gewaltiges Pausenbrot gegessen hatte. Und das ging bis nach dem sehr opulenten Abendessen, bis er sich auf dem ausklappbaren Sofa in der Wohnküche zusammengerollt hatte.

⋆

Unter Michaels Aufsicht schaffte Clara es, mehrmals über den ganzen Gang zu laufen. Man befreite sie vom Tropf, und außer einer kleinen ausrasierten kahlen Stelle an der rechten Seite ihres Kopfs und dem linken Arm in einem Gips-Stützverband war alles wieder beim Alten. Das erste Mal wieder unter der Dusche – was für ein gutes Gefühl!

Zu Mittag tauchte nach einem leisen Klopfen plötzlich Ruth auf. »Ich hätte dich schon viel früher besucht, hat leider nicht geklappt. Und jetzt hab ich mich nur für meine Mittagspause rausgeschlichen. Er ist eh außer Haus. Ich freu mich sehr, wenn du wieder bei uns bist. Von dir bekomme ich wenigstens immer irgendwelche besonderen Aufgaben. Es gibt Neuigkeiten, aber ich habe strengstes Verbot, das hier loszuwerden, also werde bitte schnell wieder gesund.«

Freitag, 28. April

Der hoffentlich effektive neue Makler aus der Stadt war für Montagfrüh eingeplant. Heute stand Santa Cruz an. Er musste jemanden finden, der ihn hier als Bewacher ablöste. In der Nacht war das letzte Stück Dach von dem ehemaligen Klassenzimmer eingestürzt. Schreckliche Zeit, die Schulzeit damals. Abgesehen von dem, was er am Anfang dort gelernt hatte, war es ein Albtraum. Alle hatten ihn seltsam gefunden, abnorm, also hatte er sich zurückgezogen. Selbst in den kurzen Pausen. Diese Zurückgezogenheit – sie hatte ihn gequält, wenn er das fröhliche Geschrei der anderen hörte. Zugang wurde ihm nie gestattet, sie ignorierten ihn einfach. Und wenn er versuchte mitzumachen, wurde er sehr vehement verjagt.

☆

Claras großes Schlafbedürfnis existierte nicht mehr, dafür hatte sie aber genügend Zeit für ihren spanischen Kurs mit Kopfhörer. Sie war gerade mitten in einem neuen Szenenwechsel, als ein unerwarteter Besucher den Kopf zur Tür hereinstreckte: Pater Anselmo, der ihr ein Büchlein mit Gedichten aus Südamerika brachte. Sie verstand einen Großteil des ersten Gedichts, das sie aufschlug, und sie verstand ihn, als er mit ihr spanisch sprach. Natürlich gab es noch unbekannte Wörter, trotzdem konnte sie der Unterhaltung folgen.

»Ihre Jayja und Marulu Kos ruhen seit Dienstag an dem

wunderschönen Platz, den sie ausgesucht haben!« Pater Anselmo lächelte. »Mir scheint, dass wir bald zusammen hingehen können. Und noch eine gute Neuigkeit: Die Familie Sanchez wurde umgesiedelt. Deshalb war es nicht möglich, sie zu diesem Abschied auf den Friedhof mitzunehmen. In meiner Kirchengemeinde gibt es seit Langem ein altes Ehepaar, Argentinier, die hier vor vielen Jahren hängengeblieben sind. Sie betreiben im Bergischen einen Biobauernhof und haben die Familie unter ihre Fittiche genommen.«

Clara freute sich, Pater Anselmo war ein Geschenk. Er erhob sich. »Jetzt haben wir eine Stunde auf Spanisch verbracht. Ich bleibe bei diesem neuen Job und hoffe auf eine nächste Spanischstunde und bin neugierig, was meine Schülerin dann für Fortschritte gemacht hat.«

Michael jagte sie mehrmals den Gang entlang. Das Anziehen mit nur einem Arm war mühselig. Aber der Gipsverband, eine Schutzmaßnahme, würde schon nächste Woche einem weichen Verband weichen.

»Du musst fit werden, wir brauchen dich. Wir sind wieder im Dienst. Hans backt Minibrötchen.«

»Wieso?«

»Halt, jetzt habe ich mein Versprechen gebrochen, das mir die Doktoren und auch deine Eltern abgenommen haben.«

»Typisch, du sollst nicht mit mir über unsere Arbeit reden.«

»Ja, und deshalb warten wir damit noch.«

Samstag, 29. April

Der Makler würde erst nach dem Wochenende kommen. Eine Person für die Bewachung hatte er in Santa Cruz nicht aufgetrieben. Die Leute behandelten ihn wie einen Aussätzigen. »Ist doch nicht zu übersehen, der Dreck klebt noch immer an ihm! Den kann er auch mit seinen feinen Klamotten nicht wegbekommen! Die Angeberscheiße, die jetzt an ihm klebt, ist beinahe noch schlimmer!«, hörte er zwei Männer über ihn reden. Diese Häme existierte also noch immer und war in der Zeit entstanden, als er der Herr von Santa Paola geworden war. Vater hatte ihn nach sehr kurzer Zeit machen lassen, was er wollte. Verzog sich morgens unter einen der alten Bäume auf der Südseite des Haupthauses oder verkroch sich in einem der Zimmer des großräumigen Gästetrakts. Zum Essen musste man ihn zwingen, geholfen hatte es nichts. Vater starb eineinhalb Jahre nach ihrem Verschwinden. Schlief einfach unter der Linde mit frischem Laub ein. Zum Begräbnis waren nur drei alte Leute gekommen, die letzten Bewohner von Santa Paola. Die anderen hatte er bereits erfolgreich vergrault, ihnen sehr schnell und deutlich zeigen können, dass er ihre Arbeit oder einen Kontakt nicht ästimierte, nicht wollte. Die Häuser standen leer, verfielen, und Landwirtschaft wurde keine mehr betrieben.

☆

Hoby hatte sofort nach der Visite und mit Erlaubnis des Stationsarztes Claras Sachen eingepackt und entführte sie in ein Luxushotel an die Mosel. Ihm war klar, dass Clara es sich nicht nehmen lassen würde, so schnell es ging wieder zu arbeiten – und dann war keine Entführung mehr möglich. Nur der Gipsverband war zwischendurch im Weg, sonst nichts!

Sonntag, 30. April

Bedauerlicherweise hatten sich die Zeiten sehr geändert. Vor vierzehn Jahren war es ihm ohne Schwierigkeiten gelungen, ein Stück Land zu einem guten Preis zu verkaufen. Damals waren diese schwarzen Geschäfte in Chile üblich. Der Käufer hatte sich vorher über die Besitzsituation informiert, und nachdem Vater als Besitzer bekannt war, ging er darauf ein. Es gab einen Anwalt, der dies schriftlich festlegte. Er hatte dann nach ausgiebigen Überlegungen beschlossen, das Geld in die Schweiz zu bringen. Zwei eingeschriebene Briefe aus der Schweiz hatten ihn darauf gebracht. Der Mann, der sie brachte, konnte überzeugt werden, dass er der Empfänger sei – und das mit Hilfe eines ordentlichen Trinkgelds.

Es waren zwei Bankschreiben mit der Aufforderung an die Heilige, sich doch bitte möglichst bald zu melden, da einige seit längerer Zeit aufgelaufene und ungeklärte Fragen unbedingt bearbeitet werden müssten. Für ihn die erste große Reise, und niemand außer dem arbeitslosen Rombo war bereit gewesen, in seiner Abwesenheit Santa Paola zu bewachen. Farmarbeit hatte ihn nie zufriedengestellt, und die hatte er dann auch nach dem Tod des Vaters sukzessiv einschlafen lassen. Die Angestellten der Schweizer Bank hatten sich distanziert gegeben. Das Bare wollten sie nicht, sie seien eine Privatbank, die erst ab einer festgelegten Mindestsumme anlegte.

Die Briefe, die er sorgfältig zugeklebt der Bank zurückerstattet hatte, behielten sie und würden sie dem richtigen Emp-

fänger zustellen. Sein Versuch, bei dieser Gelegenheit den Ort in Erfahrung zu bringen, wurde als indiskutabel abgelehnt. Bankgeheimnis.

☆

Duschen – ein herrliches Gefühl trotz Gips am linken Arm. Köstliches Schlemmen, von Blüten umgeben, und ein strahlender Frühlingstag.

Viele Adrenalinstöße, ganz zu schweigen von all dem anderen …

»Bist du sicher, dass das für mich gut …?«

Weiter kam Clara nicht, er verschlang sie, verschlang sie mit Haut und Haar, überall, und sie flogen zusammen in andere Welten – und das den ganzen Sonntag lang.

Montag, 1. Mai

Letzte Nacht tauchte Vater als Albtraum auf, positive Träume gab's hier nicht. Vater, der einzige Mensch, den er zumindest ein wenig respektiert hatte. Unverständlich – bis heute –, wie er sich nach den desolaten Erfahrungen seiner ersten Beziehung in eine solche neue Verbindung einlassen konnte. Ihr vollständig verfiel, so von ihr vereinnahmt wurde, dass für ihn sonst nichts mehr existierte. Für ihn war er nicht mehr zugänglich gewesen – außer dieser einen Diskussion –, und wenn er daran dachte, fühlte er sich selbst heute noch als Versager.

☆

Hoby brachte sie ins Krankenhaus, bevor er zum Flughafen fuhr. Er hatte recht gehabt. Die beiden Tage hatten ihr gutgetan. Sie war Hoby wieder so nahegekommen wie früher. Nur der Gips war dabei ab und zu im Weg gewesen. Sie waren wieder ein Paar.

Zum Abschied hatte er sie noch einmal in die Arme genommen. »Ich liebe dich, so wie du bist, auch wenn ich schreckliche Ängste ausstehe. Bitte, mein Liebling, ab morgen bist du wieder zu Hause, sei vorsichtig! Ich weiß, das fällt dir schwer, aber mir zuliebe, du kleiner großer Sturkopf.«

Dienstag, 2. Mai

Nichts hatte sich ergeben, weder ein interessierter Makler noch jemand, der bereit war, in der Finca Santa Paola bis zum Verkauf zu leben. Seine Nächte wurden immer schlafloser, ein unüberwindbares Desaster, und deshalb war er entschlossen, wie geplant und gebucht mit dem morgigen Flugzeug zurückzufliegen. Er beschloss, die Tür der Bibliothek mit Brettern zu vernageln und dann den alten großen Schrank, der sich im Flur befand, davorzuschieben. Alle anderen Türen inklusive Haustür blieben geöffnet, und so würde sich der Reiz des Einbruchs hoffentlich erheblich vermindern. Selbst wenn sich jemand hier einquartierte, noch verkommener als mit Rombo konnte es nicht werden.

☆

Claras erster Weg aus dem Krankenhaus führte sie gemeinsam mit Michael zum Friedhof. Ihr Rosenherz, jetzt vierzehn Tage alt, sah verwelkt und traurig aus. »Ich muss hier was einpflanzen, am besten einen Rosenstock. Duften muss er, und Lavendel muss auch hinein, beides gehörte zu ihr!«

»Vielleicht lässt du deinem Arm noch eine kleine Pause?!«

»Ach was, sag mal, weißt du zufällig, wo ich einen Steinmetz finde?«

»Das geht ja schon gut los. Die Ärzte …«

»Hör mit den Ärzten auf«, unterbrach ihn Clara. Aber als sie zu Hause ankamen und Georg sie strahlend erwartete, schaffte sie es gerade noch, sich auszuziehen und bis ins Bett.

Mittwoch, 3. Mai

Sorgfältig band er seine neue Krawatte. Die wenigen Sachen, die er mitgebracht hatte, waren gepackt. Diese Vergangenheit, die ihn hier den Schlaf kostete, ihn wieder zum Außenseiter stempelte, würde er heute endgültig hinter sich lassen. Kein Wiedersehen mehr. In Deutschland mussten sich ein Weg und eine Lösung finden.

☆

Der Geruch von frisch gekochtem Kaffee weckte Clara. Vierzehn Stunden hatte sie durchgeschlafen, und sie fühlte sich gut. In der Küche wartete Georg mit frischem Orangensaft, mit zwei weich gekochten Eiern im Glas, Vollkornkäsebrötchen und einem frisch aufgebackenen Croissant. Er wachte darüber, dass sie alles aß. Ihre Waage war heute Morgen so freundlich wie noch nie gewesen. Clara genoss es, wieder zu Hause zu sein, und freute sich über die Magnolienblüten vor dem Haus – Jayjas Lieblingsblüten. Clara hatte für sie letztes Jahr verbotenerweise einige Blüten abgeschnitten. Diese Gedanken stimmten sie jetzt traurig. Die Spurensicherung wartete noch immer auf die Ergebnisse der DNA-Analyse. Der unbekannte Fingerabdruck, den man auf einem einzigen Glas im Geschirrschrank von Marulu Kos gefunden hatte, war tatsächlich identisch mit einem Fingerabdruck im zweiten Treppenabschnitt und im Zugang zum Dachboden in der Paulistraße.

Clara hatte schon gestern ihrem besorgten Umfeld unmissverständlich klargemacht, dass sie heute darauf bestehen würde, zur Arbeit zu gehen. Als sie den Konferenzraum betrat, klopfte einer der Kollegen ein Willkommen auf den Tisch, und alle schlossen sich ihm an.

Hans, heute besonders geschniegelt – oder bildete sie sich das nur ein, weil sie ihn eine Weile nicht gesehen hatte –, vermied jeden Blickkontakt. Es gab das Übliche, Autosünder und die Jugend. Am Ende der Sitzung drehte er sich, bevor er den Raum verließ, kurz um. »Clara, eine Frage: Ist das heute nur ein Besuch? Bist du noch krankgeschrieben?«

Clara schüttelte den Kopf. »Nein, Hans, ich hab beschlossen, langsam mit der Arbeit wieder anzufangen.«

»Im alten Fabrikgebäude hat sich wieder eine größere Gruppe Jugendlicher eingenistet. Der Wächter, der eingestellt wurde, wird nicht mit ihnen fertig. Es wäre schön, ihr könntet euch intensiver um dieses Thema kümmern.«

In Claras Büro muffelte es, sonst war alles beim Alten. Michael zauberte aus seiner Manteltasche eine Flasche frische Milch. Endlich wieder ein Latte Macchiato mit schäumender Milch und nicht aus dem Pappbecher.

Die beiden überlegten, was sie als Nächstes klären und herausfinden mussten:

1. Hat sich ungarische Verwandtschaft im Internet finden lassen?
2. Gibt es eine E-Mail von Josés Mutter über die Familie Kos?
3. Spurensicherung: Was stand auf dem Zettel, der in Jayjas Jacke steckte?
4. Neuer Versuch, Kontakt mit Toni Roscanz aufzunehmen

»Ich finde, das reicht«, stöhnte Michael.

»Okay, aber Michael, was machen wir mit den Jugendlichen? Die Fabrik und die Jugend reizen mich.«

»Alleine gehst du mir nicht in die alte Fabrik. Komm, da ist mir dann doch lieber, du erledigst jetzt auch ein paar von unseren Punkten. Und spätestens heute Mittag machen wir uns zusammen auf den Weg.«

»Jetzt hab ich zwar keinen Riesen mehr als Aufpasser, aber einen Aufpasser, der sich überall einmischt.«

Clara telefonierte mit Pater Anselmo und bekam die Adresse der Familie Perez.

Dann ging sie in den ersten Stock zu Ruth. Vorhin wäre eine freundschaftliche Begrüßung für Ruth eindeutig zum Nachteil gewesen.

Ruth saß wie immer an ihrem PC und sprang auf. »Hey, was für eine Freude, dass du wieder da bist!« Sie umarmte Clara. Sehr ungewöhnlich bei Ruths normaler Zurückhaltung. Clara fühlte zum ersten Mal, wie zart Ruth unter ihren immer weit geschnittenen Blusen war.

Sie mussten beide lachen, und in diesem Moment ging die Tür auf, und Hans kam mit einem Gast herein. »Was ist denn hier los? Sind wir nicht hier, um zu arbeiten?«

Ruth löste sich schnell von Clara und setzte sich betroffen an ihren PC.

»Arbeiten, klar, was denn sonst? Und ich lerne besonders gern von Vorbildern«, konnte sich Clara, nicht ohne ein Grinsen in Richtung Hans, nicht verbeißen zu sagen. Der Gast, ein eleganter junger Mann mit Schneideranzug und Weste, schaute sie interessiert an. Hans kniff die Lippen zusammen und lotste den Gast ohne ein weiteres Wort in sein Zimmer.

»Ich glaub, ich geh jetzt lieber, vielleicht gibt's später eine Möglichkeit, sich ungestraft zu unterhalten. Ich wollte dich nur richtig begrüßen und wissen, ob es Neuigkeiten von den ungarischen Verwandten gibt. Aber eins will ich mit Sicherheit nicht: dich in Schwierigkeiten bringen.«

»Clara, es gibt Neues aus Ungarn, das schicke ich dir per E-Mail.« In dem Moment klingelte Hans.

Zurück im Büro, rief Clara Antonio an und verabredete sich mit ihm für den nächsten Nachmittag. Michael tauchte auf; zusammen holten sie die Schlüssel von Jayjas Wohnung, die jetzt endgültig ihr gehörten, und fuhren zum Buchladen. Siegfried und Georg, in Bücherberge vergraben, reagierten erst ungehalten über die Störung und freuten sich dann doch. Die zwei Bücherwürmer konnten mit ihrer Diskussion, wer oder was in der mittelalterlichen Philosophie Vorrang hatte, nur schwer aufhören. Clara hörte nicht richtig zu und unterbrach sie: »Könnten wir uns jetzt bitte einem neuzeitlichen Thema zuwenden? Straßenjungs und -mädchen.«

Georg wurde blass, und Siegfried wurde wütend. »Clara, wie kannst du nur so grausam und taktlos sein«, fuhr er sie an.

»O Gott, Georg, bitte verzeih. Ich wollte dich nicht kränken, nur einen Rat von dir, wie wir – und da meine ich unsere ganze Gesellschaft inklusive der hiesigen Polizei – helfen könnten. Und nicht erst eingreifen, wenn es fast zu spät ist.«

Georg schluckte; Clara konnte sich das Leben ohne ihn nicht mehr vorstellen. Sie stand auf, ging um den Tisch herum zu ihm, legte ihre Arme, soweit es mit dem linken Arm möglich war, um ihn, und so blieben sie eine Weile stehen. Worte brauchte es nicht.

»Warum nicht ein Theaterstück oder ein Musical?«, fragte Siegfried.

»Ja, das wäre super!«, meinte Georg und lächelte sie an.

Clara stand auf. »Gute Idee, versuchen könnten wir es wenigstens.« Siegfried und Georg bedauerten nicht, als sie wieder abzogen. Michael begab sich alleine zur alten Fabrik und setzte Clara beim Lokalfernsehsender ab. »Wir treffen uns im Büro, und du kommst mit der Taxe oder …«

»Ja, ich bin brav und komm mit der Taxe.«

Clara kannte die Lokalredakteurin Petra Krone schon lange, und sie schätzten sich. Petra hatte immer wieder, von Clara angeregt, erfolgreiche Reportagen über traurige Einzelschicksale gemacht. Sie trafen sich immer wieder im Agrippabad, wenn Clara ihre Fitness-Phasen auslebte. Petra war da und freute sich. Die Idee eines Musicals mit Straßenjugendlichen fand sie keineswegs illusorisch, sondern genial, meldete aber Bedenken wegen der Finanzierung an.

Michael wartete schon in ihrem Büro. »Ich habe mir Sorgen gemacht, du bist doch mit einer Taxe hergekommen?«

»Klar, Knies mit dir möchte ich mir im Moment keinen leisten. Also, Petra ist begeistert, das Jugendamt, das heißt der Leiter, den ich gerade vom Handy aus angerufen habe, findet das ganze illusorisch, Geld gibt's auch keines, sonst steht er aber voll dahinter. Typisch Politik.«

Auf dem PC-Bildschirm leuchtete der E-Mail-Eingang. »Habe in Koblenz ein Ehepaar von Kranz, also Aristokraten aus Nagykata, Ungarn, aufgetrieben. Es gibt noch eine alte Dame von Kranz in München.« Für beide gab es eine Adresse und eine Telefonnummer. Ruth war wirklich ein Genie.

»Michael, sag mir bitte, was mach ich da am besten, anrufen oder doch besser ein Brief? Aber wie viel soll ich da von Jayja schreiben und …?«

»Heute muss nichts mehr sein, bis morgen ist dir bestimmt das Richtige eingefallen. Und ich bringe dich jetzt nach Hause!«

Michael begleitete sie bis zu ihrer Wohnungstür. »Clara, du

versprichst mir, Jayjas Wohnung im Moment nicht mehr alleine zu betreten. Und übrigens haben wir an deiner Wohnungstür innen eine kleine Alarmanlage mit direkter Verbindung zu unserem diensthabenden Funk eingerichtet.«

Georg war hin und her gerissen, aber dann doch begeistert von der Idee eines Musicals mit obdachlosen Jugendlichen.

Donnerstag, 4. Mai

Stress bei der Übergabe des gemieteten Autos. Stress in einer kaum überschaubaren Warteschlange beim Einchecken, Verspätungen, Menschenmassen, denen nicht auszuweichen war. Und so ging es dann weiter, bis er endlich im übervollen Flugzeug saß. Er schwor sich: Nie wieder.

☆

Pünktlich saßen Michael und Clara in der Morgenkonferenz, deren letzter Punkt die Jugendlichen in der Fabrik waren. Michael beschrieb seinen Besuch: »Mit unseren Jugendlichen wird es immer schlimmer, sie sind aggressiv und nicht ansprechbar!«

»Ist das überhaupt dein Bier? Und ist das alles?«, wollte Hans wissen.

»Was heißt alles?« Michael schüttelte den Kopf.

»Warum habt ihr dann nicht gleich einige von ihnen arretiert? Das ist die einzige Sprache, die sie verstehen«, erwiderte Hans streng.

Clara meldete sich, nicht sicher, ob er das einfach übersehen würde, aber Hans nickte: »Gibt's dazu noch etwas?«

»Ja, ich glaube, die Jugendlichen einzusperren bringt nichts. Ich glaube, wir müssen einen Weg finden, sie aus diesem hoffnungslosen Loch ihres Lebens herauszuholen.«

»Das sind doch alles Phantastereien! Warum sind sie denn in dem Loch? Da sind sie doch freiwillig. Die wollen doch gar nichts anderes als sich zukiffen und bestimmt nicht arbeiten«, kam es wie aus der Pistole geschossen von Hans.

»Du hast unrecht, so ist es nicht. Deshalb haben ich, oder besser wir, uns gestern überlegt, mit ihnen ein Musical einzuüben.«

»Jetzt ist unsere Clara endgültig übergeschnappt. So einen Quatsch kann doch wohl kein Erwachsener ernst nehmen! Und wir haben hier viel zu viel zu tun, um die Zeit mit solchem, ja, eigentlich schon Wahnsinn zu verschwenden.«

Damit beendete er die Sitzung und stand auf, um den Konferenzraum zu verlassen.

Zurück in Claras Büro, klingelte das Telefon. Petra war dran. »Hab dich auf deinem Handy nicht erreicht. Sehr wichtig: Wir haben einen Raum. Hab heute mit meinem Chef gesprochen, der findet die Idee prima, und ihm fiel unser sehr selten gebrauchtes Studio im Industrieeck ein. Und noch was: Heute Abend spielt eine bekannte Jugendgruppe hier für den WDR, sie kommen schon am späten Nachmittag, wäre prima, wir zwei würden mit ihnen reden. Die haben bestimmt sinnvolle Tipps für uns.«

»Super, ich treff dich um achtzehn Uhr in eurem Stammcafé.«

Michael, der jetzt auch als Claras Chauffeur fungierte, machte sich mit ihr auf den Weg. Antonio wartete in Santa Agatha auf sie. »Pater Anselmo ist bei einem Krankenbesuch und schickt liebe Grüße.«

Der Biobauernhof, zu dem sie fuhren, lag im Bergischen Land. Das Navi brachte sie bis zum Ende einer asphaltierten Straße. Zweimal entschieden sie sich für den falschen Weg, aber dann landeten sie an ihrem Ziel: einem hübschen altmodischen Haus mit Stallgebäuden und einem kleinen Nebenhaus. Dort spielte ein großer Mischlingshund mit zwei kleinen glücklichen Kindern, die Clara nicht unbekannt vorkamen. Und dann sah sie Frau Sanchez, die gerade Wäsche auf eine Wäscheleine hing. Als sie das Auto hörte, drehte sie sich um, und als sie Clara aussteigen sah, kam sie fröhlich auf sie zugelaufen. Diese blasse, ängstliche Frau hatte sich in den wenigen Tagen hier völlig verändert.

»Hallo, wie schön, Sie zu ...« Sie stockte, und dann sprudelte es auf Spanisch aus ihr heraus, und Clara – über sich selbst erstaunt – verstand fast alles.

»Wie schön, dass Sie uns besuchen kommen! Wir sind hier so glücklich. Das Ehepaar hier ist sehr, sehr nett. Die Kinder lieben es hier, und mein Mann kann endlich richtig zupacken. Es könnte nicht schöner oder besser sein. Unsere Tante Marulu hat das sicher für uns im Himmel organisiert. Aber wann und wo wird sie begraben? Wir schulden ihr so viel.«

Die Fragen, die Clara vorbereitet hatte, wurden alle gewissenhaft beantwortet. Manches war unerklärlich. Zum Beispiel: Warum durfte die Familie Sanchez nicht wissen, wo ihre Tante Marulu arbeitete? Warum wurde dies vor ihnen strengstens geheim gehalten?

»Einmal, Tante Marulu schlief gerade nicht zu Hause ...«

Clara unterbrach Señora Sanchez: »Kam das öfter vor?«

Sie schüttelte den Kopf. »Nein, aber es kam immer wieder vor. Und einmal, da kam, genau an einem solchen Abend, ein Mann mit Papieren, die waren wohl wichtig. Wir wussten aber nicht, wo Tante Marulu zu erreichen war. Der Mann, der diese Papiere gebracht hatte, ist wütend wieder gefahren. Am nächsten Tag, wir saßen gerade zusammen beim Essen, kam er wieder, und die beiden verschwanden dann im Flur, und sie hat die Tür hinter sich fest zugemacht. Es kränkte uns ein bisschen, und das hat sie gemerkt.«

»Und dann?«

»Hat sie ausgiebig mit uns geredet, hat uns sehr ausführlich erklärt, dass sie uns vollkommen vertraut, aber uns auf keinen Fall in Schwierigkeiten bringen möchte und aus diesem Grund einiges verschweigt, ja, verschweigen muss.«

Clara war erstaunt. Sie hatte Señora Sanchez ohne weiteres folgen können, natürlich noch nicht so wortwörtlich, wie Antonio es ihr übersetzte. Deshalb stellte sie ihre nächste Frage auf Spanisch: »Kam jemals Post für Marulu Kos?« Eine unsinnige Frage – ohne Namen oder einen Briefkasten, um Post zuzustellen.

»Nein, Post gab's nie. Halt, stimmt nicht ganz, einmal, das war komisch, kam Post und auch eingeschrieben. Der Briefträger, der diese Post brachte, war wütend. Er hatte lange gesucht und wollte schon aufgeben. Irgendjemand hat ihn dann von unten zu uns geschickt. Und er hatte Tia Marulu auch bei uns angetroffen. Er wollte von ihr einen Ausweis. Und da ist sie kurz in ihrer Wohnung verschwunden, ist mit einem Stück Papier wiedergekommen und hat ihn gebeten, es dort abzuliefern. Der Mann hat gemeckert, und da hat sie ihm ein Geld in die Hand gedrückt.«

Clara überlegte krampfhaft: War diese Post vielleicht bei Jayja gelandet? Unlogisch, dann hätte Marulu Kos sie doch niemals mit einem Trinkgeld wieder zurückgegeben.

Clara schaute auf ihre Uhr. Sie mussten sich beeilen, es war halb sechs und der Verkehr um diese Zeit immer schleppend. »Michael, an was denkst du gerade?«

»Langsam bin ich mir sicher, dass wir einen Unbekannten haben, der die wesentliche Rolle spielt!«

Petra wartete schon mit den Jungs von der Band. Der Bandleader fand die Idee super. »Wir machen da auf jeden Fall mit!«

»Habt ihr vielleicht eine Idee, wie wir diesen Jugendlichen klarmachen können, dass das keine Falle ist?«, wollte Clara von ihnen wissen.

»Übermorgen Nachmittag hätten wir Zeit. Unser großer Auftritt ist erst um zehn Uhr abends. Wie wäre es, wenn wir mit euch in diese alte Fabrik gehen und es mit Musik versuchen? Vielleicht kommt das bei den Jugendlichen leichter rüber.«

»Wie? Das würdet ihr wirklich tun?«, wollte Clara von ihnen wissen.

»Na klar, warum nicht? Wir hatten Glück. Und die ...« Er schüttelte den Kopf. »Lassen wir es, es bringt eh nichts, diese Erklärungen.«

Sie verabredeten sich für Samstagnachmittag sechzehn Uhr. Jetzt gab es nur noch ein Problem, und das war das liebe Geld. Am besten von jemandem aus der Stadt. Die Spender, dafür würde Petra sorgen, sollten dann dafür beim Lokalfernsehen und der Lokalpresse die Lorbeeren bekommen.

Auf Claras Handy blinkte eine SMS: »Sitze gleich im Flieger, hab Sehnsucht nach dir, halt es ohne dich nicht aus und lande um Viertel nach acht! Dein Hoby.«

Er kam – und das nur für eine rauschende Nacht. Clara war tief gerührt.

Freitag, 5. Mai

Das einzig Vernünftige, so beschloss er nach einem Blick auf die Uhr in der Küche, war, ein Schlafmittel zu nehmen. 8.17 Uhr, das bedeutete einen verlorenen Tag, aber ohne Schlaf – und das jetzt seit über 32 Stunden – ließ sich sicher nichts konzentriert erledigen. Sein Gepäck konnte er dann ordnen und das Wiedersehen mit den Katzen, das nach jeder Rückkehr sehr unerfreulich war, konnte auch noch warten. Er schloss seine Eingangstür ab und ließ den Schlüssel stecken, damit auch keine Störung von der Zugehfrau möglich war.

☆

6.30 Uhr. Hoby zog seinen Mantel an. »Stress! Aber ich hab dich!« Er lachte. »Klingt etwas wahnsinnig, morgen Nachmittag hast du mich schon wieder. Wirklich fit bin ich für diese Sitzung heute in Berlin nicht«, meinte er kopfschüttelnd. »Aber die kann ich nicht schwänzen. Und bevor ich's vergesse: Es wäre schön, wenn du morgen Abend ein geschäftliches Abendessen mit mir durchstehen könntest. Du bringst mich ganz schön durcheinander.« Er nahm sie noch einmal in die Arme. »Schrecklich, aber wir haben schon 6.43 Uhr, ich schmeiße mich lieber in dieses Taxi da unten!«

Georg hatte bei Siegfried übernachtet. Er brauchte sein eigenes Schlafzimmer. Clara überlegte, wo man in ihrer Wohnung eine Zwischenwand ziehen könnte. Nur nicht jetzt, nach dieser ziemlich schlaflosen Nacht.

Im Krankenhaus wurde Claras Gips- durch einen weichen Verband ersetzt. In der Konferenz gab's nichts Bemerkenswertes. Clara träumte von Hoby, und Hans nahm keine Notiz von ihr. Michael hatte einen dringenden Fall. »Aber du bleibst hier, bis ich wieder da bin«, zischte er ihr noch zu, bevor er sich eilig auf den Weg machte.

Clara versuchte Ruth zu erreichen. Es meldete sich eine fremde, unfreundliche Stimme. »Ist Frau Vollberg krank?«

»Frau Vollberg ist krank«, kam wieder nicht sehr freundlich die fremde Stimme.

»Können Sie mir sagen, wann sie wieder erwartet wird?«, wollte Clara wissen.

»Da muss ich erst den Chef fragen, und dazu müssten Sie schon genauer werden. Am besten schriftlich.« Und dann wurde aufgelegt.

Die Zeit verstrich langsam, aber nachdem sie Michael versprochen hatte, in ihrem Büro auf ihn zu warten, hielt sie sich dran und räumte sehr langweiligen Kram auf. Er war früher als erwartet wieder da.

»Michael, Ruth ist nicht da. Komisch, dass sie es uns in keiner Mail geschrieben hat. Und Urlaub wollte sie dieses Jahr erst im September nehmen. Nach einer normalen Vertretung klang dieses Gespräch nicht.« Clara schüttelte den Kopf. »Das hat doch immer, wenn Ruth nicht da war, die Frau Klein übernommen.«

»Hoffentlich ist sie nicht wirklich krank!«

»Michael, da sieht man erst, wenn jemand plötzlich nicht da ist, wie sehr man ihn braucht ...«

Um kurz vor drei begab Clara sich mit Michael zu Hans. Im Vorzimmer saß eine etwa fünfzigjährige Frau und fixierte sie durch ihre randlose Brille. Die blond gefärbten Haare in einem straffen Knoten zusammengefasst, eine blaugestreifte

Bluse bis oben zugeknöpft, wollte sie von ihnen streng wissen: »Haben Sie einen Termin?«

»Natürlich, sonst wären wir nicht hier«, reagierte Michael sofort.

»Dann warten Sie draußen, ich werde Sie rufen.«

Die drei Stühle auf dem Flur – Clara konnte sich nicht erinnern, wann diese das letzte Mal benutzt worden waren. Ruth bot immer jedem im Vorzimmer einen Stuhl an. Sie setzten sich.

Michaels Funk meldete sich. »Clara, ich muss los. Ich hol dich nachher oben ab.«

Clara wartete, und dann wurde sie endlich von der Sekretärin hereingewinkt.

Hans saß an seinem Schreibtisch. »Clara, gut, dass du ohne dein Kindermädchen kommst. Er hat auch noch anderes zu tun. Bei den Ermittlungen im Fall Kranz-Singer geht nichts weiter. Bitte, ich verstehe, dass du etwas ängstlich bist nach dem letzten Vorfall, aber Michael muss auch seine Arbeit tun können!«

»Das tut er doch«, reagierte Clara nicht sehr freundlich.

»Sag mal, dieser Überfall auf dich, du hast wirklich keine Ahnung, wer …?«

Clara schüttelte den Kopf, und Hans fuhr fort: »Ich hab mich auch gefragt, wie es möglich war, dass du niemanden im Treppenhaus bemerkt hast, und dein Georg dann auch nicht.«

»Dafür gibt es eine plausible Erklärung. Auf dem letzten Treppenabsatz zur Kranz-Singer-Wohnung gibt es eine Tür zum allgemeinen Dachboden. Dort ist es einfach, unbemerkt zu bleiben. Schwer vorstellbar, aber doch möglich ist, dass nach dem ersten Einbruch und dem systematischen Durchwühlen der Wohnung noch eine gewünschte Unterlage fehlte und deshalb ein erneuter Besuch notwendig wurde. Wie du sicher weißt, ging es bei diesem ersten Einbruch keineswegs um die Entwendung von Wertgegenständen.« Clara stand auf. »War's das?«

Hans nickte, und Clara riss sich zusammen. Jetzt war sicherlich nicht der richtige Moment, um sich nach Ruth zu erkundigen.

Zurück in ihrem Büro, versuchte sie erneut, einen diplomatischen Brief an das Ehepaar von Kranz zu schreiben. Sollte sie den Tod von Elisabeth Kranz-Singer erwähnen – und wie sich selbst erklären? Würde der Brief mit Polizeibriefkopf oder ohne, am PC oder mit der Hand geschrieben einen besseren Eindruck machen? Was, wenn diese von Kranz mit Jayja gar nichts zu tun hatten? Eher unwahrscheinlich, aber auch möglich. Clara versuchte es und gab beim zweiten Entwurf auf. Hoby, er musste morgen darüberschauen, es war sicherlich mehr sein Metier als ihres.

Samstag, 6. Mai

Benommen, aber ausgeschlafen begann er seinen Tag um 5.43 Uhr. Die Träume, er hatte sie mitgebracht, sie hatten sich an ihn gekettet, seine Nacht begleitet. Patricia Highsmith wurde zur Erfinderin der Tante, ein neues Buch, das noch nicht geschrieben war. Angefangen hatte es mit der Engelsteufelin, ihr Streicheln, das er sich heute im Traum wie immer wieder ersehnte, und dann die Tante, die dazwischenfunkte. Selbst der doppelt starke Kaffee, den er gebrüht hatte, half nichts. Vor seinem Buchregal stellte er fest, dass ihn keines der vorhandenen Bücher von den Gedanken, die in ihm dröhnten, ablenken konnte. Er würde in der Stadt etwas zu lesen suchen. Auf keinen Fall konnte er heute oder morgen den Besuch von Fritz ertragen. Er hatte ihm das Datum seiner Rückkehr verschwiegen, es offen gelassen.

☆

Clara frühstückte mit Georg, bevor der zu seinen Büchern ging, und ihr Vormittag gehörte tatsächlich seit Langem wieder einmal ihr und ihrem Haushalt.

Am Nachmittag traf Clara sich wie vereinbart mit den Jungs von der Band, gemeinsam fuhren sie zum Fabrikgelände. Der Pförtner hing wie immer vor seinem Fernseher. »Ich bin von der Polizei, hier ist mein Ausweis, und ich will mit diesen Jungs da rein.«

»Na ja, Polizei, die muss ich ja wohl reinlassen.« Damit

öffnete er brummend das große Tor und verzog sich wieder zu seinem Bier und Fernseher.

Clara lotste die Jungs von der Band durch die zwei verwahrlosten Höfe ins Hauptlager. Sie schauten sich alles sehr genau an und wurden sofort tätig: Sie schoben die Kisten in der Mitte zu einer provisorischen Bühne zusammen und bauten ihre Instrumente auf.

»Leider sind sie meistens nicht alle auf einem Haufen, und heute hab ich komischerweise noch niemanden gesehen. Wie kann man sie zusammentrommeln?«

»Das mit dem Trommeln ist schon der richtige Dreh. Wir haben uns was überlegt, und wenn das nicht funktioniert, dann fällt uns was anderes ein.«

Kurze Zeit später erklangen die ersten Töne. Clara hörte fasziniert zu. Sie hatte wirklich keine Ahnung gehabt, wie diese Band spielte. Und schon nach sehr kurzer Zeit tauchten die Jugendlichen aus allen Ecken und Winkeln auf. Nichts von Aggressivität oder Randale, sie hörten einfach zu. Der Beifall wollte nicht aufhören, sie pfiffen, sie klatschten, es gab eine Zugabe, und als zweite Zugabe fing Peter in Begleitung von zwei Gitarren zu reden an. »Ich komm aus demselben scheiß Leben wie ihr. Wie ihr seht, hab ich's mit viel Glück geschafft!«

Es war still, keiner redete, und Peter fuhr fort: »Ihr denkt bestimmt, was will der Typ denn dann noch hier? Soll der doch abhauen mit seiner Kohle. Aber ich, nein, wir wollen euch was vorschlagen.« Die Gitarren spielten weiter, er griff zu der Trommel neben sich und ließ einen Wirbel los. Geklatsche, Gepfeife. »Okay. Also, wir wollen euch was anbieten. Nicht, was ihr denkt. Die Polizei oder irgendwelche offiziellen Knacker haben damit nichts zu tun. Keine Falle. Wir haben vor, mit den Besten von euch Musik zu machen. Wir suchen junge Leute für ein Musical.«

»Sag mal, hältst du uns für bescheuert? Wer soll 'n den Scheiß glauben?«

»Ja, dich halt ich für bescheuert! Und wenn ihr jetzt nicht alle sofort die Klappe haltet, dann suchen wir unsere Musiker woanders. So viel Zeit, um sie hier mit euch zu verschwenden, haben wir nicht.«

Zwei Große drängten sich durch nach vorne. »Schrott, halt endlich dein Maul!«, brüllten sie. »Wir wollen. Und wenn ihr nicht wollt, dann haut doch ab!«

»Nächsten Dienstag, elf Uhr vormittags vor den Studios des WDR im Industrieviertel.«

»Es ist kein Trick«, mischte sich Peter noch einmal ein. »Ich hab eine Chance bekommen, und einige von euch kriegen die auch. Nehmen können wir natürlich nur die, die fit sind. Also ballert euch davor nicht zu. Damit ist man sofort out. Und mitmachen können nur die, die um elf Uhr dort sind; und wenn ihr auch sonst noch welche kennt, könnt ihr die mitbringen. Je mehr, umso besser.«

Zuhause wurde Clara bereits von Hoby erwartet. Er trank mit Georg in der Küche Kaffee. Clara hatte nur wenige Minuten, um sich schön zu machen. Etwas verzweifelt kramte sie in ihrem Schrank, und ihre wilde Mähne bekam sie auch so schnell nicht in den Griff. Hoby kam ins Badezimmer: »Meine Liebste, du bist wunderschön. Ich muss aufpassen, dass ...« Er schüttelte den Kopf und schob sie vor sich her aus dem Bad. »Komm, wir sind spät dran. Das Taxi wartet unten.«

»Hoby, bitte erklär mir lieber, bevor du mich hier in der Ecke des Taxis zerdrückst, wer da heute Abend noch kommt!«

Hoby musterte Clara intensiv. »Wir essen mit Robert de Koonig; er ist Kölner und nicht unbekannt. Und dann ist da noch der Boss eines unserer größten deutschen Verlage, er wird dir gefallen. Ja, und dann ein Schraubenfabrikant aus Wuppertal; er ist witzig. Ansonsten kann ich dir niemanden mehr bieten. Wir lernten uns vor zwei Jahren auf einer sehr wilden Segeltour kennen, machen jetzt immer wieder Geschäfte zusammen, und alle sechs Wochen essen wir gemeinsam.

»Das ist nicht dein Ernst!?« Claras Stimme überschlug sich fast.

»Was bitte ist nicht mein Ernst?«

»Bist du verrückt geworden?« Clara befreite sich aus seiner Umarmung. »Bitte, was soll ich in dieser Runde?«

Hoby lachte. »Die drei haben darauf bestanden, dass du bei unserem nächsten Essen in Köln dabei bist. Sie wissen, dass du mir völlig den Kopf verdreht hast.«

Der Abend wurde etwas Besonderes. Robert de Koonig, den Clara sofort nach der Begrüßung mit der Geschichte seines Sohnes konfrontierte, reagierte anders als erwartet.

»Liebe Clara, so darf ich Sie – oder noch lieber dich – doch hoffentlich als alter Freund von Hoby nennen, die Geschichte mit meinem Sohn kenne ich nur zum Teil ...«

Clara lachte. »Na ja, manchmal bin ich ein Ungeheuer und fand es deshalb besser, das am Anfang unserer Begegnung aufzudecken. Das mit deinem Sohn tat mir leid, und ich hoffe, das glaubst du mir. Ich mag Jugendliche.«

»Das kann ich nur bestätigen«, mischte sich jetzt Hoby ein. »Jugendliche – das ist ihr Thema. Und nicht nur die wohlerzogenen, nein, alle, auch solche, bei denen ich mir Sorgen mache.«

Und damit waren sie bei Claras Thema und dem Musical, das finanziert werden musste. Ihr neuer Freund Robert hörte sich alles aufmerksam an. Und dann war Clara außer sich, glaubte, sich verhört zu haben – er war tatsächlich bereit, das

Ganze finanziell bis zum ersten Auftritt im Schauspielhaus zu fördern.

»Also, das Schauspielhaus …« Clara schüttelte den Kopf. »Ist das nicht etwas hoch gegriffen?«

Da lachte Robert de Koonig. »Dir traue ich das absolut zu. Das Einzige, worauf ich bestehen muss, ist ein Förderverein mit mindestens sieben Mitgliedern. Clara, den musst du vorbereiten, damit wir spendenfähig werden und auch, um das Ganze am Leben zu halten. Ich werde für die anderen unterstützenden Mitglieder sorgen. Und darauf wollen wir jetzt anstoßen.«

Sonntag, 7. Mai

Noch immer kämpfte er mit der Zeitverschiebung, kämpfte mit der Vergangenheit, die ihn umkreiste, ihm keinen Schlaf gönnte, ihn marterte. Die Katze – am liebsten würde er sie aus dem Fenster schmeißen. Gestern hatte sie ihm mit ihren Krallen einen riesigen Riss auf dem Handrücken verpasst. Heute würde er ihnen zur Strafe keine Milch und auch keine Scheibe Schinken servieren. Seinem Halbbruder, der sich gestern versuchsweise gemeldet hatte und von ihm füttern lassen wollte, hatte er abgesagt. Und wenn er heute, was er letztes Jahr zweimal getan hatte, trotzdem einfach aufkreuzte, würde er das Klingeln einfach überhören und Nichtanwesenheit vortäuschen. Merkwürdig war allerdings, dass er den sonntäglichen Besuch der Tante, so nervend das für ihn immer war, vermisste – unverständlich und kaum zu glauben, aber tatsächlich vermisste.

☆

Es war halb neun, als Clara in dem luxuriösen Hotelbett aufwachte, in das Hoby sie an diesem Wochenende entführt hatte. Er schlief noch zusammengerollt neben ihr, und sie träumte glücklich vor sich hin, bis der Zimmerservice das Frühstück brachte.

Clara begann, Hoby vorsichtig mit unzähligen Küssen auf den Rücken zu wecken. Er wachte auf, seine blauen Augen strahlten sie an, und dann umarmte er sie leidenschaftlich und zog sie unter seine Decke. Sie liebten sich, begannen den Tag, wie sie den vergangenen beendet hatten.

Frühstücken im Bett, bis sie die Krümel der Croissants von dort vertrieben. Ein gemeinsames Duschen in der riesigen Marmordusche – und dann musste Hoby zu einer nicht aufzuschiebenden Sitzung trotz Sonntag, und Clara hatte Georg versprochen, mit ihm in die Messe zu gehen.

Die Messe hatte bereits begonnen, als sie die Kirche betraten. Vorsichtig suchten sich Clara und Georg einen Platz in der vorletzten Bank. Es gab einiges, wofür Clara sich bedanken wollte.

Nach dem Gottesdienst wurden sie sofort von Pater Anselmo begrüßt. Er stand bei einer Familie, die begeistert auf Spanisch über die Predigt diskutierte.

»Ich hoffe, ihr habt noch nichts vor«, wandte sich Pater Anselmo an Clara. »Wir haben nämlich beschlossen, euch mitzunehmen. Wir gehen jeden Sonntag nach der Kirche in eine kleine spanische Gaststätte hier in der Nähe, wo wir den Wirt kennen, und jeder von uns bringt irgendeine südamerikanische oder spanische Kleinigkeit zu essen mit. Es wird zusammen gegessen, geredet, gelacht, so wie es in vielen unserer Heimatstädte üblich ist.«

Clara und Georg begleiteten die Truppe, und die Fröhlichkeit war ansteckend. Jeder sprach mit jedem. Es gab viele Köstlichkeiten zu probieren. Clara beobachtete, wie Georg sich in einer Ecke mit zwei sehr hübschen kichernden jungen Mädchen amüsierte.

Als sie schließlich aufbrachen, bedankte sich Clara bei Pater Anselmo auf Spanisch für die köstlichen Tapas und auch für die glückliche Familie Sanchez. »Es ist unglaublich – hat man ein Problem, geht man zu Pater Anselmo, und der wird es dann richten!« Alle, die in der Nähe standen, lachten und klatschten.

Montag 8. Mai

Sein geregeltes Leben hatte ihn wieder. Sorgfältig band er sich die grün gemusterte Krawatte vor dem Spiegel. Strich sich noch einmal mit der Bürste durch sein Haar. Er musste es heute schneiden lassen, es war zu lang. Wie gewöhnlich füllte er die Schalen der Katzen mit Milch, legte die Scheibe Schinken daneben und verließ pünktlich die Wohnung, um durch die Grünanlagen in sein Büro zu gehen.

☆

Clara hatte sich vorgenommen, weder Hans noch den anderen bei der Morgensitzung etwas von ihren guten Neuigkeiten zu erzählen. Die Mehrheit sollte es erfahren, wenn es definitiv losging. Morgen musste sie allerdings die Konferenz schwänzen, um pünktlich bei den Studios zu sein. In ihrem Büro telefonierte Clara als Erstes mit Petra.

»Hallo Clara, ich freue mich auf morgen und komme auf jeden Fall. Wie war es gestern? War's erfolgreich?«

»Du hast was verpasst, es war mehr als erfolgreich. Die Band hat gespielt. Petra, es war sogar für mich herzerweichend und hat alle Jugendlichen damit aus ihren Schlupflöchern gelockt. Ich habe aber noch eine besondere Neuigkeit für dich. Du wirst es kaum glauben, wir bekommen jedes Geld, das wir brauchen!«

»Wie bitte, ich höre wohl nicht richtig? Was ist das mit dem Geld?«

»Robert de Koonig, kennst du ihn?«

»Nein, aber ich weiß, wer er ist. Was hat er damit zu tun?«

»Er möchte einen Förderverein für uns gründen, das heißt er besorgt die fünf Mitglieder für den Förderverein und wir bekommen so lange von ihm jede Unterstützung, bis wir schauspielhausreif sind.«

»Langsam, jetzt langsam, hast du dich da nicht vertan, verhört?«

»Nein, es ist wirklich so, wie ich dir gerade erzählt habe.«

Michael, der gerade in Claras Büro kam, blieb an der Tür stehen. »Petra, ich muss Schluss machen, also bis morgen.«

»Clara, das sind ja wirklich unglaubliche Nachrichten, die ich da gerade mitbekommen habe!« Michael zog sich einen Stuhl neben Clara. »Ich hab aber auch was für dich. Ich geb zu, ich hab's eine Weile verschlafen, aber das ist doch hoffentlich der Zettel, den du unbedingt haben wolltest?«

»Du meinst, der Zettel, den Jayja in ihrer Bluse versteckt hatte?« Michael nickte und gab ihr die Kopie. »Ich hab mal drübergeschaut, hab mich aber gefragt, was das soll. Ich weiß, Backgammon habt ihr immer wieder mit großer Begeisterung gespielt, aber was soll das?«

»Wir haben es sehr oft ...« Clara stockte. »Ach Michael, ich darf nicht dran denken. Wenn's wirklich was mit unserem Spiel zu tun hat, warum hat sie es in ihrem Ärmel versteckt?«

Clara studierte das Blatt in der Klarsichthülle stirnrunzelnd.

Clara, wir spielen jetzt zusammen ein Backgammon. Pass gut auf: weiß 6/6 und 6/5, schwarz 2/3, weiß 6/3, schwarz 4/4 und 4/3, weiß 6/5, schwarz 6/6 und 6/3, weiß 5/3, schwarz 4/4 und 3/1, weiß 5/5 und 4/5, schwarz 2/1, weiß 5/3, schwarz 5/5 und 3/5

An dieser Stelle hörte das Geschriebene auf, und man sah nur noch verwischte Zahlen auf zerknittertem Papier.

»Michael, was immer es bedeutet, ich werde es zu Hause herausfinden!«

Clara versuchte es am Abend, aber es fiel ihr nichts dazu ein. Müde gab sie auf und ging ins Bett.

Dienstag, 9. Mai

Schlechte Nacht. Die Tante, die ihn nicht schlafen ließ. Aus jeder Seite seines Buches, das er vergeblich versuchte zu lesen, stieg sie, um mit ihm zu hadern, in übergroßer Liebe zu streiten. Ihre Kindheit, die Angst vor Männern, die Angst vor einer wirklichen Bindung, die Angst, alleine zu sein, die Angst vor Dunkelheit, Besenkammern und Eingesperrtsein, all das warf sie ihm vor.

Eine Besenkammer bräuchte er für die zwei Katzen, die ihm mit ihrer Feindschaft auf die Nerven gingen! Er musste unbedingt und möglichst bald auch hier die Dinge zu einem Ende bringen, um dann in einer anderen Gegend, in einem Zuhause ohne jede Erinnerung, ohne diese Geister, die ihn verfolgten, endlich mit einem adäquaten Luxus den letzten Abschnitt seines Lebens anzufangen.

☆

Georg und Clara frühstückten zusammen schon um acht Uhr. Clara wollte zeitig zu den Studios. »Hättest du nicht auch Lust mitzumachen?«, wollte sie von ihm wissen.

»Nein danke, wirklich nicht, ich bin total unmusikalisch. Und so ein Krachhappening für meine Bücher eintauschen, das wäre voll der Albtraum.«

Drei Streifenwagen standen vor dem Eingang, als Clara zu den Studios kam. Sie parkte nicht sehr vorschriftsgemäß, ihr Arm tat immer noch etwas weh. Und dann entdeckte sie ein ihr sehr bekanntes Gesicht. Ihr Kollege Jörg diskutierte gerade sehr heftig mit zweien von der Band.

»Was ist denn hier los?«, wollte Clara von Jörg wissen.

»Es gab Beschwerden. Da sieht man deine Schnapsideen!« Jörg stellte sich herausfordernd vor Clara. »Hans und ich sind da absolut einer Meinung. Wenn wir diesen Zirkus hier nicht auflösen, dann eskaliert die ganze Sache und endet in einem großen Chaos.«

Clara traute ihren Ohren nicht. »Was heißt hier Chaos?«

»Über fünfzig Jugendliche haben hier die ganze Nacht kampiert!«

»Ist doch verständlich. Die wollten heute Morgen auf keinen Fall zu spät kommen.«

Jörg reagierte wütend: »Clara, Anwohner haben eine Streife auf die Jugendlichen aufmerksam gemacht und haben sich beschwert. Es ist eine gute Gelegenheit, den Jugendlichen zu zeigen, wo der Hammer hängt.«

Clara dachte an den Trumpf, den sie in der Hand hatte. »Jörg, ich übernehme jede Verantwortung für das, was hier geschieht. Diese Jugendlichen haben einen Beschützer. Jemanden, den Hans auf gar keinen Fall in irgendeiner Weise verärgern möchte.«

»Und morgen gibt's dann eine Reportage im Fernsehen. Nicht gerade glorreich für die hiesige Polizei!« Petra war an Claras Seite aufgetaucht. Jörgs Gesichtsausdruck hatte sich bei ihrem Anblick von einer Sekunde zur anderen verändert. »Ich gehöre auch zu den Initiatoren«, kam es von Petra, die durch ihre Fernsehauftritte offensichtlich auch Jörg bekannt war.

Er griff zu seinem Handy, und Clara verfolgte, wie er etwas abseits nervös die Situation schilderte und nach einer längeren Pause ein »Alles klar, wird gemacht« in den Hörer murmelte.

Die Polizeiaktion wurde sofort abgebrochen, und die Jugendlichen, die bereits in den Streifenwagen saßen, wurden zum Aussteigen aufgefordert. Der Polizeieinsatz löste sich auf und war definitiv vorbei! Und noch immer kamen neue Jugendliche, bis um elf Uhr die Türen geschlossen wurden. Mit einem solchen Andrang hatte niemand gerechnet.

Als Peter mit der Band auf der Bühne erschien, wurde geklatscht, gepfiffen, bis die Band sich mit einem Trommelwirbel durchsetzte. Peter stellte den jungen Regisseur vor, der das Stück inszenieren würde. Clara war begeistert, wie gut er die Sprache der Jugendlichen traf. Schließlich begann das Casting auf der Bühne. Schüchterne und wenig Schüchterne hatten ihren Auftritt. Neulinge und solche, die schon mal irgendwo aufgetreten waren. Es wurde eingeteilt, aber alles in einer Ordnung, die Clara bewunderte. Die Jungs von der Band mussten zu ihrem Konzert. Sie waren begeistert und würden auf jeden Fall weiter mitmachen.

Drei Gesangslehrer und zwei Schauspieler, die Petra aufgetrieben hatte, schauten aufmerksam zu und machten sich Notizen.

Der Regisseur kam zu Petra und Clara. »Uns fehlt noch ein Tanzlehrer, und wir bräuchten ein paar Freiwillige. Morgen wird mit den ersten Stunden begonnen. In Schichten, schon aus Platzgründen. Da muss eingeteilt, die verschiedenen Kurse aufgeschrieben und hier zur Orientierung aufgehängt werden. Wie kommen wir an Freiwillige?«

»Warum nicht über unsere Zeitung?«, mischte sich Clara ein. »Die Lokalredaktion kann doch für Freiwillige den Gong schlagen. Ich kenne den Chef der Lokalredaktion gut. Wir haben letztes Jahr zusammen eine Aktion gegen Jugendkriminalität gemacht. Er macht bestimmt mit!«

Als Clara aufbrach, lagerten vor dem Haupteingang noch

immer einige Jugendliche. Zwei sprangen auf und postierten sich aggressiv vor ihr. »Hier kommst du nicht durch, bevor du uns nicht reinlässt.«

»Das kann ich nicht, ihr hättet vor elf Uhr hier sein müssen.«

»Quatsch, shit, du lässt uns rein.«

Clara schüttelte nur den Kopf. Einer, mindestens einen guten Kopf größer als sie, rückte näher. Clara machte einen Schritt zurück und wich zur Seite aus; er taumelte. Sie nutzte diesen Moment, um sich eiligst zu ihrem Auto zu begeben. Die zwei folgten ihr. Sie schaffte es nicht einen Moment zu früh in ihr nicht abgesperrtes Auto. Der eine schlug mit der Faust gegen das Seitenfenster. »Red mit uns, sonst schlagen wir das Fenster ein und dich auch!«, brüllte der Größere. Clara startete den Motor, in dem Moment knallte es so gegen das Seitenfenster, dass dieses einen Riss bekam. Clara öffnete es einen Spalt.

»Was wollt ihr noch, ich kann euch da nicht reinlassen, da gibt es Aufpasser!«

»Die kennst du doch, kannst mit denen reden. Ich habe einen Deal: Ich weiß, das interessiert dich. Wenn wir da reinkommen, verrate ich dir ein Geheimnis. Das wird dich wundern. Das geht dich was an. Ich hab dich nämlich zweimal in dem Haus gesehen, wo ich wohne, und ich …«, er kicherte, ein vollgekifftes Kichern, »… hab da einiges mitbekommen mit der Alten, die abgekratzt ist. Die hatte Besuch, und der hat nach …«

Der letzte Moment, um auszuweichen. Clara schaffte es. Mit zitternden Knien fuhr sie los.

Was hatte dieser Vollgekiffte mit der Alten und dem Besuch gemeint? Wohnte er in der Wohnung neben Marulu Kos?

Zu Hause war wieder das Rätsel des Backgammonzettels angesagt und wieder ohne ein Ergebnis. Clara brauchte das Backgammonspiel, und das war in Jayjas Wohnung – und diesem Besuch war sie heute nicht mehr gewachsen. Sie hatte schreckliche Sehnsucht nach der alten Dame.

Mittwoch, 10. Mai

Seine Haare zu kurz geschnitten von dieser dummen Gans, die sich nicht konzentrierte, sondern über die Spiegel mit einem Kunden gegenüber flirtete. Trotz Haarspray stand ein Büschel nach oben. Und so war es im Moment mit allem. Seine Bemühungen, mit dem Schweizer Banker Kontakt aufzunehmen, waren erfolglos. Ebenso erfolglos, über die Chilenische Botschaft Kaufinteressenten für die Finca zu finden. Solche Geschäfte, wurde ihm von einem der kleinen Sachbearbeiter nicht sehr freundlich mitgeteilt, gehörten nicht in den Aufgabenbereich einer Botschaft. Er musste sich neue Strategien überlegen. Grimmig schüttete er Milch in die beiden Schüsseln, obwohl er den Kater heute nicht einmal in seinem üblichen Versteck unter dem Wohnzimmersofa entdeckt hatte. Trotz des ersten wolkenlosen Frühlingstags verließ er mit seinem Hut die Wohnung.

☆

Clara parkte ihr Auto direkt neben Michael.

»Guten Morgen, Clara, wir sind ja heute sehr pünktlich.« Michael öffnete ihr galant die Autotür. »Sag mal, was ist mit deinem Autofenster passiert?«

Clara erzählte ihm die Geschichte von gestern, und Michael hörte ihr aufmerksam zu. »Clara, du bist manchmal wirklich ein hoffnungsloser Fall. Und dieser Deal, den der Jugendliche vorgeschlagen hat, löst bei mir auch Alarm aus. Dem müssen wir unbedingt nachgehen. Nur, Clara, deine Unvorsichtigkeit …« Er schüttelte den Kopf. »In so einem Fall hättest du sofort in die Studios zurückgehen müssen. Das Autofenster ist reparierbar, aber du bist es das nächste Mal womöglich nicht.«

»Hab's kapiert! Schon gestern! Heute musst du dir keine Sorgen um mich machen, ich werde nach dem Üblichen hier den restlichen Tag zuhause damit verbringen, den Backgammonzettel zu enträtseln. Michael, ich bin mir ziemlich sicher, dass er uns weiterbringt.«

Clara wusste nur zu gut, dass der gestrige Vorfall heute bei der Dienstbesprechung nicht unkommentiert bleiben würde. Der Raum war bereits voll besetzt, und als Hans erschien, war ihm seine Verärgerung deutlich anzusehen.

»Okay, Clara, was genau ist da gestern in der Fabrik gelaufen?« Offensichtlich hatte er vor, direkt auf den Punkt zu kommen.

»Wir können stolz auf das sein, was wir gestern erreicht haben«, erwiderte Clara, ohne sich in eine Verteidigungshaltung zu begeben. »Wir werden mit diesen Jugendlichen ein Musical aufführen. Ich habe Unterstützung von verschiedenen Seiten, und auch Geldmittel habe ich zugesichert bekommen. Die Resonanz bei den Jugendlichen war hervorragend. Es ist eine echte Chance, ihr Selbstbewusstsein aufzuwerten. Vielleicht ist es sogar für viele die Chance für einen Neuanfang.«

»Mein Gott, immer dieses unsägliche Sozialgewäsch …« Hans hatte nicht vor, so schnell klein beizugeben. »Sag mal, aus welcher Literatur beziehst du eigentlich dein Weltbild?«, blaffte er. »Ich möchte dich doch sehr bitten, die rosarote Brille abzusetzen! Das ist unverantwortlich und unprofessionell, was du hier machst! Und das auf Kosten von uns allen!«

Einige Kollegen klatschten Beifall, aber Clara ließ sich nicht aus der Ruhe bringen. »Gewäsch? Tut mir leid, Hans. Es ist wissenschaftlich erwiesen, dass Jugendkriminalität fast immer einem gestörten Selbstwertgefühl entspringt.«

»Dann sollen sie verdammt noch mal arbeiten! Mit diesem Schwachsinn kannst du mich nicht überzeugen, und ich denke, da bin ich hier im Raum nicht alleine.«

»Nein, dich wohl leider nicht, aber Robert de Koonig ließ sich davon überzeugen.« Hans bekam einen roten Kopf, und Clara genoss es und fuhr fort: »Ich möchte die Gelegenheit gerne nutzen, euch zu sagen, dass ein Förderverein für das geplante Musical gegründet wurde. Robert de Koonig hat den Vorsitz übernommen, und die sechs weiteren Mitglieder sind finanzkräftige, bekannte Persönlichkeiten aus der Wirtschaft. Der Förderverein wird so lange Geldmittel bereitstellen, bis die Jugendlichen ihren ersten erfolgreichen Auftritt auf einer der Kölner Bühnen absolviert haben.«

Eine ungewöhnliche Stille herrschte plötzlich im Sitzungsraum – bis einer der Kollegen begann, mit seinem Stift auf den Tisch zu klopfen. Dann folgten viele seinem Beispiel.

Clara setzte sich. Hans stand ohne ein weiteres Wort auf und verließ die Sitzung. Clara wusste nur zu gut, dass er alles tun würde, um eine negative Darstellung der Polizeiarbeit in den Medien zu verhindern. Offenbar hatte sie jetzt auch fast alle Kollegen auf ihrer Seite.

Als Clara am Nachmittag in Jayjas Wohnung ging, überfiel sie wie immer Traurigkeit. Jayja würde es bestimmt freuen, wenn Georg mit ihr hier einzog. Aber ohne Jayja – war sie dazu in der Lage? Es machte sie noch immer traurig, aber auch diese Wohnung musste mit Leben gefüllt werden, um nicht zu verkommen. Clara lief durch die Räume. Das Schlafzimmer müsste völlig geändert werden. Clara hörte es beinahe laut, wie Jayja ihr das vorschlug. Und dann riss sie sich zusammen und konzentrierte sich auf das Backgammonspiel. Sie baute es auf und zwang sich unglücklich zu dem Spiel, das aufgeschrieben vor ihr lag. Backgammon – sie hatten es sehr oft gespielt, und Jayja hatte ihr viel beigebracht. Aber dieses Spiel ergab überhaupt keinen Sinn. Was wollte Jayja ihr mitteilen?

Weiß 6/6 und 6/5, schwarz 2/3, weiß 6/3, schwarz 4/4 und 4/3, weiß 6/5, schwarz 6/6 und 6/3, weiß 5/3, schwarz 4/4 und 3/1, weiß 5/5 und 4/5, schwarz 2/1, weiß 5/3, schwarz 5/5 und 3/5.

Clara überlegte. Es musste sich hier um eine versteckte Mitteilung handeln, warum hätte sie es sonst in ihrem Ärmel versteckt? Waren die Zahlen vielleicht Buchstaben? Clara versuchte es alphabetisch. 6+6+6+5 = W, 2+3 = E, 6+3 = I, 4+4+4+3 = N, 6+5 = K, 6+5+5+5 = U. Weinku..., – Weinkühlschrank?

Clara ging in die Küche und studierte den Weinkühlschrank. Und dann fing sie an, alle Flaschen auszuräumen. Es war eine wesentlich größere Menge, als sie angenommen hatte. Aber außer Flaschen fand sie nichts. Was wollte Jayja ihr damit sagen? Irgendetwas war darin versteckt. Vielleicht eine Flaschenpost? Sie kontrollierte alle Flaschen und fand nur original verschlossene. Sie versuchte, die Gitter zu entfernen. Ein langes Läuten an der Tür schreckte sie auf. Georg stand vor der Tür und war wütend. Zum ersten Mal erlebte sie ihn richtig aufgewühlt.

»Bist du verrückt geworden? Was machst du hier, und warum machst du nicht die Tür auf? Ich wollte schon Michael mit einem großen Stab alarmieren. An dein Handy bist du auch nicht rangega...«

»Ist ja gut, bitte reg dich nicht so auf«, unterbrach ihn Clara und streichelte liebevoll über seine Wange. »Das Läuten hab ich einfach nicht gehört.«

»Ich hab gedacht, dir ist wieder was passiert! Dein Auto steht unten, drüben bist du nicht, hier bist du sozusagen auch nicht. Also ...«

»Ist ja gut, jetzt bin ich doch da. Bitte Georg, nicht böse sein. Hilf mir lieber. Hier im Kühlschrank ist sehr wahrscheinlich etwas versteckt.«

Der Kühlschrank stand leer vor ihnen. Die ganze Arbeit mit den vielen Flaschen – war sie umsonst? In dem Moment entdeckte Georg, dass die verkleidende Metallplatte an der unteren rechten Kühlschrankwand wackelte. Es dauerte eine Weile, bis er herausbekam, dass man diese sogar verschieben und dahintergreifen konnte. Und da steckte etwas. Er zog so lange daran, bis eine wattierte Tiefkühltasche auftauchte. In der sehr gut verschlossenen Tüte befand sich ein Stoß mit eng beschriebenem Papier. Gemeinsam und vorschriftsgemäß – alter Jahrgang unten, neuer oben – räumten sie die Flaschen wieder in den Kühlschrank zurück.

»Georg, was würdest du davon halten, wenn wir zwei hier herüberziehen? Du hättest hier ein eigenes Zimmer. Kein Bettenbauen jeden Abend. Und irgendwann brauchst du auch ...«, Clara grinste, »... dein eigenes Reich, weil dann hübscher Besuch angesagt ist.«

Georg starrte sie an. »Ist das dein Ernst?«

»Wieso?« Jetzt verstand Clara nur Bahnhof.

»Wird es ... ja, darf ich dauerhaft bei dir ...« Er wagte nicht, es auszusprechen, und Clara nahm ihn in die Arme. Erst weinte er, dann lachte er, dann dachte er an Grazie. Die hatte dies alles mit ihrer Verbindung nach Oben erreicht. In einem waren Clara und Georg sich völlig einig: Die Bibliothek, Jayjas Lieblingsraum und -aufenthaltsort, musste genau so bleiben, wie er war. Georg wollte morgen damit anfangen, die Bücher richtig einzuräumen.

Nach dem Abendessen versank Georg in seinem Buch. Clara nahm sich den Papierpacken und breitete ihn auf dem Küchentisch aus. Ein kleinerer, handbeschriebener Zettel rutschte ihr aus den Schreibmaschinenseiten entgegen, und darauf stand in Jayjas Schrift:

Liebste Clara, wie du siehst, bin ich mit meinen Aufzeichnungen schon wieder ein gutes Stück weitergekommen. Es fällt mir sehr schwer! Sicherlich tut es auf der einen Seite gut, die Dinge durch das Schreiben noch einmal zu durchleben und vielleicht auch loszuwerden. Auf der anderen Seite überkommt mich Unverständnis. Warum bin ich letztendlich fortgelaufen, bin den Dingen nicht auf den Grund gegangen? War nicht mutig genug, wirklich herauszubekommen, was mit meinem heißgeliebten Kind wirklich passiert ist?

Konrad, die Sehnsucht nach dir hört nie auf!

Deshalb, liebste Clara, sei nicht mit mir traurig, wenn du diese Zeilen liest, ich habe ihn endlich wieder!

Clara spürte, wie ihr Tränen in den Augen brannten, aber sie las weiter.

Geändert hat sich alles, als Konrad diesen unerklärlichen Unfall hatte. Hinter dem Haus führte ein leicht abfallender Weg zu einem meiner Lieblingsplätze. Ein natürlicher Teich, in dem mein Schwiegervater für mich, sein erstes Geburtstagsgeschenk, Seerosen angepflanzt hatte und für Konrad ein Baumhaus in einem der zwei uralten Korkeichen anfertigen ließ.

Der See, das Zuhause für Wildenten, war im Sommer unser Schwimmbad, und dort brachte ich Konrad schon mit drei Jahren das Schwimmen bei.

Konrad schwamm wie ein Fisch, und wir nahmen uns immer wieder vor, einmal Ferien am Meer zu machen, aber irgendwie kam dann doch immer etwas dazwischen. Reinhard – überhaupt kein Freund von Wasser – liebte Berge, Pferde, Hunde und Tiere allgemein. Wasser ist etwas für Fische und nicht für Menschen, sagte er immer. Trotzdem erinnere ich mich, wie stolz er war, als Konrad mit vier Jahren von einem weit übers Wasser ragenden Ast der Korkeiche mit fröhlichem Geschrei ins Wasser sprang. In dem Teich gab es nur in der Mitte eine tiefe Stelle, sonst konnte man überall stehen.

1952 hatten wir einen ungewöhnlich heißen Sommer. Schon Anfang Juni überraschte ich die ganze Jugend der Farm unten am Teich. Konrad fungierte als der von allen angebetete Schwimmlehrer. Toni, dem das Wasser nicht einmal bis zur Taille ging, stand am Rand und wurde von allen als Feigling ausgelacht. Er war mit seinen vierzehn Jahren in der schlimmsten Pubertät und sah selbst auf die Entfernung so verbittert aus, dass ich es vorzog, mich nicht einzumischen, und mich unbemerkt zurückzog.

Zwei Tage später hörte ich von meinem Liegestuhl im Garten aus lautes Geschrei, und als ich unten beim Teich ankam, sah ich Toni alleine auf einer Seite und alle anderen – ganz vorne mein Sohn – als geschlossene Gruppe ihm gegenüber im Teich stehen. Toni hielt einen dicken Stein in seiner Faust und wollte ihn gerade auf die schreiende und lachende Gruppe werfen! Ich fuhr dazwischen, war außer mir vor Angst und Zorn! Der Wurf dieses Steins hätte sicherlich zu einem Unfall geführt! Die Gruppe stand so nah vor Toni, dass es ein Leichtes gewesen wäre, irgendeinen von ihnen wirklich zu verletzen!

Ich brüllte so laut ich konnte! Toni hörte mich als Erster und drehte sich zu mir um. Dann dauerte es allerdings eine Weile, bis es still wurde und ich allen ein striktes Schwimmver-

bot für die nächsten drei Tage mitteilen konnte. Traurig nahmen sie es zur Kenntnis.

Toni erschien erst spät zum Abendessen. José kritisierte ihn, was sehr selten vorkam und dann immer sanft vor sich ging. Er erklärte ihm, es wäre schön, wenn er pünktlich zur einzigen gemeinsamen Mahlzeit kommen könnte, oder sollte er ihn vielleicht jetzt immer holen? Dann kam sofort, wie stolz er auf das fleißige Lernen seines Sohnes sei und er deshalb die Verspätungen verstehen könnte.

Konrad machte einen bedrückten Eindruck. Ich hatte noch nicht mit ihm geredet. Am Nachmittag kamen entfernt wohnende Bekannte zum Tee. José erzählte von einer Pferdeschau, und wir sprachen über den neuen englischen Lehrer, der in den nächsten Tagen eintreffen sollte. Das Schwimmthema lies ich ganz bewusst aus, ich wollte erst mit meinem Sohn alleine reden.

Konrad war jetzt fast so groß wie ich und befand sich auf dem Weg vom Kind zum Jugendlichen, trotzdem hatten wir noch immer unsere gewohnte Schmuse- und Redestunde, bevor er schlief.

(Ich muss, ich muss – so schwer es mir fällt – weiterschreiben!)

Wir lagen wie immer zusammen auf seinem Bett, und ich schob meinen Arm unter seinen Kopf. Ich spürte seinen Kummer! War es das dreitägige Schwimmverbot? Wir schwiegen beide. Aber dann sprudelte es plötzlich aus ihm heraus: »Weißt du, schon vor einem Jahr im Sommer versuchte ich, Toni das Schwimmen beizubringen, es war hoffnungslos! Das Furchtbare ist, er nimmt mir alles übel! Dass ich besser in der Schule bin, dass ich schwimmen kann, dass ich besser reite, dass die anderen Kinder mich mögen, einfach alles!«

Still lagen wir wieder nebeneinander, und ich merkte, da

kommt noch etwas. Bis zu diesem Augenblick hatten wir das Thema Toni ausgeklammert. Warum, frage ich mich jetzt, war ich so feige? Meine Sympathie für José und meine Abhängigkeit spielten da sicherlich eine wichtige Rolle. Wie sollte man dieses riesige Anwesen ohne ihn bewirtschaften?

Bei Reinhard gab es noch immer keine Besserung, sondern eher eine Verschlechterung. Ich besuchte ihn regelmäßig einmal in der Woche. Aber es kam immer wieder vor, dass er mich nicht erkannte. Oder besser gesagt, nicht ansprechbar war, in einer sehr eigenen, anderen Welt lebte. Wenn er mit mir reden wollte, ging es immer um das Einzige, was ihn noch interessierte: unser Sohn. Deshalb beschlossen der hauptbehandelnde Arzt und ich eines Tages, einen Besuch von Konrad zu wagen. Konrad war jetzt alt genug, um dies zu verkraften. Natürlich würde es von Reinhards Tageskondition abhängen. Der Arzt versprach mir, davor eingehend mit Konrad zu sprechen.

Der Besuch wurde zu einer Katastrophe. Der stille Reinhard begann mit mir zu brüllen: »Wie kannst du das Liebste, was ich noch besitze, hierher bringen? Bist du verrückt geworden, du Hexe? Was muss mein Sohn von seinem Vater denken! Umbringen würde ich dich am liebsten, ich hasse dich, ich ...«

Konrad und ich versuchten, ihn zu beruhigen. Doch er wurde immer lauter, wütender, so außer sich, wie ich es mir bei ihm niemals hatte vorstellen können. Der Arzt und die für ihn zuständige Krankenschwester, die durch den Krach gekommen waren, bedeuteten uns, das Zimmer zu verlassen. Er musste mit Spritzen ruhiggestellt werden.

Konrad hat mich aus der Klinik gezogen, hat mich an der Hand genommen und zum wartenden Auto und José gebracht. Wir sind sehr schweigsam nach Hause gefahren.

José hat mich in dieser Nacht getröstet. Und in dieser Nacht sind wir ein stilles, für niemanden zu erkennendes Paar geworden.

All diese Gedanken gingen durch meinen Kopf, als Konrad so schweigend und bekümmert neben mir lag! (Selbst heute ist es für mich noch so, als ob alles gestern gewesen ist!)

Und dann brach vieles aus meinem Söhnchen heraus! »Weißt du, ich glaube, am meisten hasst er mich, weil ich zu allem Überfluss dann auch noch dich habe! Eine Mutter, die er nie hatte! Und hassen tut er mich schon von Anfang an, und dann ist wirklich jede Situation, wo sich alle anderen mit mir verbünden, wie Öl auf ein eh schon hell loderndes Feuer! Die anderen mögen ihn nicht. Er ist zu niemandem nett. Beim Abendessen merkt man das nicht, da traut er sich nicht!«

Mein tapferer Sohn, er versuchte, mir Kummer zu ersparen, und hatte deshalb die ganzen Jahre diesen Hass ertragen.

»Ich habe mir seit einer Weile überlegt, vielleicht wäre es das Beste, ich gehe in ein gutes Internat. Du weißt, wie schwer es mir fallen würde, dich zu verlassen, aber jetzt bin ich groß genug, und es wäre die einfachste Lösung. Auf José kann dieses Anwesen nicht verzichten, und José ist ein so fairer Mensch, er würde niemals seinen mutterlosen Sohn im Stich lassen.«

(Ich bilde mir ein, ich habe nach diesen vielen Jahren noch immer jedes seiner Worte in meinem Kopf!)

Er in einem Internat würde ich nicht ertragen, und eisern entschlossen suchte ich nach einer besseren Lösung.

Ich sprach mit José, und wir überlegten gemeinsam während der nächsten Tage. Wenn wir für Toni statt für Konrad ein Internat finden würden … Natürlich hätte ich für ihn jedes Internat bezahlt! Die guten Internate würden ihn allerdings nicht annehmen können, weil sein schulisches Wissen zu weit unter dem seiner Altersstufe lag.

Ein Heim kam für José nicht in Frage, und dies verstand ich gut. Erst von der Mutter im Stich gelassen, würde Toni sich ganz zu Recht auch vom Vater schlecht behandelt fühlen. Die beste momentane Lösung schien, Toni zur Tante zu geben. Die Schwester von José, die jüngste von fünf Kindern und ein Nachzögling, lebte auf der anderen Seite von Santiago. Sie lebte alleine und war Krankenschwester.

Bei unserem gemeinsamen Abendessen redeten wir dann darüber. José begründete seinen Vorschlag sehr diplomatisch mit einer weiterführenden dortigen Schule, und am Wochenende bliebe alles wie immer. Toni nahm es kommentarlos zur Kenntnis.

Es brauchte zwei Wochen, um alles vorzubereiten. Dann wurden Koffer gepackt. Eine Umarmung zum Abschied von mir lies Toni nicht zu. Konrad war bei der Abfahrt nirgends zu sehen und auch keines der anderen Kinder. Ein einsamer Aufbruch ohne ein Auf Wiedersehen, als sich José mit ihm zur Tante auf den Weg machte.

Friedliche Zeiten begannen. Es war erstaunlich, wie fröhlich mein Sohn plötzlich wurde. Zum Teil so kindisch wie nie vorher! Alle Kinder wurden so fröhlich, so übermütig, dass ich zwischendurch ein bisschen streng sein musste, damit auch noch etwas gelernt wurde. Das erste Wochenende verbrachten wir unter uns, José fuhr zu einer wichtigen Farmertagung nach Santiago. Wir grillten am Teich, wir fütterten die Wildenten mit Brot, und die Kinder tobten sich im Wasser aus.

Montag traf der Englischlehrer ein. Er gerierte sich so »british«, dass er uns nicht aushalten konnte oder wollte. Er machte nach genau fünf Tagen seine meiner Ansicht nach nie wirklich ausgepackten Koffer wieder zu! Ziehende Vögel kann man nicht halten! José brachte ihn Samstag nach Santiago zum Flughafen. Auf dem Rückweg wollte er Toni und seine Schwester besuchen.

Für Konrad und seine Freunde noch ein fröhliches und ausgelassenes Wochenende am Teich in selbstgebastelten Zelten.

Das Wochenende darauf holte José dann Toni mit seiner Schwester Marulu Kos. Sie stellte sich als sehr eigenwillige Persönlichkeit heraus und bestand auf »Señorita Kos«, also Fräulein und nicht Frau. Sie erzählte mir von ihrem Vater, einem »Ungeheu…« – das Ende des Wortes verschluckte sie »Mit achtzehn zwangsverheiratet! Er konnte mich nie ausstehen! Als Kind hat er mich manchmal stundenlang in einen Besenschrank gesperrt! Ich wurde von allen sehr verwöhnt, besonders von meiner Mutter – und das hat er gehasst! Meine Ehe«, erzählte sie mir und wurde dabei ein bisschen rot, »wurde nie wirklich vollzogen. In unserer Hochzeitsnacht war mein Mann so betrunken, dass er schlief wie ein Sack, schnarchte und schlief! Am nächsten Tag musste er mit zwei anderen in Valparaiso anheuern! Und dann hat ihn das Meer behalten. Ich kannte ihn gar nicht richtig. Er war ein entfernter Vetter.«

Warum weiß ich das alles wörtlich, als ob es gestern gewesen wäre? Ich mochte Marulu Kos und fand sie originell.

Toni, schweigsam wie immer, sah ich außer zum Abendessen am Samstag nicht. Am Sonntagnachmittag mussten sie wieder ins Städtchen. Marulu Kos – die Señorita, wie ich sie nannte – arbeitete im Krankenhaus und hatte Spätdienst. Konrads Fröhlichkeit tauchte in der Sekunde wieder auf, als das Auto verschwand. Er nahm mich in die Arme, um mit mir über die Terrasse zu tanzen.

Der Sommer ging seinem Ende zu, die ersten Blätter färbten sich golden, trotzdem lockte der Teich noch immer zum Schwimmen. Manchmal hüpften sie schon in der Früh vor der Schule rein, um sich nach einer zu warmen Nacht etwas abzukühlen.

Dies war so eine Nacht. Ich hatte einige Stunden mit José in der großen Hängematte auf der Südterrasse verbracht und deshalb verschlafen. Im Badezimmer hörte ich riesiges Geschrei vom Teich kommend. Ich lief im Nachthemd los.

Und da tauchten schon die ersten Kleinen sehr aufgeregt auf.

Konrad – ich, ich …

Und dann waren da nur noch Tränenspuren. Clara musste eine Pause einlegen.

Aber da stand schon Georg neben ihr, nahm sie an der Hand und zog sie ans Fenster, zeigte auf das blasse Licht eines vollen Mondes und auf Sterne, die nicht von Wolken verdeckt glitzerten. »Komm, hör auf, lies den Rest morgen.«

Clara versuchte es und konnte nicht. Sie musste einfach wissen, wie es weiterging!

Wir haben den Notarzt gerufen, die Wiederbelebungsversuche halfen alle nichts mehr. Er ist ertrunken! Man fand eine Verletzung an der Schläfe. Konnte sie der Grund sein? Was war passiert? Das Gras wuchs bis hinunter zum Teich, keine Steine, wo man sich stolpernd so verletzen konnte! Ich ver…

Hier kamen einige unlesbare Sätze. Feuchtigkeit war in die Tüte gedrungen und hatte den Papierknick an dieser Stelle aufgeweicht. Oder hatte Jayja so bitterlich geweint? Lesbar wurde es erst wieder fast am Ende der Seite.

… Reinhard es erfuhr, weiß ich nicht. Ich habe ihm bei meinem üblichen Besuch nichts erzählt. Er nahm sich eine Woche später das Leben.

Jetzt schlafen meine zwei Liebsten zusammen auf dem schönen alten Friedhof von Santa Cruz. Nicht im Familiengrab, ich habe einen anderen wunderschönen Platz für sie gefunden.

Clara ordnete erschüttert das Geschriebene. Ihre Gedanken waren bei Jayja. Wie traurig war ihre Geschichte! Und stand der Tod von Konrad vielleicht in einem Zusammenhang mit ihrem Tod? Spielte Toni Roscanz darin eine Rolle? Immerhin wusste Clara jetzt mehr. Marulu Kos war also die kleine Schwester von José. Clara bedauerte, dass sie mit ihr, in den Zeiten, wo es möglich gewesen war, nicht reden konnte. Aber hatte nicht auch Marulu Kos, zwar immer freundlich, den engeren Kontakt abgelehnt?

Georg hatte sich neben sie gesetzt. »Kann ich dir irgendwie helfen?«, fragte er zart.

Clara schüttelte den Kopf.

Da nahm er ihre Hand, zuerst ängstlich, aber als er keinen Widerstand spürte, begann er sie liebevoll zu streicheln. »Clara, danke, ich lerne so viel von dir, ich wusste wirklich nicht …« Er schluckte, schluckte noch einmal – und dann blieb ihnen wirklich nichts anderes übrig, als zu lachen. Ein Lachen, mit dem sie eine gute Weile nicht aufhören konnten.

Donnerstag, 11. Mai

Er verteilte wie jeden Morgen Milch in zwei Schüsseln und legte das übliche Stück gekochten Schinken daneben. Mina hatte gestern Abend, aus für ihn noch unerfindlichen Gründen, ihren Groll aufgegeben und ein kurzes Streicheln über ihren Kopf ohne zu kratzen zugelassen. Die andere – sie brauchte einen Namen – hatte er allerdings schon seit vorgestern nicht mehr gesehen. Nachtrauern würde er diesem Tier nicht. Ein kurzer Blick auf seine Armbanduhr, er war sieben Minuten später als gewöhnlich. Sorgfältig band er trotz Eile seine dunkelblaue Krawatte mit einem sehr dezenten grünen Muster, fuhr sich noch einmal mit dem Kamm durch die ärgerlich kurzen Haare, um dann in seinem unauffälligen grauen Anzug die Wohnung zu verlassen. Sein deutscher Büroalltag hatte ihn wieder.

Heute Nachmittag stand allerdings ein wichtiges Gespräch mit einem chilenischen Anwalt in seinem Terminkalender.

☆

»Georg, Mutter war gerade am Telefon und schickt dir alles Liebe. Sie möchte heute Abend auch mit dir plaudern. Krabbe macht offensichtlich gute Fortschritte in Lesen und Schreiben und scheint eine besondere gärtnerische Begabung zu haben. Und jetzt komm, wir müssen los, ich schmeiße dich an der Haltestelle raus!«

Eine Minute vor neun setzte Clara sich auf den freigehaltenen Platz neben Michael. Hans hatte es heute erkennbar eilig. Alle Themen wurden nur kurz behandelt, das Jugendthema stand offensichtlich nicht auf dem Plan, dafür das Ausländerthema. Da legte er dann kurz und richtig los. Gestern hatte man zwei bei einem Taschendiebstahl erwischt.

»Abschieben sollte man sie.«

Jörg nickte zustimmend, und zwei weiteren Kollege bekräftigten es, indem sie auf den Tisch klopften.

»Und wer räumt dann zum Beispiel unseren Müll weg, wer pflegt uns im städtischen Krankenhaus?«, konnte Clara sich nicht zurückhalten. Alle schauten sie an, viele grinsten und nickten begeistert. Hans schob seine Papiere zusammen.

»Clara, es wäre schön, du könntest gleich in meinem Büro vorbeischauen. Sonst weiß hier sicher jeder, was heute ansteht.«

Michael stand mit Clara auf.

»Michael, ich glaub, ich schaffe Hans heute alleine!«

Er schüttelte den Kopf, genau wie Franz rechts neben ihr. »Michael hat völlig recht. Und wenn er dich nicht begleitet, dann würden ich oder einige hier das mit Freude übernehmen. Der Hans hat dich so auf dem Kieker, das kann man kaum mit ansehen.«

»Danke!« Clara war gerührt.

Im Sekretariat von Hans saß die strenge Unbekannte, und leider noch immer keine Spur von Ruth. »Warten Sie draußen, ich rufe Sie.« Dann wollte sie von Michael wissen: »Und worum geht es bei Ihnen? Der Chef hat heute Morgen keine Zeit, aber ...«, sie schaute in einen Terminkalender, der neben ihrem PC lag, »wenn es dringend ist, heute Nachmittag fünfzehn Uhr fünfundvierzig. Garantieren kann ich diesen Termin allerdings nicht.«

»Ich brauche keinen Termin, ich komme mit Frau Ahrweiler. Mein Name ist Michael Weide – und mit wem habe ich die Ehre?« Dabei verneigte er sich grinsend.

»Soweit ich informiert bin, wünschte Herr Müller nur Frau Ahrweiler zu sehen. Warten Sie draußen, ich werde Herrn Müller davon in Kenntnis setzen.«

Da hockten sie auf dem Flur wie bestellt und nicht abgeholt.

»Da sieht man, wie Ruth uns immer verwöhnt hat, bei jeder Personalfrage bin ich einfach zu ihr. Wer weiß jetzt hier im Haus, wie wir sie finden könnten?!«

»Clara, leider hast du recht. Eine Website hat sie zuhause bestimmt nicht. Was macht eigentlich ihr Mann?«

»Den hat sie uns immer verschwiegen. Ich glaube, er wollte keinen Polizeikontakt, und im Kölner Telefonbuch hab ich nichts in ihrer Richtung gefunden. Dass sie ohne einen Ton einfach verschwindet, kann ich mir bei ihr auch nicht vorstellen.«

»Frau Ahrweiler, kommen Sie jetzt! Alleine! Der Chef wünscht Sie, und das ohne Begleitung«, wurden sie unterbrochen. So einfach ging das mit Michael nicht. Er stand auf, drängte sich an Clara vorbei durch die Tür und ohne zu warten in Hans' Büro. Die Sekretärin stürmte hinterher.

»Bitte entschuldigen Sie, Herr Müller, aber ...«

Hans winkte ab. »Ist schon gut, lassen Sie uns jetzt alleine.« Er schaute Clara an. »Nur kurz, ich bin in Eile, und in unsere Morgensitzung gehört es noch nicht. Ich wurde von einem der engsten Mitarbeiter von de Koonig – ich kenne ihn schon eine Weile – gebeten, dass das Jugendprojekt und du, liebe Clara, von unserem ganzen Haus in jeder Hinsicht unterstützt werden musst. Also, im Moment kein Aufgreifen eines Jugendlichen ohne dein Einverständnis.«

Clara schüttelte den Kopf. »Hans, was meinst du mit aufgreifen?«

»Wir werden – egal was die Jugend anstellt – nichts mehr ohne dein Einverständnis tun, keine Arrestierung mehr.«

»Hans, du musst zugeben, das ist Wahnsinn. So funktioniert das auf gar keinen Fall. Wenn ein wirklich kriminelles Delikt vorliegt, muss eingegriffen werden. Und ...«, Clara überlegte einen Moment, »... ist dieser Entschluss schon allgemein bekannt?«

»Nein, ich wollte erst mit dir darüber reden.« Hans fixierte seine Armbanduhr. Eindeutiges Zeichen, dass ihr Gespräch beendet werden sollte.

»Keine Sorge, wir sind gleich weg. Nur eine Bitte: Ich brauche morgen bei der Sitzung die Gelegenheit, dieses Thema mit allen zu diskutieren. Die Jugendlichen auf eine neue Bahn zu bringen wird eine gute Weile dauern, und bei allen Jugendlichen werden wir es sicherlich nicht schaffen. Unserem Projekt würde es sehr schaden, wenn kriminelles Verhalten von uns akzeptiert wird.«

Hans nickte. »Also bis morgen.«

An der Tür drehte sich Clara noch einmal zu Hans um. »Es sei denn, du organisierst heute noch einen Großeinsatz, da habe ich dann nichts mit zu tun.«

Michael stürmte los, sein gerade wieder angestellter Funk meldete sich auf Höchststufe. Clara hatte nicht einmal Zeit, ihm von ihrem Fund zu erzählen.

Clara zog es in die Paulistraße, und dort begann sie im Dachgeschoss eine erneute Suche. Sie zog noch einmal die Schubladen aus den geflochtenen Nachttischchen, untersuchte die Korbstehlampen und überlegte, was für Verstecke hier oben Jayjas Geschmack gewesen wären. Weinkühlschrank – das war ein Jayja-Versteck. Wer hatte ihr dabei geholfen, Marulu

Kos? Warum versteckte Jayja überhaupt ihren Lebensbericht? Hatte der Einbrecher diese Unterlagen gesucht? Die spurlos verschwundenen Memoblöcke, hatte er sie mitgenommen, nachdem er Jayja die Spritze gegeben hatte? Warum waren dann keine Spuren von ihm gefunden worden? War auch der letzte Teil des Lebensberichts von ihm gefunden und mitgenommen worden? Dann wäre diese Suche sinnlos. Es war noch immer nicht klar, warum sich Jayja hier versteckt hielt. Es war zum Verrücktwerden. Clara setzte sich hin und schrieb die Fragezeichen auf. Das warme Licht eines Sonnenstrahls erhellte den Raum, und sie fühlte sich plötzlich wohl. Fühlte sich wie zuhause, ihr Zuhause, und beschloss, mit Georg heute zum ersten Mal hier zu übernachten. Sie lief in ihre Wohnung und begann persönlichen Kram zusammenzupacken. Den iPod mit ihrer Lieblingsmusik und die Kopfhörer, das Laptop für die Schlaflosigkeit. Mit einem vollgepackten Rucksack und zwei Tüten machte sie sich wieder auf den Weg. Michael kam ihr kopfschüttelnd auf der Treppe entgegen. »Jetzt wird's kompliziert. Woher soll man wissen, wo man dich findet?«

»Das wird sehr einfach. Ich habe beschlossen, ab heute wohnen wir nicht mehr in Nummer vier, sondern in Nummer drei! Also, mich muss man dann ab heute nur noch dort suchen.«

»Wenn du wirklich beschlossen hast, ab heute in Nummer drei zu wohnen, muss ich jetzt sofort das Alarmsystem dort installieren. Hoby bringt mich um, wenn ich zulassen würde, dass du ohne diesen Schutz schläfst. Und ich gebe ihm recht. Bei deinem – entschuldige – Dickschädel weiß ich, dass du von diesem Beschluss nicht mehr abzubringen bist. Da müsste ich dich schon irgendwo einsperren, und selbst dann bin ich mir nicht ganz sicher, ob du nicht auch im vierten Stock aus irgendeinem Fenster klettern würdest, um das Vorgenommene zu verwirklichen.«

»Mach das, und wenn du fertig bist, bekommst du etwas sehr Aufschlussreiches von mir zu lesen. Wir haben es im Weinkühlschrank gefunden.«

Beladen wie ein Packesel, machte Clara sich dann auf den Weg. Die Treppe kannte sie im Schlaf, deshalb war der Abstieg ohne Sicht möglich. Aber in dem Moment, als sie mit dem Ellbogen die Haustür von Nummer drei aufdrücken wollte, strich etwas Miauendes an ihrem Bein entlang. Sie erschrak, und zwei Tüten landeten auf dem Bürgersteig.

»Roo! Roo!«

Es war Roo! Clara konnte es kaum fassen und nahm ihn auf den Arm. Dünn und sehr struppig, aber er war wieder da. Er kuschelte sich erschöpft und glücklich an sie, schleckte kurz ihre Wange und machte dann die Augen zu. Er schien eine weite Reise hinter sich zu haben. Sie entdeckte einen Kratzer am linken Ohr, ansonsten machte er keinen kranken Eindruck. Clara ließ Tüten und Taschen am Eingang und rannte mit ihm auf dem Arm überglücklich nach oben.

Und am Abend war Jayja da, aber nicht in traurigen Erinnerungsgedanken.

Michael stellte die provisorische Alarmanlage ein, bevor er ging.

Georg und Clara bezogen zwei von den Gästezimmern im Dachgeschoss. Roo – sie ließ ihn in der Bibliothek. Falls er aufwachte, konnte er sich seinen Schlafplatz selbst aussuchen, alle Türen blieben offen.

Natürlich kamen im Bett Gedanken, sanfte Gedanken. Jayja lachte, so wie sie beim Backgammon öfter gelacht hatte. Es schien Clara, als freute sie sich.

Freitag, 12. Mai

Sorgfältig band er sich die dunkelgrüne Krawatte und kämmte verärgert noch einmal seine hochstehenden Haare. Heute Nachmittag hatte er einen Termin bei einem Friseur, von dem er gestern erfahren hatte. Ein Südamerikaner wie er, hier verheiratet und schon seit 1966 ansässig.

Wie jeden Morgen holte er dann die Scheibe Schinken und Milch aus dem Kühlschrank und füllte nur eine Schale mit der Milch. Die andere Katze war seit vorgestern verschwunden, und er rechnete nicht mehr mit ihrem Wiederauftauchen. Sehr wahrscheinlich hatte Mina ihr Revier so vehement verteidigt, dass die andere es nicht mehr ertragen hatte. Für ihn ein leicht nachzuvollziehender Vorgang.

Er würde, wenn er gleich durch die Grünanlagen in sein Büro ging, noch einmal sorgfältig prüfen, ob sie dort irgendwo herumstrich. Es war aber anzunehmen, dass ein Auto für ihr Ende gesorgt hatte.

Diese verwöhnten, degenerierten Hauskatzen, die ihr Leben ausschließlich in großen Wohnungen verbrachten, vollkommen vermenschlicht, konnten sich dann in der Wirklichkeit der Straße nicht mehr zurechtfinden.

☆

Claras und Georgs erstes Frühstück in der ungewohnten Umgebung wurde durch einen Sonnenstrahl belohnt. Auf dem Balkon, über den die Küche verfügte, befand sich nur ein verdorrtes, nicht mehr identifizierbares Grünzeug. Clara freute sich bei dem Gedanken, dort einen Mini-Kräutergarten anzulegen.

Sie mussten los, und Clara musste noch einmal nach drüben, um Schuhe und eine Jacke zu holen.

»Georg, meinst du, du könntest heute Nachmittag freibekommen und mir ein bisschen umräumen helfen?«

»Du meinst, der heilige Georg ist damit einverstanden?«

Clara betrat den Konferenzraum eine Minute vor neun und vor Hans. Als er kam, schien er nicht in bester Laune. Das Übliche, vor allem Autosünden. Ausländersünden gab's wohl heute keine, es wurde nur allgemein darüber geredet. Die Jugend ließ er aus und brachte nichts über die neue Regelung, die er ja unbedingt einhalten wollte.

Clara blieb nichts anderes übrig, als selbst davon anzufangen: »Hans, ich fände es angebracht, wenn du die neue Regelung für unsere Jugend, die du mir gestern unter vier – nein, halt – sechs Augen mitgeteilt hattest, hier noch einmal wiederholen könntest. Ich halte es für sehr wichtig, dass wir darüber gemeinsam diskutieren.«

Hans zögerte einen Moment und begann etwas störrisch: »Wichtige Kölner Persönlichkeiten haben sich in den letzten Tagen an mich gewandt, um mir mitzuteilen, wie überzeugend sie die Idee eines Musicals mit obdachlosen Jugendlichen finden. Wir dürfen von ihnen Unterstützung in organisatorischer und finanzieller Hinsicht erwarten. Ich habe mich also entschlossen, dem Ganzen zuzustimmen, und das trotz großer Zweifel. Das Jugendprojekt darf nicht durch uns scheitern. Es braucht eine Person, die hinter der Sache steht. Ab jetzt ist Clara für alles zuständig und verantwortlich. Und das bedeutet im Klartext: Keine Festnahme oder Bestrafung mehr ohne ihre Einwilligung.«

Alle schauten Clara an. Sie wartete keine Sekunde mit ihrer Antwort. »Und damit bin ich nicht einverstanden. Das ist für mich auf gar keinen Fall ...«, Clara fixierte Hans, »... auf keinen Fall eine Option. Natürlich müssen wir alle Straftaten weiter ahnden. Was sich ändern sollte, nein, eigentlich ändern *muss*, ist unsere Einstellung zu den Jugendlichen, die auf der Straße hausen.«

»Was meinst du damit? Ich finde es provokant, dass ich einen harten Arbeitstag habe – und diese faulen Säcke sollen jetzt auch noch dafür belohnt werden!«, kam es sofort von einem älteren Kommissar.

»Stimmt! Das geht wirklich zu weit«, meinte Jörg, und seine zwei Nachbarn klopften zustimmend auf den Tisch.

Clara meldete sich. »Ich meinte wirkliche Straftaten. Nicht die Tatsache, dass man kein Zuhause hat. Und da sind wir genau an dem Punkt: Ich fände es gut, wenn wir ein Gremium bilden könnten, und dieses entscheidet dann, ab wann eine Straftat bestraft werden muss.«

Etliche Kollegen klopften Beifall.

Horst Stein, einer der ältesten, bekannt als fairer Kollege, meldete sich zu Wort. »Das ist eine tolle Idee. Ich habe immer schon bedauert, wenn da irgendwelche armen Schlucker in unseren Zellen landeten, obwohl sie sich nur *eines* Verbrechens schuldig gemacht hatten, und das war, unwillkommen auf der Welt zu sein.«

»Danke, Horst. Wer würde sich denn freiwillig für dieses Gremium melden?« Clara schaute sich um. Michaels Hand schoss sofort nach oben und dann die von Horst Stein. Kommissar Franz Scherz, der vorgestern neben ihr gesessen hatte, und zwei junge Männer, die sie nicht sehr gut kannten, meldeten sich ebenfalls sofort. Jetzt hieß es schnell handeln, zu viele Köche verderben den Brei.

»Ich sehe fünf Kollegen, eine gute Zahl! Ich schlage vor, dass wir hier im Anschluss an die Konferenz einen Schlachtplan entwickeln. Und Hans, ab jetzt übernehme ich mit diesen fünf Kollegen gern jede Verantwortung.«

Hans stand ohne ein Wort zu erwidern auf.

»Hans, bitte noch einen Moment, bevor du gehst. Das heißt doch hoffentlich auch, keine Groß-Razzia mehr. Die Aktion vor dem Fernsehstudio wird sich nicht wiederholen, oder?«, wollte Clara vor versammelter Mannschaft noch von ihm wissen.

Hans drehte sich an der Tür um. »Clara, was soll das?«

»Ich schlage vor, dass einer von uns sechsen mit abstimmen muss, bevor etwas unternommen werden kann, wenn jetzt ein Jugendlicher oder eine Gruppe auffällig wird, etwas anstellt. Wir werden eine Liste unserer Mobiltelefone durchs Haus schicken. Einer von uns wird jederzeit erreichbar sein.«

»Eine Woche, mehr gebe ich euch nicht, aber dann ist das Ganze bestimmt ein solches Desaster, dass wir glücklich wieder zum Gewohnten zurückkehren«, antwortete Hans, als er die Sitzung verließ.

Clara und die fünf Kollegen blieben und überlegten gemeinsam, wie sie diese neue große Aufgabe ohne Schwierigkeiten in den Griff bekommen konnten.

»Die Praxis ist der beste Lehrer«, meinte Franz.

»Aufteilen, und das abwechselnd. Ich melde mich jetzt schon für Sonntagnacht.« Clara überlegte einen Moment, ob sie ihre Reise verschieben sollte. »Ich gestehe, ich fliege heute bis Sonntagnachmittag nach Berlin.«

»Und ich«, Franz stand auf, »ich muss jetzt zu einer Gerichtsverhandlung, aber ich kann mir vorstellen, wir sind zu sechst und werden da zeitlich sicher immer eine Regelung finden. Und die Samstagnacht übernehme ich gern. Außerdem schlage ich als Ältester in dieser Runde vor, dass wir uns, bis wir es im Griff haben, nach den Konferenzen immer kurz zusammensetzen.«

»Halt!« Michael klopfte mit seinem Kuli auf ein leeres Blatt. »Bevor du gehst, brauchen wir noch deine Handynummer. Horst und ich werden die Telefonliste und den Anschlag unten im Eingang auf der Tafel fertig machen und rumschicken. Ich bin für die heutige Nacht zuständig.«

»Dann bin ich für den heutigen Tag zuständig«, meinte Clara. »Und außerdem schlage ich vor, dass morgen unsere zwei jungen Männer die Verantwortung haben. Seid ihr damit einverstanden?«

Rudi Müller und Holger Bart zögerten einen Moment.

»Ist was?«

»Nein, machen wir gern, wir würden nur gern auch was loswerden«, kam es von Rudi.

»Na dann mal los! Wir haben Zeit, bis uns hier jemand rausschmeißt.«

»Ich ... ich komme aus diesem Milieu«, begann Rudi. »Mein Vater ist schwerer Alkoholiker, meine Mutter wurde es auch. Und so landete ich mit dreizehn auf der Straße. Für mich wurde dieses Straßenleben um vieles einfacher als zuhause. Im Gegensatz zu den anderen, mit denen ich zusammen war, hatte ich aber großes Glück. Zum Schlafen verzogen sich einige von uns in die südliche Vorstadt. Ein weiter Weg, aber dort wurden wir nicht kontrolliert und nur sehr selten einer aufgegriffen. Die Geschichten von den Heimen, wo wir Minderjährigen hinkamen, wenn festgestellt wurde, wie es zuhause zuging, die haben mich so erschreckt, da wollte ich auf keinen Fall hin.«

Er schwieg einen Moment. »Dort, wo ich zum Schlafen

hinflüchtete, gibt es einen Haufen Schrebergärten, und in einem werkelte eigentlich zu jeder Tageszeit ein alter Mann rum. Und ab und zu schlief er auch in seiner Holzhütte. Dieser alte Mann hat mich irgendwann in der Nacht aufgestöbert. Eine Vollmondnacht, in der er nicht schlafen konnte und sich deshalb zu seiner Galan de Noche begab. Das ist eine Pflanze, die ihren Duft nur in der Nacht verströmt. Ich erwartete, verjagt zu werden, aber er winkte mich heran. ›Bei so einer Beleuchtung und diesem Duft ist es fast eine Schande, das nicht zu genießen. Komm und riech mal‹, sagte er. Wir haben geredet, und dann bin ich immer wieder tagsüber bei ihm aufgetaucht, habe angefangen, ihm zu helfen. Und er freute sich darüber. Und irgendwann ließ er mich da schlafen, hat mich aufgenommen, nicht offiziell, da gehörte ich noch in mein Zuhause. Und in die Schule ging ich auch wieder. Er sorgte dafür, dass ich das geworden bin, was ich heute bin. ›Gärtnern ist eine Leidenschaft‹, hat er mir damals erklärt, ›aber du brauchst auch einen ordentlichen Beruf.‹ Ohne seine Geduld mit mir und seine Hilfe, seinen Zuspruch, ja, seine Zuneigung, die ich spürte, hätte ich es sicherlich nicht geschafft. Es regt mich auf, wenn irgendeiner behauptet, die Jugendlichen seien einfach nur faul.«

Clara hatte seine Geschichte gerührt. Diese persönlichen Erfahrungen konnten für ihre Arbeit nur hilfreich sein.

Als sie das Polizeipräsidium verließ, meldete sich ihr Handy, und Hobys Name erschien auf dem Display. »Ich freu mich wahnsinnig auf dich. Für morgen Abend hab ich Karten für ein besonders schönes Konzert. Dein Ticket liegt beim LH-Schalter. Der Flieger geht um 19.20 Uhr. Ich hoffe, das ist okay, und ich habe schreckliche Sehnsucht nach dir, richtige Entzugserscheinungen!«

Siegfried und Georg, beide wie immer in Bücherbergen

vergraben, reagierten erst, als Clara laut »Buchräuber!« schmetterte, mit einem Buch auf einen Buchberg klopfte und sich eine Staubwolke daraus löste.

»Ich bin hier, weil ich von heute Abend bis Sonntagabend nach Berlin fliege. Georg, hast du vielleicht Lust, mich zu begleiten? Mutter und Krabbe würden sich sicher sehr freuen.«

Er überlegte einen Moment und schüttelte dann den Kopf. Da mischte sich Siegfried ein: »Ich habe eine gute Idee für Georg und mich. Morgen mache ich den Laden zu, und wir beide werden uns zusammen in deiner Bibliothek vergraben und aufräumen. Du warst mir immer eine große Hilfe, da könnte ich mich endlich einmal revanchieren. Und außerdem«, er schmunzelte, »ist es natürlich eine große Versuchung für einen Bücherwurm wie mich.«

Diese zwei, köstlich, wie sie in diesen Wochen zusammengewachsen waren. »Wie wäre es, wenn du für diese zwei Nächte das dritte Gästezimmer beziehst?«

Auf diesen Vorschlag reagierten die beiden positiv. Georg wurde zum Abschied umarmt. »Bitte vergiss vor lauter Büchern Roo nicht. Das Rindfleisch wird ihm schmecken, und geknuddelt werden muss er auch. Und wenn ihr am Sonntag in die Kirche geht, dann grüßt Pater Anselmo von mir. Und für das Tapas-Essen bringen wir nächste Woche was mit. Ich bin sicher, da wird sich jemand freuen, wenn du kommst, auch ohne Essen.«

Ein Blick auf ihre Uhr, Clara musste nach Hause. Beeilung war angesagt, den Flieger nach Berlin wollte sie nicht verpassen.

Hoby erwartete sie am Flughafen. Sie fuhren gleich in seine Wohnung in einem wunderschönen Altbau auf dem Penzlauerberg, puristisch und sehr elegant eingerichtet. Der große hohe Wohnraum hatte einen Balkon und eine kleine Bibliothek. Im Kühlschrank wartete eine Flasche Champagner. Hoby hatte ein fantastisches Abendessen bestellt, Luxus pur. Und dann gab's nur noch ausgelassene Zweisamkeit im großen Luxusbett!

Samstag, 13. Mai

Fritz hatte sich angesagt, und es wartete auch Arbeit auf ihn. Sein Halbbruder nervte ihn. Warum, und das fragte er sich vor jedem Besuch, wurde er mit seiner Familiensituation selbst heute, nach so vielen Jahren, nicht fertig? Von der Existenz seines Bruders hatte er erst nach dem Tod seines Vaters bei der gründlichen Sichtung von Papieren erfahren. Diese waren alle in einem Karton im Kleiderschrank des Vaters verstaut gewesen. Der Vater hatte sicherlich aus Taktgefühl die Mutter und diesen Bruder nie erwähnt. Er hatte auch nicht erwähnt, dass die Mutter zwei- bis dreimal im Jahr kurze, nicht besonders gut lesbare Nachrichten geschickt hatte.

Sein Entschluss, die Mutter dann anlässlich eines Deutschlandaufenthalts aufzusuchen, war langsam gereift. Die Begegnung fand vor dreieinhalb Jahren statt, hatte nur Minuten gedauert und musste nicht wiederholt werden. Fritz hatte er Arbeit in einer Schraubenfabrik besorgt. Dort wurde dieser schon nach einem Monat in eine Schlägerei verwickelt und entlassen. Und so ging es von Beschäftigung zu Beschäftigung. Er fand immer wieder für ihn eine Arbeit, erwartete aber dafür praktische Gegenleistungen. Fritz musste, wenn er an den Wochenenden auftauchte, handwerkliche Aufgaben erledigen. In der Regel kleine Reparaturen in der Wohnung. Diesmal musste er eine Holzkiste mit Papieren vernageln und entsorgen. Sein Protest wurde mit einem Geldschein unterbunden.

☆

Kissenschlacht auf dem schwarzen Designer-Sofa, zusammen im Schaum der Badewanne. Kichernd, albernd, kindisch. Erst am Nachmittag wurden sie wieder erwachsen und zwei Einzelwesen, die sich zu Claras Eltern aufmachten.

Es war kaum zu glauben, was mit Krabbe geschehen war. Eine unglaubliche Verwandlung – und das in dieser kurzen Zeit. Er sprach anders, sah anders aus, war selbstbewusst, erzählte viel, ging jetzt vormittags zu einem berühmten Landschaftsgärtner – und in drei Wochen würde er dort als Lehrling anfangen. Er liebte Gartenarbeit, las Gartenbücher und bombardierte Clara mit Fachausdrücken der Botanik. Sie war fassungslos. Martin hieß er jetzt. Den Namen hatte er sich ausgesucht, als er die Geschichte von Sankt Martin gehört hatte.

»Ich bin sehr stolz auf ihn«, erklärte ihr Vater. »Und er ist mir eine wirkliche Hilfe. Was mache ich nur, wenn seine Lehre beginnt?«

»Dann bin ich eine noch unschädlichere Hilfe«, antwortete Krabbe-Martin kichernd, als sie zusammen durch den blühenden Garten gingen.

Vater blieb stehen und zeigte ihr einen besonderen Rhododendron, ein unglaubliches Gemisch von rostrosa-weißen Blüten, und nahm sie kurz in die Arme. »Dein Bruder ist natürlich unersetzbar, aber ich habe wieder einen Sohn.«

Sonntag, 14. Mai

Der gestrige Tag hatte nicht gutgetan. Selbst die Lektüre seiner Lieblingsgeschichten hatten ihn nicht von den Gedanken abbringen können, die er endgültig verbannen wollte. Konrad – warum waren für ihn die Lebensvoraussetzungen so anders gewesen? Warum war ihm alles in den Schoß gefallen, hatte er eine Mutter, die ihn mehr liebte als sich selbst? Menschen, die seine Nähe gesucht hatten und alles für ihn taten? Auch wenn es nur durch den Hintergrund des Besitzes dazu kam, die anderen Kinder hatten ihn verehrt, nie verlacht, nie sich über ihn lustig gemacht. Er verstand es bis heute nicht.

Er dagegen war alleine, immer alleine. Die Überlegungen, wie er sich eine eigene Gruppe aufbauen könnte, waren theoretisch geblieben, und selbst in den Büchern fand er keine Lösung. Es war ein heißer Sommer damals, und alle hatten sich beim Schwimmen amüsiert. Eine Tätigkeit, die er verabscheute, die ihn, genau wie Reiten, anwiderte. An dem Tag, als sich alles zugespitzt hatte, ging es schon morgens in der Klasse los. Er hatte den Lehrer korrigiert. Eine Banalität, die er aus Gelesenem richtiggestellt hatte. Konrad mischte sich ein und nahm den Lehrer in Schutz. Nahm den Lehrer mit einem sehr gezielten Witz über ihn in Schutz. Die ganze Klasse lachte, und einige klatschten sogar. Er verließ die Klasse und hörte noch: »Konrad, du bist toll, den sind wir wieder für eine Weile los.«

Zuhause, alleine in seinen vier Wänden, hatte er sich nicht auf sein Buch konzentrieren können. Am liebsten hätte er geheult, aber das konnte er ebenso wenig. Er hatte gehört, wie sie alle zum Teich stürmten. Sie waren so fröhlich und gut gelaunt gewesen, dass es bis zur Siedlung zu hören war. Er hatte beschlossen, Konrad zu stellen. Er konnte diese Demütigung nicht auf sich sitzen lassen …

Alle hatten im Wasser getobt, und einer sah ihn und brüllte: »Da kommt unser Hohlkopf! Konrad, bitte einen neuen Witz!« Alle lachten und fanden es sehr witzig. Mit dem größten Stein, den er fand, watete er ins Wasser. Sein Wurf wurde unterbunden, aber nicht nur das, man wollte ihn nicht mehr in Santa Paola. Selbst Vater hatte beschlossen, ihn zu entfernen. Niemand sprach mit ihm über den Vorfall, niemanden interessierte es, dass dieses Steinewerfen eine Vorgeschichte hatte. Aber wann hatte sich jemand außer der Tante für ihn je interessiert? Sein Halbbruder nur aus Versorgungsgründen. Bei einem solchen Dummkopf nicht erstaunlich, deshalb nur noch unvermeidliche Begegnungen mit ihm.

☆

Das Geschmuse musste wieder dem Alltag weichen. Hoby hatte sie zum Flughafen gebracht. Er musste nach Madrid, und beinahe hätte er seinen Flieger verpasst. Was für eine wundervolle, kindische Zeit zusammen.

Auf dem Weg vom Flughafen nach Hause rief Clara Michael an.

»Habe nichts Negatives zu melden! Wie war es in Berlin?«

Clara konnte ein Gähnen nicht unterdrücken. »Super!«

»Das klingt nicht nach Langeweile, sondern nach Übermüdung. Ich schlage vor, du schläfst dich heute noch mal richtig aus. Ich übernehme die Nachtschicht. Wir sehen uns morgen.«

Alte Gewohnheit – zu Hause wollte sie durch die Tür der Nummer vier, machte aber dann eine Kehrtwendung in die drei. Oben empfingen sie Georg und Roo, der schnurrend und glücklich um ihre Beine strich. Es roch köstlich nach Lamm und Knoblauch. In der aufgeräumten Küche warteten ein Abendessen mit Kerzen und ein liebevoll gedeckter Tisch.

»Georg, das Lamm hatte ich doch für dich und Siegfried besorgt.«

Er grinste. »Wir haben Papier verschlungen!«

In der Bibliothek sah es aus wie in Siegfrieds Buchladen, Bücherstapel auf dem Boden, auf dem Schreibtisch, auf dem Schreibtischstuhl, immerhin einige schon im Regal. Die linke Ecke auf dem Sofa hatten sie für Roo frei gelassen. Zwei Bücherwürmer hatten gegraben.

»Wir haben außergewöhnliche Exemplare gefunden, Erstausgaben, die eigentlich in ein Museum gehören.«

Trotz aufregender Bücherfunde musste Clara ins Bett und schlief wie ein Murmeltier. Irgendwann wachte sie kurz auf, da kuschelte sich etwas Warmes an ihre Füße. Erst dachte sie: Komischer Hoby, woher hat er plötzlich so viele lange, weiche Haare? Aber es war Roo.

Montag, 15. Mai

Er füllte wie jeden Morgen das Schälchen mit Milch und legte die Scheibe gekochten Schinken dazu. Er fuhr sich mit dem Kamm durch das jetzt gut sitzende Haar, ging zu seinem speziellen Krawattenbügel, wo die Krawatten farblich geordnet hingen, nahm eine grau gemusterte Krawatte, um sie in dem Handgepäck-Roller am Eingang ganz oben zu verstauen. Dann verschloss er den fertig gepackten Koffer und stellte ihn neben die Eingangstür. Er wählte eine weitere Krawatte mit blaugrauem Muster, um sie sorgfältig vor seinem Spiegel zu binden. Den Anweisungszettel an seine Zugehfrau legte er gut sichtbar auf die Anrichte in der Küche. Ein Blick auf die Küchenuhr: Sein Zug nach München ging um 10.05 Uhr, also genügend Zeit, um mit der Straßenbahn zum Bahnhof zu fahren.

In München würde er heute Nachmittag die alte Dame treffen. Er hatte gestern Abend mit ihr telefoniert. Ein etwas verwirrendes Gespräch. Die Adresse des Seniorenheims bekam er dann bei seinem zweiten Anruf über einen Anrufbeantworter. Morgen früh würde er den ersten Zug zurück nehmen.

☆

Clara musste noch in die Nummer vier, da ihre Anziehsachen von Berlin für die Arbeit ungeeignet waren. Heute wollte sie sie – wann auch immer – endgültig umräumen. Noch im

Pyjama und darüber ihren Regenmantel, machte sie sich auf den Weg. In der Vier erwartete sie eine aufgebrochene Wohnungstür. Sie widerstand der Versuchung hineinzugehen. Das Handy war in ihrer Manteltasche, und Michael war sofort dran.

»Clara, wo bist du? Soll ich eine Entschuldigung für dich erfinden?«

»Nein, und schimpfen kannst du auch nicht, ich stehe auf der Straße und ...«

»Was heißt das, ist dein Auto kaputt?«, wollte Michael wissen.

»Nein, ich wollte mir nur etwas zum Anziehen holen. In der Vier ist eingebrochen worden. Ich bin aber, weil ich mir dein und Hobys Geschrei nicht antun wollte, sofort wieder runter, ich war nicht drinnen.«

»Ich komme, ist Georg noch da?«

»Nein, nicht mehr. Wir waren heute Morgen etwas spät dran.«

»Dann treffe ich dich in dem Café bei dir um die Ecke.«

»Michael, tut mir leid, da kann ich so nicht hin, ich bin nicht angezogen.«

»Gut, dann in der Nummer drei – oder setz dich bitte in dein Auto, bis ich komme.«

Das Schloss der Eingangstür war mit einem scharfen Gegenstand aufgebrochen worden. Michael ging mit ihr durch die Räume, und wie zu erwarten, befand sich niemand mehr in der Wohnung. Michael rief die Spurensicherung an. »Clara, wir sollten mit Siegfried oder Georg reden. Die waren doch das ganze Wochenende hier.«

»Michael, tut mir leid, bei Siegfried nimmt niemand ab. Aber wenn die beiden etwas bemerkt hätten, wüsste ich das. Georg hätte es mir bestimmt erzählt.«

Die Wohnung befand sich im typischen Zustand eines normalen Einbruchs. Ausgeleerte Schubladen, wo sich welche befanden. Unter ihrer Matratze war etwas gesucht worden. Ihre Bücher hatte man in Ruhe gelassen.

»Michael, mein PC flimmert. Der wurde eindeutig angemacht, aber die wichtigen Daten befinden sich auf meinem Laptop, und mit dem bin ich schon am Donnerstag mit Rucksack umgezogen. Mein Schreibtisch macht allerdings einen sehr verlassenen Eindruck. Wo sind die Papiere, die am Freitag noch darauf lagen?«

Die drei Schreibtischschubladen lagen umgekippt auf dem Boden, unter einer quollen ihre Postkartensammlung und ihr Briefpapier hervor. Unter der zweiten befand sich nichts, also alle alten Rechnungen und Bankauszüge, die sie dort aufhob, waren verschwunden. Die dritte Schublade mit Memozetteln und Erinnerungen war auch leer.

»Komm!« Clara zog Michael zu ihrem Schreibtisch. »Für mich auffallend: Jayjas zwei Lebensberichte und die von Hoby verbesserten Briefe an die eventuellen Verwandten von Jayja lagen am Freitag, als ich hier war, um meine Anziehsachen für Berlin zu packen, auf dem Schreibtisch. Ich überlegte sogar noch, ob ich sie verstecken sollte. Dann kam es mir lächerlich vor. Aber weißt du, was ich merkwürdig finde? Meine drei Schreibtischschubladen sind alle auf den Boden gekippt worden. Die eine mit meinen Postkarten und dem Briefpapier ist so gut wie unberührt. Die Schubladen mit alten Kontoauszügen und Abrechnungen und mit meinem Memokram und Zetteln, warum ist die leer?«

»Komm, lass uns, nachdem hier nicht viel ist, gemeinsam aufräumen und suchen.«

»Okay, vielleicht fängst du schon mal damit an. Ich glaube, es wird Zeit, dass ich aus dieser provisorischen Verkleidung rauskomme. Pyjama mit Regenmantel drüber ist vielleicht doch kein Tagesoutfit.«

Die gesuchten Zettel aus der Memoschublade tauchten auf, waren wohl beim Umkippen weggeflattert. Sonst aber fanden sie nichts.

»Wieso ist dein Papierkorb so leer?«

Clara dachte nach. »Am Freitag habe ich mit Sicherheit keinen Papierkorb ausgeleert. Da war ich viel zu sehr mit meiner Reise beschäftigt. Am Donnerstag haben wir zum ersten Mal drüben geschlafen, da also auch nicht. Und dann fällt mir ein, als ich meinen Rolly für die Reise packte, lag oben noch der Teil einer alten Tageszeitung, und ich dachte, ich muss den Papierkorb ausleeren. Er war übervoll. Und schau mal, was hier rumfliegt: die Tageszeitung, aber nur die.«

Der Schlüsseldienst kam und baute ein neues Schloss ein.

»Es ist also nicht zu Ende! Wir fahren jetzt ins Präsidium, ich werde den Vorfall offiziell melden. Und ich bin der Meinung, du brauchst einen Piepser für deinen Schutz.«

»Komm, so eilt es nicht. Solange du bei mir bist, bin ich beschützt genug. Ich fahre mit dir, aber wir fahren bei Siegfried vorbei.«

Als sie die Treppe runterliefen, kam ihnen der Mieter aus der Wohnung unter ihr entgegen. Er war einer der wenigen Menschen, den Clara nicht ausstehen konnte. Sie fand ihn einen hinterhältigen Besserwisser. Kein Wunder bei so einem Typen: Seine Frau war verschüchtert und ängstlich.

Als er Clara sah, legte er auch sofort los: »Ach, Sie sind's! Ich werde mich bei der nächsten Eigentümer-Versammlung zum hundertsten Mal beschweren, aber dieses Mal ist es wirklich ernst. Am Sonntagvormittag, da war bei Ihnen oben ein solcher Lärm, unzumutbar. Und irgendjemand hat da

Ihre Tür aufgebrochen, so hat es geklungen. Meine Frau war alleine zu Hause. Sie wollte erst zu unserem Ausflug mitkommen, sie war sogar schon unten mit mir, dann ist sie aber doch wieder zurück, es ging ihr nicht so gut. Sie hat aber vor diesen Kriminellen, die da oben bei Ihnen immer hausen, solche Angst, dass sie sich unbemerkt in unsere Wohnung schlich und sofort verbarrikadierte. Selbst durch die Decke hat sie den Krawall da oben gehört. Die haben sich da mit Schubladen beworfen. Meine Frau ängstige sich fast zu Tode, und das ganz alleine im Haus. Ja, ganz alleine, und das war allgemein bekannt. Im untersten Stock wird renoviert, da wohnt zurzeit niemand, im zweiten sind sie gerade in Urlaub, im dritten wird auch renoviert. Nur das schlimme Pack von Ihnen. Das geht nicht mehr. Ich lass das nicht mehr zu.« Er ging an ihnen vorbei und drehte sich noch einmal um. »Als ich am Nachmittag nach Hause kam, war's still. Ich wäre sonst hoch, aber bewaffnet. Die Polizei ruf ich nicht, ihr haltet ja alle zusammen.«

Michael schob Clara zur Seite, stieg die paar Stufen zu ihm hinunter und postierte sich vor ihm. »Es wäre gut, wenn Sie das, was Sie uns gerade erzählt haben, mit Ihrer Frau zusammen zu Protokoll geben könnten. Über Ihnen ist tatsächlich eingebrochen worden und nicht von dem Pack, das Sie gerade bezichtigt haben, sondern von einem Einbrecher. Soll ich Ihnen jemanden dafür schicken, oder kommen Sie mit Ihrer Frau zu uns?«

»Das auch noch, hätte wohl besser die Klappe gehalten, aber vielleicht ist jetzt endlich der Kündigungsgrund für den Vermieter fällig«, meinte er in Claras Richtung und verschwand in seiner Wohnung.

»Michael, ich hab den Eindruck, als wäre der Einbrecher gut informiert gewesen. Und außerdem musst du zugeben, der Einbruch hat eindeutig nichts mit einem normalen Einbruch zu tun. Michael, es ist schrecklich, aber offensichtlich ging's da auch um Jayja. Ich ärgere mich. Saublöd, dass es ausgerechnet dann passierte, als ihr Lebensbericht offen auf meinem Schreibtisch lag.«

»Ich werde jetzt noch einmal mit der Spurensicherung telefonieren. In diesem Fall handelt es sich eindeutig nicht um einen kleinen Einbruch. Und deshalb braucht es die Spurensicherung. Interessant, was für eine DNA gefunden wird. Vielleicht sogar identisch mit der in der Wohnung von Marulu Kos. Clara, ich warte hier. Warum schaust du nicht bei Siegfried vorbei, vielleicht fällt den zweien doch noch etwas dazu ein.«

Bei Siegfried verließen gerade zwei Kunden den Laden, und Siegfried stand bei einer jungen Frau, die Clara in der spanischen Gemeinde gesehen hatte. Sie war Mitte dreißig, mit einem aparten, schmalen Gesicht, das von ihren dunklen Haaren eingerahmt wurde.

»Wie sieht's bei euch aus, habt ihr schon etwas gegessen?«, wollte Clara wissen.

»Nein, noch nicht. Wir wollten gerade eine Pause machen und dachten, dass wir bei dir vielleicht etwas zu essen bekommen.« Siegfried legte Clara freundschaftlich eine Hand auf den Arm. »Darf ich dir meine neue Mitarbeiterin vorstellen? Das ist Carmen. Sie findet im Moment keine passende Arbeit und hält es zuhause nicht mehr aus. Ihr Mann ist geschäftlich viel unterwegs. Da sie Bücher liebt«, Siegfried schaute Carmen bei diesen Worten tief in die Augen, »gehört sie jetzt auch zu uns. Aller guten Dinge sind drei.«

Clara schüttelte Carmen die Hand. »Ich bin Clara, Georgs Familie. Leider sieht mein Kühlschrank nicht besonders gut aus, aber warum nicht das Café Sporn?«

Siegfried befestigte das schon etwas vergilbte Schild: »Da geht's, mein Herr, nicht immer mutig zu; doch schmeckt dafür das Essen, schmeckt die Ruh. (Goethe, Faust) – Bin gleich wieder da!« an der Tür, und sie machten sich auf den Weg. Carmen verabschiedete sich, sie musste nach Hause.

Das Café Sporn war altmodisch, die geblümten Stühle verschlissen, und die Tapete hätte schon lange erneuert werden müssen. Die Kuchenauswahl war klein, Rhabarber-, Käse- oder Zitronenkuchen, aber alle mit der Hand gerührt.

Clara ließ den zweien gerade noch Zeit, sich hinzusetzen, bevor sie mit ihren Fragen anfing: »Was war Sonntagvormittag?«

Georg verschlang noch ein großes Stück seines Rhabarberkuchens, bevor er antwortete: »Wir waren in Santa Agatha. Mit der Bahn eine kleine Weltreise. Wir sind um ungefähr halb neun los und waren sehr pünktlich.«

Siegfried überlegte. »Zurückgekommen sind wir, warte, es war bestimmt schon halb vier nachmittags. Oder war es sogar noch später?«

»Wie spät genau?«, unterbrach Clara ihn.

»Wieso willst du das eigentlich wissen?«, mischte sich Georg jetzt ein.

»Weil am Sonntagvormittag in der Nummer vier eingebrochen wurde.«

Georg war entsetzt. »Ist das dein Ernst? Davon haben wir absolut nichts mitbekommen!«

»Schlimm, aber Clara, das ist kein Grund, um nicht weiter in der Drei zu räumen«, entschied Siegfried.

Michael verabschiedete sich gerade von dem Kollegen aus der Spurensicherung. »Ich hoffe, dass wir Spuren gefunden haben, die uns in unserem Fall weiterbringen werden. Ich mach mich jetzt auch auf den Weg. Georg«, Michael stellte sich vor Georg, »du musst bitte mit aufpassen, dass Clara nicht mehr alleine, ohne den Pieps-Kontakt der Polizei, den ich jetzt endgültig besorgen will, in der Weltgeschichte herumgondelt.«

»Alles klar! Ich verspreche es, ich pass auf.«

Georg und Clara begannen gemeinsam, Claras Lieblingskleinigkeiten von der Nummer vier in die drei zu schleppen. Siegfried hatte sich in die Bibliothek zurückgezogen, und – für ihn ungewöhnlich – er räumte tatsächlich auch Bücher ein. Am Spätnachmittag tauchte Michael noch einmal mit Rudi und Holger auf, um mit Clara einige Punkte zu besprechen. Alle drei waren sich einig: Zuerst war das Schleppen von Claras Möbeln angesagt. Und daraus wurde dann ein Sport: Wer war am schnellsten – und Treppen gab's dafür genug. Als sie dann zu viert schwitzend mit Claras großem Bett auftauchten, war Clara verzweifelt.

»Ich sehe schon, du weißt überhaupt nicht, wohin damit. Ich glaube aber, dass deine Jayja sich freuen würde, wenn du irgendwann in ihrem Zimmer schläfst. Also werden wir Jayjas Bett in den obersten Stock bringen – für Maja und mich, wenn wir zu viel gebechert haben, und das kommt bei unseren gemeinsamen Abenden immer mal wieder vor«, kam es lachend von Michael. Und dann ging sein Funk – er musste los.

Clara war unsicher. Würde sie die Traurigkeit in Jayjas Schlafzimmer besonders stark überfallen? Würde sie das aushalten? Aber warum es nicht wenigstens versuchen?

Rudi und Holger bildeten mit Georg ein Team. Georg brauchte eine Weile, bis er auftaute, aber dann machte er lachend mit.

Siegfried freute sich darüber. »Weißt du«, meinte er zu Clara, als die drei in die 4 verschwanden, »manchmal mach ich mir Sorgen, dass ich ihn zu sehr von jungen Leuten abhalte. Immer nur mit einem verrückten Alten wie mir, das kann nicht gut sein.«

Clara schlüpfte in der Nacht todmüde doch nicht in ihr eigenes Bett, sondern wie schon vorher in das Gästezimmerbett unterm Dach. Der Abschied von Jayja war in diesem Zimmer noch zu frisch.

Dienstag, 16. Mai

Der Blick aus dem Zimmer, das er gestern Abend bezogen hatte, war trostlos. Das Dreisternehotel befand sich in unmittelbarer Nähe des Hauptbahnhofs. Es war sauber und ordentlich, aber eminent störend war der Zigarettengeruch, der vom Vorgänger noch im Zimmer hing. Sein Besuch gestern war nicht im Geringsten erfolgversprechend. Die verwirrte alte Dame hatte ihn für den immer gehassten Bruder gehalten. Wie er von ihrer Betreuerin erfahren hatte, war sie bereits zu zweiundneunzig Prozent dement. Er würde den Zug um 7.10 Uhr nehmen und könnte dann wie immer sein gewohntes Mittagessen einnehmen und am Nachmittag ins Büro gehen.

☆

Fast acht Minuten zu früh saß Clara in der Morgenkonferenz. Michael hatte sie abgeholt. »Aus Sicherheitsgründen bestehe ich darauf, dass du mit mir fährst, bis ich dir im Präsidium den Piepser verpasst habe.«

Hans kam zehn Minuten zu spät und machte einen grimmigen Eindruck.

»Irgendetwas ist ihm ganz offensichtlich heute früh über die Leber gelaufen«, meinte Franz, der neben Michael saß.

Ein giftiger Blick schoss in Richtung Clara, bevor Hans mit dem Üblichen anfing. In dem Moment ging die Tür auf, und seine neue Vorzimmerdame (wirklich die falsche Bezeichnung für sie) rief ihn zu einem dringenden Telefonat.

»Ich habe einen sehr wichtigen Termin, deshalb ist die heutige Sitzung beendet. Ihr habt alle eure Aufgaben, denen ihr unverzüglich nachkommen solltet.«

Beim üblichen Latte Macchiato in Claras Büro zauberte Michael die Telefonnummer von Ruth aus seiner Tasche. Sie hatte heute Morgen in seiner Hauspost gelegen. Clara versuchte es sofort, und nach viermal Läuten wurde abgenommen. »Hallo, könnte ich bitte ...«

»Sie wollen sicher meine Frau, sind Sie Clara?«

»Ja, die bin ich.«

»Ich habe schon viel von Ihnen gehört. Ruth hat mich gebeten, mit Ihnen Kontakt aufzunehmen. Aber diese Nachricht haben Sie wohl nie bekommen. Sie ist noch zu schwach, um zu telefonieren, aber vielleicht hätten Sie Zeit, sie zu besuchen?«

»Natürlich, gern. Wann würde es passen?«

»Wann immer.«

»Dann komme ich mit Michael heute am frühen Nachmittag. Wir brauchen nur noch die Anschrift.«

Zum Mittagessen ging sie mit Michael in die Kantine. Es gab nur ein Thema: Was war heute Morgen mit Hans los? Am Tisch wusste niemand etwas. Plötzlich mischte sich Jörg vom Nebentisch ein: »Wieso, was soll mit ihm sein? Er ist eine wichtige Figur. Kein Wunder, dass er da manchmal keine Zeit für den Kleinkram hat. Heute, als ich kurz in seinem Büro war, rief das Sekretariat vom Bürgermeister an. Dann ging das Telefon wieder, und einer unserer großen Baulöwen war dran, und so geht's die ganze Zeit.«

Ruth wohnte im Grünen vor Gummersbach. Sanfte Hügel mit Wiesen, Laub und Obstbäumen. Sie brauchten trotz Navi eine Weile, um das Haus, altes Fachwerk, zu finden. Ein Mann in Hemd und Cordhosen mit schütterem Haar und einer randlosen Brille öffnete die Tür und begrüßte sie. »Sie sind also Clara. Und das kann dann nur Michael sein.« Er schüttelte ihnen die Hand und führte sie am Haus vorbei in den hinteren Teil des Gartens. Dort, im Schatten einer riesigen Trauerweide mit frischem Grün, lag Ruth auf einem Liegestuhl, zugedeckt mit einer warmen Decke.

Sie sah blass und zart aus. Als sie Clara sah, lächelte sie. »Hallo Clara, hallo Michael, ich hoffe, ihr habt nicht zu wichtige Fragen, die warten.«

»Nein, nur ezwei, wie es dir geht, und was können wir für dich tun?«

»Ich ... ich bin schon auf dem Weg der Besser...« Sie verschluckte sich und fing an zu husten. Der Husten wurde schlimmer. Clara und Michael standen hilflos da. Ihr Mann setzte sich auf den Rand des Liegestuhls, richtete sie auf und gab ihr das Wasser, das neben ihr stand. Der Husten hatte sie so erschöpft, dass sie die Augen schloss. Kurz darauf begleitete ihr Mann Clara und Michael zurück zum Auto.

»Ein perforierter Blinddarm«, erzählte er ihnen. »Fast zu spät erkannt und behandelt. Und jetzt kommt noch der Heuschnupfen dazu, er fällt dieses Jahr ungewöhnlich schlimm aus – und dann, ja, die Kündigung. Die hatte dann gerade noch gefehlt. Begründung: nicht erlaubte Nebenbeschäftigungen. Es geht ihr trotzdem jeden Tag ein bisschen besser.«

»Also doch gekündigt, das wurde uns verschwiegen. Und was heißt Nebenbeschäftigung? Etwa unsere Umarmung an dem Vormittag, als wir plötzlich von Hans überrascht wurden?«

Ruths Mann schüttelte den Kopf. »Ruth und ich können es uns nicht erklären.«

»Und jetzt? Das kann man doch nicht einfach so hinnehmen!«, antwortete Clara erbost.

»Ein sehr guter Anwalt, Freund von uns, beschäftigt sich mit der Angelegenheit. Ich freu mich, dass sie nicht mehr so viel arbeitet, aber so geht's auch nicht. Sie ist traurig ohne Arbeit, und deshalb muss in dieser Hinsicht auch etwas geschehen. Übrigens, ich habe, als es ihr ein wenig besser ging, zweimal Lebenszeichen von ihr an Sie ins Präsidium geschickt, allerdings beide ins Büro von Herrn Müller.«

»Diese Nachrichten haben mich nie erreicht.« Clara schüttelte den Kopf. »Wir haben uns große Sorgen gemacht, und ohne gute Beziehung zur Personalabteilung und der verbotenen Herausgabe von Ruths Privatnummer wären wir heute noch nicht hier. Wir kommen bald wieder.«

Während ihrer Rückfahrt flippte selbst Michael aus. »Was ist Hans nur für ein Scheißkerl?! Ruth hat bei ihm sieben Jahre hervorragende Arbeit geleistet.«

»Unverschämt ist doch auch, dass die Nachrichten an uns einfach unterschlagen wurden.«

Michael brachte Clara in die Nummer drei und gab sie oben in der Wohnung ab. »Du hast hier genug zu tun, also bitte. Ich fahre jetzt, um das mit dem Piepser zu regeln. In der Zwischenzeit schicke ich dir Rudi oder Holger.«

Sie kamen beide, und gemeinsam fuhren sie dann in Claras Auto zu den Studios im Industrieviertel. Dort spielte sich vieles ab. Ein bestrickendes schwarzes Mädchen sang auf einem improvisierten Podest, wusste plötzlich nicht weiter, fing lachend wieder an und sang so unglaublich gut, dass Clara eine Gänsehaut bekam. Eine Gruppe von etwa zwölf Jugendlichen übte mit einer jungen Frau Tanzschritte. Eine andere Gruppe hockte um einen Mann herum auf dem Boden und hörte seinen Erklärungen gebannt zu.

An einem Tisch, vor dem einige Jugendliche warteten, saß eine ältere Frau und machte sich Notizen.

»Sie kommt aus der Nachbarschaft und wollte helfen. Jetzt macht sie unsere Termine, sonst würde hier gar nichts laufen«, meinte ein junges Mädchen. »Aber kommen Sie doch mit, wir können schon ein bisschen was.«

Das Mädchen nahm sie mit in einen Seitentrakt, wo auf einer Bühne eine Gruppe Jugendlicher tanzte, begleitet von jungen Musikern. Clara setzte sich auf eine der herumstehenden Kisten und schaute den Jugendlichen mit angehaltenem Atem zu. Sie war sich plötzlich sicher: Wenn das so weiterging, konnte dieses Projekt nur ein Erfolg werden!

Mittwoch, 17. Mai

Wie jeden Morgen schüttete er Milch in das bereitstehende Schälchen und legte den Schinken daneben. Ein Blick auf seine Armbanduhr, es war noch Zeit. Er setzte sich erneut an den Tisch und sortierte Papiere, die dort noch im Stapel lagen, zerkleinerte sorgfältig einen weiteren Teil in münzgroße Schnipsel und schob diese in eine Plastiktüte. Wieder ein Blick auf die Uhr, er erhob sich. Der restliche Papierstapel wanderte in die oberste Schublade seiner Schlafzimmerkommode. Ein letzter Blick in den Garderobenspiegel, ein letztes Ordnen seiner grün gemusterten Krawatte, dann zog er Regenmantel und Hut an, nahm den Schirm aus dem Schirmständer und verließ mit der Plastiktüte die Wohnung. Ein starker Regenschauer peitschte auf seinen aufgespannten Schirm. Schnellen Schrittes durchquerte er die völlig verlassene Grünanlage. Nur an den Abfallkörben, die auch dieses Mal einer dringenden Leerung bedurften, hielt er kurz an und verteilte wie beim letzten Mal mit den Plastikhandschuhen die Schnipsel.

☆

Während des Frühstücks klingelte es. Clara ging zur Eingangstür und konnte auf dem Bildschirm den Briefträger erkennen.

»Hallo, ist da Frau Clara Ahrweiler? Ich habe ein Einschreiben für Sie.«

»Ich komme runter.«

Er empfing sie brummig: »Wo findet man Sie in Zukunft, in der Drei oder in der Vier? Ihr Briefkasten in der Vier ist so voll, da passt nichts mehr rein. Nach ausgiebigstem Klingeln, niemand meldete sich, ging ich davon aus, dass Sie verreist sind. Wenn nicht zufällig ein junger Mann hier aus dem Haus mir heute Morgen, als er mein vergebliches Klingeln sah, den Tipp mit der Drei gegeben hätte, wäre ich unverrichteter Dinge wieder abgezogen. Hier müssten Sie unterschreiben. Ab jetzt gilt für mich nur noch die Nummer drei!«

Der eingeschriebene Brief kam vom Vermieter, der sie nach den letzten Vorkommnissen bat, eine neue Wohnung zu suchen. Sehr gut, umso schneller kam sie aus diesem Mietvertrag.

Nach dem Frühstück lief Clara noch einmal hinunter, um die Post aus ihrem alten Briefkasten zu holen. Die übliche Reklame, zwei Rechnungen, ein Brief – sehr geschäftlich – und ein Brief mit der Hand adressiert ohne Absender, abgestempelt in Koblenz.

Michaels Wagen bremste scharf vor ihrem Haus. »Clara, was machst du alleine hier unten? Du bist gefährdet, haben wir das schon wieder vergessen? Also steig ein, wir haben es eilig!«

Die Post musste warten. Sie landeten eine Minute vor Hans im Konferenzzimmer, das Viererteam hatte zwei Plätze freigehalten.

Hans legte sofort los: »Letzte Nacht hat unsere übliche Streife zwei Jugendliche beim Einbruch in ein Geschäft erwischt. Sie haben versucht, einen von euch«, er nickte in Claras Richtung, »ans Telefon zu bekommen. Nachdem niemand erreichbar war, haben sie die zwei trotz des großen Protests der Eigentümer – die waren in der Zwischenzeit eingetroffen – wieder auf freien Fuß gesetzt.«

Clara konzentrierte sich. Ganz ruhig bleiben. »Wer hat heute Nacht die Streife geschoben?«

»Jörg mit einem Kollegen; und du kannst wirklich nicht erwarten, dass sie dann morgens hier schon sitzen. Da kenne ich einige von uns, die diese Uhrzeit auch ohne Nachtdienst nur schwer schaffen.«

Clara ging auf diese Spitze, die natürlich sie und ihr Zuspätkommen betraf, nicht ein. »Wo ist der Bericht? Ich würde diesen gern sehen. Um wie viel Uhr war es?«

»Der Bericht ist in meinem Büro, die Uhrzeit, soweit ich mich erinnere, war zweiundzwanzig Uhr achtundvierzig.«

Michael zog den Telefondienstzettel aus seiner Jackentasche. »Rudi hatte gestern Telefonbereitschaft von neunzehn bis vierundzwanzig Uhr, ich war aber auch die ganze Zeit erreichbar.«

»Rudi, Horst und ich verbrachten gestern den Abend zusammen«, fuhr Clara fort. »Wir überlegten unter anderem, was wir mit den Jugendlichen, die bei dem Musical nicht mitmachen können, ersatzweise anstellen könnten. Also, Rudis Handy ging immer wieder.«

Michael meldete sich: »Und mein Handy war auch an.«

»Und ich habe mein Handy um einundzwanzig Uhr fünfundfünfzig angestellt«, erklärte Clara. »Jörg«, fuhr sie fort, »hat meine Nummer in seinem Handy gespeichert. Es ist mir deshalb unverständlich, dass er mich nicht erreichen konnte.«

Schweigen im ganzen Raum, betretenes Schweigen.

»Ein schlechter Anfang!« Clara stand auf. »Ich finde es notwendig, dass wir den Bericht jetzt gemeinsam analysieren. Und du bist sicher damit einverstanden, dass ich ihn aus deinem Büro hole«. Bei seinem wütenden Blick fügte Clara hinzu: »Oder dass er gebracht wird.«

Hans schien mit dieser Entwicklung äußerst unzufrieden. »Sollte man damit nicht warten, bis einer der beiden Kollegen anwesend ist?«

»Nein, ich glaube, es muss jetzt und sofort sein. Wir lernen daraus. Und außerdem müssen wir es so schnell wie möglich in Ordnung bringen.«

Fast alle Kollegen klopften Beifall. Der Bericht wurde von Miss No-Name nach einigen Minuten gebracht und war knappe sechseinhalb Zeilen lang:

22.17 Uhr: Zwei Jugendliche haben versucht, in den Möbelladen Ecke Roonstraße einzubrechen. Wir konnten sie schnappen und haben sie auch festgehalten. Der Besitzer des Ladens, der im ersten Stock wohnhaft ist, ist mit seinem Bruder, Mitbesitzer, heruntergekommen. Die Tür war noch nicht vollständig aufgebrochen. Wir haben die Jugendlichen trotz des Protestes der Leute, die sich angesammelt hatten, frei gelassen. Wir haben den Leuten dann allerdings unsere neue Bestimmung erklärt.

Franz schaute grimmig, so grimmig hatte Clara ihn noch nie gesehen. »Und auf diesem Wisch sind nicht einmal die Namen der zwei Jugendlichen! Wo sind wir jetzt gelandet?«

»Na da, wo uns die Clara hinhaben wollte.« Hans grinste, als er das sagte. »Ich hab das erwartet. Man kann die Realität nicht durch das Aufsetzen einer rosa Brille sehen. Das funktioniert einfach nicht. Und je eher dieser groteske Zirkus aufhört, desto besser.«

»Ich fürchte, wir werden Jörg oder Herbert doch aus ihrem wohlverdienten Schlaf wecken müssen«, kam es jetzt von Clara, »denn ohne die Namen und die Beschreibung der Jugendlichen können wir schwer etwas unternehmen.«

»Dass ich nicht lache, das ändert auch nichts mehr an gestern Abend!« Hans rückte seinen Stuhl zurück. »Wartet noch einige Tage, dann steht die Stadt mit Recht auf den Barrikaden, und dann nimmt alles wieder seinen geregelten Lauf.«

»Nein, Hans, wir geben so schnell nicht auf. Und ich denke, nachdem unsere Telefonverbindungen nicht funktionierten ...«, Clara überlegte eine Sekunde, »... werden wir in der nächsten Zeit mit den eingeteilten Kollegen abwechselnd die Nachtschicht übernehmen.«

»Mir ist völlig unbegreiflich, warum das mit den Telefonen nicht geklappt hat«, meldete sich einer von den Kollegen, die Clara nicht gut kannte. »Ich finde, das sollten wir schon herausbekommen, oder gibt es hier einige von uns, die diese positive neue Entwicklung absolut nicht wollen?«

Es gab großen Beifall. Hans stand auf. »Die Sitzung ist beendet. Wir haben wirklich Besseres und Wichtigeres zu tun, als diese Diskussionen, die zu nichts führen.«

Nach der Sitzung blieb das Team im Konferenzraum.

»Ich hoffe, ihr nehmt mir nicht übel, dass ich einfach über eure Köpfe hinweg den Nachtdienst von uns vorgeschlagen habe.«

»Clara, ist gut, wir begrüßen diesen Vorschlag. Wir werden im Nachtdienst mit großer Wahrscheinlichkeit unsere Gegner schnell herausfinden können. Zwei haben wir schon. Also, keinen Straßendienst mehr für Jörg und Herbert ohne einen von uns«, meinte Franz, und alle stimmten zu.

»Was machen wir mit den Bürgern? Gestern Nacht die Proteste, so was spricht sich schnell herum. Ich werde am besten für einen guten Artikel in unseren Tageszeitungen sorgen.«

Clara machte sich mit Michael auf den Weg. Es gab noch immer keinen Piepser, Michael hatte diesen an offizieller Stelle gestern als eilig beantragt, aber nach dem heutigen Vormittag konnte man davon ausgehen, dass Hans diesen als eine neue Phantasterei bezeichnen und als nicht notwendig ablehnen würde.

Der Lokalchef vom Stadt-Anzeiger hatte Zeit, und die Geschichte von gestern Nacht schockierte ihn. Er konnte sie kaum glauben. Er würde selbst zur Feder greifen – und das noch heute.

»Wir sehen uns morgen Nachmittag. Ihr werdet erstaunt sein, wie viele unserer Bürger als Freiwillige mitmachen wollen. Hoffentlich reicht unser größtes Konferenzzimmer aus.«

Bei Petra war es nicht anders. »Ich bin schockiert, entsetzt! Polizei, dein Freund und Helfer. Diese Geschichte ist gruselig, ich werde meine Sendung heute Abend ändern. Wie heißen die beiden? Meint ihr, es besteht eine Chance, dass sie kommen? Ich würde sie listig und überfreundlich einladen.«

»Bei Jörg bin ich mir sicher, er ist ein eitler Dummkopf, und einen Auftritt im Fernsehen lässt er sich sicher nicht entgehen.«

Zurück im Büro, braute sie zwei Latte, und Franz, Rudi und Holger tauchten auf.

»Nicht, dass ich euch hier nicht gern einen guten Latte Macchiato brauen würde, aber ich habe eine bessere Idee. Warum gehen wir nicht alle zusammen in die Kantine? Ich könnte mir vorstellen, da gibt's heute Neuigkeiten.«

Sie setzten sich an den letzten leeren Tisch. Zwei von der Spurensicherung standen auf und kamen zu ihnen. »Wir würden uns gern zu euch setzen, die Story von heute Vormittag ist sogar schon bis zu uns gedrungen.« Wie nach einem Startschuss standen weitere Kollegen von ihren Plätzen auf und setzten sich sehr ostentativ zu ihnen. Und als an dem Tisch kein Platz mehr war, wurde einfach noch ein Zehnertisch drangeschoben.

Jörg betrat in Begleitung zweier Kollegen die Kantine. Er

sah sie, strahlte und winkte ihnen sehr lässig zu. »Heute Abend bin ich im Fernsehen, beste Zeit, direkt nach den Abendnachrichten. Solltet ihr euch ansehen.«

Dann schlenderte er mit Gefolge weiter zu einem Tisch, an dem schon zwei seiner Spezis warteten.

»Wie, und jetzt bekommt eure Gegenseite auch noch einen Fernsehauftritt, das ist doch unglaublich!«, erregte sich ein Kollege.

»Reg dich ab, es wird alles gut. Schaut euch das heute Abend ruhig an«, erwiderte Clara mit einem Augenzwinkern. Als sie aufbrachen, ging Michael kurz zu Jörg. »Du kannst mir sicher die Namen der Jugendlichen geben, die haben wir in eurem Bericht nicht gefunden, und wir wollen in dieser Sache unbedingt noch etwas unternehmen.«

»Wieso Namen? Ich musste sie doch sowieso laufen lassen, da konnte ich mir dieses Happening doch ersparen. Und das werde ich heute Abend auch im Fernsehen vertreten. Diese Kriminellen, für die man dann immer noch eine Entschuldigung sucht, die müssen eingesperrt werden, da sind sicher achtzig Prozent der Zuschauer meiner Meinung.«

Am Nachmittag fuhren Clara und Michael zu dem Besitzer des Möbelladens.

»Also, es musste nur eins von drei Schlössern ausgewechselt werden«, meinte der Besitzer lakonisch. »Aber die Polizisten, die haben eine richtige Show abgezogen.« Er schüttelte den Kopf. »Eine Supershow, und da sammelt sich natürlich alles an, was da so am späteren Abend noch unterwegs ist. An Zuschauern hat's zum Schluss nicht gemangelt.«

Um fünf nach acht saß das Team erwartungsvoll in Michaels Lieblingskneipe vor dem Fernseher. Clara hatte Petra schon lange nicht mehr in einer Sendung gesehen, sie sah wirklich zu wenig fern. Petra wirkte vital und hübsch und begann ihre Sendung mit einer ausführlichen Beschreibung des entstehenden Musicals. Sie veranschaulichte ihre Ausführung mit kleinen, ergreifenden Filmspots von hochengagierten und konzentrierten Jugendlichen beim Tanz- und Singtraining. Dann kam sie zum zweiten Teil ihrer Sendung: »Ich habe heute einen besonderen Gast, die Polizei – oder wie es so schön heißt: dein Freund und Helfer –, einen engagierten Vertreter der hiesigen Polizei.«

Von der rechten Seite her erschien Jörg auf der Bühne, herausgeputzt, wie nicht anders zu erwarten, mit dunklem Anzug und einer auffallenden Krawatte.

»Herr Jörg Schmorn, ich begrüße Sie hier in meiner Abendsendung und freue mich, dass Sie sich bereiterklärt haben, Auskunft zu einem Vorfall zu geben, der zu einiger Unruhe in der Bevölkerung geführt hat.« Sie wies auf das Sofa und setzte sich in einen Sessel gegenüber. »Wie ich erfahren habe, hatten Sie mit einem Kollegen Nachtdienst und haben zwei Jugendliche bei einem Einbruch erwischt.«

»So ist es«, erwiderte Jörg, um dann sofort fortzufahren: »Schlimm genug. Schließlich wollen wir doch für die Bewohner unserer Stadt Sicherheit. Und eigentlich sind es immer die Menschen mit Migrationshintergrund oder Problemjugendliche, die unsere Sicherheit gefährden. Diejenigen, die zu faul sind, einer geregelten Arbeit nachzugehen.«

»Was unternahmen Sie dann?«, unterbrach Petra Jörgs Redeschwall.

»Wir haben die zwei erst einmal festgenommen. Die Leute, die durch den Lärm aufmerksam geworden waren, waren sehr zufrieden mit uns.«

»Und was geschah dann?«

»Ja dann ... Sie müssen wissen, wir haben eine neue Regelung. Ich und viele von uns verstehen gar nicht, wozu die gut sein soll! Ich bin sicher, das wird sich bald wieder ändern. Es ist auf jeden Fall für unsere Bürger unzumutbar.«

»Könnten Sie bitte unseren Zuschauern die neue Regelung etwas deutlicher erklären.«

»Es wurde eine Arbeitsgruppe gebildet, die eingeschaltet werden muss, wenn der Verdacht auf eine Straftat von Jugendlichen besteht. Meines Erachtens völlig überflüssig.« Er schüttelte leicht den Kopf. »Reiner Blödsinn. Früher brachten wir sie einfach ins Präsidium, und da durften sie dann übernachten. Na gut, so bequem wie ein Hotel ist es sicher nicht, aber man kann doch so ein Pack nicht auch noch belohnen!«

»Sie haben also jemanden aus der Arbeitsgruppe kontaktiert?«, fragte Petra, um Jörg keine Chance zu geben, vom Thema abzuschweifen.

»Ja, und typisch, das funktionierte nicht. Und dann ist die neue Order, die Straftäter einfach wieder laufen zu lassen. Der vehemente Protest der Anwohner war sehr verständlich. So geht es auf jeden Fall nicht!«

»Wie wäre es, wenn wir, um es unserem Publikum begreifbar zu machen, einen kleinen Telefontest durchführen würden? Sie haben doch sicherlich in Ihrem Handy die Nummern des Gremiums eingespeist – das ist heute so praktisch.«

Jörg kramte das Handy aus seiner Jackentasche. »Außer meiner Nummer hat Jörg keine gespeichert, also jetzt wird's spannend«, sagte Clara.

Petra war groß im Bild und beugte sich lächelnd zu Jörg: »Gibt's vielleicht sogar einen Trick, wie man erkennen kann, wer heute Abend Dienst hat? Mein Publikum und ich lernen immer gern etwas Neues dazu. Und ihr Polizisten ... Entschuldigung ...«, Petra lächelte, »... Kommissare habt da bestimmt ganz besondere Tricks.«

Jörg versuchte es. »Typisch, hier meldet sich mal wieder niemand.« Sein Handy verschwand im selben Moment in seiner Jackentasche.

»Was, nur ein Versuch? Wir wollen das schon naturgetreu nachstellen. Haben Sie es gestern auch nur einmal versucht?«

»Da haben wir, wie eben erwähnt, auch niemanden erreicht.«

»Also gut, dann wollen wir es mal von hier versuchen.« Sie drehte sich zu dem Telefon, das auf einem Tischchen neben ihr stand, und drückte eine Taste.

Claras Handy klingelte.

»Hallo, hier ist Petra Krone, bitte entschuldigen Sie die Störung, bin ich verbunden mit Clara Ahrweiler?«

»Ja. Hallo, Frau Krone«, hörte Clara jetzt ihre Stimme aus dem Fernseher.

»Kommissarin Ahrweiler?«

»Ja, Kommissarin, und ich gehöre auch zu dieser ausgewählten Arbeitsgruppe.«

»Die Verbindung funktioniert hervorragend. Wie war das gestern?«

»Alle sechs Telefone waren bereit, nur leider ist kein Anruf gekommen. Unsere neue Regelung bedeutet keineswegs, dass jetzt jeder Jugendliche ohne Bestrafung einen Einbruch tätigen kann. In der Vergangenheit wurden immer wieder im Eifer des Gefechtes Jugendliche verhaftet und für eine Nacht eingesperrt, die sich nur eins zu Schulden haben kommen lassen: Sie verfügen über kein Zuhause. Wir wollen …«

»Falsch«, wurde sie lautstark unterbrochen. »Die Jugendlichen haben immer etwas angestellt. Diese Schönmalerei ist grotesk. Wäre doch viel zu öde und zu anstrengend, morgens aufzustehen, um zur Ausbildung zu gehen … Da gönnt man sich doch lieber einen gepflegten Joint! Oder ein paar Flaschen Bier zum Frühstück!«, brüllte Jörg jetzt sehr erregt in das Mikrofon an seinem oberen Anzugsaufschlag.

»Das gilt keineswegs für alle. Leider kommt es immer wieder vor, dass die schwächeren Jugendlichen für die starken ungerechtfertigt büßen müssen. Und damit nicht immer wieder falsche Vorgehensweisen stattfinden, stimmt das neu eingesetzte Team jetzt ab, wie im Einzelnen vorgegangen werden soll. Dies ändert aber absolut nichts an der Tatsache, dass nach wie vor jede Straftat bestraft wird.«

Petras Antwort kam sofort: »Eine sehr gute Entscheidung. Der Polizeieinsatz letzte Woche, als die Jugendlichen sich für das Musical anmelden sollten, war für mich unbegreiflich. Ich finde, dass auch die Jugendlichen mit einem schlechten Background eine Chance brauchen. Deshalb das Musical und deshalb die Bitte an unsere Bürger: Helfen auch Sie mit, aus diesen Jugendlichen anständige, selbstbewusste Bürger zu machen!«

Die Kamera zeigte das Publikum, zeigte, wie begeistert geklatscht wurde. Petra verneigte sich. »Danke!«

Man sah Jörg mit verkniffenem Mund, und die Kamera hielt dieses verbissene Gesicht in Großaufnahme fest.

»Herr Schmorn, bei Ihnen hoffe ich trotz ihrer offensichtlichen Abneigung diesen Jugendlichen gegenüber, dass der überall gepriesene Spruch – die Polizei, dein Freund und Helfer – doch die Oberhand gewinnen wird. Danke für den Besuch und das Gespräch.« Petra trat nach vorne. »Auf Wiedersehen, liebe Zuschauer hier und zuhause! Und bis zum nächsten Mal beim Stadtgespräch!«

Donnerstag, 18. Mai

Um 10.38 Uhr ging ein Zug nach Koblenz. Er hatte schon gestern beschlossen, diesen zu nehmen. Nicht zuletzt, um dann mit dem Zug um 17.45 Uhr zurückkehren zu können. Er verweilte einen Augenblick vor seinen Krawatten. Welche würde passen? Es handelte sich schließlich um ein neueres Paar.

Sein Vater hatte nie eine Krawatte getragen, überhaupt nur zwei besessen. Selbst heute, nach so vielen Jahren, war es ihm unangenehm und für ihn nicht vertretbar. Sein Vater war schließlich kein gewöhnlicher Bau- oder Landarbeiter gewesen, sondern der Verwalter eines riesigen Landbesitzes. Warum also hatte sein Vater abgelehnt, sich so zu kleiden wie die Herrschaften, die zu Besuch kamen?

Er wählte mit Bedacht eine grünblau gemusterte Krawatte und band sie sich sorgfältig vor dem Spiegel. Er füllte das Schälchen mit Milch, legte zwei Scheiben Schinken daneben, falls eine unvorhergesehene Verspätung eintreten sollte. Er überprüfte den Inhalt der Aktentasche, die bereits auf dem Flur wartete und zog sich seinen dezenten dunklen Regenmantel und Hut an. Einen Schirm würde er heute nicht benötigen.

☆

Beim Frühstück fielen Clara plötzlich die Briefe ein, die noch irgendwo in ihrer Tasche vergraben waren. Ihr Handy klingelte, Michael war dran. »Clara, ich bin gleich da. Wir müssen sofort los, heute ist Pünktlichkeit angesagt, dicke Luft.«

Der Andrang zur Konferenz war heute besonders groß, die Eile wäre nicht notwendig gewesen. Nach zwanzig Minuten Warten erschien die noch immer namenlose Sekretärin von Hans. Sehr wichtige, nicht aufzuschiebende Termine verhinderten seine Teilnahme an der Sitzung. Falls noch Fragen zum Ablauf des Täglichen wären, stünde er selbstverständlich am späteren Vormittag zur Verfügung.

Wieder in ihrem Büro, kramte Clara die noch immer nicht gelesene Post aus ihrer Tasche. Als Erstes öffnete sie den Brief aus Koblenz. Er war mit der Hand geschrieben.

Liebe Frau Ahrweiler,

danke für Ihren Brief, über den ich mich sehr gefreut habe. Tante Elisabeth war die ältere Schwester unserer leider letztes Jahr verstorbenen Mutter. Wir haben sie zu unserem Bedauern nie kennengelernt, trotzdem ist sie durch die Geschichten, die in unserer Familie erzählt wurden, sehr lebendig.

Leider nur Kindergeschichten, denn Tante Elisabeth verschwand spurlos schon in jungen Jahren. Ich weiß, dass unsere Mutter versuchte, sie ausfindig zu machen. Dies ist ihr nicht gelungen und hat sie betrübt. Tante Elisabeth war das einzige überlebende Geschwister unserer Mutter. Und deshalb hoffte sie immer, nachdem eine Schwester bei der schwierigen Geburt ihres Kindes gestorben und der Bruder im Krieg gefallen war, auf ein Wiedersehen mit Tante Elisabeth. Jetzt haben sie sich im Himmel wiedergetroffen.

Wir würden Sie sehr gern kennenlernen. Vielleicht kommen Sie uns hier besuchen, oder wir kommen zu Ihnen. Ich bin immer auf meinem Handy zu erreichen und freue mich, bald von Ihnen zu hören!

Herzliche Grüße
Ulrich von Kranz

Clara ließ den Brief sinken und versuchte, ihr aufgeregt pochendes Herz zu beruhigen. Sie hatte tatsächlich endlich einen Verwandten von Jayja gefunden!

Sie erledigte ihre restliche Post, nichts Wichtiges, nur viel Papier, bevor Michael wieder auftauchte. Er zog tatsächlich einen Piepser aus seiner Jackentasche und befestigte diesen auf der Unterseite ihres Blusenkragens.

Das Treffen am Nachmittag im Sitzungszimmer der Zeitung verlief außerordentlich. Nicht nur, dass zweiunddreißig Bürger gekommen waren und mitmachen wollten, sondern auch die Mischung war erstaunlich.

Clara wurde als Erste aufgefordert, zu dem Thema etwas zu sagen. »Von dem Musical, das gerade einstudiert wird, haben Sie sicher schon gehört. Es ist ein guter Anfang. Es gibt den jungen Leuten Selbstvertrauen und Zuversicht für die Zukunft. Leider mussten wir vielen Jugendlichen, die mitmachen wollten, aus Platzgründen absagen. Und diese landen – wie wir bereits feststellen konnten – wieder in ihrem üblichen Lebenstrott, der leider sehr oft zur Straffälligkeit führt. Sie brauchen eine Aufgabe. Wir haben uns bemüht. Es gab viele Anfragen wie zum Beispiel beim städtischen Gartenbauamt. Leider nur Absagen. Deshalb hoffe ich, dass in dieser Runde Wege gefunden werden können, wo es für diese Jugendlichen einen Neuanfang gibt.«

Die Diskussion, die dann anfing, war positiv. Mehrere Vorschläge, alle effektiv. Ein ehemaliger Rechtsanwalt war bereit, als Zentrale zu koordinieren.

Das Erste, was Clara zuhause unternahm, war, mit Ulrich von Kranz zu telefonieren. Er meldete sich nach dem zweiten Läuten.

»Ulrich von Kranz«, meldete sich eine angenehme, tiefe Stimme.

»Clara Ahrweiler hier – ich habe Ihnen den Brief über Elisabeth Kranz-Singer geschrieben. Ich bin überglücklich, endlich jemanden aus ihrer Familie gefunden zu haben. Ich hoffe, ich störe nicht gerade!«

»Nein, Sie stören nicht. Ich muss nur gleich noch in eine späte Sitzung. Heute ist ein merkwürdiger Tag, alles scheint sich um die unbekannte Tante Elisabeth zu drehen.«

»Wie soll ich das verstehen?«

»Vor zwei Tagen rief uns völlig unerwartet ihr Stiefsohn an. Er ist heute Morgen nach Koblenz gekommen. Ich hatte leider nur ein knappes Stündchen für ihn, die Verabredung war für mich zu kurzfristig, um eine wichtige Sitzung zu verschieben. Er wollte uns nur kennenlernen und hofft auf ein Wiedersehen. Natürlich habe ich ihm von Ihrem Brief erzählt. Kennen Sie sich?«

»Elisabeths Stiefsohn aus Chile?«

»Ja, aus Chile. Er spricht aber fließend Deutsch. Er arbeitet wohl auch hier. Irgendwie war es ein sonderbarer Besuch.«

»Wissen Sie zufällig, wo er arbeitet?«

»Nein, das hat er nicht erwähnt. Eigentlich wissen wir nicht einmal, woher er kam. Und übrigens fällt mir jetzt auf, eine Telefonnummer oder eine Adresse, wo wir ihn erreichen könnten, hat er uns nicht hinterlassen.«

»Das muss Toni Roscanz gewesen sein. Meine Versuche, ihn in Santa Paola zu erreichen, waren leider immer erfolglos. Kein Wunder, wenn er hier ist.«

»Er wollte einiges von mir wissen. Sein Hauptthema, was mich etwas irritiert hat, war Geld.«

»Geld?«

»Ja, er wollte wissen, ob wir von Tante Elisabeth etwas geerbt hätten. Sie hatte wohl offensichtlich aus erster Ehe keine Kinder und nur noch diesen Stiefsohn aus zweiter Ehe.«

»Ich würde mich sehr freuen, Sie kennenzulernen, und am liebsten hier in Köln. Ihre Tante war eine große Buchliebhaberin und würde sich sicher freuen, wenn Sie sich das eine oder andere Buch aussuchen würden.«

»Das ist eine gute Idee! Auch ich würde gern mehr über meine Tante erfahren.«

»Dann lassen Sie uns nicht zu lange warten. Also bis bald.«

Das Abendessen, das Clara dann mit Georgs Hilfe gezaubert hatte, schmeckte. Ihre Gäste, Petra, Michael und Maja, waren fröhlich, und Jayjas Wein tat dann noch das Übrige.

Freitag, 19. Mai

Als einen Erfolg konnte er diesen mühsamen Ausflug gestern auch nicht bezeichnen. Er musste jetzt in Ruhe und noch sorgfältiger darüber nachdenken, wie er weiter vorgehen sollte. Ulrich von Kranz, dem er den schriftlichen Beweis zeigte, dass er der einzig rechtliche Erbe sei, hielt sich zurück. Die Hochzeitsurkunde, einzige offizielle Unterlage, die er nach dem Tod des Vaters in dessen Schlafzimmerkommode gefunden hatte, hatte er mit. Außer Konrad gab es keine weiteren Kinder. Testament oder sonstige Unterlagen über ihre Besitztümer oder Liegenschaften fanden sich bedauerlicherweise auch nach sehr gründlicher Suche nicht. Anscheinend hatte sie alle bedeutenden Papiere anderweitig deponiert.

Das Wochenende erwies sich, was seine weiteren Pläne anbelangte, als hervorragend geeignet. Durch nichts würde er sich stören lassen, auf keinen Fall durch seinen Halbbruder. Sonntag konnte er sich immer noch kurzfristig überlegen, den Chilenen zu sehen.

☆

Clara wachte mit Kopfschmerzen auf. Sie hatte gestern einfach zu viel getrunken, und das Telefonat mit Ulrich von Kranz ging ihr durch den Kopf. Toni Roscanz, woher hatte er die Adresse von Ulrich von Kranz? Was war mit der Erbschaftsfrage gemeint? Hatte Jayja José doch noch geheiratet? Warum hinterließ Toni Roscanz nicht wie jeder andere seine

Adresse oder eine Telefonnummer? Warum war er in Deutschland und nicht in Santa Paola? Was tat er hier?

Clara trank mit Georg ihren Tee und aß ein Vollkornbrot, weil er darauf bestand. Die Küche hatte er noch gestern Abend trotz ihres Protests aufgeräumt.

Pünktlich betrat sie den schon sehr gut besetzten Konferenzsaal. Nach zwanzig Minuten Warten tauchte wie gestern nur die Sekretärin auf und teilte ihnen mit, dass Hans durch sehr dringende Termine auch heute verhindert sei. Er ginge davon aus, dass alle wüssten, was sie zu tun hätten, wenn nicht, wären sie am falschen Platz.

Die Runde löste sich auf. Michael kümmerte sich um Liegengebliebenes, Clara wollte dringend nach Hause. Sie brauchte eine Pause, bevor es eine ausgewachsene Migräne wurde. Am Nachmittag ging es ihr wieder so gut, dass sie mit Georg und Siegfried in der Bibliothek räumen konnte. Das heißt, sie räumte, denn die zwei hatten sich in eine lange, ausdauernde Diskussion über ein mittelalterliches Geschichtswerk eingelassen.

Hoby landete pünktlich, und Clara war sehr glücklich, als er sie in seine Arme schloss. Sie würden heute zum ersten Mal in ihrem großen Bett in Jayjas Schlafzimmer schlafen. Mit Hoby würde sie es schaffen. Außerdem musste er ihr bei der Vorbereitung des Fördervereins helfen, die notwendigen Tipps für den Anfang geben.

Als sie ihm das alles auf der Fahrt nach Hause erzählte, lachte er. Er hätte auch schimpfen können, er kam von einer anstrengenden Arbeitswoche.

»Also für deinen Förderverein hast du dein erstes Fördermitglied. Mir bleibt eh nichts anderes übrig, als regelmäßig hier aufzukreuzen. Ich glaub, damit wird Robert sehr zufrieden sein. Dann fallen mir noch zwei Wirtschaftsbosse aus der

Gegend ein, die werde ich morgen kontakten. Dich, deine Fernsehredakteurin und deinen Freund Michael können wir auch nicht außen vor lassen, also sind wir sieben und somit ein zugelassener Förderverein. Vier, die das Geld geben, und drei, die das Ganze managen.«

Zuhause erwarteten sie ein gedeckter Tisch in der Küche, auf dem Herd der Rest der gestrigen Poularde und ein Zettel von Georg: »Bin mit Siegfried zu einer Lesung!«

Hoby hatte offensichtlich Hunger, und es schmeckte ihm. Aber schon während des Essens rückte er immer näher, und dann saß sie auf seinem Schoß, bis er sie ins Schlafzimmer trug.

Samstag, 20. Mai

Nachdem er in Ruhe seinen Kaffee getrunken hatte, vertiefte er sich heute in die sehr spezielle Literatur der orientalischen Astronomie und die steinernen Observatorien eines Maharadschas, aber auch gründlich in die Samstagszeitung. Heute würde er sich keinen Schritt vor die Tür bewegen, den ganzen Tag in seinem weichen Wolltrainingsanzug unrasiert und ungewaschen verbringen und immer wieder in seinem ungemachten Bett mit der Lektüre verschwinden. Als er dann zu Mittag die genau eingeteilte Ration seines Auflaufs im Bett verspeiste, konnte er die Erinnerung an die sehr vornehmen Gepflogenheiten an dem immer mit Porzellan und Silber gedeckten Esstisch in Santa Paola nicht verdrängen. Vater hatte auf seiner Anwesenheit bestanden. Er war plötzlich erstaunlich redegewandt gewesen und hatte sich sehr ausgiebig mit Elisabeth und Konrad unterhalten. Konrads Zeugnis war eingehend gelobt worden. Auf sein Zeugnis hatte Vater nicht einmal einen Blick geworfen – und da hatte sich zum ersten Mal Tante Marulu eingemischt. Sie hatte aufbegehrt und darauf bestanden, dass man auch auf seine Noten, die sehr gut waren, einging. Vater hatte ihr zugehört, genickt, freundlich genickt, um dann mit Elisabeth und Konrad den Nachmittag zu besprechen. Das war der Moment gewesen, wo er endgültig anfing zu planen.

☆

Als sie in Hobys Armen die Augen aufschlug – er schnarchte leise –, blitzte ein Stück blauer Himmel durch den nicht ganz zugezogenen Vorhang, und plötzlich war Jayja da und lächelte. Als Clara versuchte, sich aus Hobys Armschraube zu schlängeln, da lachte sie sogar, lachte, wie sie gelacht hatte, wenn sie bei Backgammon haushoch gewann und Clara sich ärgerte.

Georg tauchte erst am Abend auf, und die Spaghetti mit Tomatensoße, die sie gemeinsam aßen, schmeckten.

Sonntag, 21. Mai

Seinem Halbbruder hatte er wieder abgesagt. Ihr Telefonat hatte mit wüsten Beschimpfungen geendet. Nach seinem üblichen Mittagessen tat es ihm plötzlich leid. Seit seiner Reise nach Chile wurde er extrem von der Vergangenheit gequält. Heute ausnahmsweise nicht von den zwei Frauen, den einzigen, die in seinem Leben eine Rolle gespielt hatten, sondern von den Erinnerungen an seinen Vater.

Er hatte den einzigen Menschen, der wirklich zu ihm gehörte, damals unbedingt zurückgewinnen wollen. Und dafür hatte er nur einen einzigen Weg gesehen, der zu diesem Ziel führte …

Der Sommer war in den Herbst übergegangen, aber es war noch immer heiß auf der Finca gewesen. Er hatte gewusst, dass Konrad immer noch jeden Morgen vor der Schule schwimmen ging – und das alleine.

Er hatte sich sehr genau nach einem passenden öffentlichen Verkehrsmittel erkundigt und alle Möglichkeiten erwogen. Seine Tante verließ regelmäßig um spätestens fünf Uhr morgens die Wohnung, um pünktlich im Krankenhaus zu sein. Die Zeit würde reichen, um mit dem Bus zu fahren, auch wenn er dann noch ein gutes Stück zu Fuß und querfeldein gehen musste. Er würde pünktlich wieder auf der Schulbank sitzen.

Sein erster Versuch war misslungen, der Bus hatte dreißig Minuten Verspätung. Beim zweiten Mal kam der Bus sogar einige Minuten zu früh, war voll von vielen Landarbeitern, unter denen er nicht auffiel. Das Fahrgeld hatte er gleich am Anfang seiner Planung und dann täglich in winzigen Beträgen aus dem Haushaltsbecher im Geschirr-Regal genommen. Münzen, die dort für Kleinigkeiten lagerten, mit denen er zum Bäcker oder Gemüsehändler geschickt wurde. Alle anderen Ausgaben wurden immer sehr sorgfältig in einem zerfledderten Heft abgerechnet. Es war alles nach Plan verlaufen. Konrad, noch verschlafen, hatte nur wissen wollen, warum er plötzlich mitten in der Woche in Santa Paola auftauchte. Für ihn war die Überwindung, sich in den Teich zu begeben, das Schlimmste gewesen. Aber den einzigen Menschen, der zu ihm gehörte, wiederzugewinnen, war so wichtig, dass dies alles dagegen an Gewicht verlor.

Es war alles wie geplant verlaufen, und trotzdem geschah nichts, wie er es sich vorgestellt und erwartet hatte. Die heilige Elisabeth – was er nicht bedacht hatte, was aber zu erwarten war – trauerte, und sein Vater kümmerte sich noch intensiver um sie. Und als sich ihr Ehemann kurze Zeit später das Leben nahm, hatte sich für Vater sein größter Wunsch erfüllt: nicht mehr nur der Beschützer, nicht mehr nur ihr treuer Begleiter und Diener zu sein – nein, Vater wurde auch ihr Geliebter. Weg von diesen Erinnerungen, zurück ins Bett, und das mit Büchern, wo der Tod nur bei Tausenden von Bedeutung war.

☆

Georg wartete schon mit einem perfekten Frühstück, und danach gingen sie gemeinsam zur Messe in Santa Agatha. Nächste Woche, und das schwor sich Clara, mussten sie unbedingt etwas für das Treffen danach zum Essen mitbringen. Sie wurden aber auch ohne herzlichst willkommen geheißen.

Georg tuschelte mit Antonio und den zwei Mädchen in einer Ecke. Siegfried war mitgekommen und hing an Carmens Lippen, würde das vielleicht ein Paar? Hoby und Pater Anselmo verstanden sich und diskutierten heiß über ein politisches Problem, das an Clara vorbeigerauscht war.

Mit halbem Ohr hörte sie plötzlich hinter sich den Namen Santa Cruz und drehte sich um. Zwei Männer machten sich gerade auf in Richtung Tür. »Pater Anselmo, bitte verzeiht, dass ich euer Gespräch unterbreche, aber diese zwei Männer, die gerade das Lokal verlassen, sind sie Ihnen bekannt?«

»Ich glaube nicht. Aber jemanden von hinten zu identifizieren ist nicht ganz seriös.«

In diesem Moment drehte sich der eine der beiden zur Tür, um sie zu schließen. »Nein, halt ... das heißt, ihn ...«, und dabei nickte Pater Anselmo Richtung Tür, »... ihn hab ich vor einiger Zeit in unserer Messe gesehen, und danach unterhielt Sebastiano sich mit ihm vor der Kirche. Sebastiano war heute allerdings nicht in der Kirche. Er ist Handelsvertreter, mein Kontakt zu ihm ist gut. Soll ich ihn bitten, sich mit Ihnen in Verbindung zu setzen?«

»Das wäre sehr nett! Ich hörte nämlich eben mit halbem Ohr Santa Cruz. Natürlich hab ich Ihnen zugehört, aber wenn es sich wirklich um Santa Cruz in Chile handelt, dann wäre es für mich sehr gut, mit diesem Herrn zu reden. Eigentlich wollte ich schon hinterherlaufen, aber auf die Gesellschaft, die ich nur noch bis heute Abend habe, wollte ich auch nicht verzichten.«

»Also, zwei Männern hinterherlaufen, das ist strengstens verboten«, kam es von Hoby wie aus der Pistole geschossen, und dazu nahm er sie besitzergreifend in seinen Arm.

Erst auf dem Rückweg vom Flughafen fiel ihr der Rückruf von Ulrich von Kranz wieder ein. Es war ausgemacht, dass sie am Dienstag, dem 6. Juni, zum Tee kommen würden. Wichtigste Frage: Wie konnte sie Toni Roscanz finden? Jayja hatte also José doch noch geheiratet. Dieser letzte Teil ihres Lebens … Wie hatte er ausgesehen? War, nachdem sie Mann und Sohn verloren hatte, zwischen ihr und Toni Friede eingekehrt? Er musste sich ja nicht mehr gegen die kaum besiegbare Übermacht von Konrad behaupten. Warum hatte es die vielen Jahre keinen Kontakt mit Toni gegeben? Und was machte er in Deutschland?

Montag, 22. Mai

Er füllte wie jeden Morgen das Schälchen mit Milch und legte die Scheibe Schinken daneben. Er suchte sich eine graublau dezent gemusterte Krawatte, strich sich noch einmal durch die Haare und verließ ohne Mantel, draußen lockte der erste wirkliche Frühlingstag, seine Wohnung. Die Tante, sie begleitete ihn heute durch die Grünanlagen. Sie war friedlich, erklärte ihm, viel sanfter als damals, dass sie jetzt endgültig mit ihrer Krankenhausarbeit aufhören wollte, um das Leben noch zu genießen, und dass sie deshalb, bereits besprochen, gemeinsam wieder nach Santa Paola ziehen würden. Sie hatte ihm erklärt, dass sein ehemaliges Zuhause verschönt werden würde, um gemeinsam mit ihm dort ein neues Leben zu beginnen. Grün, in der Natur und ohne Arbeitsstress. Für ihn wurde dieses Sehnen in die Natur ein Albtraum. Schule gab es nicht mehr, also musste er in die Farmarbeit, eine verhasste Tätigkeit. Vater hatte sich bemüht, nett zu sein, und nicht mehr über die Begabungen von Konrad geredet, aber Elisabeth, die heilige Elisabeth, noch immer trauernd um Ehemann und Sohn … Sie war Vater täglich mehr und dann ganz verfallen. Ja, so sehr, dass außer ihr eigentlich niemand existieren konnte oder existierte.

Weg von diesem Albtraum! Er musste sich konzentrieren, im Büro erwartete ihn ein chilenischer Geschäftspartner, der vorgestern in Deutschland eingetroffen war.

☆

Michael und das Team saßen schon am Konferenztisch, als Clara kam. Zehn Minuten zu spät erschien dann Hans mit Jörg und noch drei weiteren Kollegen im Schlepptau. Sie setzten sich zusammen ans andere Ende des Tisches.

Hans ignorierte sie. Auffällig, bei seinem kurzen Statement schaute er ostentativ nur Jörg an und tauschte dann leise etwas mit ihm aus. Jörg schüttelte verneinend den Kopf.

Franz meldete sich: »Ich finde, nachdem wir immer vom Negativen ausgehen, ist es gut, auch einmal Positives zu berichten. Wir hatten dieses Wochenende inklusive des Nachtdiensts nicht einen auffälligen Jugendlichen.«

Jörg mischte sich ein: »Wenn du – oder noch besser gesagt ihr jetzt den Nachtdienst schiebt, was suchen wir anderen dann eigentlich noch da? Eine gute Ersparnis für unsere Abteilung.«

»Das würde dir so passen«, konterte Franz sofort. »Oder willst du noch ein Medienhappening daraus basteln?«

Die meisten der Kollegen konnten ein Grinsen nicht unterdrücken.

Jörg reagierte aggressiv: »Findet das etwa irgendjemand hier wirklich komisch?«

Da wurde auf den Tisch geklopft, und Franz meinte ganz ruhig: »Wo wir jetzt doch bei diesem Thema gelandet sind, halte ich es für angebracht, bestimmte Vorgänge noch einmal gemeinsam zu besprechen. Dazu fehlte bis jetzt jede Möglichkeit. Wie du sicher erfahren hast, haben wir nach besagter Nacht – du warst leider in der Sitzung nicht anwesend – beschlossen, den Nachtdienst durch einen von uns sechs zu verstärken. Dies hätten wir ohne euer Verhalten am Mittwoch, dem siebzehnten Mai, niemals ...«

Hans bekam einen roten Kopf und sprang auf: »Die Sitzung ist beendet! Es weiß sicher jeder, was er zu tun hat.«

»Nein, Hans«, mischte sich Horst ein. »Bitte setz dich wieder. Die Sitzung sollte erst beendet werden, wenn dieses Thema unter uns ausdiskutiert ist.«

Die Kollegen klopften Beifall.

Jörg unterbrach: »Was gibt's da noch viel zu besprechen? Jeder weiß, dass wir dieses Jugendpack wegen Clara freigelassen haben.«

»Ihr habt niemanden angerufen, wie es gemeinsam beschlossen war.«

»Wir haben es versucht.«

»Das entspricht nicht der Wahrheit, und das wurde in deinem Fernsehauftritt ganz offensichtlich. Also brauchen wir diesen Punkt nicht noch einmal zu besprechen«, entgegnete Michael. »Was wir aber besprechen sollten: Clara und ich sind am nächsten Nachmittag zu dem Besitzer des Geschäftes gegangen. Er hat uns sehr ausführlich beschrieben, dass es gar nicht so schlimm war, der Einbruch noch nicht vollzogen. Dass dieser Wirbel durch euch, lieber Jörg, hervorgerufen wurde. Er hat sich sogar gefragt, warum. Vor zwei Jahren wurde bei ihm eingebrochen. Da hatte er allerdings nur ein Schloss, und die Einbrecher befanden sich bereits im Laden, als die Polizei eintraf, und trotzdem ist damals alles ganz ruhig verlaufen. Sicher, die zwei Jugendlichen haben versucht einzubrechen. Diese Tatsache sollten wir nicht beschönigen. Man hätte die Jugendlichen mit ins Revier nehmen können, um sie hier oder dort ordentlich zu verhören, ihre Daten und Namen aufzunehmen, aber nichts davon ist geschehen.«

Michael schaute Jörg an, wartete einen Moment und fuhr dann fort: »Es geht jetzt nicht mehr nur um diese Nacht, es geht darum, dass wir hier Kollegen haben, die unsere neue Regelung boykottieren wollen. Die den Versuch, Jugendliche wieder in ein geregeltes Arbeitsleben zu integrieren, sinnlos finden.«

Starker Applaus – in dieser Runde ungewöhnlich und sicher von weit mehr als der Hälfte der Kollegen.

»Das reicht jetzt endgültig!« Jörg sprang auf, Hans stand auf, und ihnen folgten nur noch zwei der Kollegen. Sie verließen ohne einen Blick zurück mit schnellen Schritten den Raum.

Die Sitzung ging noch eine Weile mit starken Diskussionen weiter. Alle redeten durcheinander, jeder wollte etwas sagen. Natürlich gab es Kollegen, die sich schwertaten, diese Einstellung zur Jugend zu finden.

»Wir diskutieren jetzt über unseren Beruf. Ich finde es bedauerlich, dass dieses Thema überhaupt angeschnitten werden muss, denn eine neutrale und gerechtfertigte Ausübung unserer Tätigkeit muss auf jeden Fall gewährleistet werden. Wo kommen wir sonst hin?«, meinte einer der Ältesten.

»Natürlich fällt die Einstellung von Hans da negativ ins Gewicht«, konnte Franz sich nicht enthalten einzuwenden.

Das Gremium trank danach noch einen Latte Macchiato in Claras Büro. Rudi und Holger zogen aus ihren Jackentaschen sechs neue, schöne Lattegläser, und auf jedem stand einer ihrer Namen. Clara hatte sich schon gewundert, warum sie mit so ausgebeulten Taschen in der Sitzung waren.

Baumschulen und Gartenzentren waren heute Claras Thema Nummer eins. Horst, ein leidenschaftlicher Hobbygärtner, würde mit ihr zu seiner Lieblingsbaumschule etwas außerhalb fahren.

Das Auto von Horst war ein Kombi und eindeutig von einem Gartenliebhaber. Im hinteren Teil herrschte ein wunderbares Durcheinander von Gartengeräten und halb vollen

Säcken mit Pflanzerde und Torf. Die Besitzer des Garten-Centers waren ein männliches eigenwilliges Paar. Sie ordneten ihre Pflanzen und Bäume nicht wie üblich in Reih und Glied, sondern hatten sie wie in einem englischen Garten mit höchsten Ansprüchen aufgebaut. Clara konnte sich nicht sattsehen und natürlich auch nicht ganz widerstehen. Sie leistete sich eine Wisteria floribunda, die sie auf dem Küchenbalkon klettern lassen würde, und ein besonderer Salbei- sowie ein Rosmarintopf fanden den Weg in Horsts Auto.

»Wir könnten zwei Jugendliche hier gut gebrauchen«, bekräftigte Peter Haag noch einmal. »Nur müssten die auch wirklich mit Begeisterung dabei sein, denn Arbeit haben wir hier mehr als genug und Zeit, um uns speziell zu kümmern, nicht!«

»Und wie kämen sie hierher?«, war Claras Frage.

»Tja, das ist tatsächlich auch noch ein Punkt, vor allem weil unsere Arbeit morgens sehr früh beginnt!«

Auf der Fahrt zurück in die Stadt überlegte Clara laut weiter: »Dieser Platz wäre sehr geeignet für Jugendliche, die das Gärtnern schon als Leidenschaft entdeckt haben, wie zum Beispiel Krabbe.«

»Wie wäre es, wenn wir über die Zeitung Hobbygärtner suchen, die mit jeweils einem Jugendlichen die Probe machen?«, dachte Horst laut.

»Na, da könntest du doch als Vorbild damit anfangen.«

Horst lieferte Clara mit ihren Pflanzen zu Hause ab und half auch noch, sie nach oben zu schaffen. Er stellte fest, dass ihr Küchenbalkon für alle drei sehr geeignet sei, und brachte ihr dann auch noch den halben Sack guter Erde aus seinem Auto.

Sie buddelte glücklich auf ihrem kleinen Balkon. Wie mochte das erst mit einem Garten sein? Ihr Handy läutete.

»Clara, du bist doch sicher schon unterwegs zu de Koonig, ich komme mit Petra ein wenig verspätet, wir sind in einem Unfallstau.«

»Ach du lieber Gott, ich hab die Zeit verbuddelt. Wie spät ist es um Himmels willen? Ich muss los. Bis dann.«

Zum Umziehen blieb keine Zeit. Sie wusch sich ihre Hände, so gut es in der Eile ging, kämmte sich noch einmal kurz durch die Haare und machte sich auf den Weg. Pünktlichkeit, wurde ihr schon als Kind von den Eltern eingebläut, ist die Höflichkeit der Könige, und das war noch immer eines ihrer echten Probleme.

In der Empfangshalle des de Koonig-Imperiums, wo sie heute eine Verabredung mit Robert hatten, um den Förderverein zu besprechen, wollten die Rezeptionistinnen sie nicht vorlassen. Eine Verabredung mit dem obersten Chef nahm man ihr nicht ab, und erst nach einem Telefonat mit dem Sekretariat veränderte sich ihr Verhalten schlagartig.

Eine der beiden Frauen stand höflich auf und brachte Clara mit einem entschuldigenden Lächeln auf ihren hohen Stöckelschuhen schwankend zum Lift.

Gemeinsam fuhren sie in den zwölften Stock des Glaspalastes, in dem selbst der Lift gläsern durch eine gläserne Welt schwebte. Dort empfing sie ein junger Mann im perfekten dunklen Anzug mit Weste und brachte sie über einen anderen Aufzug in den dreizehnten Stock. Ein japanischer Garten mit einem japanisch anmutenden Haus – dort war Roberts Reich. Als er Clara sah, strahlte er und umarmte sie zur Begrüßung herzlich.

Clara war das peinlich. »Bitte mich lieber nicht umarmen. Ich muss mich entschuldigen, ich hatte keine Zeit, mich umzuziehen, und bin nicht sauber!«

»Das überlebe ich«, antwortete Robert de Koonig und umarmte sie noch einmal, bevor er sie von sich schob, musterte und in schallendes Gelächter ausbrach.

»Also, unsere super Polizistin ist auch Gärtnerin. Ich bin neugierig, was ich noch alles entdecke. Na ja, eine Verführerin ist sie auch, sonst hätte sie mit Sicherheit nicht Charles, nein, Hoby erobert.«

Er nahm sie am Arm. »Nachdem die zwei Mitstreiter noch nicht da sind, möchte ich dich durch meinen japanischen Garten führen. Ich bin wirklich stolz auf ihn. Ich habe hier einige der berühmtesten Bonsais, die du sehen solltest.«

Der Garten zog sich um alle vier Seiten des japanischen Hauses. Japanisches Gras, Mooshügel und in der Mitte jeweils ein ehrwürdiger alter Bonsai. Clara fragte sich, wie man diese alten Riesen überhaupt hier heraufbekommen hatte. Die weißen Jasminblüten, von grünen Fächerblättern umschmeichelt, verbreiteten einen köstlichen Frühlingsduft. Das Haus bestand aus vier gleich großen, quadratischen Räumen, die durch Schiebewände getrennt waren. Robert führte sie durch seine Bibliothek, sein Büro, in dem ein Luis-VI-Schreibtisch mit seinem Gold aus der Rolle fiel. Und dann in einen Raum, der bis auf vier schmale, gelbe Seidenmatratzen leer war. »Mein Meditationsraum, wo ich auch Yoga mache und wo ich auf gute Gedanken komme.«

Ihr Rundgang wurde von seiner Sekretärin unterbrochen, die sie darauf aufmerksam machte, dass die anderen Herrschaften eingetroffen wären.

Zurück im zwölften Stock, führte er sie vorbei an mehreren Konferenzzimmern in das letzte. Dort warteten Petra und Michael. Sie standen beide am Fenster, vor sich Köln, das sich durch diese Fenster von seiner schönsten Seite präsentierte. Die beiden diskutierten leidenschaftlich, zu welcher Kirche die Türme gehörten, und waren sich überhaupt nicht einig.

Als sie dann zu viert an dem sehr großen Konferenztisch Platz genommen hatten, ging alles sehr schnell. Jeder von ihnen bekam einen Ordner, der bereits auf dem Tisch auf sie wartete. Der Anwalt des Hauses hatte alles vorbereitet. Sie mussten nur noch unterschreiben, und der Förderverein konnte mit seiner Arbeit beginnen. Und als sie dann von Robert erfuhren, über welches Startkapital sie jetzt bereits am Anfang verfügen konnten, wurde es still. Clara verschlug es angesichts der gigantischen Summe die Sprache.

Auch Petra und Michael waren wie vom Donner gerührt, keiner von ihnen bekam noch ein Wort heraus. Clara hatte sich das anders vorgestellt, aber manchmal passierten eben einfach Wunder. »Die Runde sieht zufrieden aus«, meinte Robert lächelnd. »In zwei Monaten werden wir die erste Fördervereinssitzung abhalten. Ich schlage vor, hier. Ich werde die Termine mit den anderen drei Mitgliedern absprechen, da diese anreisen müssen. Spricht etwas dagegen?«

Sie schüttelten gemeinsam den Kopf.

Clara riss sich zusammen. »Robert, mir fehlen leider die Worte. Aber vielleicht schaffen es unsere Jugendlichen als Dank, dann bereits eine kleine Vorstellung für den Förderverein zu veranstalten.«

»Das fände ich eine großartige Idee! Wir haben hier im Haus einen Saal mit einer gut funktionierenden Bühne. Meine Zweitsekretärin wird euch diese jetzt zeigen und steht auch sonst für alle Fragen immer zur Verfügung. Ich habe mich sehr gefreut, muss aber diese Runde jetzt leider verlassen, die Pflichten rufen.« Er stand auf, schüttelte Petra und Michael die Hand und umarmte Clara. »Dich hoffe ich bald zu sehen, ich werde bei Hoby drauf bestehen, obwohl ich eure Zweisamkeit begreife, aber ab und zu muss man auch teilen.«

Sie folgten der Sekretärin in den Saal. »Herr de Koonig hat mir den Auftrag gegeben, Ihnen hier jederzeit zur Verfügung zu stehen. Ich würde mich aber abgesehen davon freuen, wenn ich mich an dieser super Aktion auch in meiner freien Zeit beteiligen könnte. Wenn Briefe gefragt sind oder irgendetwas in Richtung Schreibtisch, stehe ich als Freiwillige jederzeit zur Verfügung.«

Als sie sich auf dem Parkplatz verabschiedeten, beschlossen sie, diesen großartigen Erfolg am Abend gemeinsam zu feiern.

Zu Hause schaute Clara als Erstes nach ihren neuen Pflanzen und gab ihnen Wasser.

»Du bist ja schon zu Hause und strahlst so«, hörte sie Georg hinter sich.

»Georg«, sie nahm ihn in die Arme und tanzte ein paar Schritte mit ihm über den Balkon, und beinahe landeten sie in ihrem frisch Gepflanzten. »Unser Förderverein ist unter Dach und Fach, und wohlhabend sind wir seit heute auch. Kannst du das glauben?«

»Kein Wunder. Wenn du etwas willst, dir etwas vorgenommen hast – ist da eigentlich schon mal was schiefgegangen?«

»Natürlich, und öfter, aber im Moment hab ich eine wirkliche Glückssträhne. Vielleicht bist du mein Glücksbringer.«

Georg wurde rot.

»Ich verkrümele mich mal in die Bibliothek. Morgen kommt Siegfried, wir wollen irgendwann fertig werden.«

»Viel Zeit hast du nicht, heute Abend wird gefeiert, und ich hoffe, du kommst mit.«

Das spanische Lokal war eines von Petras Lieblingslokalen. Es war sehr gut besucht. Trotzdem bekamen sie einen schönen Tisch nicht zu weit von der kleinen Bühne, auf der jeden Abend Live–Musik gespielt wurde. Es gab köstliche Tapas in vielen Variationen. Vier junge Südamerikaner machten Musik, und alle Gäste wurden von ihnen in ihren fröhlichen und manchmal melancholischen Bann gezogen.

Und dann entdeckte Clara den Mann, der am Sonntag Santa Cruz erwähnt hatte. Er saß mit einem Paar an einem Tisch, etwas erhöht in einer Nische. Sie redeten und aßen, aber keiner von ihnen zeigte Interesse an dem musikalischen Happening. Vielleicht waren sie ihr deshalb aufgefallen.

Spontan stand Clara auf und ging zu ihnen. Sie entschuldigte sich für die Störung und stellte sich vor. Das Paar musterte sie indigniert und streng, aber der Mann wollte immerhin höflich von Clara wissen: »Sind wir uns vielleicht bekannt?«

»Nein, aber ich habe Sie am Sonntag nach der Messe in Santa Agatha gesehen und gehört, dass Sie Santa Cruz erwähnten. Und diese Stadt«, sie zögerte einen Moment, »ist für mich von großem Interesse und dazu hätte ich einige Fragen.«

Der Mann musterte sie, überlegte einen Moment und fragte dann: »Kann ich Sie morgen telefonisch erreichen? Ich überblicke meinen Tag hier noch nicht ganz. Aber morgen bin ich gern bereit, Ihre Fragen zu beantworten.«

Clara gab ihm ihre Handynummer, bedankte sich, entschuldigte sich noch einmal und ging.

Dienstag, 23. Mai

Sein übliches Ritual, der Weg zum Kleiderschrank. Aber heute wählte er die rote Krawatte mit dunkelgrünem Muster. Diese Krawatte benutzte er wegen ihrer Auffälligkeit nur sehr selten. Er musste sich beeilen, der chilenische Anwalt, mit dem er gestern mehrere Stunden gearbeitet hatte, würde heute schon um 9.15 Uhr in sein Büro kommen. Vollmachten würde er ihm nicht erteilen, dazu war er ihm zu unbekannt und in seinem Fall auch nicht vertrauenswürdig genug. Heute Mittag gab es eine Begegnung mit einem Bekannten aus Santa Cruz, und am Nachmittag musste er unbedingt über das Internet einen zweiten Anwalt aus der unmittelbaren Umgebung von Santa Cruz finden und zusätzlich anheuern. Falls das Internet, in Chile noch immer nicht sehr informativ, als Auskunft nicht genügen würde, gäbe es die Möglichkeit, sich mit Dr. Rosch-Moro in Verbindung zu setzen. Auf jeden Fall wollte er zwei Anwälte, um zu vergleichen.

Ein Blick aus dem Fenster zeigte leichten Nieselregen. Er setzte seinen Hut auf und zog seinen dünnen Regenmantel an, nahm den Schirm und verließ das Haus. Schnellen Schrittes durchquerte er die Grünanlagen und bemerkte deshalb nicht, dass er beobachtet wurde. Eine Person folgte ihm, bis er in seinem Bürogebäude verschwunden war.

☆

Das Frühstück wartete schon auf Clara, als sie etwas benommen in der Küche auftauchte. Sie trank nur eine Tasse Tee. Sie hatte gestern Abend vielleicht ein bisschen zu viel mit Rotwein gefeiert. Siegfried und Georg verschlangen bereits Bücher in der Bibliothek.

Zehn Minuten zu spät tauchte sie in der Konferenz auf. Zwischen Horst und Michael wartete wie immer ein leerer Stuhl auf sie. Hans unterbrach keine Sekunde die üblichen Themen. Clara wartete geduldig, aber bei seiner ersten kleinen Pause unterbrach sie ihn: »Hans bitte entschuldige, dass ich einfach das Wort ergreife. Aber ich habe heute eine wirklich außergewöhnliche Neuigkeit, und ich finde, diese muss ich mit allen hier jetzt teilen. Gestern wurde der Förderverein für unsere Jugendlichen und das Musical gegründet, und mir verschlägt es selbst heut noch die Sprache. Dank der besonderen Hilfe von Robert de Koonig und noch drei weiteren Großindustriellen kann der Förderverein mit einem Anfangskapital von vierhunderttausend alles, wovon wir nur geträumt haben, ermöglichen. Hinzu kommt, dass durch die Berichterstattung unserer Zeitungs- und Fernsehaktionen sich so viele Freiwillige gemeldet haben, dass wir das Geld für den täglichen Ablauf im Moment gar nicht brauchen.«

Tosender Beifall nicht auf dem Tisch, sondern mit den Händen, und alle klatschten – selbst Jörg und dann auch mit einem verbissenen Gesicht und rote Kopf Hans.

Danach traf sich das Team in Claras Büro.

»Was machen wir mit den restlichen Jugendlichen?«, war Horsts erste Frage.

Clara meldete sich: »Ich will unbedingt in die Fabrik fahren. Dort hängen immer noch einige von ihnen herum. Rudi wird mit ihnen reden. Vielleicht helfen sie uns selber weiter.«

»Können wir uns dann am späten Vormittag in den Studios treffen?«, fragte Michael.

»Klar, nur heute Nachmittag sind Post und E-Mails dran, mein PC blinkt schon.«

Der Wächter der Fabrik löste sich von seinem Fernseher, kam raus und sperrte brummend ein neu angebrachtes Vorhängeschloss auf. »Wat ich da mach, is verboten. Der Besitzer war hier, mit zwei von eurer Sorte. Und da wurde beschlossen, dass niemand mehr dieses Gelände betreten darf. Jetzt, wo die ganze Stadt sich um die Pänz kümmert, eh verrückt genug. Mich geht's nichts an, ich bin hier nur zum Aufpassen, aber nachdem sie mir immer wieder welche abgeknöpft haben, lass ich sie doch unerlaubt rein, und vielleicht nehmen Sie jetzt auch noch die Letzten mit, damit ich meine Ruhe habe.«

Claras Handy klingelte. Der Empfang war mittelmäßig, aber sie konnte das Spanisch verstehen: »Nur jetzt in etwa einer halben Stunden für mich Zeit. Im Hotel Intercontinental in der Bar.«

»Ich muss zu einem wichtigen Termin in die Stadt, komme aber so schnell wie möglich wieder. Wollt ihr hierbleiben und mit den Jugendlichen sprechen?«

Trotz des kleinen Staus und der Suche nach einem Parkplatz blieb Clara erst eine Weile alleine in der Bar des Interconti. Der Barkeeper brachte ihr ein Sprudelwasser, zweimal schauten Gäste herein und gingen dann wieder. Sie wollte sich gerade eine Zeitung holen, als er kam. Gutaussehend, schlank, mit leicht ergrautem Haar. Er streckte ihr die Hand entgegen: »Freut mich, Sie kennenzulernen, Luis Torres Casta. Wollen wir uns nicht setzen?«

»Guten Tag, ich heiße Clara Ahrweiler, und ich finde es sehr nett von Ihnen, dass Sie sich die Zeit nehmen, mit mir zu sprechen.«

Sie setzten sich.
»Was kann ich für Sie tun?«
»Ich habe einige Fragen bezüglich Santa Cruz in Chile.«
»Wie kommen Sie auf Santa Cruz, und woher wissen Sie, dass ich von da bin?«
»Nach der Kirche am Sonntag hörte ich zufällig, wie Sie Santa Cruz erwähnten. Ich habe jemanden, der mir sehr nahestand und von dort kam, verloren.«
»Wie meinen Sie das? Wäre es Ihnen vielleicht lieber, wenn wir englisch sprechen? Leider ist mein Deutsch für eine Unterhaltung wirklich nicht ausreichend.«
»Nein, warum nicht Spanisch? Aber vielleicht ist es gar nicht das chilenische Santa Cruz, über das sie mit dem anderen Herrn am Sonntag sprachen.«
Er runzelte einen Moment die Stirn und nickte dann.
»Ich suche einen Ansprechpartner für eine Finca ganz in der Nähe. Eine große Finca mit dem Namen Santa Paola.«
»Wie kommen Sie auf Santa Paola?« Er setzte sich gerade auf und schaute sie intensiv an, um dann noch einmal zu fragen: »Wie bitte kommen Sie auf Santa Paola, und wen möchten Sie dort erreichen und warum?«
Clara ärgerte sich. Wer wurde hier ausgefragt? Bis jetzt hatte nur er gefragt. »Sie haben meine Frage, ob Sie das chilenische Santa Cruz kennen, noch nicht beantwortet. Denn wenn es nicht dieses Santa Cruz ist, möchte ich keinesfalls Ihre sicherlich kostbare Zeit noch weiter in Anspruch nehmen.«
»Ich kenne Santa Cruz, es ist meine Heimatstadt. Ich bin zwar jetzt in Santiago tätig, aber immer wieder auch in Santa Cruz«, antwortete er streng. Clara versuchte, sein Alter zu schätzen. Er sah fit und drahtig aus und trotz seiner grauen Haare nicht älter als vierzig.

»Was wollen Sie wirklich von mir wissen? Die Telefonnummer von Santa Paola gibt es auch bei der internationalen Telefonauskunft. Oder geht es darum, wer jetzt dort wohnt?«, unterbrach er Claras Gedanken.

»Ja, das würde ich zum Beispiel gern wissen.«

»Dazu bräuchte ich dann doch eine Erklärung, warum. Sicherlich werden Sie verstehen, dass es etwas merkwürdig ist, wenn man plötzlich viele tausend Kilometer entfernt über etwas ausgefragt wird, was eigentlich sehr privat ist.«

»Finden Sie diese Frage, wer da jetzt wohnt, wirklich privat?«

»Natürlich. Bitte stellen Sie sich vor, Sie sind zum Beispiel irgendwo in Südamerika, und da kommt eine wildfremde Person und möchte von Ihnen wissen ...«, er schaute nach draußen, »... na, also Goethestraße Nummer neunzehn, und wer dort wohnt? Was würden Sie sich dann denken?«

»Ich würde denken, dass er dorthin eine Verbindung haben muss, sonst würde er mich nicht fragen.«

»Gut, folglich haben Sie eine Beziehung zu Santa Paola.« Er fixierte sie aufmerksam. »Erstaunlich, dort hat sich seit, ja, ich würde schätzen seit mindestens zwanzig Jahren nichts verändert. Eine Suche scheint nach so vielen Jahren unlogisch. Wenn Sie eine Verbindung dorthin hätten, dann ...«, er schüttelte den Kopf, »... ist es bizarr. Sie sind viel zu jung. So kommen wir nicht weiter.«

»Nein, so kommen wir nicht weiter. Ich bedanke mich, dass Sie sich für mich die Zeit genommen haben, und ich wünsche Ihnen einen guten Tag.«

Clara stand auf, ging zum Kellner, der hinter der Bartheke Gläser einräumte, zahlte ihr Wasser und verließ ohne sich noch einmal umzudrehen das Hotel.

Was für ein merkwürdiger Mann. Clara empfand ganz

deutlich, dass an ihrem harmlos vordergründigen Gespräch irgendetwas unheimlich war. Auch Santa Paola schien unheimlich, immer wieder wurde jede Information über dieses Anwesen abgeblockt. Irgendetwas musste dort vorgefallen sein.

Sie fuhr zurück zum Fabrikgelände. Der jetzt noch brummigere Wärter schnauzte sie an: »Schon wieder Sie. Wirkliche Scheiße, nicht einmal in Ruhe fernsehen. Also los, Beeilung! Jetzt kommen Sie schon!«

»Wissen Sie zufällig, wo meine zwei Kollegen hingegangen sind?« Er schüttelte nur unwirsch den Kopf, knallte den Durchgang zu und verschwand in seinem Häuschen.

Nach einigem Suchen fand Clara sie in dem hintersten Lager, das offensichtlich vor gar nicht langer Zeit ausgeräumt worden war. Dort hockten sieben Jugendliche um Rudi und Holger.

Ein Jugendlicher schimpfte gerade los: »Das ist doch Müll, beknackt, die dürfen Musik machen und werden berühmt, und von uns wollt ihr, dass wir im Dreck rummachen! Ja, Drecksarbeit. Ich denk nicht im Traum dran. Das wollte schon der Vater von meinem Alten immer, der ist dann aber abgekratzt, und deshalb ist mir dieser Scheiß erspart geblieben.«

»Stimmt, dazu hab ich auch überhaupt keinen Bock«, meinte ein anderer.

»Okay, ich versteh. Ihr wollt nichts tun und irgendwann ein Knastleben führen. Aber vielleicht gibt's hier auch einen, der es wenigstens versuchen will. Dem solltet ihr nicht gleich die Suppe versalzen«, erklärte ihnen Rudi und stand auf. »Wir haben jetzt genug geschwafelt. Einen Vorschlag hab ich trotzdem noch für die, die sich's noch mal überlegen wollen. Die treffen wir morgen vor dem Studio. Da könnt ihr dann auch sehen, dass einem das Berühmtsein nicht in den Schoß fällt. Die müssen schwer ran. Jeden Morgen schon um acht. Und wer nicht pünktlich ist, fliegt sofort raus. Dafür gibt's auf der Warteliste noch eine Menge Ersatz, und die machen im Moment wirkliche Drecksarbeit. Ich bin morgen um drei Uhr am Nachmittag dort, und wer Bock hat, kommt.«

Auf dem Weg zum Auto wurden sie von vier Jugendlichen aufgehalten. »Wir haben nicht mitbekommen, wo dieses Studio ist. Ich interessier mich für Garten und so. Auf jeden Fall ist alles besser, als hier weiter rumzugammeln. Kannst du uns sagen, wie wir da hinkommen?«

Rudi schaute Clara an. »Los, kommt, ihr könnt jetzt schon mitkommen. Wir sind mit zwei Autos hier.«

Vor Claras Auto zuckte der Kleinste zurück. Er konnte höchstens sieben sein, und beim näheren Hinsehen stellte Clara fest, es war ein Mädchen. Die Haare hatte sie so kurz geschnitten wie ein Junge. Sie war sehr mager, in zerlumpten Jeans und einem löchrigen, viel zu großen Pullover – und trotzdem war etwas Mädchenhaftes an ihr.

»Wo wollt ihr uns hinbringen?«, fragte sie mit piepsiger, sehr ängstlicher Stimme.

»Wir bringen dich auf jeden Fall nicht in ein Heim oder irgendetwas in der Richtung. Keine Angst, ich war auch einmal in deiner Situation und hab mich damals immer versteckt, damit ich nicht in so was lande. Das würde ich niemals jemandem antun.«

Alle vier starrten Rudi wie einen Geist an.

»Ist das jetzt kein Schmäh, den du uns da erzählst?«

»Warum sollte ich? Und noch was: Ich bin durch die Gärtnerei das geworden, was ich jetzt bin.« Sie standen vor Rudis Auto.

»Na ja, vielleicht willst du dir einen Orden verdienen, indem du uns von der Straße einlieferst. Aber wir gönnen dir den Orden, wir fahren mit dir.« Die zwei Größeren stiegen bei Rudi ein.

Das Mädchen wollte nicht und wurde von dem dritten Jungen zu Claras Auto gezogen. »Komm, als wir abgehauen sind, haben wir uns versprochen zusammenzubleiben, und ich will was tun. Und dann kannst du auch wieder in die Schule.«

Er drehte sich zu Clara um: »Sarah ist meine kleine Schwester.«

»Los, kommt, steigt ein.« Clara hatte ihre hintere Autotür geöffnet. »Und keine Angst, ihr bleibt zusammen, das verspreche ich.«

Als sie losfuhren, natürlich mit offenem Fenster, musste Clara an ihren Georg und an Krabbe denken. Auch dieses Mal hielt sie bei MacDonald. Sarah schaffte nicht einmal die Hälfte des Essens, aber Ralph, ihr Bruder, verschlang auch diese Hälfte mit Hochgenuss.

Im Studio ging es, wie man so schön sagt, hoch her. Überall wurde geübt, probiert, dazwischen liefen Jugendliche eilig mit irgendwelchen Utensilien beladen herum.

Was mit den zweien anfangen? Sie standen sehr scheu nah bei der Tür, noch immer unsicher und jederzeit zur Flucht bereit.

Eins war Clara sehr klar: Es mussten schnellstens Unterkünfte für die Jugendlichen gefunden werden. Ihr Handy riss sie aus diesen Gedanken. Es war Torres Casta: »Sie sind so schnell verschwunden, wir haben doch noch nichts ausgetauscht.«

»Ich glaube, da ist nichts auszutauschen.«

»Wieso, ich dachte, Sie wollen einiges über Santa Cruz und auch Santa Paola wissen. Und deshalb fände ich eine zweite Begegnung wichtig.«

»Ich bin jetzt beschäftigt und ...«

Er unterbrach sie: »Wann wäre es Ihnen recht?«

Merkwürdig, warum wollte er sie jetzt plötzlich sehen? Clara wunderte sich, aber schon wegen Jayja und der Untersuchungen, die auf einem absoluten Nullpunkt angekommen waren, konnte sie einer zweiten Begegnung nicht ausweichen. Und letztendlich führten bis jetzt alle Spuren zurück nach Santa Paola.

Clara überlegte einen Moment. »Bei mir ginge es heute Nachmittag um fünfzehn Uhr.«

»Gut, also fünfzehn Uhr. Und wenn es Ihnen recht ist, wieder in der Bar vom Interconti.« Das war Clara sogar sehr recht, denn das gab ihr die Möglichkeit aufzubrechen, wann immer sie wollte.

Rudi tauchte mit den zwei anderen Jugendlichen auf. »Clara, mit diesen beiden klappt unser Programm nicht. Auf der ganzen Fahrt war Krieg auf meinem Rücksitz. Ich wollte sie schon auf dem Weg rausschmeißen. Was machen wir mit ihnen? Unsere Schlafeinrichtungen hab ich bereits angefunkt. Sie sind alle voll.«

»Mit mir braucht ihr nichts zu machen. Ich hau ab, ich geh zurück in die Fabrik, das Ganze war eine Scheißidee. Ich hätte erst gar nicht mitkommen sollen. Alles Arschlöcher, und ihr auch«, maulte der Größte. Er baute sich vor Sarah und ihrem Bruder auf. »Und ihr lasst euch von so einem Scheißpack auch noch einlullen. Wartet ab, wenn ihr dann erst mal aufwacht, ist's zu spät!«, brüllte er laut und verschwand durch den Eingang. Sarah versteckte sich hinter ihrem Bruder Ralph, der betreten Rudi anstarrte.

Rudi zuckte mit den Schultern. »Immer kann es nicht funktionieren, aber mit ihm«, dabei deutete er auf den Jugendlichen, der noch abwartend an seinem Auto lehnte, »werde ich jetzt erst einmal einen Waschsalon und ein Badezimmer aufsuchen. So kann er nirgends hin – und dann sehen wir weiter.«

»Wenn du ihn übernimmst, dann werde ich mit den Geschwistern dasselbe versuchen.«

Clara fuhr mit den beiden nach Hause. Zuerst weigerten sie sich, mit ins Haus zu kommen, vermuteten überall Fallen. Georg hörte sie und verließ ohne zu zögern die Bibliothek, Siegfried und seine Welt des Aristoteles und hatte die Situation sofort im Griff. »Clara, ich fürchte, unser Kühlschrank ist leer. Soll ich was holen? Oder noch besser, ich übernehme die zwei.« Er verschwand, Sarah an der Hand hinter sich herziehend, mit beiden im Badezimmer. Er fragte nicht lange, setzte Sarah in die Badewanne und wusch ihr die Haare, tröstete sie, als sie Seife in die Augen bekommen hatte, und trocknete sie ab. Ihren Bruder forderte er auf, sich zu duschen – und das gründlich.

Der Bäcker um die Ecke wunderte sich, als Clara statt dem üblichen Vollkornbrot heute auf die Schnelle sehr viel Kuchen kaufte.

»Sie scheinen eine süße Party zu haben, ganz was Neues!«

Und dann gab es eine Kuchenorgie, für die sich sogar der zweite Bücherwurm Siegfried von Aristoteles und der Bibliothek trennte und mitmachte.

Siebzehn Minuten zu spät landete Clara im Interconti. Auch gut, wenn er nicht auf sie gewartet hatte. Oder war das ein unterbewusstes Davor-Drücken? Irgendwie war ihr der Mann unheimlich. Glück oder Pech – er war schon da, als sie kam, und stand höflich auf, um sie zu begrüßen.

»Was würden Sie gern trinken, vielleicht auch einen Schluck dieses alten Portweins?«

»Nein danke, ich glaube, ich bin sehr glücklich mit einem Mineralwasser.«

»Nicht einmal eine Tasse Tee? Es gibt hier wirklich guten englischen Tee, diesen kann ich nur empfehlen.«

Clara schüttelte den Kopf, und sie schwiegen beide, bis das Wasser kam.

»Ich habe in der Zwischenzeit nachgedacht, auch nachgedacht, wie ihre Verbindung zu Santa Cruz oder der Finca Santa Paola sein könnte. Außerdem habe ich erfahren, dass Marulu Kos-Blanco vor gar nicht langer Zeit eines gewaltsamen Todes gestorben ist. Sie erzählten mir, dass Sie jemanden, der Ihnen sehr nahestand, verloren haben. Ich begriff es nicht und dachte, es handelt sich um ein sprachliches Missverständnis. Stand Ihnen Marulu Kos nahe?« Er schaute sie bei dieser Frage intensiv an.

Clara nickte: »Ja, Marulu Kos stand mir nahe.«

»Wohnten Sie in ihrer Nähe, oder woher kannten Sie sich?«, wollte er jetzt von ihr wissen.

»Ich kenne ihre Nachbarn.«

»Meinen Sie die Familie Sanchez? Die habe ich versucht zu finden. Bin extra mit einem Taxi in diesen wirklich schauerlichen Teil der Stadt gefahren. Umsonst, niemand aus der Nachbarschaft wusste, wo sie jetzt sind. Wohnen Sie auch in dieser Gegend? Sind Sie«, er taxierte sie prüfend, »vielleicht sogar ein Familienmitglied der Familie Sanchez?«

»Nein.« Jetzt musste Clara grinsen. »Ich bin kein Familienmitglied und wohne auch nicht da.«

»Soweit ich informiert bin, hat Marulu Kos dieser Familie geholfen. Ein Teil der Kinder schlief sogar regelmäßig bei ihr. Was ich nicht in Erfahrung bringen konnte, ist, wie Marulu Kos hier ihren Unterhalt verdiente. Niemand, den ich befragte, wusste, warum Marulu Kos Santa Cruz, oder noch besser Santa Paola, verlassen hat. Ihr älterer Bruder suchte sie all die Jahre, bis er starb, aber ohne Erfolg.«

Clara fand seine Frage merkwürdig. Wusste er wirklich nicht, wo Marulu Kos gearbeitet hatte? »Das sind Fragen, die ich auch nicht beantworten kann. Mein Spanisch hat sich erst in letzter Zeit so entwickelt, dass damit ein Gespräch möglich ist. Marulu Kos sprach außer ein paar Höflichkeitsfloskeln kein Deutsch.«

»Deshalb wundert mich Ihre eben noch erwähnte Freundschaft.«

»Es gibt auch Freundschaften ohne Worte«, teilte Clara ihm darauf mit, und diese Antwort erstaunte ihn ganz offensichtlich.

»Aber wie haben Sie Marulu Kos so wortlos kennenlernen können?«

»Es gibt Zufälle«, war Claras Antwort.

Sein Handy, das neben ihm auf dem Tisch lag, klingelte. »Entschuldigen Sie einen Moment.« Er stand auf und verzog sich eilig bis ans Fenster am anderen Ende des Raumes. Dort führte er ein sehr konzentriertes Gespräch von höchstens einer Minute und kam wieder, ohne sich noch einmal hinzusetzen. »Leider, so ungern ich dies tue, muss ich mich jetzt von Ihnen verabschieden. Ich fände es aber sehr entgegenkommend, wenn wir uns morgen Vormittag noch einmal kurz sprechen könnten.« Er schüttelte ihr die Hand. »Ich melde mich morgen früh, und vielleicht treffen wir uns dann einmal bei Ihnen?«

Dazu war Clara keineswegs bereit. Luis Torres Casta war ihr noch immer unheimlich, und ein solches Gefühl hatte sie selten. Wenn überhaupt nur an steilen Berghängen. Eine Erwähnung von einem Klienten und Berufsgeheimnis ließ darauf schließen, dass er Anwalt war.

Clara fuhr nach Hause. In der Bibliothek ging es turbulent zu. Siegfried und Georg hatten einen neuen Mithelfer und hockten ausnahmsweise nicht da und verschlangen irgendwelche hochgeistigen Seiten. Ralph stand auf der obersten Sprosse der Leiter und räumte die Bücher ein, die ihm Siegfried und Georg geordnet gaben.

Sarah hatte sich auf dem Boden neben der Küchenbank in ein Badetuch gewickelt zum Schlafen gelegt. Der Cashmir-Pullover von Georg, den sie anhatte, war so groß, dass auch Roo darin eingekuschelt schlief. Sarah lächelte glücklich im Schlaf.

Claras Handy läutete. Es war Rudi, der leicht genervt klang. »Ich glaub, wir brauchen Gesellschaft. Was macht ihr heute Abend?«

»Warum treffen wir uns nicht alle um sieben in der Pizzeria bei dir um die Ecke?«

Clara wollte aber noch vor dem Pizzaessen ihre Fragezeichen in Bezug auf Torres Casta lösen. Im Internet fand sie nichts über ihn. Dr. Roberts war der Einzige, der ihr dazu noch einfiel. Clara rief ihn an, und er freute sich über ihren Anruf und wollte wissen, wie es ihr ging und wann sie sich mit ihm über die Details des Testaments und den dicken Aktenordner, der noch auf sie wartete, unterhalten wollte. Luis Torres Casta war ihm unbekannt. Aber noch heute würde der Internet-Fachmann seiner Kanzlei alles, oder wenigstens das Wichtigste über ihn herausfinden. Sie verabredeten sich für den nächsten Tag, vierzehn Uhr. Dr. Roberts hatte auch sonst noch einiges, nicht unbedingt für das Telefon Geeignetes mit ihr zu besprechen.

In der Pizzeria schoben Georg und Ralph, jetzt schon wie ein enges Team, zwei Tische zusammen, denn selbst Siegfried hatte sich ihnen angeschlossen. Sarah wartete ängstlich an der Tür, bis Clara sie holte und neben sich zog. Wieder zu Hause, erforschten sie zu viert die Schlafzimmer unter dem Dach.

Sarah gefiel das Eckzimmer am besten, Ralph bekam das Zimmer daneben, und Georg blieb natürlich in seinem Reich. Clara schickte einen Gedanken der Dankbarkeit an Jayja: Ohne sie wäre das alles nicht möglich gewesen.

Mittwoch, 24. Mai

Sein Telefon läutete, als er den Schinken wie üblich neben die Milchschale legte. Er ging zum Küchenspülbecken, um sich die Hände zu säubern, trocknete sie sorgfältig an dem dort befindlichen Handtuch ab und ging erst dann zum Telefon, das noch immer läutete.

Er hörte einen Moment zu und antwortete dann unwirsch und ungehalten mit einem Ja. Er schätzte es nicht, morgens vor der Bürozeit zu Hause gestört zu werden. Gut, es war wichtig, sich das Urteil des zweiten Anwalts anzuhören, aber so wichtig, dass sein morgendliches Privatleben dadurch in Unordnung geriet, war es nicht. Die Krawatte, die er auswählte, war dunkel, von einem undefinierbaren Farbton aus Braun, Schwarz, vielleicht noch etwas Grau und passend zu seiner Stimmung. Ein Blick auf seine Uhr, es war eine halbe Stunde vor seiner üblichen Zeit, aber nun würde er trotzdem ins Büro gehen. Die gewohnte Ruhe war ohnehin zerstört.

Er verließ mit einer prallgefüllten Aktentasche ohne Hut und Mantel das Haus. Ein warmer Spätfrühlingstag kündigte sich an. Seinen üblichen Weg durch die Grünanlagen änderte er heute und schlug einen Umweg ein. Den Rhododendren, die jetzt in voller Blüte standen, gönnte er nicht einen Blick. Die Anlage war um diese Zeit noch menschenleer bis auf einen transpirierenden älteren Jogger. Zweimal drehte er sich auf seinem Weg um und bildete sich ein, von jemandem verfolgt zu werden. Er erreichte sein Büro trotz Umweg vierund-

zwanzig Minuten vor seiner üblichen Bürozeit und wurde schon erwartet.

☆

Die Diskussion in der Küche hörte sofort auf, als Clara den Raum betrat. Georg hatte das Kommando übernommen. Er schimpfte gerade mit Ralph, für den Küchenarbeit etwas völlig Neues war.

Beim Frühstück war's friedlich still. Roo döste auf Sarahs Schoß, und Georg schmierte ihr ein Brot nach dem anderen. Er stand extra auf, um zur Aprikosen- auch die Pflaumenmarmelade und den Honig zu holen.

»Was mach ich nur gleich mit den beiden?«, meinte Clara, als sie fertig waren.

»Ich könnte Ralph mitnehmen. Siegfried hat sicher nichts dagegen, und zu tun gibt's im Moment bei ihm mehr als genug«, kam es von Georg.

Ralph schüttelte den Kopf: »Tut mir leid, aber das geht nicht. Was ist dann mit Sarah?«

»Na gut«, Clara nahm ihre Tasche, »ich nehme euch beide mit.«

Beim Einparken auf dem Parkplatz der Mitarbeiter, wo auch die nicht benutzten Einsatzwagen parkten, riss Ralph hinten die Tür auf und wollte aus dem Auto springen.

»Halt, Ralph, bitte warte!«

Aber Ralph hörte nicht und versuchte, auch Sarah aus dem Auto zu ziehen. Sie war noch angeschnallt und fing zu weinen an.

»Ralph, was machst du da? Du willst doch nicht etwa abhauen?« Clara lief ums Auto und baute sich vor ihm auf.

»Hier ist die Polizei. Wenn die uns sehen, dann kommen wir wieder in ...« Den Rest des Satzes verschluckte er.

Sarah klammerte sich an Clara, die sie losgeschnallt hatte. »Ich will nicht! Ich will bei Clara bleiben.«

Clara legte liebevoll einen Arm um sie, und zusammen machten sie sich auf den Weg in Claras Büro. Ralph gab nach und folgte ihnen widerwillig. Dort bekamen sie Papier und die Stifte, die Clara in ihrer Schreibtischschublade fand. Ralph stand fasziniert vor Claras PC. Trotz Eile nahm Clara sich noch die Zeit, ihm den Zugang zu einigen Spielen zu zeigen, bat ihn, sonst möglichst nicht zu viele Knöpfe zu drücken, und verließ eiligst ihr Büro.

Die Sitzung hatte schon begonnen. Sie quetschte sich zwischen Franz und Michael auf den freigehaltenen Stuhl. Es gab das Übliche. Genügend Zeit, darüber nachzudenken, wie es mit den zweien oben in ihrem Büro jetzt weitergehen konnte. Die Kleine musste in die Schule. Und was passierte mit dem Bruder? In die Schule würde man ihn mit seinen fast siebzehn Jahren bestimmt nicht mehr bringen.

Nach der Sitzung traf man sich in Claras Büro. Ralph hockte fasziniert vor dem PC, und Sarah malte das vierzehnte Portrait von Roo.

Rudi hatte »seinen Jugendlichen« heute Morgen seinem Nachbarn ausgeliehen. Der renovierte gerade seine Wohnung und fand eine kostenlose Hilfe erfreulich. Er würde dafür sorgen, dass der Junge etwas Ordentliches zu Mittag zu essen bekam.

»Clara, ich habe eine Idee«, überlegte Horst laut. »Eine meiner Enkeltöchter ist im Moment wegen einer gerade überstandenen Grippe zu Hause, ich könnte ... Wie heißt du?« Er beugte sich zu Sarah, die ihn nur anstarrte. »Ich könnte sie zu uns bringen, und du holst sie heute nach dem Dienst ab, und dann kannst du auch gleich mit Brigitte über Schulen reden.«

Die Notwendigkeit, weitere neue Schlafstellen für obdachlose Jugendliche einzurichten, war dann das Thema Nummer eins.

»Wie wäre es, wenn wir mit unserem jetzt sehr dicken Konto eine Immobilie in schlechtem Zustand erwerben und dann mit Anleitung von Profis und den Jugendlichen, die noch ohne Beschäftigung sind, renovieren?«, wollte Rudi wissen.

Clara reagierte sofort darauf: »Gute Idee! Ruths Mann ist ein sehr erfolgreicher Immobilienhändler. Ich ruf sie an.«

Das Team trennte sich, um den Tagesaufgaben nachzugehen. Der Abschied zwischen Sarah und ihrem Bruder berührte alle, aber Horst war sich sicher, dass es eine gute Lösung war. Ralph hatte sich ans Fenster verzogen und starrte auf die Straße. Clara stellte sich neben ihn. »Komm, amüsier dich noch etwas an meinem PC. Ich versprech dir, Sarah wird heute einen glücklichen Tag erleben.«

Clara versuchte, Ruth zu Hause zu erreichen – leider erfolglos und hoffentlich kein schlechtes Zeichen. Dann meldete sie sich jedoch im Büro ihres Mannes. »Clara, wie schön, von dir zu hören, ich wollte mich schon melden, aber auf die Nerven wollte ich euch nicht gehen.«

»Ruth, geht's dir wieder gut, arbeitest du?«

»Na ja, arbeiten, ich helfe hier ein bisschen aus, aber ein dauerhafter Job ist das nicht. Und dann auch noch ohne PC-Aufgaben.« Clara hörte ein Kichern, bevor Ruth weiterredete: »Du hast hoffentlich Fragen, die ich lösen soll. Hier bin ich nur im Weg. Die Sekretärinnen hier mögen mich nicht.«

»Natürlich haben wir Fragen. Wer außer dir sollte die jetzt angehen? Aber ich hätte auch noch einen anderen Job für dich. Hättest du vielleicht Lust, Jugendlichen dein PC-Wissen beizubringen?«

»Du meinst, ich als Lehrerin?«, kam es etwas zögerlich von Ruth.

»Ja, und … ich hätte hier einen jungen Mann, mit dem könntest du es vielleicht ausprobieren.«

»Keine schlechte Idee. So lässt sich sicher feststellen, ob ich als Lehrerin geeignet bin. Bloß, wo könnten wir das machen?«, wollte Ruth wissen.

»Warum nicht bei mir zu Hause?«

»Clara, wie bring ich das meinem Mann bei? Er ist noch immer ängstlich, was mich und meine Gesundheit angeht.«

»Ruth, bitte lass das mich machen. Ich werde ihm einfach sagen, dass wir uns öfter sehen möchten. Und außerdem muss ich sowieso mit ihm kurz sprechen, wir suchen eine billige Immobilie. Am liebsten ein sehr renovierungsbedürftiges Mehrfamilienhaus.«

Auf dem Weg zu Doktor Roberts hörte Clara ihre Mobilbox ab. Sie hatte acht Nachrichten und alle von Luis Torres Casta. Gut, dass ihr Handy heute Morgen ausgeschaltet geblieben war und sie dann vergessen hatte, es wieder anzustellen. Es schien Herrn Torres plötzlich sehr wichtig, sie wiederzusehen, und das machte sie noch skeptischer.

Herr Doktor Roberts erwartete sie mit einem englischen Tee und dem Aktenordner. »Wäre es zu neugierig«, wollte er als Erstes dezent wissen, »wenn ich Sie frage, was in dem Brief stand, den ich Ihnen bei unserem ersten Treffen übergab?«

»Nein, in diesem Brief erfuhr ich zum ersten Mal etwas über die Vergangenheit meiner Jayja, und am Schluss des Briefes«, Clara schüttelte den Kopf, »hat sie mich gewarnt.«

Darauf hin wollte Doktor Roberts alles wissen, und Clara

erzählte es ihm. Er hörte ihr schweigend zu. Auch der Tod von Marulu Kos war neu für ihn. Es wurde nach wie vor jeden Monat das übliche Gehalt von der Kanzlei auf ein Nummernkonto ohne Namen für sie überwiesen. Neu war für ihn auch, dass Clara als Haupterbin einige Zeit die Hauptverdächtige war. Und als sie ihm dann von dem Überfall und Krankenhausaufenthalt erzählte, hörte er sich das alles sehr betroffen an.

»Leider gibt es noch immer keine Hinweise auf den Täter. Meine Versuche einer Kontaktaufnahme mit Toni Roscanz in Chile waren bis jetzt erfolglos. Er war immerhin der Stiefsohn, und vielleicht kann er uns weiterhelfen.«

»Toni Roscanz?« Dr. Roberts überlegte einen Moment. »Dieser Name – und da bin ich mir absolut sicher – taucht in keiner Akte auf.« Nachdenklich blätterte er in dem Aktenordner und schlug ihn dann sehr konsequent zu. »Ich glaube, ich kann es in dieser Situation kaum verantworten, Sie in die weitverzweigten Geschäfte von Frau Elisabeth Kranz-Singer einzuweihen. Wie Sie mir erzählten, wohnen Sie jetzt in der Wohnung der Verstorbenen. Und wie werden Sie beschützt?«

»Mein Kollege Michael Weide hat das in die Hand genommen. Ich habe einen persönlichen Schutz.« Sie zeigte ihm den Piepser unter ihrem Blusenkragen. »Eine direkte Verbindung mit den Diensthabenden.«

»Das beruhigt mich etwas.« Er schaute sie aufmerksam an. »Zu Ihrer Nachfrage gestern: Die chilenische Anwaltskammer führt keinen Luis Torres Casta. Der junge Anwalt, den ich damit betraute, suchte ganz Südamerika ab. Ging bis zu groben Untersuchungen in den USA, Europa und Asien. Alles vergebens. Eine Zulassung dieses Namens hat er nicht gefunden.«

»Das heißt, er ist kein Anwalt.« Clara runzelte die Stirn. »Was könnte er sonst sein?«

»Nach dem, was ich jetzt erfahren habe, möchte ich Ihnen fast verbieten«, Dr. Roberts wurde richtig streng, »mit diesem Mann ohne eine kompetente Begleitung noch einmal in Kontakt zu treten. Außerdem werden wir die Zahlung an Marulu Kos sofort einstellen und das Konto auflösen. Vielleicht möchten Sie dieses Geld monatlich auf Ihr laufendes Konto?«

»Super, ist das wirklich möglich? Ich bin gerade ziemlich knapp, ich habe jetzt plötzlich ein großes Familienleben. Und nachdem ich dank meiner Jayja jetzt auch über eine wirklich große Wohnung verfüge, gibt es Platz für alle.«

»Ihre Eltern? Sie erzählten mir doch, dass Sie alleine leben.«

»Nein, meine Eltern sind noch immer in Berlin.« Und dann musste er sich die Georg-, Ralph- und Sarah-Geschichten anhören. Und als sie damit fertig war, hatte sie einen neuen Förderer.

»Ich möchte mich bei der Instandsetzung der geplanten Immobilie beteiligen. Und außerdem möchte ich jetzt auch ein Versprechen ...« Er erhob sich, um sie zur Tür zu begleiten. »Ich möchte in regelmäßigeren Abständen von Ihnen hören, mit Ihnen in Kontakt bleiben.«

Das Paar zu Hause war so in das Internet vertieft, dass sie Clara erst bemerkten, als sie direkt neben ihnen stand. Ruth hatte auffällig rote Wangen. »Geht's dir gut? Das wird dir doch hoffentlich nicht zu viel?«, wollte Clara besorgt wissen.

»Nein, es ist super! Dieser junge Mann ist sehr begabt, und es macht uns beiden einen Heidenspaß.« Ruth lachte. »Ich wusste gar nicht, wie schön es ist, so etwas weiterzugeben. Vielleicht, weil die kleinen Kinder meiner Schwester ...« Sie zögerte einen Moment. »Die nerven immer. Deshalb hab ich das Leben ohne eigene Kinder nie bereut.«

Ralph strahlte auch, aber dann kam sofort die sehr besorgte Frage nach seiner kleinen Schwester.

»Die fahren wir jetzt zusammen holen, und auf dem Weg geben wir Ruth wieder im Büro ihres Mannes ab.«

Horst bewohnte ein dreistöckiges Haus in Junkersdorf. Als sie ankamen, stand die Haustür weit offen; drei quietschende Wesen rutschten gerade das hölzerne Treppengelände herunter, und eine von ihnen war Sarah. Als sie Ralph entdeckte, stürmte sie übermütig auf ihn zu und tanzte um ihn herum.

Von oben rief eine weibliche Stimme: »Biggi, bitte geht raus, die Oma hat Kopfweh und braucht Ruhe!«

»Mama, hier ist Besuch!«, brüllte eins der Mädchen zurück.

»Bring den Besuch ins Wohnzimmer, und sag, ich komme gleich.«

Horsts Tochter kam nach zwei Minuten. »Sie sind also die berühmte Clara. Ich habe schon viel von Ihnen gehört. Es vergeht eigentlich kein Tag, wo Vater nicht eine Geschichte von Ihnen zum Besten gibt. Wir Frauen sind schon alle ganz eifersüchtig und – ich besonders. Bei mir ist gerade außer Mutterjob nichts Aufregendes los. Wenn ich meine Kinder nicht so lieben würde, würde ich bitter werden, besonders wenn Papa dann so besonders von Ihrer Tüchtigkeit schwärmt.«

Clara schüttelte den Kopf, sie schauten sich an, und dann kam es von Clara etwas zögernd: »Meine Sehnsucht, einmal Kinder zu bekommen, habe ich noch nicht aufgegeben. Zwei Jahre war ich ohne Freund – und vom Himmel fliegen die Kinder ja nicht. Die Angst, eine schrullige Single zu werden, sitzt mir nicht mehr so im Nacken, seit ich mich als große

Schwester oder Tante übe. Ich weiß nicht, ob Ihr Vater erzählt hat: Ich habe einen Achtzehnjährigen, der schon eine Weile bei mir wohnt. Ohne ihn kann ich mir mein Leben gar nicht mehr vorstellen. Und jetzt, seit gestern, hat sich meine Familie schon wieder vergrößert. Die zwei …«, Clara deutete auf Ralph, der mit Sarah auf dem Schoß am äußersten Zipfel des Sofas hockte, »… die zwei will ich auf jeden Fall auch in mein Familienleben aufnehmen. Wie finde ich für Sarah eine gute Grundschule? Möglichst eine, die auch am Nachmittag noch Betreuung anbietet.«

»Also auf eins mehr oder weniger kommt es nicht an. Die haben sich heute so gut verstanden, ich glaube, ich habe einen Vorschlag: Sie bringen sie morgens in unsere Grundschule. Vielleicht könnten Sie meine auch mitnehmen. Ich hole alle drei nach der Schule hierher, mache Aufgaben mit ihnen, und Sie kommen dann, wenn Sie können, und holen sie ab.«

Die SMS, die Clara bekam, als sie ins Auto stiegen, war schuld für das verbotene Tempo, das Clara dann auf dem Nachhauseweg fuhr. »Mein Liebstes, habe meinen Flugplan umgeändert und mache heute einen Zwischenstopp bei dir – hab große Sehnsucht nach dir, dein Hoby.«

Donnerstag, 25. Mai

Mit Sorgfalt wählte er eine seiner besonders wertvollen Krawatten. Heute trug er den einzigen maßgeschneiderten Anzug mit Weste, den er sich vor einigen Jahren in Santiago von einem sehr anerkannten Schneider hatte machen lassen. Grau gestreift und sehr dezent. Diese Art Anzug hatte er als Halbwüchsiger bei den Besuchern seiner Stiefmutter besonders bewundert.

Er würde um 10.35 Uhr einen Germanwings-Flug nach Zürich nehmen. Es war erstaunlich, wie preiswert diese Flugtickets waren. Er hatte es sich sehr genau überlegt, ob er mit dem Zug – allerdings zweimaliges Umsteigen und eine Übernachtung – nicht besser fahren würde, aber bei der Addition kam ein solcher Unterschied zustande, und dieser würde sich sicherlich nicht lohnen. Da konnte er sich sogar und ausnahmsweise ein Taxi zum Flughafen genehmigen. Das Taxi, stellte er bei einem Blick aus dem Fenster fest, wartete bereits unten. Der Himmel war bewölkt, also wäre es ratsam, Regenmantel und Hut mitzunehmen. Er bestieg das Taxi, ohne den Mann an der Hausecke zu bemerken.

☆

Clara rollte sich langsam und leise aus Hobys Armen und schlich aus dem Schlafzimmer. Hoby schlief noch tief und fest. Kein Wunder, sie hatten die letzte Nacht wie die Nachteulen verbracht. In der Küche fütterte Georg Sarah gerade wie eine Zweijährige mit Cornflakes, und Sarah streichelte Roo und schien es zu genießen. Mit Pausenbrot und einem kurzen Tschüss in Richtung Ralph und Georg machte Clara sich mit ihr auf den Weg. Biggi und Vivi warteten vor der Tür, und dann ging hinten im Auto das Geplapper los.

Als sie bei der Schule ausstiegen, stellte sich Biggi vor Sarah: »Keine Angst, wir halten zu dir, also lass dir nichts gefallen, und wir sehen uns dann in der Pause.«

Der Direktor hatte seine Prinzipien. Mitten im Schuljahr und ohne die Basis einer anderen Schule kam eine Aufnahme nicht in Frage. Aber Clara blieb stur und konnte ihn dann auch davon überzeugen, es wenigstens auf einen Versuch ankommen zu lassen.

Sie brachte Sarah in die Klasse von Vivi und fuhr dann schon wieder viel zu schnell nach Hause. Hoby frühstückte, und dank Georg hätte das Frühstück von ihr auch nicht besser hergerichtet werden können. Aber dann mussten sie los. Hoby würde über Zürich, wo er heute den ganzen Tag zu tun hatte, nach Berlin fliegen. Sein Flug ging um 10.35 Uhr – und es wurde Zeit. Das Parken am Flughafen war wie immer ein Problem.

»Warum schmeißt du mich nicht hier raus? Bin doch morgen schon wieder da.«

»Hast du schon genug von mir?«, wollte Clara daraufhin wissen. Da lachte Hoby und nahm sie in die Arme. Hinter ihnen hupte wütend ein Auto, und dann bekamen sie einen Parkplatz. Hoby checkte an einem der Computer ein, und Clara entdeckte Luis Torres Casta. In ihrer Mobilbox war er achtmal vertreten. Er stand zusammen mit einem Mann in Regenmantel und Hut, gestikulierte wild mit seinen Armen und sah sehr wütend aus. Ihm wollte Clara jetzt auf keinen Fall begegnen.

»Hoby, ich glaube, ich werde mich jetzt aus dem Staub machen, wir sehen uns am Freitag.«

»Mein Liebling, ist etwas? Jetzt haben wir einen Parkplatz erkämpft, und ich dachte, wir können hier noch einen Kaffee zusammen trinken. Ich scheine mich viel schwerer von dir zu trennen als du von mir«, meinte er leicht beleidigt.

»Spinnst du?!« Vielleicht waren ihre Ängste, die sie bei diesem Torres empfand, doch nur Einbildung. Dass Doktor Roberts nach allem, was sie ihm erzählt hatte, so reagierte, war verständlich. Ein aufmerksamer Zuhörer musste bei jedem neuen Unbekannten skeptisch werden. Und die Annahme, dass er Anwalt sei, war wahrscheinlich ihr sprachliches Missverstehen. Womöglich negierte sie jetzt den einzigen Menschen, der im Fall Jayja weiterhelfen könnte.

Hoby nahm ihre Hand und zog sie bis zu der Kaffeetheke, die auf dem Weg zu seinem Gate lag. »Irgendetwas ist nicht in Ordnung! Ich spüre deine Anspannung, und wenn ich morgen Abend wiederkomme, werde ich darauf bestehen, dass du es mir erzählst.«

In dem Moment tauchten der Mann mit dem Hut und daneben Torres wieder auf. Vielleicht verließen sie zusammen die Stadt. Aber Torres trug nicht einmal eine Aktentasche. Sein Begleiter fiel durch sein ungewöhnliches, korrektes Outfit auf. Dunkler Anzug mit Weste, den Regenmantel jetzt über dem Arm, hochgewachsen, schlank, und sein Blick war ausgesprochen abweisend und streng.

Torres hatte sie entdeckt – würde er jetzt kommen und sie ansprechen? Aber er deutete nur kurz auf sie, sein Begleiter musterte sie, und dann waren die beiden vorbei.

Hobys Maschine wurde aufgerufen, vor der Sicherheitskontrolle nahm Hoby sie noch einmal in die Arme. »Nur bis morgen Abend! Komm, gib mir noch einen Kuss! Ich verstehe, dass du deine neuen Familienmitglieder nicht alleine lassen kannst, aber nächstes Wochenende ist Berlin angesagt!«

»Versprochen, dann bleibt mir genügend Zeit, etwas für sie zu organisieren!«

Sein letzter liebevoller Blick würde Clara den ganzen Tag über begleiten und auch glücklich machen, egal was passierte. Es dauerte keine Minute, bis Torres neben ihr ging. »Das nenne ich einen glücklichen Zufall. Ich wollte Sie sowieso bitten, mich zu treffen.«

Clara lief weiter, ohne auf ihn zu reagieren. Er ging schneller und stellte sich vor sie. »Wir sollten miteinander reden! Es gibt noch einiges in der Sache Marulu Kos zu klären. Das Auffinden der Familie Sanchez ist für mich von großer Wichtigkeit. Mir scheint, dass Sie mir da etwas verschweigen. Warum? Sie haben doch den Kontakt zu mir gesucht. Kommen Sie schon, setzen wir uns, warum nicht auf diese Stühle?«

Clara schüttelte den Kopf, dieser Mensch sollte sie in Ruhe lassen. Gefährlich war er vielleicht nicht, aber auf jeden Fall sehr unsympathisch.

»Übrigens, der Herr, mit dem Sie mich eben sahen, ist der Neffe von Marulu Kos!«

»Der Neffe von Marulu Kos?« Clara blieb stehen. »Ich dachte, sie hat keine Familie mehr außer ...« Sie schwieg einen Moment.

»Außer wem?«, wollte er jetzt von ihr wissen.

»Toni Roscanz«

»Richtig, Toni Roscanz.«

Das veränderte die Situation völlig. Seit Wochen suchten sie Toni Roscanz. »Also gut.« Sie schaute auf ihre Uhr. Für die Sitzung war es sowieso zu spät. »Warum nicht hier? Ich habe allerdings nicht viel Zeit, ich muss zur Arbeit.«

»Was machen Sie beruflich, wenn ich das fragen darf?«

»Ich bin Sozialarbeiterin im Jugendbereich. Und was machen Sie?«

»Ich bin als Anwalt Mitarbeiter einer großen chilenischen Firma, die finanzielle Ungereimtheiten von Privatleuten oder Firmen regelt. Ich bin, wenn Sie es einfacher wissen wollen, so eine Art Privatdetektiv für diese Firma.«

»Sie wissen sicher, wie ich Toni Roscanz erreichen kann.«

»Natürlich, aber ohne seine Erlaubnis – und das werden Sie verstehen – kann ich seine Adresse nicht weitergeben.«

»Okay, dann wäre es hilfreich, Sie würden ihn fragen. Ich würde gern nur kurz mit ihm reden.«

»Eine Hand wäscht die andere. Ich erledige das, wenn Sie mir verraten, wo die Familie Sanchez jetzt ist.«

»Da gilt dasselbe wie für Herrn Roscanz, und das werden Sie sicher verstehen. Ich muss die Familie Sanchez auch erst fragen.«

Die Familie Sanchez würde bei dieser Frage allerdings nur Bahnhof verstehen. Sie winkte dem Kellner, bezahlte den halb ausgetrunkenen Kaffee, stand auf, verabschiedete sich mit einem Kopfnicken und machte sich auf den Weg. Ein Taxi blieb hinter ihr, selbst als sie ihre Straßenrichtung änderte und nicht die Zubringerautobahn des Flughafens benutzte. Sie fuhr schnell. Vor dem Präsidium sah sie das Taxi wieder. Sie hatte sich das Nummernschild gemerkt, also kein Irrtum möglich. Es drehte gerade, drinnen saß kein Gast mehr. Sie parkte auf dem Besucherparkplatz und ging dann durch den Besuchereingang. Es warteten einige Leute. Ihren Verfolger entdeckte sie nicht darunter.

Könnte es sein, dass Toni Roscanz ihn auf etwas aufmerksam gemacht hatte? Oder warum beschattete Torres sie jetzt? Hoffte er vielleicht, dass er so die Familie Sanchez finden würde?

In ihrem Büro blinkte der Anrufbeantworter. Das Handy läutete, sie zählte bis fünf. Bitte nicht wieder Torres.

»Ich habe von Pater Anselmo Ihre Telefonnummer, ich heiße Sebastiano Rocc. Störe ich Sie gerade? Ich bin leider nur für drei Tage in der Stadt, und Pater Anselmo meinte, ich sollte mich mit Ihnen in Verbindung setzen. Und wenn er sich etwas von mir wünscht, erfülle ich es immer möglichst schnell.«

»Pater Anselmo meinte, Sie würden Luis Torres Casta kennen.«

»Wie war bitte der Name?«

»Torres Casta.«

»Den habe ich noch nie gehört. Ich dachte, es geht um Doktor Rosch-Moro. Und soweit ich den Pater verstanden habe, erkundigten Sie sich nach ihm. Er war nach der Kirche auch in dem Lokal, wo wir immer die Tapas essen.«

»Wie sieht er aus?«

Hatte Torres vielleicht zwei verschiedene Identitäten? Zuzutrauen war ihm alles. Also fragte Clara weiter: »Ist er schlank, mittelgroß und hat dunkles, graumeliertes Haar? Die Augenfarbe wäre zu viel verlangt, die kenne ich nicht.«

»Das ist er sicher nicht. Doktor Rosch-Moro trägt in der Öffentlichkeit immer Hüte. Unter uns, er hat oben auf dem Kopf überhaupt keine Haare, und die wenigen, die er an der Seite hat, sind sehr kurz geschnitten.«

»Wie könnte ich Doktor Rosch-Moro erreichen?«

»Also, das ist nicht schwierig. Ich habe seine deutsche Handynummer, und wenn er in Deutschland ist, benutzt er dieses, und dann kann man ihn erreichen. Ich muss Ihnen noch etwas erzählen. Ich habe gehört, wie lieb Sie sind. Ja, die Familie Sanchez kenne ich auch gut. Mit Doktor Rosch-Moro werden Sie sich gut verstehen, er hilft gern, er hat einem Vetter von mir sehr geholfen, und das nicht einmal für Geld.«

»Danke!«

»Ich bin nächsten Sonntag in der Kirche, und danach könnten wir miteinander reden, falls das jetzt nicht klappt. Ich muss erst Sonntagabend wieder auf meine Wanderschaft.«

Was für eine nette Unterhaltung mit einem Fremden, ging es Clara durch den Kopf, als sie auflegte.

Doktor Rosch-Moros Mobilbox meldete sich, und auf dieser bat sie ihn um einen Termin. Dann schaute sie durch ihre E-Mails – und da war die lang erwartete spanische E-Mail von José Montranos Mutter.

Liebe Frau Clara,

es tut mir leid, dass ich Ihnen erst jetzt schreibe, aber leider war ich sehr unpässlich und länger dazu nicht in der Lage.

Mein Sohn erzählte mir von Ihrer Begegnung und dass Sie Fragen bezüglich Santa Paola haben. Nun bin ich jetzt im Alter so schwerhörig, dass wir nicht miteinander telefonieren können, sicher die einfachste Möglichkeit. Also müssen wir es auf diesem Weg versuchen. Hier hilft mir meine Enkelin, die sehr gut in diesen modernen Sachen ist.

Ich habe aber auch Fragen, denn ich habe die Señora Elisabeth sehr verehrt. Ihr verdanke ich es, dass ich das, was meine Enkeltochter jetzt hier schreibt, auch lesen kann. Wichtigste Frage: Hoffentlich ist es ihr in Deutschland gut gegangen? Wir waren alle sehr traurig, als sie plötzlich still und leise verschwunden ist. Sie ist nach Santiago zum Arzt und dann nicht mehr wiedergekommen. Señor José ist danach ein anderer geworden, wortkarg und grimmig.

Verstanden haben wir es alle, es ist einfach zu viel passiert.

Und sicherlich war es richtig von ihr, denn irgendjemand wollte ihr nicht gut, und ich mag noch immer nicht daran denken, aber Marie-Rosa ist vor drei Jahren endlich von ihrem Rollstuhl erlöst worden und gestorben.

Man sollte nicht nur das Traurige aufwecken, sondern sich über das Schöne freuen. Schön für mich, dass die Señora doch einige Jahre hier bei uns verbracht hat und wir dadurch das Glück hatten, ganz im Gegensatz zu der restlichen Bevölkerung, Lesen und Schreiben zu lernen. Jetzt, während meiner Krankheit, hat mir unser Pater immer wieder Bücher gebracht, und die haben mich in die interessantesten Welten entführt. Da musste ich dann oft an sie denken.

Mit freundlichen Grüßen

Carmen Montrano

Jayjas Spuren, selbst nach so vielen Jahren waren sie noch nicht verweht, dachte Clara und spürte, wie sie Traurigkeit überfiel. Sie beschloss, am Nachmittag auf den Friedhof zu fahren und nach dem Rosenbusch zu schauen, den sie mit Hoby vorletztes Wochenende eingepflanzt hatte.

Noch einmal las sie sorgfältig den Brief von Carmen Montrano. Ihr Spanisch wurde immer besser, sie verstand fast jedes Wort. Aber für den Antwortbrief mit neuen Fragen fühlte sie sich noch nicht sicher genug.

Sie bat Michael, auf einen Latte zu kommen, und während er ihn schlürfte, erzählte sie ihm von Luis Torres Casta und von Toni Roscanz und gab ihm die von ihr übersetzte E-Mail von Carmen Montrano, die er aufmerksam las.

»Meinst du, Torres lauert hier noch auf dich? Du hast doch hoffentlich deinen Piepser an. Ich werde mich unten nach ihm umschauen.«

»Michael, bitte, ich pass auf. Ruth bekommt sicher heraus,

wann Toni Roscanz mit dem Flieger aus Zürich zurückkommt, und dann könnte ich ihn am Flughafen abpassen.«

Zuhause empfing Clara Gekicher. Ruth und Ralph amüsierten sich über etwas neu Entdecktes auf dem Bildschirm. Clara konnte sich nicht erinnern, Ruth jemals so fröhlich erlebt zu haben.

»Mittagspause, ich habe eine wichtige Aufgabe für euch. Ruth, ich muss wissen, wann ein Toni Roscanz aus Zürich zurückfliegt. Billigflieger, wird sehr wahrscheinlich nicht leicht sein.«

»Wenn er fliegt, bekomme ich es auf jeden Fall heraus. Und das ist dann was Neues für meinen super Schüler hier.«

Ruth und Ralph verzogen sich wieder hinter den PC. Und schon zehn Minuten später bekam Clara die Ankunftszeit von Toni Roscanz um 11.20 Uhr aus Zürich.

Antonio hatte am Nachmittag Zeit, um mit ihr die E-Mail an Carmen Montrano zu schreiben. Michael hatte auch nach sorgfältigem Prüfen keinen Verdächtigen mit dem Namen Torres Casta aufgetrieben, und es wurde Zeit, etwas fürs Abendessen auf die Beine zu stellen.

Clara berührte die Fröhlichkeit zwischen Ruth und einem neu eingekleideten Ralph. Die zwei kamen mit mehreren Tüten beladen erst kurz vor dem Abendessen zurück. Sarah bekam ein in buntes Papier gewickeltes Paket. Sie wollte es nicht auspacken, wollte es unbedingt so aufheben. »Ist das wirklich für mich? Darf ich das behalten? Auch wenn ich mal nicht brav bin?«

»Komm, jetzt pack aus! Alle wollen sehen, was da drin ist«, beschwor Ralph sie und gab keine Ruhe, bis Sarah aus dem Paket einen Teddy zog.

Freitag, 26. Mai

Sorgfältig band er seine graugrün gemusterte Krawatte vor dem Spiegel des sehr kleinen grün gekachelten Badezimmers und strich sich durch die Haare. Die Reise nach Zürich hätte er sich sparen können. Die Begegnung mit dem Banker gestern war erfolglos verlaufen. Der Banker gerierte sich sehr distanziert und war zu keiner Aussage ohne eine notarielle Bestätigung, nicht älter als sechs Monate, bereit. Das Testament könnte er nicht mehr als gültig oder rechtskräftig akzeptieren. Die Reise – und das gestand er sich jetzt grimmig ein – war von ihm nicht sorgfältig genug vorbereitet worden, und dies musste sofort nach seiner Heimkehr in Angriff genommen werden.

Er hatte Zeit, um noch eine Weile am Züricher See spazieren zu gehen, bevor er die Fahrt mit der Straßenbahn zum Flughafen antrat.

☆

Die Küche war ordentlich, obwohl sie es Georg gestern verboten hatte, noch aufzuräumen. Ihre drei saßen schon am Küchentisch und frühstückten. Als sie sich mit Sarah auf den Weg machte, kam Georg hinter ihr her und umarmte sie. »Clara, ich hoffe, du hast nicht vergessen, dass ich mit Siegfried heute zum Literaturfestival verschwinde. Bitte mach dir nicht zu viel Arbeit, ich bin am Sonntagvormittag wieder hier, und dann wird aufgeräumt.«

Clara würde ihn vermissen. Er begleitete sie und Sarah bis zur Tür. Und dort nahm sie ihn noch einmal fest in die Arme.

Bis zur Schule lief alles glatt, aber dann landete sie in einem morgendlichen Stau, aus dem es kein Entkommen gab. Ihr Zuspätkommen wurde nicht wahrgenommen in der Auseinandersetzung, die gerade stattfand. Eine lautstarke Konfrontation, Hans konnte sich nicht durchsetzen und wollte dann mehrmals die Sitzung verlassen. Aber selbst seine Anhänger hielten ihn davon zurück. Es ging mal wieder um das Jugendthema. In der letzten Nacht hatten Jugendliche einen Erwachsenen auf dem Neumarkt krankenhausreif geprügelt. Er lag schwerverletzt auf der Intensivstation, und nichts war passiert. Für Clara ein Albtraum, denn natürlich mussten diese Jugendlichen aus dem Verkehr gezogen und bestraft werden.

Irgendwann hörte die Schreierei auf, und jeder wusste, als sie sich trennten, wer das Projekt für die Jugend professionell und sinnvoll unterstützen würde und wer nicht.

Es stellte sich heraus, dass weitaus mehr dafür als dagegen waren, selbst bei dem jetzt anfallenden größeren Arbeitseinsatz.

Clara behielt die Uhr im Auge, sie wollte unbedingt pünktlich zum Flughafen, und Michael bestand darauf, sie zu begleiten.

»Michael, kannst du bitte hier im Auto warten? Und wenn er nicht mit mir kommunizieren will, sollten wir uns die Möglichkeit offen halten, ihn zu verfolgen und so seine Adresse herausfinden.«

»Du hast recht, ich warte hier im Auto und bekomme von dir ein Zeichen.«

Warum war sie so aufgeregt, als sie am Flugsteig mit anderen Wartenden stand? Marulu Kos' Neffe, Sohn von José und nach den neusten Erkenntnissen auch Jayjas Stiefsohn. Sicherlich konnte er ihr einige wichtige Fragen beantworten. Was war in Santa Paola, das jetzt ihm gehörte, vorgefallen?

Die ersten Passagiere verließen das Flugzeug. Und dann sah Clara seinen Hut, trotz strahlendem vorsommerlichem Tag trug er ihn. Den Regenmantel allerdings hatte er sich über den Arm gelegt.

Sie ging auf ihn zu, er war in Gedanken, runzelte die Stirn und wollte ihr ausweichen.

»Herr Roscanz, bitte entschuldigen Sie, dass ich Sie einfach so anspreche, aber ich würde mich gern einen Moment mit Ihnen unterhalten.«

Er blieb stehen und fragte etwas ungehalten: »Ja bitte?«

Sie standen mitten in einem Strom sich vorwärtsbewegende, Passagiere. Keine gute Situation, um jemanden mit offensichtlichen Berührungsängsten zu befragen.

»Vielleicht darf ich Sie zu einer Tasse Kaffee einladen«, forderte Clara ihn auf, »ich versuche schon seit einer Weile, mit Ihnen Kontakt aufzunehmen.«

Er ging schneller, lief beinahe, und durchquerte die Ankunftshalle bis zu einem menschenleeren Bereich. Dort blieb er plötzlich stehen und drehte sich zu Clara, die ihm gefolgt war, um. Er musterte sie genau. »Was wollen Sie?«

»Ich würde gern mit Ihnen über Santa Paola sprechen.« Clara fiel es plötzlich schwer weiterzusprechen. Er hatte eine sehr strenge, distanzierte Ausstrahlung, und sie musste sich zusammenreißen. »Ich würde gern auch mit Ihnen über Marulu Kos, Ihre Tante, reden.«

Er fixierte sie einen Moment mit seinen stahlgrauen Augen. »Jetzt ist es mir zeitlich nicht möglich, aber am Dienstag, den dreißigsten Mai, um elf Uhr dreißig im Café Krämer, Innenstadt.«

»Gern, also bis Dienstag.« Aber er wartete Claras Antwort nicht ab, sondern eilte bereits zum Ausgang. Sie sprang in Michaels Auto, und sie folgten dem Taxi, in das er gestiegen war.

»Michael, er ist überhaupt nicht kommunikativ.« Clara überlegte einen Moment. »Er hat eine extrem strenge Ausstrahlung, und wir sind nächsten Dienstag verabredet. Aber ob ich bei ihm etwas Wichtiges herausbekomme, da habe ich meine Zweifel.«

»Einen Versuch ist es auf jeden Fall wert.«

»Bin neugierig, ob er diese Verabredung am Dienstag überhaupt einhält – aber danke für deine Hilfe, Michael. Habt ihr vielleicht Lust, mit uns allen – morgen ist Hoby da – im Rheingarten zu essen? Das Wetter soll gut bleiben.«

Und dann landete ihr Gespräch wieder bei dem mehr als problematischen Jugendthema. Die Kriminalität der Jugendlichen stieg an und die Grausamkeit auch, und es wurde immer schwieriger, die Aggressivität von einigen Jugendlichen in den Griff zu bekommen.

Das Taxi fuhr durch die Innenstadt zu den städtischen Grünanlagen und hielt dort sehr abrupt bei einem der Seitenwege. Toni Roscanz stieg sofort aus. Er hatte ganz offensichtlich schon vorher gezahlt. Clara wollte ihm folgen, aber Michael hielt sie konsequent zurück. »Clara, bitte, wenn er dich entdeckt, fühlt er sich verfolgt, und das sollten wir im Moment unterlassen!«

»Michael, schau, wie gezielt er seinen Weg geht! Er bewegt sich eindeutig wie jemand, der diese Grünanlagen oft benutzt und durchquert. Nicht wie ein Hundebesitzer, und als Jogger kann ich ihn mir noch weniger vorstellen.«

»Ich fahr jetzt auf die andere Seite, vielleicht taucht er dort wieder auf.«

»Michael, du bist ein Optimist, aber versuchen sollten wir es auf jeden Fall!«

Sie hatten keinen Erfolg. Es gab nur eine junge Joggerin und eine ältere Frau mit ihrem Hund.

Hobys Flieger hatte Verspätung, und als er sie in die Arme nahm, war die Küche aufgeräumt und Ralph und Sarah in ihrem Reich unter dem Dach.

Hoby wollte nichts mehr zu essen, höchstens noch ein Glas Wein, aber vor allen Dingen sie. Ausgiebigstes Geschmuse auf dem Bibliothekssofa, unter der Dusche, von wo aus er sie dann ins Bett trug.

Samstag, 27. Mai

Er stand erst mittags auf und auch nur, um der Katze, die ihm keine Ruhe gönnte, schon seit geraumer Zeit nervend an seinem Bett kratzte, ihre Milch zu geben. Auch sie sollte ihn in Ruhe lassen. Alle sollten ihn in Ruhe lassen. Wann konnte er endlich mit dem von ihm ersehnten Leben anfangen? Er musste an die Tante denken und an ihre Strenge. Sie hatte es nie zugelassen, dass er sein Wochenende so verbrachte, und ihn mit ihrer scharfen Kritik immer wieder aus seiner Unzufriedenheit geholt.

☆

Erst Samstagnacht wurde aus dem chaotischen Familiennest wieder ein Liebesnest. Georg hatte gefehlt. Das Mittagessen mit Michael und Maja war schon stressig, denn Hoby wollte mit ihr alleine sein. Und dann wurden Michael und sie auch noch zu einer Katastrophe mit Jugendlichen in der U-Bahn-Station Neumarkt gerufen. Es gab zwei schwer verletzte Jugendliche und leider keine Zeugen.

Als Clara dann so schnell wie möglich wieder nach Hause kam, fand sie einen sehr genervten Hoby vor. Er war in praktischen Dingen sehr ungeübt, und Ralph musste es auch noch lernen. Die Küche war ein Chaos, zerbrochene Milchkanne auf dem Küchenboden, blutender Zeh, weil man sich mit nackten Füßen einen Splitter eingetreten hatte, und dann gab es auch noch eine überlaufende Badewanne, weil sie vergessen wurde.

Sonntag, 28. Mai

Seinem Halbbruder Fritz hatte er gestern noch am späteren Abend mitgeteilt, dass sein Kommen heute unerwünscht sei. Fritz, betrunken, selbst durch die schlechte Verbindung feststellbar, fluchte wild. Heute Morgen um 4.37 Uhr klingelte es Sturm und nicht nur bei ihm, er hörte auch die Klingel in der Nachbarwohnung. Und als er aus dem Fenster schaute, sah er Fritz mit zwei Männern unten stehen. Sie klingelten wieder. Fritz schwankte auf einen seiner Begleiter zu und rutschte, als dieser zurückwich, auf den Boden. Die zwei Begleiter schoben seine Beine und Füße auf den Bürgersteig und überquerten dann unauffällig langsam die Straße, um in den nicht beleuchteten Grünanlagen zu verschwinden. Ein Streifenwagen tauchte auf. War er von einem der anderen Hausbewohner gerufen worden? Zwei Polizisten stiegen aus, versuchten, mit Fritz, der noch immer – jetzt gekrümmt mit einem Ellbogen unter dem Kopf – auf dem Bürgersteig lag, Kontakt aufzunehmen. Nachdem dies nicht gelang, packten sie ihn und schleppten ihn in ihr Auto.

☆

In die Kirche schafften sie es nicht. Es ist alles anders, wenn man plötzlich zu einer größeren Familie angewachsen ist. Hoby gab sich Mühe, und das rührte sie. Aber ganz ohne Diskussionen ging es nicht.

Wie hatte sich Claras Leben in den letzten Wochen verändert! Sie stellte fest, dass sie keinen Augenblick mehr alleine war, und das auch vermisste.

Montag, 29. Mai

Wie immer füllte er die Schale seiner Katze mit Milch und legte die Scheibe Schinken daneben. Wo war sie eigentlich, er hatte sie seit gestern Nachmittag nicht gesehen? Heute wählte er eine grau in grau gemusterte Krawatte, dem Wetter angepasst. Er setzte sich noch einmal an den Tisch, um noch einige beschriebene Blätter in kleine Schnipsel zu zerteilen. Akten, die ihm in keiner Hinsicht weitergeholfen hatten. Das Zerkleinerte füllte er in eine Plastiktüte.

Er war heute wesentlich früher als gewöhnlich, aber er wollte unbedingt in seinem Büro im Internet einiges eruieren, bevor die Sekretärin kam. Keine weiteren Reisen in der nächsten Zeit, sie brachten ihn zu sehr aus seinem gewohnten Rhythmus. Und einiges davon ließ sich auch über das Internet regeln.

Er zog seinen Regenmantel an und nahm den größeren seiner beiden Schirme. Ein Wolkenbruch entlud sich gerade vehement und tauchte die Grünanlagen in einen dunstigen Schleier. Sie waren um diese Uhrzeit und bei diesem Wetter völlig verlassen. Die Abfallkörbe quollen – wie immer montags – über und warteten schon auf ihre Leerung. Sorgfältig verteilte er, wie beim letzten Mal, den Inhalt seiner Plastiktüte in ihnen. Mit diesem Regen kein Risiko, die Papierschnipsel verwandelten sich sofort in gewünschte Unkenntlichkeit und gingen im restlichen Müll unter.

☆

Clara musste sich beeilen! Sarah mit den Stein-Kindern in der Schule abgeben und dann mit Hoby weiter zum Flughafen fahren. Auf dem Weg musste Clara ihm versprechen, dass sie nächstes Wochenende wirklich nach Berlin kommen würde. »Ich will dich alleine! Bitte verstehe mich nicht falsch, ich mag deinen ganzen Anhang, aber gestern hatte ich definitiv zu wenig von dir.« Clara verstand ihn. Das Wochenende war auch für sie zu hektisch gewesen.

Sie kam zwanzig Minuten zu spät in die Sitzung. Kein Hans, kein Jörg. Thema Nummer eins: die Jugend und natürlich auch der Überfall in der U-Bahn, wo sich leider nichts Aufklärendes ergeben hatte. Die Täter, drei vermummte Jugendliche, hatten sich in Luft aufgelöst, und alle Zeugenaussagen waren vage. Horst schüttelte den Kopf: »Daran sieht man doch, dass wir etwas tun müssen, und umso wichtiger ist es, für diese Jugendlichen sinnvolle Beschäftigungen zu finden. Ich verstehe die Einstellung von Hans nicht.«

Nach einigem Hin und Her beschlossen sie gemeinsam, dass ein Gespräch mit Hans stattfinden musste. Horst und Franz würden das übernehmen. Rudis und Claras Nachtschicht war das letzte Thema, bevor die Sitzung sich auflöste. Es gab keinen, der Claras Beteiligung an der Nachtschicht gut fand. »Es gibt mehr als genug Männer, die das für dich übernehmen können. Und um die Jugendlichen, das hat jetzt hier jeder endgültig kapiert, da brauchst du dir wirklich keine Sorgen mehr zu machen.«

Aber Clara blieb in dieser Hinsicht stur und bestand auf ihrer Nachtschicht. In ihrem Büro wartete einiges. Ruth hatte gestern am Telefon endgültig zugestimmt, mit der Unterstützung von Ralph den Computerkurs in Angriff zu nehmen.

Es fehlten die nötigen PCs. Robert de Koonig war die einzige Rettung, die ihr einfiel. Mit etwas schlechtem Gewissen rief Clara in seinem Büro an. Konnte sie ihn wirklich noch um etwas bitten? Er tat schon sehr viel für die Jugend, typisch, man verfällt automatisch immer auf dieselben. Seine Sekretärin meldete sich.

»Moment, Herr de Koonig ist ...«

»Hallo Clara«, wurde die Sekretärin unterbrochen. »Mir kommt es vor, als ob ich schon länger nichts von dir gehört habe. Geht's dir gut? Was macht unser Projekt?«

»Hallo Robert, ich wollte nicht stören, aber vielleicht darf ich in der nächsten Zeit kommen, um dir über unser Projekt zu berichten. Oder hättest du Lust, mit mir einmal dorthin zu fahren, um dir das Ganze an Ort und Stelle anzuschauen?«

»Gern, wie wäre es, wenn du heute Mittag eine Kleinigkeit mit mir hier im Büro essen würdest? Ich sollte eigentlich mit der Morgenmaschine nach Washington fliegen, aber das hat sich auf morgen verschoben, und deshalb hätte ich Zeit und würde mich über deine nette Gesellschaft freuen.«

Das Mittagessen mit Robert war etwas Besonderes. Ihre Gespräche, das Sashimi vom Thunfisch und dann eine Köstlichkeit, die sich Clara sehr selten leistete: Spaghetti mit schwarzen Trüffeln. »Ich habe ein sehr schlechtes Gewissen. Da geh ich jetzt nach einem köstlichen Mittagessen, und alle meine Wünsche wurden erfüllt – und das in fünfzehnfacher Ausführung! Danke, lieber Robert, für die fünfzehn Computer! Sie werden uns sicher auch weiterhelfen, etwas für unsere Problem-Youngsters zu tun. Wann darf ich für dich kochen?«

Robert blätterte in seinem Terminkalender. »Wie wäre es nächsten Freitag? Da bin ich wieder zurück.«

»Super, freue mich! Und dafür werde ich auch alle meine Kochbücher wälzen.«

Zuhause hatte Georg wieder alles bestens im Griff. Er bestand darauf, dass Clara eine Pause einlegte, nachdem Nachtdienst anstand. Und Clara zog sich mit zwei Büchern in ihr Schlafzimmer zurück, schlief ein – und das, bis Georg sie weckte. Rudi saß schon entspannt unten im Dienstwagen und wartete auf sie. »Keine Hektik notwendig, es ist überhaupt nichts los, die Stadt ist wie ausgestorben!«

Sie machten die übliche Innenstadtrunde, und auf Claras Vorschlag fuhren sie dann zu den städtischen Grünanlagen. Eine günstige Gelegenheit, sich diese genauer anzuschauen. Es war ein Teil von Köln, der nicht in ihrem üblichen Bereich lag. Natürlich war die Gegend menschenleer und kein Auto weit und breit. Die Straße, die durch die Anlage führte, mündete auf die Heimbachstraße und fasste die Grünanlage von einer Seite ein.

»Rudi, bitte gib es zu, die Häuser an dieser Straße sind zwar nicht schöne alte Häuser wie im Pauli-Viertel, aber du musst zugeben, hier eine Wohnung direkt am Grünen ist nicht zu verachten.«

Rudi schüttelte den Kopf. »Also dieses Grün, damit kannst du mich jagen, das ist städtisch, nichts zu gärtnern. Und hier ist doch immer tote Hose, nicht nur am Montag. Keine nette Kneipe, kein Café um die Ecke.«

Nur wenige Wohnungen waren noch erhellt und keine Menschenseele weit und breit. Und dann war da plötzlich eine Gestalt, die dem Licht des Scheinwerfers merkwürdig auswich. Ein Obdachloser in dieser Gegend war unwahrscheinlich, die schliefen lieber unter den Brücken und versteckten sich auch vor niemandem.

»Halt, Rudi, bitte fahr langsam, da ist jemand … und was

macht er hier um diese Zeit? Da geht doch kein Mensch mehr in den dunklen Grünanlagen spazieren. Kein Lokal, von dem man hier lang nach Hause geht. Außerdem hatte ich das Gefühl ...«

»Was?«

»Die Gestalt versuchte, sich, als wir vorbeifuhren, zu verstecken! Komm, lass uns einen Moment hier stehen bleiben. Wir tun so, als ob wir etwas mit diesem Haus zu tun haben. Siehst du die Umrisse der alten Eiche, die wie ein Monument ganz alleine steht? Und kannst du über deinen Rückspiegel dort eine Gestalt sehen?«

»Nein, aber zwei Häuser hinter uns brennt im dritten Stock in einer Wohnung ein Licht, das sehe ich in meinem seitlichen Rückspiegel. Was hältst du davon, wenn wir zurücksetzen und so tun, als ob es diese Wohnung ist, die uns interessiert?«

Sie setzten zurück. Rudi stieg aus, ging zur Haustür und tat so, als ob er sich mit den Klingeln beschäftigte. Clara stieg auch aus und sah, wie eine große männliche Gestalt aus den Grünanlagen auf die Straße kam und sich eilig entfernte.

»Rudi, wir sollten uns mit diesem Herrn unterhalten, wie ein Obdachloser sieht er nicht aus. Was macht er um diese Zeit hier?«

Rudi war schnell, er brauchte wirklich nur Sekunden, bis er den Flüchtenden erreichte und befahl, stehen zu bleiben.

»Clara, er versteht mich nicht, er spricht kein Wort Deutsch, was machen wir jetzt?«

Clara versuchte es in Englisch, die Sprache, mit der man meistens weiterkam. Die Antwort war ein riesiger spanischer Redeschwall. Was sie mitten in der Nacht von ihm wollten?

»Wir sind dazu da, unsere Bürger in der Nacht vor Kriminalität zu schützen.«

Er starrte Clara an wie einen Geist, als sie ihm diesen Satz auf Spanisch an den Kopf warf und dann fortfuhr: »Es ist ungewöhnlich, dass jemand um diese Uhrzeit in dieser Gegend, wo fast alle Bewohner schlafen, herumschleicht. Dies tun eigentlich nur Diebe oder Verbrecher, und die müssen wir dann aufs Revier bringen. Haben Sie hier in diesen Häusern eine Bleibe?«

»Nein, aber ich bin kein Dieb, ich habe noch nie etwas gestohlen. Ich bin auch kein Verbrecher, was denken Sie von mir? Es ist eher umgekehrt: Ich bin hinter einem wirklichen Verbrecher her!« Er schwieg und schaute sie betreten an. Würde sie ihm glauben? »Sie schauen mich so an, als ob Sie mir nicht glauben können oder wollen. Wie kann ich Ihnen beweisen, dass ich noch nie etwas gestohlen und auch sonst nichts verbrochen habe?«

»Wo wohnen Sie hier in der Stadt?«

»Ich habe ein Zimmer in der Pension Klein. Fünf Minuten von hier entfernt.«

»Also gut, da werden wir jetzt mit Ihnen hingehen, wir brauchen Ihren Pass. Und dort besprechen wir dann das Weitere.«

Er zögerte erst einen Moment, doch dann sah er ein, dass dies das Beste und Einzige war, und führte sie um zwei Straßenecken zu einer Pension, die Clara noch nie zur Kenntnis genommen hatte. Er öffnete mit seinem Zimmerschlüssel die Haustür. »Hier ist nur bis achtzehn Uhr jemand. Die Gäste, die hier wohnen, sind immer Dauergäste. Darf ich meinen Pass holen? Vielleicht setzen Sie sich einen Moment hier hin.« Er wies auf die etwas durchgesessenen Stühle an einem Tisch, der vollgepackt war mit südamerikanischen Zeitungen, nicht unbedingt neuestes Datum. Sie warteten in diesem trostlosen Eingang eine Weile, bis er wieder auftauchte. Er reichte Clara seinen Pass. Sie blätterte ihn durch. Es war ein chilenischer Pass, ausgestellt in Santa Cruz und noch zwei Jahre gültig. Also nichts daran auszusetzen. Clara musste sich zusammenreißen, diese Art von Zufall war unheimlich. Was machte dieser einundsechzigjährige Chilene hier? Ausgerechnet auch noch aus Santa Cruz! Rudi beobachtete sie aufmerksam.

»Clara, ist etwas? Du bist plötzlich so blass? Ist etwas nicht in Ordnung?«

»Nein, alles in Ordnung!«

Sie schaute noch einmal in den Pass von Indigo Tomante.

»Herr Tomante, wollen Sie sich nicht einen Moment setzen, damit wir reden können?«

Sie zeigte auf den Stuhl ihr gegenüber. Er zögerte und setzte sich dann.

»Ich habe einige übliche Fragen. Sind Sie hier geschäftlich oder als Tourist?«

»Ich mache Urlaub. Ich habe letztes Jahr mit meiner Arbeit bei der Post aufgehört und beschlossen, Europa zu besuchen.«

»Was haben Sie heute Nacht hier in den Grünanlagen gemacht?«

»Ich konnte nicht schlafen und bin spazieren gegangen. Hat sicher etwas mit der Zeitverschiebung zu tun, muss mich erst daran gewöhnen.«

»Sie erwähnten eben, Sie würden einen Verbrecher verfolgen.«

»Das war nur ein Albtraum, den ich hatte. Das ist, wie ich eben erwähnte, die Zeitumstellung, an die ich mich sehr schwer gewöhnen kann.«

Rudis Funk piepste, Clara stand auf. »Wir werden Ihren Pass bis morgen behalten und treffen uns morgen Nachmittag um sechzehn Uhr in meinem Büro in der K2. Ich schreibe Ihnen hier die Adresse auf.«

Abhauen konnte er ohne Pass schwer und war auch nicht der Typ dazu. Er kam aus Santa Cruz. Sehr weit hergeholt, ob er mit Roscanz etwas zu tun hatte. Um sechs Uhr fiel sie dann sehr müde in ihr Bett, und Indigo Tomante wollte ihr nicht aus dem Kopf.

Dienstag, 30. Mai

Er stand einen Moment zögernd vor seinem Schrank. Es versprach ein sonniger Tag zu werden, also war der hellgraue Anzug, den er trug, das Richtige. Mit der üblichen Sorgfalt wählte er die dazu passende Krawatte: blau mit einem grauen Karo. Er füllte wie immer die Schale mit Milch, legte die übliche Scheibe Schinken daneben, schrieb einen Zettel an die Zugehfrau, die heute kommen würde, und verließ dann seine Wohnung, um durch die Grünanlagen in sein Büro zu gehen. Heute hatte er, ganz im Gegensatz zu letzter Woche, nicht das Gefühl, beobachtet zu werden. Aber in diesen Dingen, stellte er mit Befriedigung fest, konnte man sich sehr täuschen. Deshalb war es immer von großem Vorteil, Dinge erst in Ruhe zu eruieren, bevor man tätig wurde. Gestern Spätnachmittag beobachtete er aus seinem Schlafzimmerfenster mit dem Zeiss-Fernglas ein ihm aus der Heimat bekanntes Gesicht. Die Gestalt hielt sich länger, bei genauer Betrachtung wartend, in den Grünanlagen gegenüber von seinem Fenster auf. Was suchte sie da? Auf was wartete sie?

Schon als Kind hatte er versucht, Gegebenheiten erst sehr genau zu prüfen, dann seine Vorhaben sorgfältig zu planen, um dann erst das Geplante umzusetzen. Wichtig dabei war, dass man sich auf die Menschen nicht einmal im eigenen Umfeld zu sehr einließ und schon gar nicht auf sie verließ. Es lohnte sich letztendlich sowieso nicht!

☆

Clara wachte um Viertel nach acht auf, schlüpfte in ihren Bademantel, und Georg erwartete sie bereits mit einem liebevollen Frühstück in der Küche. Und das nur zu zweit, tat gut. Georg brutzelte für sie Speck mit Rührei. Horst hatte versprochen, die Kinder heute in die Schule zu bringen – »und du kommst, wenn du ausgeschlafen hast.«

Also, keine Hektik, Clara genoss ein langes, ausgiebiges Schaumbad, bummelte, und dann musste sie los. Sie besuchte selten Cafés und schon gar nicht in dieser für sie abgelegenen Gegend. Einige ältere Gäste, die etwas trostlos, traurig die Sahnetorten in sich hineinstopften. Keiner von ihnen ähnelte Toni Roscanz, also setzte sie sich vorne zum Eingang, direkt neben der Kuchentheke, an den einzigen größeren Tisch mit Bank, bestellte sich einen Cappuccino und wartete. Der Uhrzeiger der altmodischen Uhr an der Wand wanderte auf 11.49 Uhr. Vielleicht war es in Südamerika wie in Spanien üblich, immer mindestens eine halbe Stunde später zu kommen, ohne unhöflich zu sein. Um zwölf Uhr fragte sie sich, warum er nicht kam, er hatte diesen Termin vorgeschlagen. Um 12.10 Uhr zahlte sie und stand auf, um zu gehen. In dem Moment betrat eine junge Frau das Café, schaute sie kurz an, ging weiter, schaute sich die Kuchen essenden anderen Gäste an und kam dann wieder auf sie zu.

»Sind Sie Clara Ahrweiler?« Clara nickte und wunderte sich. Am Flughafen hatte sie sich Toni Roscanz bestimmt nicht vorgestellt.

»Ich bin die Sekretärin von Herrn Roscanz. Er bedauert es, er hat einen unvorhergesehenen wichtigen Termin und lässt sich entschuldigen und fragt, ob Sie zur selben Zeit übermorgen hier sein könnten?«

»Gern, also übermorgen um elf Uhr dreißig!«

Sie verließen gemeinsam das Café. Die Sekretärin nickte

ihr noch einmal zu und lief dann über die Straße in die Kerngasse. Clara folgte ihr mit einem guten Abstand. Die Sekretärin hatte es eilig und rannte trotz ihrer Stöckelschuhe. Verlangsamte dann aber, als sie stolperte und ohne die Stütze eines Laternenpfahls sicher hingeknallt wäre, ihr Tempo. In der Plorstraße bog sie rechts ab und verschwand dann in einem Clara bis dahin unbekannten Durchgang. Clara folgte ihr weiter durch zwei Höfe mit Mülltonnen und Fahrrädern und landete auf dem Gürtel an der Durchgangsstraße, die diesen Stadtteil von den städtischen Grünanlagen trennte. Dort verschwand sie in einem der Häuser. Clara studierte die achtundvierzig Namensschilder an der Eingangstür sehr genau. Aber sie fand weder den Namen Roscanz noch einen in ihren Augen passenden Firmennamen. Clara war müde, und am liebsten wäre sie nach Hause und wieder in ihr Bett gegangen. Aber ihre Verabredung mit diesem Indigo Tomante hatte jetzt noch eine andere Bedeutung bekommen. Er war sogar einige Minuten zu früh und stand etwas scheu am Haupteingang, als sie ihn abholen kam. Sie nahm ihn mit in ihr Büro. Er machte einen verklemmten Eindruck, also braute sie erst einmal für sie beide einen Latte, den sie dann schweigend schlürften.

»Warum erzählen Sie mir nicht, was sie gestern Nacht wirklich gemacht haben?«

Sie wartete, und er schwieg. Namen wollte sie jetzt noch keine erwähnen und begann mit der Frage: »Die Finca Santa Paola, die ist Ihnen als Postbeamter doch sicherlich bekannt?«

Er wurde trotz dunkler Haut blass.

»Woher wissen Sie etwas«, er stockte einen Moment, »über Santa Paola?«

»Ich weiß einiges über Santa Paola, über die Schule, die es dort gab. Gibt es sie immer noch?«

»Die Schule von unserem Engel, der verdanke ich alles. Ich

würde mit Sicherheit heute nicht hier sein ohne diese Schule. Ich hätte mir diese Reise niemals leisten können. Ich bekam diesen einträglichen Arbeitsplatz bei der Post doch nur, weil ich eine gute Ausbildung hatte. Aber schon damals hab ich mir geschworen, dass ich irgendwann ...« Er stockte, und Clara schwieg und wartete. »Ja, dass ich irgendwann meinen besten Freund rächen muss.«

»Konrad«, murmelte sie leise.

Er sprang auf und starrte Clara wie einen Geist an, und dann sprudelte es aus ihm heraus: »Woher kennen Sie seinen Namen? Sind Sie eine Komplizin von ...?« Er stockte. »Nein ich falle nicht auf alles rein! Was haben Sie damit zu tun? Wo bin ich hier? Das kann nicht sein!«

»Beruhigen Sie sich, ich bin Polizistin. Wir sind, wie ich gestern schon sagte, dafür da, Menschen vor Kriminalität zu schützen.«

Indigo Tomante musterte Clara. »Das kann jeder behaupten, bei uns gibt es auch Polizei, die ...«

»Sie meinen, denen man nicht vertrauen kann?«

Er nickte.

»Gut.« Sie lehnte sich zurück. »Ich glaube, nein, ich weiß, wer Ihr Engel war. Und sie war auch für mich etwas ganz Besonderes. Ja, ein Engel, so kann man meine Jayja auch bezeichnen.«

Ein leises Verstehen schlich über sein Gesicht. Sie schwiegen, während er Clara nach wie vor skeptisch fixierte. Und dann schien er zu einem Entschluss gekommen zu sein und setzte sich wieder.

»Es ist schwer vorstellbar, dass Sie zu ihm gehören.« Ein Lächeln huschte über sein Gesicht. »Und diese Art von Schauspielerei trau ich Ihnen auch nicht zu. Ich wusste zwar nicht, dass unser Engel eine Enkeltochter hatte, aber manchmal muss man ins kalte Wasser springen und hoffen, dass es das Richtige ist. Mit dem kalten Wasser hat es auch angefangen. Waren Sie einmal in Santa Paola?«

Clara schüttelte den Kopf. »Nein, aber dass dort ein Teich ist, weiß ich, und dass dort vor vielen Jahren ein großes Unglück geschehen ist, auch.«

»Was heißt Unglück? Das war es nicht. Konrad konnte schwimmen wie ein Fisch, er hat es mir beigebracht, er hat mir viel beigebracht. Meine Eltern waren Landarbeiter auf der Farm. Konrad ...« Wieder versank er in Schweigen. Clara wollte ihn nicht drängen und wartete.

»Es war ein besonders heißer Sommer, und wir tobten alle, das heißt alle Kinder von den Landarbeitern, und da gab's wirklich eine große Schar, jeden Tag im Teich herum. Der Einzige – und ich verstehe bis heute nicht, warum er sich nicht einfach zurückgezogen hat –, der nicht mit uns tobte, riesige *zularse* ...«

Clara unterbrach ihn: »Halt, bitte nicht so schnell. Ich verstehe Sie weitgehend, aber mein Spanisch ist noch nicht so, dass ich alles verstehen kann. Zum Beispiel – *zularse*.«

»Ist ein Schimpfwort, und besser, Sie verstehen es nicht. Toni hatte Angst vor dem Wasser. Natürlich haben wir diesen Großkotz ausgelacht. Er war ein heimtückischer Rechthaber. Er wollte immer alles besser wissen. In manchen Sachen in der Schule war er der Beste. Aber als Bester kann man ja auch mal wie Konrad den Schlechteren helfen, das ist ihm im Traum nicht eingefallen. Und dann ist er auf Konrad los mit einem schweren Stein. Er hat niemanden so gehasst wie Konrad. Das konnte man spüren. Unser Engel ist aufgetaucht und hat das Unglück verhindert. Danach gab es für einige Zeit ein absolutes Schwimmverbot.« Es dauerte einen Moment, bevor er fortfuhr: »Nächstes Unglück. Wir wollten ausreiten, und Konrads Pferd und ein Pferd für mich warteten gesattelt. Irgendjemand – und das kann nur er gewesen sein – hatte heimlich Konrads Sattelgurt durchgetrennt.« Er wiederholte, als ob Clara ihn nicht verstanden hätte: »Es kann nur er gewesen sein, sonst …« Er schüttelte den Kopf. »Es gab niemanden sonst, der dafür in Frage gekommen wäre. Ein Glück, Konrad setzte, bevor wir losritten, den kleinen Pedro auf sein Pferd und führte ihn am Zügel auf dem weichen, sandigen Weg vom Stall zur Reitbahn. Ist nicht viel passiert, als der mit dem Sattel vom Pferd rutschte. Ich glaube, der Engel hat von dieser Geschichte nie erfahren. Der Stallmeister hat uns dann das Reiten für eine Woche verboten. Für mich war's nicht so schlimm, denn statt zu reiten führte mich Konrad in die Abenteuerwelt von Karl May. Wir waren sehr …« Er stoppte in seinen Erzählungen.

Clara schwieg, es war eindeutig, dass Indigo Tomante ein wirklich enger Freund von Konrad gewesen war und selbst heute, nach so vielen Jahren, diese Erinnerungen in ihm weiterlebten. Michael steckte seinen Kopf herein.

»Ich dachte, dich hier zu finden, ich war schon etwas nervös. Rudi erzählte mir von eurem Abenteuer heute Nacht, und wir wussten nicht, wo du mit deiner Verabredung abgeblieben bist.«

»Alles in bester Ordnung! Darf ich dir Indigo Tomante vorstellen? Er war ein wirklich guter Freund von Konrad, und ich glaube, er wird uns ein gutes Stück weiterbringen.« Indigo Tomante stand auf, und sie schüttelten sich höflich die Hand.

»Soll ich mich ein bisschen dazusetzen?«

»Ich glaube, nachdem wir gerade bei sehr traurigen Erinnerungen sind, und das auf Spanisch, ist es fast besser, ich erzähle dir die ganze Geschichte heute Abend. – Bitte entschuldigen Sie die Störung von meinem Freund und Kollegen, er wollte …« Sie schüttelte den Kopf. »Ach, nicht wichtig.«

»Nicht Sie, ich muss mich entschuldigen. Ich will Sie keineswegs aufhalten. Ich glaube, ich gehe jetzt wieder, und hoffe, Sie glauben mir. Glauben, dass ich keineswegs etwas Kriminelles für die Allgemeinheit vorhabe oder hatte.«

»Natürlich glaube ich Ihnen, und hier ist Ihr Pass. Trotzdem würde ich mich freuen, noch etwas über Santa Paola zu hören. Ich weiß zum Beispiel, dass Toni dann in die Stadt und dort zur Schule geschickt wurde.«

»Richtig, woher wissen Sie das alles? Toni kam in die Schule in der Stadt. Er wohnte bei seiner Tante und tauchte nur an den Wochenenden auf. Alles wurde anders, als er weg war. Heute, als Erwachsener, ist es für mich kaum nachzuvollziehen, wie ein Kind – gut, er war etwas älter als wir alle – uns so fest im Griff haben konnte! Wir wurden alle fröhlicher, kein Unterdrücker mehr unter uns. Keine beängstigende Tyrannei, die er mit uns und auch mit Konrad ausprobiert hatte, und das immer, wenn sich kein Erwachsener in der Nähe aufhielt. Vor denen versteckte er seine Bösartigkeiten sehr geschickt durch seine besondere Zurückhaltung. Und Konrad schluckte es aus Rücksicht auf seine Mutter und wegen José, dem Verwalter, der seinen sehr kranken Vater ersetzte. José war unentbehrlich und Toni schließlich sein Sohn. Als Alleinerziehender musste er ihn in Schutz nehmen. Konrad verteidigte Toni immer wieder. Weißt du, erklärte er mir nicht nur einmal, der hat keine tolle Mutter wie wir beide. An diesen Satz erinnere ich mich auch noch heute wortwört lich.«

Er machte eine Pause, schaute Clara aufmerksam an: »Sollte ich mich nicht langsam verabschieden? Es ist schlimm, während des Erzählens …«, er stockte, »… tauche ich, bin nicht hier, sondern in der Vergangenheit und weit weg.« Er schüttelte den Kopf. »Toni, wenn er an den Wochenenden kam, pflegte er keinen Kontakt mehr mit uns. Nur ich wusste es, wenn er da war. Er wohnte mit seinem Vater in dem Haus uns genau gegenüber. Wir hatten alle, Dank dem Engel, sehr nette Häuser, und unseres hatte sogar einen kleinen Garten. Die Ansiedlung der Farmarbeiter war wie ein langgezogenes Straßendorf. Als Toni in die Stadt zog, zog José ins Haupthaus und schlief nur noch gegenüber von uns, wenn Toni kam.«

Wieder schwieg er, versank in Gedanken. Clara wartete.

»Und dann, wie ich schon sagte, es war sehr heiß in diesem Sommer, und ich musste im Morgengrauen, sofort nach dem Aufwachen, Mamas Kräuter- und Gemüsegärtchen wässern. Die Eltern sind mit allen anderen wegen der Hitze schon um fünf Uhr auf die Felder. An dem Morgen sah ich, wie Toni sich aus seinem Haus schlich. Wieso war er überhaupt da?, wunderte ich mich. Es war kein Wochenende und nicht einmal ein Feiertag. Das Haus machte auch einen unbewohnten, verschlossenen Eindruck. Zuerst habe ich mir nichts dabei gedacht, war verschlafen.« Wieder versank er in Schweigen, und Clara ließ ihn, wartete geduldig, bis er fortfuhr: »Konrad war ein Frühaufsteher und schwamm immer schon vor uns seine Runden. Nutzte es aus, dass noch niemand da war, auf den er aufpassen musste. Er passte sehr genau auf unsere Nichtschwimmer auf. Warum ist Toni vorhin aus dem Haus geschlichen?, fragte ich mich und machte mich dann auf den Weg. Von unseren Häusern ist der Teich ein gutes Stück entfernt, über einen Hügel, und da sah ich, wie Toni sich gerade zwischen den Bäumen, die den hinteren Teil des Teiches säumten, davonmachte.«

»Habe ich das jetzt richtig verstanden«, wollte Clara wissen, »Sie haben ihn vom Teich weggehen sehen?«

Er nickte und fuhr dann stockend fort: »Ja, direkt vom Teich, das kann man gut sehen. Auf dieser Seite gibt es vom Hügel bis zum Wasser nur kurzgeschnittenes Gras und erst am Wasserrand eine alte Kastanie, und ...« Er schluckte, es fiel ihm ganz offensichtlich selbst heute, nach so vielen Jahren, schwer, darüber zu reden. »Und wenn Konrad, was bei seinen Schwimmkünsten nicht anzunehmen ist, etwas ohne Toni passiert wäre, warum hat Toni dann nicht sofort Hilfe geholt? Bis ich unten war«, er schluckte wieder, »war's zu spät.«

»Haben Sie das den Erwachsenen erzählt?«

»Natürlich hab ich es meinen Eltern erzählt, unser Engel war nicht ansprechbar. Aber meine Eltern meinten, darüber zu reden würde nichts ändern, Konrad nicht wieder zurück in diese Welt bringen. Um ehrlich zu sein, meine Eltern hatten Angst. Es ging schließlich um den Sohn des Verwalters, und der musste seinen Sohn in Schutz nehmen. Zu dieser Zeit war es fast unmöglich, Arbeit zu finden. Ich habe noch drei kleinere Schwestern. Wovon dann leben? Ganz zu schweigen von der Schule, die man uns mit Sicherheit nirgends geboten hätte. Hinzu kam auch Mamas Gemüse- und Kräutergarten.« Wieder schwieg er, um dann fortzufahren: »Ich habe mir schon damals geschworen, dass ich mich irgendwann rächen werde. Ja, ich werde Konrad rächen.«

»Sie sind sich also ganz sicher, dass Toni damals das Leben von Konrad gewalttätig beendet hat?«

»Wie gewalttätig, weiß ich nicht. Konrad war nicht dumm, aber das Leben hat er ihm genommen, das weiß ich sicher«, antwortete er wütend und erregt.

»Wollen Sie vielleicht noch einen Latte?«

»Gern, und wo ich Ihnen jetzt schon das alles erzählt habe, will ich auch den Rest der Geschichte erzählen. Unser Engel verlor dann auch ihren Mann. José, der Vater von Toni und lange Jahre Verwalter von Santa Paola, übernahm dann alle Aufgaben. Gegen ihn kann man wirklich nichts sagen. Er war ein gerechter und anständiger Mann und führte Santa Paola gut. Deshalb ging es Santa Paola besser als vielen anderen Gütern. Und dann heiratete er unseren Engel, natürlich nach einer angemessenen Trauerzeit. Es gab eine Feier, wo auch wir alle geladen waren.«

Er schlürfte den Latte, und bei diesen Erinnerungen kam etwas Freude in sein Gesicht.

»Es wurden zwei Schweine am offenen Feuer gebraten, wir haben getanzt, viele aus Santa Cruz sind gekommen. Solche Feste gibt es heute nicht mehr.«

Genüsslich kratzte er den letzten Schaum aus dem Becher.

»Ich glaube, jetzt werde ich Ihnen auch noch den Rest der Geschichte erzählen. Das Herrenhaus von Santa Paola, es wurde von mehreren Frauen versorgt. Damals gab's keine Maschinen wie heute. Zum Beispiel die Wäsche, die wurde in einem Seitengebäude geschrubbt. Zum Herrenhaus gehörten natürlich ein Gemüsegarten und auch Hühner und was man alles braucht, um sich mehr oder weniger selbst zu ernähren. Einmal im Jahr wurden zwei bis drei Schweine geschlachtet und eine Woche lang Würste gestopft und Schweinefleisch eingemacht. Natürlich nur für die Herrschaften, Fleisch gab's in meiner Kindheit und Jugend keins. Ab und zu an Festtagen ein Huhn, was Mutter sich ergatterte. Heute kann sich das kaum mehr jemand vorstellen.« Er schüttelte den Kopf und fuhr dann fort: »Das Personal des Herrenhauses wurde von Marie-Rosa angeleitet. Sie war, wie man das heute bezeichnen würde, die Haushälterin. Marie-Rosa kam aus demselben

Dorf im Norden von Chile wie meine Mutter. Die beiden waren sogar etwas befreundet, und wenn es die Zeit erlaubte, saß sie bei uns und schwatzte. Sie holte bei Mutter Küchenkräuter, und die bezahlte sie auch. Sie hätte sie genausogut im Herrschaftsgarten anpflanzen lassen können, aber sie behauptete, als die schrecklich neidische Nachbarin Asuntat Koltz, die das natürlich mitbekam, dies anprangerte, dass der Sonneneinfall im herrschaftlichen Gemüsegarten durch die Tujahecke, die ihn einfasste, nicht für solche Kräuter geeignet sei. Wir wohnten so nah beieinander, dass nicht viel in unserem sogenannten Dorf verborgen blieb. Ich hoffe, ich erzähle nicht zu durcheinander, es ist das erste Mal, dass ich darüber spreche.«

»Nein, erzählen Sie ruhig, wie es Ihnen in den Sinn kommt, ich frage, wenn ich etwas nicht verstehe. Aber war Marie-Rosa nicht viele Jahre im Rollstuhl?«

»Ja, das war sie. Woher wissen Sie das alles?« Er schaute Clara fragend an. »Also, ich finde es nicht ganz fair, ich erzähle die ganze Zeit ohne Unterbrechung und habe von Ihnen noch nicht einmal erfahren, woher Sie hier und Tausende Kilometer entfernt so vieles wissen.«

»Ihr Engel ist auch hier Engel geblieben. Sie war für mich eine Großmutter.«

»Was heißt war?« Er sprang aufgeregt auf und stellte sich vor sie.

»Sie ist am vierten April gestorben.«

»Gestorben, und hier?« Er stockte, schwieg eine Weile, bevor er fortfuhr: »Wir waren unendlich traurig, als sie damals ganz plötzlich spurlos verschwand, aber wir haben es alle verstanden. Danach hat sich Santa Paola verändert.« Er schwieg wieder.

»Kein Wunder, dass Toni hier ist. Das hätte ich mir denken können, natürlich ist er hier wegen ihr«, murmelte er vor sich hin, sprang wieder nervös auf, ging zum Fenster und schaute auf das graue Stadtbild, das sich ihm bot.

Clara stand auch auf. »Ich glaube, wir sollten eine Pause machen.«

Er drehte sich langsam und traurig zu ihr um und nickte.

»Wie wäre es«, kam Clara der Gedanke, »wenn wir sie auf dem Friedhof besuchen?«

»Das ... das würde ich sehr gern«, erwiderte er spontan, und Clara rührte die Bindung, die er zu Jayja hatte.

Sie fuhren zum Friedhof. Der Rosenbusch zeigte seine ersten Knospen, der Steinmetz hatte allerdings noch immer nicht die Namen von Jayja und Marulu in den Stein gehauen, und die zwei Holzkreuze standen schief.

»Ich muss jetzt ein Kind abholen. Es ist spät, aber ich freu mich, wenn Sie so um acht Uhr zu einem Stück Käse und einem Glas Wein, dem Nachtisch sozusagen, bei mir vorbeischauen.«

Er nickte: »Danke, ich, ich möchte noch etwas hierbleiben. Sie müssen mir bitte heute Abend erzählen, wie es ihr ergangen ist. Dass Marulu Kos auch hier lebte, ist beruhigend, dann war sie wenigstens nicht alleine.« Er beugte sich vor, um die Inschrift der beiden Kreuze besser lesen zu können. »Sie sind beide hier und fast zur selben Zeit gestorben, war es ein Autounfall?«

»Das erzähle ich Ihnen heute Abend.« Clara gab ihm ihre Adresse und machte sich auf den Weg.

Zwanzig Minuten nach acht klingelte es, und Indigo Tomante stand vor Claras Wohnungstür. Er hatte sich eine Krawatte und ein blaues Jackett angezogen und hielt ein Frühlingssträußchen in der Hand.

Clara nahm ihn mit in die Küche, die sich dank Georg fast wieder in einem perfekten Zustand befand. Georg beendete das Vorlesen an Sarahs Bett, und dann zeigte ihm Ralph das Neueste am PC.

Clara öffnete einen Rotwein und bat Tomante, sich mit ihr an den Küchentisch zu setzen.

»Von Wein verstehe ich immer noch nichts«, meinte er kopfschüttelnd nach dem ersten Schluck. »Wir trinken, wenn, nur hausgebrannten Schnaps, und jetzt leiste ich mir ab und zu Bier. Trotzdem, das schmeckt. Danke, und der Käse dazu auch.«

»Der Wein ist von Jayja-Engel. Sie hat mir das Weintrinken beigebracht.«

»Ja, Angel – Engel – haben wir sie alle genannt, und für mich gibt's keinen anderen Namen für sie. Chefin, Herrin, gnädige Frau, wie man so sagt, das hätte alles überhaupt nicht zu ihr gepasst. Sie wusste so viel, trotzdem schaute sie nie auf uns Ungebildete herunter. Nein, sie kümmerte sich um uns und auch darum, dass wir lernten. Sie war fast immer fröhlich. Lieb und einfühlsam brachte sie alles schnellstens in Ordnung. Auch wenn jemand Kummer hatte. Manchmal war sie streng, wenn wir zu viel und wild herumtobten. Aber vielleicht erzähle ich Ihnen jetzt erst einmal die Geschichte mit Maria-Rosa zu Ende, und dann sind endgültig Sie dran.«

Er nickte ihr zu und trank einen Schluck des Rioja, bevor er fortfuhr: »Auf der einen Seite des Herrenhauses gab es einen mit einer Steinmauer eingefassten Rosengarten. Diesen konnte man nur durch eine immer verschlossene Tür erreichen. Tür, weil die Schafe und Ziegen, die es in Santa Paola gab, immer listig einen Weg zu dem am besten schmeckenden Grünzeug fanden. In den sehr geliebten Rosengarten, das letzte Geschenk des Schwiegervaters, durften unsere Vierfüßler auf keinen Fall und auch sonst niemand. Dorthin zog sich unser Engel jeden Nachmittag und immer zur selben Zeit für eine kleine Pause zurück. Sie las dort, schrieb Briefe und brauchte diese Stunde, um dem Getriebe von Santa Paola zu entkommen.« Er trank wieder einen Schluck seines Weins, bevor er fortfuhr: »Niemand von uns kannte den Rosengarten, nur die Kletterrosen, die duftend über die Mauern rankten.«

Georg steckte seinen Kopf herein. »Ich glaube, Sarah will von dir noch einen Gutenachtkuss.«

Sarah wollte noch nicht schlafen, wollte unbedingt noch eine Geschichte. Clara schmuste mit ihr: »Aber jetzt ist Schlafenszeit, sonst klappt das morgen mit der Schule nicht.«

Wieder zurück in der Küche, wurde sie mit einem Lächeln von Indigo Tomante begrüßt. »Ich habe mir gerade Gedanken gemacht, wie diese Jugend zu Ihnen gehört. Eigene sind das doch nicht?«

»Nein«, lachte Clara, »noch nicht. Aber hoffentlich irgendwann. Haben Sie Kinder?«

»Ich habe zwei gute Kinder und schon drei Enkelkinder. Meine Frau ist vor zwei Jahren an Krebs gestorben. Ich lebe seit meiner Pensionierung vor vier Monaten bei meinem ältesten Sohn. Er drängte mich zu dieser Reise, damit ich endlich dieses Quälende, das von früher noch in mir ist, loswerde. Wollte unbedingt, dass ich zur Quelle dieses Kummers fahre und dann endlich befreit zurückkomme.«

Er trank einen Schluck, und Clara schnitt den Manchego in mundgerechte Stücke. Er war viel zu bescheiden, um sich selbst zu bedienen.

»Also, zurück zu Santa Paola. Wie ich Ihnen erzählte, heirateten José und unser Engel. Sie führten eine glückliche Ehe. José hatte den Engel schon immer verehrt und musste es jetzt nur nicht mehr verstecken. Wie wir alle versuchte er, ihr jeden

Wunsch von den Augen abzulesen. Toni kam dann irgendwann nicht mehr nur zu Besuch nach Hause, sondern zog wieder nach Santa Paola. Irgendetwas muss in Santa Cruz vorgefallen sein, wir haben es nie erfahren, und es spielt auch keine Rolle mehr. Toni zog also wieder in das Haus seines Vaters uns gegenüber. Nur zu den Mahlzeiten ging er ins Herrenhaus. Er war jetzt der Stiefsohn, und so gerierte er sich auch. Sein Vater übergab ihm einige Aufgaben auf der Farm, und damit tyrannisierte er uns alle, sogar die Alten.

Es war ein herrlicher Sommertag. José musste in der Früh nach Santiago, und Marulu Kos, die aufgehört hatte, in der Stadt zu arbeiten, und mit Toni bei uns gegenüber wohnte, begleitete ihren Bruder. Unser Engel verschwand mit dem Stallmeister. Sie wollte mit der Kutsche einen Nachbarn besuchen, dort zu Mittag essen, aber am frühen Nachmittag wieder zu Hause sein.

Kaum hatten die für ihn einzigen Respektspersonen Santa Paola verlassen, kommandierte Toni uns alle mit den merkwürdigsten Aufträgen herum. Ich musste in einer entfernten Scheune lagerndes Kaminholz neu stapeln. Vollkommen unsinnig. Es gab keinen, den er nicht zu irgendeiner Arbeit abkommandiert hatte. Auch alle Frauen und sogar die, die im Haus arbeiteten, mussten auf ein sehr entferntes Feld, das schon lange nicht mehr bearbeitet worden war.

Die Einzige, wo er es sich nicht traute, war Marie-Rosa. Sie werkelte in der Küche und erwartete ihre Herrin, die dann auch am frühen Nachmittag zurückkam. Ja und dann …« Es fiel Indigo Tomante ganz offensichtlich schwer weiterzuerzählen. »Also unser Engel ist nicht wie immer in den Rosengarten. Sie hatte sich in ihr Schlafzimmer zurückgezogen.

Maria-Rosa, die dies nicht wusste und vergessen hatte, unserem Engel eine wichtige Nachricht von José zu übergeben, lief in den Rosengarten, und als sie die Tür öffnete, löste sich der alte, schwere Holzbalken, der die Mauer über der Tür hielt. Sie wurde fast von ihm erschlagen. Sie lag zwei Monate im Koma und dann sehr lange in unserem Krankenhaus in Santa Cruz. Gegen ihre Querschnittslähmung konnte man nichts machen, sie blieb am Leben. Einem leidvollen Leben.

Ich muss hinzufügen, jeder in Santa Paola wusste und respektierte, dass unser Engel am Nachmittag eine Stunde in ihrem Rosengarten nicht gestört werden durfte. Einzige Ausnahme, wie in diesem Fall, war, eine wichtige Nachricht zu überbringen. Gepflegt wurde der Garten nur am Vormittag vom obersten Gärtner. Auch er hielt sich an das ungeschriebene Gesetz, ihn nachmittags nicht mehr zu betreten.«

Clara bekam eine Gänsehaut. Diese Geschichte war ziemlich eindeutig. Er sah ihre Betroffenheit und fuhr fort: »Niemand konnte für das Durchsägen dieses Balkens, der von der Tür so lange gehalten wurde, bis sie sich öffnete, verantwortlich gemacht werden. Durchsägen kam nicht als Thema auf, obwohl ich es erwähnte und gleich mit fadenscheinigen Argumenten weggeschickt wurde. Ein Polizist, den ich einige Jahre später durch Zufall noch einmal ansprach, erwiderte mir, diese alten Hölzer seien schön, man sollte sich trotzdem hüten, sie zu lange zu benutzen, denn der Holzwurm und das Alter zerfraßen sie, und dann wäre es nicht verwunderlich, wenn so etwas passierte. Er meinte, unser Engel hätte sehr viel Glück gehabt.«

Sie schlürften schweigend den Rotwein weiter.

»Unser Engel, ich habe sie so lange nicht gesehen, und trotzdem ist sie da. Es ist, als ob es gestern das letzte Mal gewesen wäre. Und jetzt möchte ich aber endlich auch etwas von Ihnen wissen. Ich hoffe, sie war nicht krank?«

»Doch, sie war krank und die letzten Jahre an einen Rollstuhl gefesselt.« Und dann erzählte Clara ihm von Jayjas Operation und von ihrer Tapferkeit.

»Also scheint sie sich nicht verändert zu haben. Die Arme, was für ein schweres Leben. Und schwer war es schon in Santa Paola. Uns hat es nicht gewundert, dass sie von einer Stunde zur nächsten, fast unbemerkt, verschwand. Wir dachten, sie wäre ins Krankenhaus zu Maria-Rosa. Und dann hat sich in Santa Paola alles verändert. José versank in Apathie und Gleichgültigkeit. Hockte fast immer unter dem Maulbeerbrotbaum im vordersten Acker und hatte nur noch Kontakt mit den Schafen. Blieb da oft sogar über Nacht und kümmerte sich um nichts mehr. Wenn man ihn ansprach, schüttelte er nur unwirsch den Kopf, und wenn man von ihm etwas wissen wollte, schickte er einen zu seinem Sohn. Und Toni, der jetzt das Zepter in der Hand hatte, verhielt sich so unerträglich, dass wir nach und nach alle Santa Paola verließen. Meine Familie war die letzte. Mutter hatte sich sehr schwer von ihrem Gärtchen getrennt. Aber es war wirklich nicht mehr zu ertragen.«

Wieder schwiegen sie beide.

»Und jetzt möchte ich bitte der Zuhörer sein. Sie haben mir noch nicht erzählt, warum Marulu Kos und unser Engel nur mit einem Tag Unterschied gestorben sind. Autounfall, aber davon gehe ich jetzt nicht mehr aus, nachdem sie so schwer behindert war. Ist sie hoffentlich aus Altersgründen im Schlaf sanft von hier gegangen, und Marulu Kos, mit ihr so verwachsen, ist ihr aus Kummer gefolgt?«

»Ich finde, für heute haben wir viele Erinnerungen ausgegraben. Ich bitte Sie, mir zu verzeihen, aber ich muss das erst einmal verarbeiten. Es wäre schön, wir könnten uns morgen Nachmittag wiedersehen, und ich verspreche Ihnen, dass ich

Ihnen dann meinen Teil der Geschichte erzähle. Wenn es Ihnen recht ist, um siebzehn Uhr hier?«

Er nickte und stand auf, bedankte sich für den Käse, den Wein, das Vertrauen und auch den Besuch auf dem Friedhof. Clara ging, von dieser Begegnung gerührt, todmüde ins Bett. Sie konnte lange nicht einschlafen, die Gedanken tobten wie wild in ihrem Kopf. Es sah ganz eindeutig danach aus, dass man schon in Santa Paola nach Jayjas Leben getrachtet hatte.

Mittwoch, 31. Mai

Mit grimmiger Miene band er die blaugraue Krawatte mit dem Karo von gestern. Die Spiegelbeleuchtung unzureichend, das Zimmer mindestens so unzureichend. Er hätte, wie er sich vorgenommen hatte, abwägen müssen, bevor er sich, gleich vom Büro aus, in den nächsten Zug gesetzt hatte.

Diesem Telefonat gestern Morgen – und nicht einmal von Dr. Kressber selbst, sondern von einem der Assistenten dieser Anwaltskanzlei – hätte er mit viel größerer Sorgfalt nachgehen sollen.

Es war sehr ärgerlich. Und das Schlimme: Er konnte den Ärger nur sich selbst zuschreiben. Auf der anderen Seite wäre es nicht nachvollziehbar, ein so lange verfolgtes Projekt kurz vor seinem Abschluss fallen zu lassen. Nicht das erste Mal, dass er mit diesem Gedanken spielte, aber was blieb dann?

Er kontrollierte noch einmal mit einem kurzen Blick diese sehr bescheidene Bleibe, aber nachdem er sich gestern ohne Gepäck auf den Weg gemacht hatte, war die Gefahr, etwas liegen zu lassen, beinahe ausgeschlossen.

Ein kurzer Blick auf die Uhr, Zeit genug, um von hier in die Kanzlei, wo er erwartet wurde, zu Fuß zu gehen.

Würde seine Zugehfrau, die heute kam, auch ohne eine Notiz von ihm bemerken, dass sich in der Schüssel der Katze keine Milch befand? Er lehnte es ab, eins dieser tragbaren Telefone mit sich herumzutragen. Wie konnten Menschen wünschen, immer verfügbar zu sein? Sicher, die Katze besaß so viele Reserven, dass es selbst bis morgen nicht bedenklich wäre. Vielleicht der richtige Moment, sich um eine neue Zugehfrau zu kümmern. Die Katzenschüssel würde es bei seiner Heimkehr entscheiden. Er stellte immer wieder fest, dass ein länger anhaltendes Arbeitsverhältnis in Routine und die dementsprechende Gleichgültigkeit abglitt und dann nicht mehr akzeptabel war.

☆

Clara schlief trotz großer Müdigkeit so spät ein, dass sie noch fest schlief, als Georg, gefolgt von Roo, in ihrem Zimmer auftauchte. Zögernd und ganz sanft versuchte Georg, sie zu wecken, während Roo aufs Bett sprang und es sich auf ihren Füßen bequem machte.

»Clara, bitte entschuldige, aber Sarah und die anderen kommen zu spät zur Schule, wenn du nicht aufstehst. Ich muss mit Siegfried sprechen und jetzt mit dem Führerschein anfangen, dann könnte ich dir das abnehmen.«

»Wie spät ist es denn?«

»Halb acht. Warum fährst du nicht einfach mit einem deiner marokkanischen Gewänder? Und wenn du zurückkommst, leg dich wieder ins Bett. Halt, da hör ich etwas!«

Es war Ruth, sie hatte einen so gewaltigen Ehekrach mit ihrem Mann gehabt, dass sie sich ihr gemeinsames Auto geschnappt hatte und zu Clara gefahren war.

»Ich seh schon, ich komm im richtigen Moment, da hat jemand ganz offensichtlich verschlafen. Sarah, heute bin ich dein Chauffeur. Und Clara, wenn, wovon ich ausgehe, mein Mann hier auftaucht, du weißt nicht, wo ich bin, und hast nichts von mir gehört. Diese Notlüge musst du mir bitte schenken.«

Clara frühstückte mit Georg. Er hatte für sie einen sechsten Sinn und war besonders lieb.

In der Konferenz saß sie pünktlich zwischen Michael und Rudi. Es gab das Übliche, auch zwei jugendliche Großprügeleien. Und dann – kaum zu glauben – begann Hans tatsächlich mit einem für ihn ungewöhnlichen Thema: »Den PC-Kurs, habe ich mir überlegt, könnte man tatsächlich, wenn nicht anders möglich, hier veranstalten, dann hätten wir diese Bande wenigsten schon mal im Griff.«

»Danke, Hans«, mischte sich Clara ein, »wir haben etwas Geeigneteres gefunden. Es ist ein Reserve-Veranstaltungsraum vom Brauhaus König. Sie sind bereit, uns diesen unentgeltlich nutzen zu lassen. Wir müssen nur dafür sorgen, dass er immer in Ordnung und sauber ist und falls von ihnen benötigt, sofort geräumt und übergeben werden kann. Er benötigt einen neuen Anstrich, das Einzige, was sie sich von uns als Gegenleistung wünschen. Den Anstrich könnten wir mit den Jugendlichen erledigen, die den PC-Kurs besuchen wollen, und da gibt es einige, da bin ich mir sicher.«

Sie fuhr mit Rudi in die alte Fabrik. Der Pförtner, der sie langsam kannte, begrüßte sie zwar brummig, aber immerhin. Clara unterhielt sich einen Moment mit ihm, und er meinte, es wären jetzt nur noch wenige da.

Sie suchten und fanden sie alle so zugekifft, dass eine Kommunikation nicht möglich war. Rudis Vorschlag, sie doch für eine Ausnüchterungsnacht einzusammeln, leuchtete Clara nach einiger Überlegung ein. In diesem Zustand konnte man sie ohne medizinische Versorgung nicht lassen.

Zurück im Präsidium, organisierten sie den hauseigenen Kleinbus, immerhin Platz für zwölf bis vierzehn Personen. Die Krankenstation schickte einen Pfleger, der sich damit besonders gut auskannte. Als Clara einsteigen wollte, mischte

Rudi sich ein: »Clara, du machst mir heute einen schlappen Eindruck. Lass mich die Bande holen, und dann, wenn sie hier sind, ist es definitiv dein Bier.«

Clara war froh darüber, sie musste mit Michael reden und fand ihn in seinem Büro.

»Michael, ich hab Neuigkeiten, dazu müssen wir uns aber bitte hinsetzen.«

»Clara, mir ist vorhin schon aufgefallen, dass du etwas mitgenommen oder besser unausgeschlafen aussiehst!«

»Das bin ich auch!« Und dann erzählte Clara ihm alles, was sie gestern von Indigo Tomante erfahren hatte. »Übrigens hab ich Indigo Tomante für heute Abend eingeladen. Mit Toni Roscanz bin ich morgen zum zweiten Mal im Café Krämer verabredet und neugierig, ob es dieses Mal klappt.«

»Ich mische mich ja nicht gerne ein, aber morgen werde ich darauf bestehen, dabei zu sein, von mir aus unbekannterweise am Nebentisch.«

»Na gut, bin einverstanden. Michael, vielleicht hast du Lust, heute Abend – natürlich mit Maja – eine Kleinigkeit mit uns zu essen und Indigo Tomante kennen zu lernen. Dann würde ich jetzt aufbrechen und noch ein paar Leckerbissen kaufen.«

Clara fuhr zum Kaufhof. Ihre Kontosituation war jetzt durch Marulu Kos' Gehalt so, dass sie sich ein solches Abendessen, ohne viel zu kochen, mit Köstlichkeiten wie geräuchertem Wildlachs aus Schottland leisten konnte. Danke, liebe Jayja, nur bis jetzt habe ich es mir noch immer nicht verdient.

Indigo Tomante kam eine halbe Stunde vor allen anderen, und Clara war es jetzt, die erzählen musste, und er hörte ihr sehr aufmerksam zu.

Das Abendessen war ein gemütliches Durcheinander. Und obwohl Indigo Tomante nichts verstand, genoss er dieses

Chaos ganz offensichtlich. Michael und Clara zogen sich dann mit Indigo – sie waren jetzt bei ihren Vornamen – nach dem Essen in die Bibliothek zurück. Gemeinsam überlegten sie, was es für Möglichkeiten gäbe, Roscanz zu indentifizieren. Indigo war sich sicher, dass Toni Roscanz als Einziger als Mörder in Frage kam. Er hatte es ja bereits einmal versucht, aber wo fanden sich dazu Beweise? Noch nicht identifizierte Fremdspuren gab es bei Marulu Kos und auch bei Clara. Waren diese von Toni Roscanz? Aber warum sollte er seine Tante Marulu umgebracht haben?

Um kurz vor elf ging Michaels Funk, und die Gesellschaft löste sich auf.

Donnerstag, 1. Juni

Heute, tatsächlich zum dritten Mal – eine Tatsache, die noch nie vorgekommen war –, band er sich dieselbe Krawatte, aber wenigstens nicht mehr vor dem schmuddeligen Spiegel. Gestern Abend hatte er sich spontan entschlossen, ein Zimmer in einem der besten Hotels von Zürich zu nehmen. Es wunderte ihn noch immer, dass der Portier es nicht zur Kenntnis genommen hatte, dass er ohne Gepäck angekommen war.

Das Badezimmer, grauer Marmor, natürlich mit Duschkabine und Badewanne, mit jeder Art von Badeschaum und -lotionen, einer original verpackten Zahnbürste und Zahnpasta, verfügte über alles, was ein gepflegter Herr brauchte. Er konnte sich heute früh mit einem Rasierset rasieren und fühlte sich schon durch diesen Umstand besser.

Das Gespräch gestern Nachmittag im Bankhaus war auch zufriedenstellender verlaufen. Man hatte ihm empfohlen, sich mit der Haupterbin in Verbindung zu setzen, und dann würde man weitersehen.

Ein Blick auf seine Uhr zeigte ihm, er hatte noch ausreichend Zeit, das Frühstücks-Büfett dieses Hotels zu genießen und sich dann zum Bahnhof zu begeben. Sein Zug ging zwar erst in einer Stunde, fünfzig Minuten, aber er war noch nicht im Besitz einer Fahrkarte. Er würde jetzt von seinem Zimmertelefon seine Sekretärin anrufen, die Termine, die heute Vormittag nicht stattfinden konnten, abzusagen.

☆

Sarahs Bauchweh hatte schon gestern Abend aufgehört. Die drei Mädchen schwatzten und kicherten hinten im Auto wie immer. Ruth, Ralph und Georg hatten sich hoffentlich geeinigt, wer für was im Haushalt zuständig war. So dickköpfig hatte sie ihren Georg noch nie erlebt. Er wollte sich auf keinen Fall die Regentschaft dieses Reichs nehmen lassen.

Clara war pünktlich in der Konferenz, und ihre Gedanken waren bei Toni Roscanz, bis sie ihren Namen hörte.

»Clara bekommt heute den Hausdienst, den sie meiner Ansicht nach schon lange nicht mehr hatte.«

»Hans, das klingt beinahe so, als ob ich mich davor drücke und nur bummle«, unterbrach Clara ihn. Alle schauten zu ihr. »Und noch was, wo ihr mir jetzt alle zuhört: Es ist sicherlich bekannt, obwohl wir länger nicht darüber gesprochen haben, dass unsere Jugendlichen, die in das Musical involviert sind, nicht mehr auffällig waren. Keine Straftaten mehr! Es ist auch bekannt, dass da noch eine ganze Reihe von Jugendlichen sind, die wir darin nicht unterbringen konnten. Horst war gestern auf der Suche nach Plätzen, wo sie in der Natur etwas lernen können, also gärtnern. Ruth ...«, Clara schaute Hans an, und sein Gesichtsausdruck verwandelte sich bei diesem Namen in einen sehr verbissenen, »... wird ab nächste Woche den Computerkurs für Jugendliche übernehmen. Ich bin mir sicher, dass wir mit diesem Kurs dieselben Erfolge verzeichnen können wie bei dem Musical. Ich habe von Robert de Koonig gestern fünfzehn PCs dafür bekommen. Der Raum ist – wie ich erzählt habe – da, also es kann losgehen!«

Hans schob seine Unterlagen zusammen. De Koonig, da wagte er nicht dagegenzuschwimmen, aber Ruth ... »Diesen Punkt muss ich mir erst einmal durch den Kopf gehen lassen.

Das werden wir morgen besprechen, für heute ist die Sitzung beendet.«

»Halt, noch einen Moment, Hans«, meldete sich Rudi. »Ich muss doch noch schnell von unserem Einsatz gestern berich...«

Hans unterbrach ihn: »Ich habe von eurem Einsatz gestern gehört und finde solche Großeinsätze, die nicht mit mir besprochen wurden, indiskutabel.«

Clara mischte sich jetzt noch einmal ein: »Also, einen Großeinsatz fand ich es nicht. Hätten wir die Jugendlichen dort lassen sollen? Selbst auf die Gefahr hin, dass ...«

Hans unterbrach sie: »Was heißt hier Gefahr?! An die Kosten, die ein solcher Einsatz verursacht, denkt ihr wohl nicht?«

»Ist es billiger, wenn einige dieser Jugendlichen dann auf Staatskosten in geschlossenen Kliniken landen und nie mehr herauskommen?«

»Clara, hör doch auf, das ist jetzt wirklich an den Haaren herbeigezogen«, mischte sich Jörg ein.

»Gut, dann redet doch einmal mit unserem Drogenprofi Anton, er ist gestern mit mir gefahren, um sie abzuholen. Ohne ihn wäre es sowieso nicht gegangen. Heute Morgen war ich schon mit ihm in unserer Übernachtungsstätte. Fünf von den sieben Jungs sind immer noch im Drogen-Koma«, erwiderte ihm Rudi sehr aufgebracht.

Clara übernahm: »Zwei von den Mädchen waren für eine Übernachtung hier nicht mehr geeignet, sie mussten sofort im Städtischen Krankenhaus in der Notaufnahme abgegeben werden. Also, ich bin absolut dafür, Großeinsätze genehmigen zu lassen, aber ist dies bei einem akuten Einsatz, der gleich Handlung erfordert, auch notwendig?«

Hans – und das konnte er auch nicht verbergen – war

wütend. Was sollte er jetzt darauf antworten? Ein Teil von den Kollegen klopfte auf den Tisch. Und Franz konnte es nicht lassen, er setzte noch eins drauf: »Soviel ich weiß, war gestern ab elf Uhr fünfzehn auch niemand mehr zum Genehmigen im Haus.«

Hans stand auf. »Die Sitzung ist beendet.« Er nickte Jörg zu, und der stand mit noch zwei anderen Kollegen auf und verließ gemeinsam mit ihnen den Raum.

Michael tippte auf seine Armbanduhr, es wurde Zeit. Sie mussten zum Café Krämer.

Um 11.28 Uhr betrat Clara das Café, von Toni Roscanz keine Spur. Sie setzte sich an einen Tisch am Fenster mit Blick auf die Straße. Michael betrat das Café, schaute sich um und setzte sich hinter ihr an einen kleinen Tisch in der Ecke. Er schlug die Tageszeitung, die er mitgebracht hatte, auf und vertiefte sich darin. Clara beobachtete die Straße, und dann sah sie die Sekretärin. Sie kam ins Café, blickte sich suchend um, entdeckte Clara und kam zu ihrem Tisch.

»Es tut mir sehr leid, Herr Roscanz entschuldigt sich erneut. Er ist nicht in der Stadt, hofft aber, dass Sie ihm noch eine weitere Möglichkeit geben. Am liebsten wäre ihm, wenn es für Sie genehm ist, morgen um elf Uhr dreißig in seinem Büro.«

Clara überlegte einen Moment, Michael würde sicher nicht glücklich darüber sein, aber sie musste jetzt endlich Toni Roscanz kennenlernen. »Ja, das ist in Ordnung.«

Die Sekretärin gab ihr eine Karte mit der Adresse und einer Telefonnummer und verließ eilig das Café. Das Büro befand sich tatsächlich in dem von ihr angenommenen Bau.

Michael setzte sich zu Clara, und sie gönnten sich beide ein

Stück Kuchen und tranken einen Cappuccino. Das Erste, was Michael wissen wollte, war, wann das verschobene Rendezvous stattfinden würde.

»Er ist verreist, ich soll anrufen. Ich hab jetzt hier endlich seine Bürokarte«, schwindelte Clara und beschäftigte sich intensiv mit ihrem letzten Stück Kuchen. »Ich hab aber gleich ein Rendezvous mit Dr. Rasmusen. Er kann uns sicher auch einige Ratschläge geben, wie und wo wir etwas für unsere Drogensüchtigen einrichten können.«

»Gute Idee, aber du versprichst mir eins, liebe Clara: Kein Rendevouz mit Roscanz ohne mich!«

Im Krankenhaus, sie war ausnahmsweise zu früh, erkundigte sich Clara nach den zwei eingelieferten Mädchen. Aber die beiden waren heute Morgen wieder auf die Straße gesetzt worden.

»Wir sind kein Obdachlosenasyl, das hab ich Ihnen aber schon öfter erklärt«, belehrte sie eine der Rezeptionistinnen. »Und übrigens, ich sehe das auch nicht ein, unsereins schuftet sich halb zu Tode, und dieses Pack törnt sich zu und will dann auch noch eine Luxusunterkunft!«

Dr. Rasmusen war noch im O. P., und Clara wartete in seinem Vorzimmer. Als der Professor dann kam und sie sah, nahm er sie fröhlich in die Arme und bat sie in sein Büro. Ein außergewöhnlicher Ort, voll mit besonderen Steinen jeder Größe, in Natur und als künstlerische Photos an den Wänden. Selbst zwischen den Akten befanden sich Steine jeder Art. Und sogar der Sockel des Glastisches war ein großes graues Stück Stein. »Möchtest du etwas trinken? Vielleicht ein Wasser, sehr gesund! Unser Kaffee schmeckt grässlich, den biete ich dir erst gar nicht an.« Clara schaute auf ihre Uhr und dann ihn an. Er lachte: »Du meinst, ich hab es eilig wie immer, das stimmt sogar, aber sobald ich hier in meinen Steinpalast komme – jeder Stein hat seine eigene kleine Geschichte –, entspanne ich mich, und das ist auch für meine Patienten wichtig. Was verschafft mir die Ehre deines Besuchs? Krank siehst du gottlob nicht aus.«

»Mir geht's gut. Ich suche nur verzweifelt Platz für Jugendliche in unserer Stadt, die große Drogenprobleme haben, wer könnte mir da helfen?«

Er überlegte einen Moment, dann stand er auf und zog zwischen vielen Büchern und Steinen einen Ordner aus dem Regal. In diesem blätterte er eine Weile, bis er einen Bogen daraus löste und Clara gab. »Hier, dieser Professor kann dir sicherlich weiterhelfen. Ruf ihn an, und sag ihm, du kämst von mir, und ich lasse ihn herzlich grüßen.«

Wieder in ihrem Büro, rief Clara die besagte Nummer an, konnte aber leider nur eine Nachricht und ihre Handynummer mit der Bitte um Rückruf hinterlassen. Rudi kam. »Komm, wir gehen gleich in eins der Verhörzimmer. Vier von ihnen sind wieder ansprechbar.«

Kümmerlich weggetreten hockten sie da, und selbst die Sonnenblumen an der Wand machten einen deprimierenden Eindruck.

»Ich hab Ihnen von unserem PC-Kurs erzählt, der ist aber im Moment so weit weg wie der Weg zum Mond.«

»Was machen wir nur mit Ihnen?« Clara überlegte laut weiter: »Petra und Ralph nehmen nicht ab, sie sind ganz offensichtlich noch beschäftigt, und der Professor war bis jetzt nicht erreichbar.«

»Clara, hör auf, da gibt's im Moment leider nur wieder die Straße.«

»Und von da landen sie wieder in der alten Fabrik«, beendete Clara den Satz.

Holger kam mit einem vollen Tablett mit Kaffee und Baguettes. Alle aßen. Langsam, nicht hungrig wie die obdachlosen Jugendlichen. Aber immerhin aßen sie, nicht wie dieses magersüchtige Mädchen von gestern. Und dann blieb ihnen nichts anderes übrig, als sie wieder auf die Straße zu lassen. Obwohl sie dringend professionelle Hilfe brauchten.

FREITAG, 2. JUNI

Es war angenehm, aus den vielen Krawatten auf dem speziellen Krawattenhalter seines Kleiderschranks eine auszuwählen. Er entschloss sich für die blaugrün gestreifte Krawatte und band sie sorgfältig vor seinem Badezimmerspiegel. Füllte Milch für seine Katze in ihre Schale und legte eine Scheibe Schinken daneben. Er hatte sie bis jetzt nicht gesehen. Als er gestern nach Hause kam und sie seiner ansichtig geworden war, fauchte sie ihn wütend an. Katzen zeigen eben auch manchmal ihre Gefühle, und sie mochte es nicht, wenn er abwesend war.

Sein gestriger besonderer Optimismus hatte sich gelegt. Heute konnte er seine Reise weder als erfolgreich noch als erfolglos einordnen. Es gab verschiedene Punkte, die geklärt werden mussten. Auf jeden Fall war es angebracht, sich neue Wege auszudenken, um zu dem von ihm lange angestrebten Ziel zu gelangen.

Er nahm seinen Schirm – der trübe Himmel versprach Regen – und verließ seine Wohnung, um in sein Büro zu gehen.

☆

Die Kinder waren pünktlich in der Schule, und Clara saß auch pünktlich auf ihrem Platz in der Konferenz. Den Professor für Drogen hatte sie trotz einige Versuche noch nicht erreicht. Hans, Jörg und Anhang kamen nicht, aber nach zwanzig Minuten erschien die Namenlose, um sehr kurz angebunden mitzuteilen, dass der Chef heute wirklich Wichtigeres zu tun habe.

Das Team trank bei Clara dann ihren Latte. Rudi und Holger wollten die Jugendlichen, die mit Sicherheit wieder in der alten Fabrik gelandet waren, von dem PC-Kurs überzeugen.

Michaels sechster Sinn war schon am Morgen auf Clara fixiert, und er war eisern entschlossen, sie nicht alleine zu lassen. Auf seine Vorschläge, auch zu einem gemeinsamen Gespräch mit Toni Roscanz, reagierte sie nur mit einem abwesenden Kopfnicken.

»Sag mal, was ist heute mit dir los? Bist du schon in Berlin oder was? Du hörst mir überhaupt nicht zu.«

»Nein, wieso?«

»Du bist so abwesend und ...«, er kratzte sich am Kinn, »... ja, auch aufgeregt.«

Clara wusste nicht, was sie ihm darauf antworten sollte.

»Und übrigens, wir sind noch nicht dazu gekommen, du hast mir noch nicht alles von Indigo Tomante erzählt. Ich finde, das könnten wir jetzt nachholen.«

Er zog sie neben sich auf einen Stuhl und wartete. Es blieb ihr gar nichts weiter übrig, als ihm einiges zusammengefasst zu erzählen, was sie erfahren hatte.

»Das heißt, es ist ziemlich wahrscheinlich, dass Toni Roscanz unser Täter ist.« Er schwieg und schaute sie an. »Und du triffst ihn heute und willst es mir verschweigen, weil es nicht im Café ist. Clara, bitte«, Michael packte sie am Arm, »sag mir jetzt sofort, wo. Ich kenn dich zu gut. Und wenn du glaubst, ich lasse dich heute auch nur eine Sekunde alleine, dann bist du auf dem Holzweg!«

»Na, also, aufs Damenklo wirst du nicht mitkommen.«

»Nein, aber davor warten. Im Beschatten habe ich Übung.«

»Also gut, ich wurde gestern gebeten, heute um elf Uhr dreißig in sein Büro zu kommen.«

Sie schauten beide auf ihre Uhren.

»Warum willst du mich nicht mitnehmen?«, wollte Michael wissen.

»Du kannst mich loslassen. Ich hab's kapiert, wir gehen zusammen. Ich werde sagen, du bist ... ja, was?«

»Sag, dein männliches Kindermädchen. Dein Bruder, dein Freund, dein Liebhaber, dein Mitstreiter.«

»Eins davon reicht, und mit dem Liebhaber, da bin ich sicher, da gibt's Ärger mit Hoby.«

»Im Zweifelsfall weiß Toni Roscanz sowieso bestens, wer wir beide sind.«

»Davon gehe ich allerdings auch aus.«

Um 11.26 Uhr standen sie im bescheidenen Vorzimmer des Büros von Herrn Toni Roscanz. Die Sekretärin, die ihr schon durch zwei Begegnungen bekannt war, hatte sie hereingelassen. Die Tür verfügte über keine Türklinke und konnte nur mit einem Schlüssel oder von innen geöffnet werden.

Das Vorzimmer – ein kleiner Raum mit einem Regal, das mit Akten vollgepackt war. Der Resopalschreibtisch stand vor einem schmalen Fenster, das auf eine trostlose, fensterlose graue Hauswand schaute. Sie wurden gebeten, auf den zwei Stühlen in der einzigen freien Ecke Platz zu nehmen. Über Michael hing eine Uhr, wie sie oft auf Bahnhöfen zu finden ist. Genau in dem Moment, als der Sekundenzeiger auf der Zwölf 11.30 Uhr vervollständigte, tauchte Toni Roscanz aus seinem Büro auf. Clara war nervös und hatte Schwitzhände. Toni Roscanz nickte ihnen nur zu, Händeschütteln war offensichtlich nicht erwünscht, und bat sie dann mit einer Geste in seinen Büroraum.

Dort bat er sie mit einer weiteren Geste, an einem Tisch mit vier Holzstühlen vor dem zweiten Fenster Platz zu nehmen, wartete, bis sie sich setzten, und setzte sich dann auch.

»Ich habe schon vor einiger Zeit versucht, Sie in Chile zu erreichen«, begann Clara. »Ich ...« Sie zögerte, und er blickte auf seine Armbanduhr. »Also, ich ...«, begann Clara noch einmal. Er fixierte sie und runzelte genervt die Stirn. Sein Gesichtsausdruck war streng und abweisend. Seine dünnen Lippen verkniffen, zu keinem Lächeln oder Lachen fähig. Auf keinen Fall eine südländische Persönlichkeit, die man gern ansprach, um nach dem Weg zu fragen oder ein kleines Gespräch anzufangen.

»Also, ich wollte mit Ihnen ...«

»Sie wollten mich sprechen«, unterbrach er sie.

Ja, sie wollte ihn sprechen, das war aber vor ihrer Begegnung mit Indigo Tomante. Jetzt wusste sie einfach nicht mehr, wie oder was sie ihn fragen sollte.

»Ich glaube, Clara Ahrweiler«, mischte sich Michael jetzt ein, »hatte verschiedene Fragen bezüglich der Farm Santa Paola. Wir haben versucht, Sie dort zu erreichen, telefonisch und per Internet, aber dies ist uns nicht gelungen.«

Erneute Stille. Auf Santa Paola ging er nicht ein. Er wartete einfach.

Clara gab sich einen Ruck: »Ich wollte wissen, ob Frau Elisabeth Kranz-Singer noch Verwandte in Santa Paola hat.«

»Sie müssen mich aufklären. Warum wollen Sie das in Erfahrung bringen?«

Jetzt nur noch aufspringen und dieses Büro schleunigst verlassen. Er spielte doch mit ihnen, er wusste alles genau. Aber Michael, der sie kannte und neben ihr saß, legte beschwichtigend eine Hand auf ihren Arm.

»Nachdem Sie mir niemanden nennen, den ich benachrichtigen könnte, wollen wir Sie nicht länger belästigen.«

»Das Niemand ist jetzt von Ihnen und nicht von mir festgelegt worden. Frau Elisabeth Kranz-Singer war meine Stiefmutter.«

Wieder entstand eine Pause. Clara fragte sich, warum sie noch hier sitzen bleiben sollte. So würden sie ihn nie überführen. Aber wie sonst? Sie musste freundlicher sein. »Bitte entschuldigen Sie, ich wollte wirklich nicht unfreundlich sein. Ich bin sehr dankbar, dass wir heute miteinander sprechen können. Sicherlich bin ich auch überfordert und möchte Sie bitten, mir zu helfen, alles in eine richtige Ordnung zu bringen.«

Das war anscheinend schon besser.

»Es ist gut, dass wir uns heute hier treffen, ich hätte sonst mit Ihnen Kontakt aufgenommen. Ich verbrachte die letzten Tage in der Schweiz und bin mit einigen Ungewissheiten, aber auch mit einigen bedeutsamen Schlüssen zurückgekommen. Diese würde ich gern mit Ihnen klären und Ihr Einverständnis dazu erhalten.«

»Damit bin ich natürlich einverstanden. Ich möchte nicht, dass Sie als Stiefsohn zu kurz kommen.«

»Zu kurz kommen würde ich auf keinen Fall. Das letzte Testament ist im Zweifelsfall ohnehin anfechtbar. Und deshalb empfehle ich und halte es für wesentlich besser, dies ohne Rechtskräfte zu regeln.«

»Eine Empfehlung, der ich gern zustimmen würde, nur leider sind mir da die Hände gebunden. Ihre Stiefmutter übergab schon vor Jahren, es muss mindestens zehn Jahre her sein, die geschäftlichen Schriftstücke ausnahmslos einem ihr sehr vertrauten und angesehenen Notar, Doktor Roberts. Er verwaltete ihr Vermögen und wird, so wünschte sie es, das Erbe weiterbetreuen. Ohne ihn kann ich nichts entscheiden oder tun.«

»Doktor Roberts? Ich gehe davon aus, dass er hier aus der Stadt ist. Ich werde mit ihm Kontakt aufnehmen und mich dann wieder mit Ihnen in Verbindung setzen.«

Er blickte auf seine Uhr und stand auf. »Sie entschuldigen, aber ich habe weitere wichtige Termine.«

Damit waren sie entlassen. Es gab wieder kein Händeschütteln. Und wie würde man sich in Verbindung setzen? Also kannte er ihre Adresse. Stand auf dem Lebensbericht von Jayja, der auf dem Schreibtisch lag, oder auf den anderen Papieren etwas von Dr. Roberts?

Hatte Jayja etwas von dieser Seite geahnt oder befürchtet? War deshalb kein Name unten an ihrer Klingel, keine - Telefonnummer im Telefonbuch, das Anwaltspaket mit den Akten mit Klebeband zugeklebt, obwohl der persönliche Fahrer unten gewartet und es direkt in die Kanzlei gebracht hatte?

Noch im Auto rief Clara bei Dr. Roberts an. Er war nicht in der Stadt, sie bekam von seiner Sekretärin seine Handynummer.

Sie erreichte ihn und schilderte ihm mit Unterbrechungen ihre Begegnung mit Toni Roscanz. »Die Verbindung ... schlecht ... Ich bin hier ... Gebirge ... ich wieder in der Stadt, und wir sehen uns ...«

»Hallo, ich hab Sie nicht verstanden!«

»... am Montag um fünfzehn ... in meinem Büro!« Nach einer Pause: »... Ihren Piepser an, und ich halte es für das Beste, wenn Sie eine kleine Reise unterneh...« Das war das Letzte, was sie mitbekam, und dann war die Verbindung endgültig unterbrochen.

Michael schlürfte ungewöhnlich still und nachdenklich den Latte, den Clara in ihrem Büro für ihn zubereitet hatte.

»Ich werde für die nächsten Tage eine Streife zur Bewachung deiner Wohnung organisieren. Hans stimmt im Moment mit Sicherheit nicht zu, aber egal, da werden wir schon einen Weg finden. Ich habe bei Toni Roscanz kein gutes Gefühl. Du bist doch ab heute in Berlin, oder?«

»Ja, ich wollte um achtzehn Uhr zehn fliegen, und Georg kommt ausnahmsweise mit. Mein Auto brauch ich nicht, und Ruth nimmt Ralph und Sarah mit zu sich nach Hause. Sie hat sich wieder mit ihrem Mann versöhnt. Du siehst, es ist alles bestens organisiert. Michael, ich muss los! Wir sehen uns am Montag!«

»Einen Teufel werden wir, ich fahre dich!«

Ruth packte Ralphs und Sarahs Übernachtungszeug. Clara, nicht friseurfrisch, nicht umgezogen – dazu reichte die Zeit einfach nicht mehr –, stopfte eiligst verzweifelt das Nächstbeste in ihre Reisetasche, zog es wieder heraus, bis schließlich Michael auftauchte. »Wenn du jetzt nicht sofort kommst, brauchen wir gar nicht mehr zu fahren.«

Michael schien erleichtert, als sie hinter der Sicherheitskontrolle und Absperrung verschwanden. Seine Besorgnis war deutlich sichtbar, und Clara konnte sich nicht erinnern, dies jemals bei ihm festgestellt zu haben.

In Berlin erwartete sie ein großer Bahnhof: ihre Mutter, ihr Vater, Hoby und Krabbe-Martin. Er stand da mit einem gezwungen fröhlichen, beim näheren Hinschauen verzweifelten Gesicht. Das Wiedersehen von Krabbe und Georg war scheu. Mutter drängte sich dazwischen, nahm Georg einfach in die Arme und schob ihn dann zu Martin. »Kommt, ihr zwei, wie wäre es mit einem fröhlichen Hallo? Und Hoby, ich fände es gut, wenn du uns Clara wenigstens morgen Nachmittag überlässt.« Hoby nickte, umarmte die Schwiegermutter und den Schwiegervater, und dann hatte er es eilig, Clara in sein Auto zu schieben. Er wollte sie endlich alleine!

Samstag, 3. Juni

Nur Ruhe, er brauchte Ruhe. Alles musste noch einmal sorgfältig überdacht werden. Warum sich nicht einfach noch einmal ins Bett legen, den Tag ausschließlich im Bett verbringen? Im Bett, aber heute ohne Lenin. Die Träume von Macht, Einfluss und Stärke, die Träume, die ihn seit seiner Kindheit verfolgten, die waren zu überdenken und nicht Durchführbares zu ändern. Was war schon Macht über andere? Was war Anerkennung? Die musste man bei sich selbst zuerst finden, und das würde ihm sicher in einer neuen Umgebung mit einem herrschaftlichen Anwesen endlich gelingen.

☆

Claras und Hobys Vormittag spielte sich hauptsächlich im Bett ab. Ihre Verpflegung bestand aus einer Flasche Champagner, zu essen gab es nur eine Tüte Mandeln, die aus einer der Küchenschubladen aufgetaucht war. Der vorbestellte Tisch in einem der feinsten Restaurants wartete vergeblich auf sie. Das Schmusen und Reden und wieder Schmusen und Lieben war durch kein noch so gutes Essen zu ersetzen.

Den Teebesuch bei den Eltern hatten sie auf den Sonntag verschoben, und es wurde ihnen nicht verübelt! Mutter wollte sowieso mit Martin und Georg in die Stadt zum Einkaufen.

Sonntag, 4. Juni

Der Himmel zeigte sich grauschwarz und düster wie seine geballten Gedanken.

Der gestrige Tag, an dem er nur auf der Suche nach Ruhe war, hatte sich zu einem Albtraum entwickelt, ihn nur noch gequält, ja, so gequält, dass ihm am Abend die Flucht in die Bücher über Lenin, die er im Moment mit großem Interesse konsumierte, nicht gelungen war. So rächte sich sein eigenes Verbot, auf den Schwingen seiner Gedanken in eine andere Welt zu fliehen. Er hob es auf. Es hatte sich als kontraproduktiv erwiesen.

Hinzu kam der Überfall seines Halbbruders Fritz. Er hatte ihn nicht hereinlassen wollen. Nach einer lautstarken Auseinandersetzung, geschützt nur durch die nie benutzte Sicherheitskette, hatte er ihn endlich in die Flucht geschlagen. Fritz, mit seinem dicken Fell, machte es überhaupt nichts aus, angebrüllt und niedergemacht zu werden. Das war ihm selbst völlig unverständlich.

Gegen Abend war Fritz wiedergekommen. Diesmal hatte er ihn hereingelassen. Es nutzte ja nichts. Er musste es um jeden Preis vermeiden, Aufsehen zu erregen.

☆

Es war schon später Vormittag, als sie aufwachten! Trotz wunderschönem Geschmuse hatte Clara eine schlechte Nacht gehabt. Sie hatte wild von Roscanz geträumt. Er hatte sie misshandelt und dann in einen Käfig gesperrt. Clara verschwieg Hoby diesen Traum und auch ihre Gedanken über Roscanz, die immer wieder in ihr auftauchten und dort herumgeisterten. Sie wusste, wenn sich Michael schon Sorgen machte, würde Hoby sie in beaufsichtigten Gewahrsam nehmen, und sie dürfte Berlin mit Sicherheit nicht wieder verlassen. Und so würde diese Geschichte nie ein Ende finden.

Es gab einen gemütlichen Nachmittag mit den Eltern, Martin zeigte stolz alles Neue im Garten, und Georg kommentierte diesen Rundgang mit sehr philosophischen Zitaten.

Michael erwartete sie abends am Ausgang des Kölner Flughafens. »Ohne mich kommt ihr nicht in die Wohnung, wir haben noch am Freitag eine besondere Alarmanlage installiert.«

Montag, 5. Juni

Sorgfältig knüpfte er seine graue Krawatte, füllte die Schale mit Milch für die Katze und schloss verärgert die Tür des Kühlschranks, in dem sich kein Schinken mehr befand. Sein Halbbruder Fritz hatte diesen ganz offensichtlich auch noch aufgegessen, obwohl er mit ihm – nicht unbedingt zu seinem Vergnügen und sehr gegen seine Gewohnheiten – in einer Gastwirtschaft nicht weit von der Wohnung entfernt zu Abend gegessen hatte.

Er ging davon aus, dass dies die letzte oder höchstens vorletzte Begegnung mit dem Halbbruder sein würde. Sobald sich seine Vorhaben erledigten – und dies schien jetzt in absehbare Nähe zu rücken –, würde er diese Wohnung aufgeben und sich ein Anwesen in Bayern auf dem Land leisten.

Ein neues Leben mit einer Identität beginnen, von der er schon als Jugendlicher, bei näherer Überlegung sogar schon als Kind geträumt hatte.

Besitzer eines herrschaftlichen, nicht zu großen Anwesens auf dem Land – und dies alles selbst erschaffen.

Nichts hatte man ihm früher zugetraut, selbst die Skepsis des Vaters – zwar versteckt und nicht so offenkundig wie von den anderen – war spürbar gewesen und noch immer nicht vergessen.

Dies würde sich mit Sicherheit ändern, wenn er als neuer Mensch sein Leben beginnen konnte. In Chile undenkbar und zum Scheitern verurteilt, denn dort wussten noch immer zu viele alles.

Sein Wunsch, sich artikulieren zu können, sein Wunsch, in allem der Beste zu sein, der Wunsch, beliebt zu sein – diese Kind-Jugend-Wünsche, er würde sie dann endlich begraben können, sie nicht mehr benötigen!

☆

Was war heute mit Georg los? Beim Frühstück konnte er gar nicht aufhören zu reden und berichtete die winzigsten Details über Martin. Ruth brachte die Kinder in die Schule, um dann mit Ralph und einem freiwilligen Mithelfer im Brauhaus König die Aufstellung der PCs zu überwachen und Anmeldungen entgegenzunehmen.

Clara wurde auf der Fahrt in die K11 plötzlich einiges klar. Ihre Konzentration hatte sich bis jetzt fast ausschließlich auf die Tatbestände bei Jayja gerichtet. Roscanz musste man in diesem Fall als nicht vorhanden ausklammern. Wie war das bei der Todesursache von Marulu Kos? Gab es vielleicht dort Tatsachen, die sie übersehen hatten und die neue Erkenntnisse bringen würden? Was ergaben die diagnostischen und die identifikatorischen Aspekte der gesamten Spurenauswertung bei Marulu Kos?

In der Morgensitzung wurde von Hans nichts außer den üblichen Autosünden bearbeitet. »Sonst liegt nichts an, und jeder weiß, was er zu tun hat«, beendete er die Sitzung nach acht Minuten und verließ eilig den Raum. Ihr Team fand sich zum üblichen Latte ein, aber ohne gravierende Neuigkeiten trennte man sich schnell. Im Brauhaus, wohin sie mit Michael und Rudi fuhr, erwartete sie das Gegenteil ihrer Vermutungen: Es saßen nur zwei wild blickende Jugendliche vor den Computern und schimpften: »Wie, kein einziges Knallerspiel? Da hauen wir ab. Was soll eigentlich dieser Scheiß? Die

Fahrt hierher hätten wir uns wirklich sparen können!« Und weg waren sie.

Ruth machte einen deprimierten Eindruck: »Ich hatte es von Anfang an im Gefühl, dass das nichts wird, und bin mir nicht einmal sicher, ob ich überhaupt dafür geeignet bin!«

»Natürlich bist du sehr geeignet, was soll der Quatsch? Ich bin doch jetzt und nach so kurzer Zeit durch dich ein echter Profi«, erklärte ihr Ralph.

»Wir legen auf den PCs etwas Besonderes an, und wenn am Nachmittag noch immer niemand mitmachen will, dann verkaufen wir die PCs bei Ebay«, meinte Michael lachend. »Und einen möchte ich für meinen Neffen.«

»Was Besonderes anlegen ist eine gute Idee. Ralph wird sicher was Spielerisches einfallen, vielleicht war alles für den Anfang zu streng!«

»Super, Ruth, damit fangen wir jetzt sofort an, und du wirst sehen, das klappt!«, kam es ganz spontan von Ralph.

Clara schaute auf ihre Uhr. »Ich muss dringend los.«

Um 14.59 Uhr war sie bei Doktor Roberts. Die zwei Rezeptionistinnen nickten gnädig, man sah ihnen an, dass sie überhaupt nicht verstehen konnten, was so jemand wie Clara hier immer wieder verloren hatte.

Doktor Roberts hörte sich die Geschichte von Indigo Tomante an, ohne auch nur einmal zu unterbrechen.

»Und jetzt zu Toni Roscanz«, fuhr Clara fort. »Ich habe ihn getroffen, und er findet, es wäre am besten, die Dinge zu vereinfachen, indem man es nur zu zweit und ganz unter sich regelt. Er behauptet, das Testament, das vorliegt, wäre leicht anfechtbar und er als Stiefsohn hätte die größeren Rechte.«

Doktor Roberts überlegte einen Moment. »Ich möchte Indigo Tomante kennenlernen! Unbedingt und möglichst bald!«

Clara quälte das schlechte Gewissen, sie hatte sich seit letztem Donnerstag nicht mehr bei ihm gemeldet.

»Er hat kein Handy, und ich weiß nicht einmal die Telefonnummer der Pension. Aber ich werde mich jetzt sofort darum kümmern.«

»Gut, und was Toni Roscanz anbelangt, bin ich durch Sie jetzt bestens informiert. Chancen in Bezug auf das bestehende Testament hat er keine.« Bevor er sich bei Clara verabschiedete, regte er an: »Also am besten treffen wir uns morgen mit Indigo Tomante um elf Uhr hier. Nein, halt, das ist doch nicht ratsam«. Er überlegte einen Moment. »Das Interconti hat drei verschiedene Eingänge und ein Café auf dem Dach, ich denke, das wäre der richtige Platz. Meine Handynummer haben Sie; bitte nicht zögern, wenn ich helfen kann. Ich bin immer für Sie da.«

Clara dankte Jayja für Dr. Roberts, den sie ihr auch hinterlassen hatte, und machte sich auf zu Indigo Tomantes Pension.

Diese präsentierte sich völlig ausgestorben. Selbst nach mehrmaliger Benutzung der Klingel auf dem Tresen tauchte niemand auf. Clara wollte gerade gehen, als eine ältere Frau zur Tür hereinkam und hinter den Tresen verschwand.

»Können Sie mir helfen? Ich möchte zu Herrn Indigo Tomante.«

»Nix verstehen, leider nur Spanisch!«

Clara wiederholte ihre Frage auf Spanisch.

»Wen wollen Sie sehen, Herrn Indigo Tomante?«

»Ja. Ich möchte zu meinem Freund Indigo Tomante. Wissen Sie zufällig, ob er gerade da ist?«

»Das ist komisch, dass sie ausgerechnet nach ihm fragen. Heute früh unterhielt ich mich mit meinem Kollegen vom Sonntagsdienst, und wir stellten fest, dass Señor Tomante seit

Samstag nicht mehr gesehen wurde. Sein Schlüssel ist noch nicht abgegeben, bezahlt ist nicht, und ich wollte, nein, sollte mich heute darum kümmern. Am Wochenende haben wir immer wieder Gäste, die dann Ausflüge machen. Also kein Grund zur Aufregung. Ich bekam heute Morgen einen solchen Gichtanfall, dass ich zu meinem Arzt musste. Diese Wartezimmer, so überfüllt, einen dreiviertel Tag muss man dann warten!«

»Könnten Sie vielleicht jetzt nach ...« Clara wurde unterbrochen.

»Nein, jetzt kann ich nichts, ich muss jetzt erst etwas frühstücken, das haben Sie mit Sicherheit heute Morgen – und ich nicht.« Sie wurde laut: »Also wenn Sie es unbedingt wissen wollen, dann kommen Sie gefälligst so in einer Dreiviertelstunde wieder.«

»Ich könnte doch ...«

»Sie wollen meinen Job übernehmen? Wo kämen wir da hin, wir sind ein anständiges Haus!«

Das war's wohl.

Clara fuhr Sarah abholen, blieb bei den Steins auf eine Tasse Tee, die sie gerade in ihrer Küche tranken, und Vivi wollte heute einmal bei ihnen schlafen. Also packte Clara die zwei Mädchen ins Auto. Die kreischten und quietschten hinten so laut, dass sie fast ihr Handy überhörte.

»Clara, habe verschiedene uns nicht bekannte Tatbestände von der Spurensicherung bekommen, wir sollten darüber reden.«

»Michael, fahre gerade die Kinder nach Hause und wollte dann noch einmal in die Pension von Indigo Tomante. Es ist irgendwie komisch, er ist seit Samstag nicht mehr gesichtet worden.«

»Na, da komm ich mit. Also, wir treffen uns bei dir.«

Michael kam, und sie fuhren zur Pension. Das Frühstück der älteren Frau schien ihre Laune keineswegs verbessert, sondern verschlechtert zu haben.

»Da sind Sie ja schon wieder! Also bevor ich Ihnen irgendeine Auskunft geben kann, muss ich schon wissen, wer Sie sind und warum Sie sich so für Herrn Tomante interessieren. Unsere Gäste und ihr Privatleben werden von uns hier sehr gepflegt.«

Michael zog seinen Ausweis heraus und hielt ihn der Frau hin. Sie studierte ihn länger, anscheinend brauchte sie dringend eine bessere Brille.

»Also, Señor Tomante ist auf jeden Fall nicht in seinem Zimmer. Ausgezogen ist er auch nicht, seine Sachen sind noch da«, verkündete sie jetzt.

»Ich glaube, wir sollten dies auch noch einmal überprüfen.«

»Ich kann nicht von hier unten weg. Hier haben Sie den Zentralschlüssel, den Sie mir dann wiederbringen. Länger als fünf Minuten wird es ja wohl nicht dauern. Sein Zimmer ist im dritten Stock, die Dreihundertzwölf!«

Das Zimmer war klein und länger ohne frische Luft. Das Bett war sorgsam gemacht, auf dem Nachttisch stand ein Foto von einem Säugling und einem gelockten Einjährigen, daneben ein Familienfoto von einer Großfamilie. Sein Schlafanzug hing akkurat an der Tür. Nichts lag herum, sondern war in dem Kleiderschrank verstaut. Michael öffnete ihn, fand aber nichts Auffälliges. Der Papierkorb aus Strohgeflecht, der danebenstand, war leer. Badezimmer gab es keines, sein Waschbeutel befand sich auf dem einzigen weiteren Möbel, einem kleinen wackligen Tisch unter dem Fenster. Dort lagen auch, ordentlich in einer Klarsichthülle verstaut, sein Flugticket, ausgestellt für den achten Juni, eine bedruckte Seite mit

Terminen, Ankunftsdatum, die Telefonnummer einer Fluggesellschaft und die der chilenischen Botschaft, zwei Quittungen und sein Pass.

Wo war er?

Michael brachte den Schlüssel zurück und notierte sich die Adresse und die Telefonnummer der Pension.

»Das ist doch eigenartig. Man verschwindet nicht einfach so und auch noch ohne Papiere – und zwei Nächte, hoffentlich ...«

»Clara, hör auf! Wieso glaubst du gleich etwas Negatives? Vielleicht ist er nur bei einem Bekannten oder Freund.«

»Ziemlich unwahrscheinlich. Wenn er hier irgendwelche Bekannten außer Roscanz hat, hätte er es mir sicher erzählt.«

Roscanz, er spukte jetzt dauernd in ihren Gedanken herum. Hatte er etwas mit dem Verschwinden von Indigo Tomante zu tun?

Auf dem Weg nach Hause erzählte ihr Michael die neuesten Ergebnisse der Spurensicherung. Es gab Fingerabdrücke und Spuren, die bis jetzt nicht identifiziert werden konnten. Sie wurden dem BKA zugestellt und dort über die AFIS-Datenbanken geprüft.

Sie überlegte krampfhaft, wie sie die Gespenstergedanken um Roscanz wieder loswerden konnte. Ein Wiedersehen mit Roscanz musste her. Bei dieser Gelegenheit würde sie am ehesten und unbemerkt in den Besitz seiner Fingerabdrücke kommen.

Dienstag, 6. Juni

Wie immer füllte er die Schale mit Milch und legte die obligatorische Scheibe Schinken daneben. Dann prüfte er sorgfältig den Sitz seiner graugrün karierten Krawatte, strich sich mit der Bürste noch einmal sorgfältig durch die kurz geschnittenen Haare. Ärgerlich über sich selbst und den Schlaf, den er heute Nacht nicht gefunden hatte, betrachtete er sein Spiegelbild. Ärgerlich, weil er sich immer wieder von der Vergangenheit einholen ließ, ärgerlich über die Vergangenheit, die ihn immer wieder verfolgte.

Der damalige Beschluss, einen Teil seiner Zeit in Deutschland zu verbringen, kam sicher auch durch die Beziehung zu seiner Tante Marulu zustande. Es bedurfte mehrere Jahre intensiver Suche, um sie zu finden. Nicht, dass sie den Kontakt zu ihm abgebrochen hatte – regelmäßig waren Briefe von ihr gekommen –, aber immer als Beipack einer chilenischen Firma in Santa Cruz, die internationale Beziehungen pflegte. Erst mithilfe von Bestechung gelang es ihm, das Herkunftsland Deutschland und ihre Adresse herauszubekommen. Rombo – was hatte er weitergegeben? In Santa Cruz wussten sie auf jeden Fall, wo er sich gerade aufhielt. Es wurde dringend Zeit, ein neues Leben zu beginnen.

☆

Pünktlich gab sie die Rasselbande trotz Frühstückschaos, das so laut war, dass Roo sich beleidigt aus der Küche entfernt hatte, in der Schule ab. Ralph schüttelte nur den Kopf. Ruth genoss den Gegensatz zu ihrem in der Früh immer schweigsamen, die Zeitung verschlingenden Ehemann.

»Mach dir keine Sorgen.« Georg kam mit zur Eingangstür. »Ich hab's nicht vergessen, heute Nachmittag erwartest du Jayjas Verwandten aus Koblenz zum Tee. Wir werden die Küche im perfekten Zustand verlassen.«

»Mit Georg ist das doch eine Kleinigkeit,«, rief ihr Ruth hinterher, »und ich bin heute Nachmittag mit Ralph für Sarah zuständig und erst später hier!«

Clara war spät dran, fuhr zu schnell. Im Rückspiegel bemerkte sie den Streifenwagen hinter sich. Sie war beunruhigt – noch immer keine Nachricht von Indigo Tomante. Und als ihr Handy läutete, hoffte sie, endlich von ihm zu hören. Typisch, es war ganz nach unten in ihre Tasche gerutscht, und als sie es endlich mit nur einer Hand herausgekramt hatte, hörte sie erst nichts und dann: »Roscanz hier. Spreche ich mit Frau Ahrweiler?« Sie fuhr an den Straßenrand. »Ja, bin am Telefon.«

»Es wäre begrüßenswert, wenn wir uns in etwa einer Stunde in meinem Büro treffen könnten.«

»Das wird möglich sein.« Und damit war die Verbindung unterbrochen. Kein weiterer Satz, keine Verabschiedung oder irgendetwas Ähnliches.

Den jungen Polizisten, der jetzt neben ihrem Auto stand, kannte sie. Er grinste. »Zu viele Aktivitäten sind nicht gut! Also bitte etwas langsamer und ohne Handy! Ich dachte immer, wir müssen Vorbilder sein?!« Er griff an seine Mütze und verschwand. Gut, dass es nicht einer von Jörgs Spezis war. Sie rief im Sekretariat von Dr. Roberts an. »Bitte richten Sie ihm aus, unser Termin mit Herrn Tomante muss verschoben werden, ich melde mich wieder.«

Von der Sitzung bekam sie nichts mit. Ihre Gedanken schwirrten um die Frage, wie sie an Fingerabdrücke von Roscanz kommen könnte. Er, der bei keiner ihrer Begegnungen zu einem Händeschütteln bereit war, da würde auch kein Handschuh-Verband auf der rechten Hand helfen. Michael schubste sie zweimal, bis Clara endlich merkte, dass sie »gewünscht« war. Hans starrte sie an. Was war jetzt schon wieder los?

»Also, ich fange noch einmal von vorne an. Ich bekam gestern einen Brief des Ministerpräsidenten. Er hat von dem Musical erfahren und fand dies so besonders, dass er für den Staatsbesuch des französischen Präsidenten in Düsseldorf den Auftritt der Jugendlichen wünscht. Selbstverständlich würde das Land NRW für die weitere Zukunft dieses Jugendprojekt besonders unterstützen.« Hans faltete das Schreiben, das er in der Hand hielt, sorgfältig zusammen. Die Kollegen klopften auf den Tisch, und selbst Hans strahlte, es war schließlich seine Abteilung, der diese Ehre widerfuhr.

»Der Besuch ist in fünf Wochen. Ich hoffe doch sehr, dass dann ein dementsprechender Auftritt möglich ist, blamieren wollen wir uns schließlich nicht.«

Clara grinste.

»Clara, da gibt es nichts zu grinsen, denn wirklich blamieren werde, als der Chef dieser Abteilung, nur ich mich, und bin der Erste, den man dafür verantwortlich machen wird.«

Clara sprang auf, gute Neuigkeiten. Trotzdem wurde es Zeit zu gehen. Am besten, sie nahm eine Fotokopie des Testaments mit. Das musste er ihr zurückgeben. Michael stürmte hinter ihr her. »Was ist mit dir? Was ist los?«

»Ich muss in genau zwölf Minuten im Büro von Toni Roscanz sein und möchte unbedingt etwas Geschriebenes mitnehmen und ihm dann wieder abknöpfen!«

Michael überlegte einen Moment. »Also erstens werde ich dich fahren und unten warten, und zweitens …«

»Bitte, wenn du mitkommen willst, okay, aber Beeilung, wir müssen zu Hause noch eine Fotokopie des Testaments holen.«

Sie waren einige Minuten zu spät, als Clara aus dem Auto stieg. Sie klingelte, und es dauerte eine Weile, bis die Tür von Toni Roscanz geöffnet wurde. Er nickte und trat zur Seite, um sie hereinzulassen. Seine Sekretärin war offensichtlich heute nicht da, der PC ausgeschaltet und der Schreibtisch sehr ordentlich und leer, beinahe unbenutzt. Sie gingen in sein Büro, wo er auf einen Stuhl am Tisch wies und sich dann selbst gegenüber hinsetzte. Jede seiner Gesten war abgemessen. Auf seinem Platz lag eine Mappe, die er öffnete. Vielleicht brauchte sie das fotokopierte Testament gar nicht. Gab er ihr etwas Geschriebenes mit?

»Sie haben sich um siebzehneinhalb Minuten verspätet, deshalb komme ich sofort zur Sache. Hier habe ich Unterlagen von der Schweiz und aus Chile, wie sich die Verteilung des Vermögens Kranz-Singer bewerkstelligen lässt, und dazu benötige ich Ihre Unterschrift.«

»Ohne Herrn Doktor Roberts bin ich nicht befugt, dies zu tun. Er ist der Vermögensverwalter, von Elisabeth Kranz-Singer eingesetzt. Ich dachte, wir würden uns mit ihm treffen.«

»Dies ist mir aus zeitlichen Gründen nicht möglich.«

»Dann wäre es das Beste, Sie geben mir die zu unterschreibenden Schriftstücke mit, ich werde diese noch heute mit Herrn Dr. Roberts durchgehen und Ihnen schnellstmöglich wieder zukommen lassen.«

Er schüttelte den Kopf und stand auf. »Nachdem Sie zu keiner Unterschrift bereit sind, werden wir alles über den

Rechtsweg regeln. Sicherlich für Sie nicht von Vorteil, aber diese Entscheidung haben Sie sich selbst zuzuschreiben.«

Das war's also! Clara zog aus ihrer Tasche das fotokopierte Testament. »Möchten Sie nicht wenigsten einen Blick in das von Ihrer Stiefmutter verfasste Testament werfen?« Sie stand auf und reichte es ihm. Er nahm es, und nach einem Blick darauf reichte er es ihr zurück. »Dieses ist mir bekannt.«

Er ging zur Tür, öffnete sie, ging voran zur Eingangstür, öffnete auch diese und trat dann zur Seite. Mit einem kurzen Kopfnicken war sie entlassen.

Sie fuhren sofort zur Spurensicherung und zu Hans Hopper. Woher kannte Roscanz das Testament? Auf dem Weg telefonierte Clara mit Dr. Roberts, den sie auf seinem Mobiltelefon erreichte. Sie erzählte ihm von ihrer Begegnung mit Toni Roscanz und von seiner Drohung, alles über den Rechtsweg anzufechten.

»Keine Angst, liebe Clara Ahrweiler, dieses Testament ist durch verschiedene Zeitvorgänge nicht anzuzweifeln, und die erste testamentarische Verfügung liegt bereits sechseinviertel Jahre zurück und wurde noch vor einem Jahr notariell bestätigt. Ist Herr Roscanz auch im Besitz eines Testaments?«

»Erwähnt hat er es nicht, er betonte nur mehrmals, dass er der einzige Verwandte von der Verstorbenen sei, der Stiefsohn.«

»Was ist mit Herrn Indigo Tomante?«

»Leider keine gute Nachricht, er ist spurlos verschwunden.«

»Sie halten mich bitte auf dem Laufenden.«

»Sicher. Und übrigens, heute Nachmittag kommen Verwandte von Elisabeth Kranz-Singer, die Kinder ihrer Schwester, zum Tee. Ich würde mich sehr freuen, wenn Sie trotz Ihres Terminkalenders mit uns eine Tasse Tee trinken könnten.«

»Gern, wenn ich es zeitlich schaffe. Es ist die Wohnung, die ich, glaube ich, schon kenne?«

In der Spurensicherung ging es wie immer turbulent zu. Sie fanden Hans Hopper mit einem Kollegen in sehr intensivem Gespräch. Er würde die zwei Seiten, die Toni Roscanz in die Hand genommen und kurz gehalten hatte, sofort weiterleiten an das BKA, und von dort würden diese dann von den AVIS-Datenbanken überprüft werden.

»Es dauert höchsten ein paar Stunden. Ich melde mich bestimmt heute noch bei euch.«

Der Himmel überzog sich mit weiteren dunklen Wolken, und genau in dem Moment, als sie zu Hause ankam, fing es zu gießen an. Der Aprikosenkuchen aus ihrer Lieblingsbäckerei und auch sie bekamen einige Tropfen ab. Sie musste sich beeilen. Weiße bestickte Leinentischdecke, die weißen Leinenservietten – Clara schnitt einige Blüten der Kletterrose, um sie in eine Schale zu legen, als es klingelte. Das mussten die Gäste sein, ihre Mitbewohner würden heute erst später auftauchen.

Barbara und Ulrich von Kranz schmeckte ihr Tee und der etwas aufgeweichte Aprikosenkuchen, er erinnerte sie an ihre Kindheit.

»So was hab ich seit Großmutters Tod leider nie mehr gegessen. Mutter konnte nicht gut kochen. Sonst konnte sie wirklich fast alles, aber kochen, das blieb Granny vorbehalten.«

Clara legte ihm noch ein großes Stück auf den Teller. Er strahlte. Es läutete. Dr. Roberts hatte sich die Zeit genommen, und auch er genoss den Kuchen und den Tee, ganz im englischen Sinne mit Milch und Zucker. Die Runde passte sehr gut zusammen, man hatte einiges gemeinsam. Und Jayja – sie war da. Clara musste von ihr erzählen. Es gab so vieles, und alle drei hörten sehr aufmerksam zu. Natürlich erzählte Clara auch von der sehr intensiven Suche nach Jayjas Familie, von ihrer Reise nach Europa sehr bald nach dem Krieg, um die Familie wiederzufinden.

»Wir fanden euch nur über das Internet, das heißt eine Freundin fand euch.«

»Warum ist Tante Elisabeth nach Deutschland gegangen und nicht in Chile geblieben?«, wollte Ulrich von Kranz von Clara wissen. »War diese Frage falsch, warum schütteln Sie den Kopf?«

»Ulrich, bitte lass das, manchmal bist du taktlos, also«, unterbrach ihn Barbara. »Vielleicht erfahren wir etwas mehr über den, ja, wie soll ich mich ausdrücken …?«, sie zögerte einen Moment, »… angeblichen Stiefsohn, Herrn Toni Roscanz.«

Clara stockte einen Moment. »Also gut, wenn wir schon darüber reden: Ich bin mir fast sicher, dass sie damals Chile wegen ihm verlassen hat.«

»Ist etwas vorgefallen?«

»Ja, ihr einziger Sohn, Konrad, ist im Teich von Santa Paola ertrunken. Er war ein sehr guter Schwimmer«, fügte Clara etwas leiser hinzu.

Die von Kranz schauten sie erschrocken an, und dann schwiegen alle.

»Wie wäre es mit einem Glas Portwein? Natürlich von ihr, und das in der Bibliothek, die wir noch immer nicht ganz wieder in Ordnung gebracht haben. Ich würde mich sehr freuen, wenn Sie sich ein paar Bücher aussuchen.«

»Wieso nicht? In Ordnung, ich dachte, die ganze Familie

ist penibel ordentlich. Das war schon immer ein Grund für Auseinandersetzungen zwischen Großvater und Großmutter. Auch zwischen Vater und Mutter. Die von Kranz waren schrecklich ordentlich, und ich gebe zu: Ich bin es auch! Es würde mich wundern, wenn unsere Großtante Elisabeth das Gegenteil war.«

»Sie haben völlig recht, Jayja war sehr ordentlich. Aber leider ist nach ihrem Tod hier eingebrochen worden und …« Clara zuckte mit den Schultern.

»Ist etwas gestohlen worden?«

»Nein, nur sehr persönliche Unterlagen, sehr persönliche Papiere.«

Dr. Roberts musste los, und Clara brachte ihn zur Tür. »So eine gemütliche Freizeit sollte ich mir wirklich öfter schenken. Ich hoffe, dass ich mich mit einer Einladung revanchieren darf. Bitte melden Sie sich, sobald Sie etwas Näheres über Indigo Tomante wissen. Ich wollte dieses Thema nicht vor allen besprechen. Und – hoffentlich bis bald.«

Georg brachte Claras läutendes Handy aus der Küche.

»Hallo Clara, Hans Happer hier. Also, ich wurde gerade angerufen, die Fingerabdrücke stimmen überein.«

»Stimmen überein?«

»Wie? Ich kann Sie sehr schlecht verstehen. Ich bin hier im Auto, Michael weiß Bescheid.«

Clara bat Georg, mit den Gästen in der Bibliothek nach ein paar Lieblingsbüchern zu schauen, während sie sich ins Schlafzimmer verzog und Michael anrief. Er war sofort am Apparat. »Ich komme in einer halben Stunde, und dann überlegen wir gemeinsam, wie wir jetzt vorgehen können und wollen«, war seine ruhige Antwort.

In der Bibliothek hatte Georg die zwei Gäste auf dem kleinen Sofa platziert und brachte ihnen besondere Bücher.

Sie unterhielten sich angeregt mit ihm, und als Clara kam, war die erste Frage: »Was hat dieser wunderbare junge Mann mit Tante Elisabeth zu tun?«

Georg, solche Komplimente nicht gewohnt, wurde rot. »Ihre Tante Elisabeth, meine Jayja, schenkte ihn mir auf ihrem Weg in den Himmel.«

Beide schauten Clara an und warteten auf eine weitere Erklärung. Clara holte sich den Stuhl vom Schreibtisch und setzte sich zu ihnen.

»Sie hat mir in den Jahren unserer Freundschaft viel geschenkt, Gespräche, die neugierig machten. Ich habe mich immer wieder nach einem Abend bei ihr dabei erwischt, dass ich dann Bücher dieses Themas suchte, um mehr zu erfahren. Was auch immer über sie aus Chile hier ankommt, ist ausschließlich positiv. Sie war eine wunderbare, eine sehr großzügige, sehr mitfühlende Frau ... nein, Dame, und dachte immer zuerst an die anderen. Sie wurde in Chile heiß geliebt. Hier führte sie dann ein Eremitenleben, auf jeden Fall in den Jahren, die ich sie kannte.«

»Bitte, jetzt ist Ihr anderer Gast – der übrigens sehr nett war – gegangen, dürfen wir Sie jetzt fragen, was eigentlich passiert ist? Und auf die Frage meiner Frau, wer dieser Toni Roscanz nun wirklich ist, sind Sie gar nicht eingegangen.«

»Ich fürchte, es ist eine zu lange Geschichte. Aber ich verspreche, wenn es ein Ende gibt – und das, hoffe ich, bald –, werde ich Ihnen gern alles erzählen.«

»Das ist gut, denn wir erwarten Sie in Koblenz und, bitte, diesen jungen Mann auch. Wir haben eine ordentliche Bibliothek, und für einen Profi wie ihn ist da sicherlich einiges Interessantes. Und wir lernen gern noch etwas dazu.«

Und dann tauchte Michael auf. »Clara, es hat mir keine Ruhe gelassen. Wir müssen noch die schriftlichen Beweisführungen der Spurensicherung abwarten. Die extra eingesetzten Kollegen aus Berlin müssen informiert und hinzugezogen werden. Hans, bei dem ich kurz war, untersagte strengstens, dass wir uns in diesen Fall einmischen.«

»Das ist nicht dein Ernst! Was ist, wenn Roscanz Lunte riecht und verschwindet?«

»Das glaub ich nicht, aber Clara, du weißt, ohne Staatsanwaltschaft und ohne den ganzen Schriftkram, den wir nicht haben, können wir ...«

»Stimmt. Können wir jetzt ein Glas Rotwein trinken? Das brauch ich jetzt.«

Mittwoch, 7. Juni

Sorgfältig wählte er eine grüngrau karierte Krawatte und knüpfte sie sich vor dem Spiegel. Dann füllte er wie jeden Morgen Milch in die Schale und legte die Scheibe Schinken daneben. Es ist angenehm, einen festen Rhythmus zu haben, dachte er sich, wie häufig bei dieser Gelegenheit. Und dies würde, wenn er sein wirkliches Leben jetzt endlich und bald beginnen konnte, noch angenehmer.

Er verließ seine Wohnung auf die Minute pünktlich, um in sein Büro zu gehen. Der jungen Sekretärin, die er immerhin sieben Monate beschäftigt hatte, hatte er letzten Monat gekündigt. Nachdem es sich um eine Probezeit gehandelt hatte, konnte er sich sehr kurzfristig von ihr trennen. Um 10.30 Uhr war er mit einem bekannten deutschen Anwalt verabredet. Ein Spezialist in Nachlassfragen und als sehr durchsetzungsfähig und hart bekannt. Sicher eine gute Unterstützung in der Abwicklung seiner Angelegenheiten.

☆

Clara traf Michael um zwanzig vor neun vor Hans' Büro. Die noch immer namenlose Vorzimmerdame verwies sie auf die Stühle im Flur. Auf die Frage, ob er schon da sei, ging sie nicht ein. Dass es sich um Wichtiges handelte, wischte sie mit einer Handbewegung weg und meinte, es gäbe in diesem Büro absolut nichts Unwichtiges.

Da saßen sie also und warteten – und hatten Glück. Hans

tauchte nach wenigen Minuten auf, und Clara überfiel ihn direkt im Flur. »Hans, gut dass wir dich noch erwischen, wir haben etwas wirklich Wichtiges mit dir zu besprechen!«

Hans wollte genervt wissen: »Ist schon wieder was mit der Jugend vorgefallen?«

»Nein, wir haben den Mörder von Marulu Kos. Es geht um den Fall Elisabeth Kranz-Singer, der von dir an eine höhere Stelle weitergegeben wurde, weil er für uns doch eine Nummer zu groß war«, konnte Clara sich nicht verkneifen zu erwähnen.

»Michael hat mir gestern davon berichtet, aber solange ich nicht die Unterlagen habe und die Berliner ihr Okay gegeben haben, gibt es diesen Fall in unserer Abteilung nicht. Und davon abgesehen, wieso seid ihr so sicher?«, fragte Hans skeptisch.

»Die Fingerabdrücke wurden eindeutig von AFIS identifiziert und stimmen mit bestimmten Fakten der Todesursache überein.«

»Kommt rein. Wir werden jetzt am besten mit den Berlinern telefonieren, und dann wird man weitersehen.«

»Die habe ich heute Morgen informiert, sie sind auf dem Weg.«

In seinem Büro gab es ein Telefongespräch mit dem Chef der Spurensicherung. Die schriftlichen Ergebnisse waren unterwegs. Die Sekretärin steckte ihren Kopf herein: »Die Ermittler aus Berlin besteigen in fünfzehn Minuten ihren Flieger.«

»Also, damit die nicht denken, wir seien hier zu nichts fähig, holt ihr sie vom Flughafen ab. Na ja, und von mir aus könnt ihr dann auch dabeibleiben. Schließlich haben nicht sie, sondern wir dieses Resultat erzielt. Sagt ihnen einen schönen Gruß, ich sei heute so voller Termine und deshalb verhindert.«

Michael und Clara beschlossen, auf dem Weg zum Flughafen noch an der Pension von Indigo Tomante vorbeizuschauen. Die Ermittlungsversionen gingen über allgemeine Sachzusammenhänge hinaus. Claras Gedanken kreisten. Sie konnte nichts mehr verstehen. Warum Marulu Kos? Das ergab keinen Sinn. Sie war seine »Ziehmutter«, und dass sie nicht liebevoll für ihn gesorgt hätte, war unvorstellbar. Ein gutes Beispiel dafür war die Familie Sanchez, selbst für diese Fremden wurde sie eine heißgeliebte Tante. Zu erben gab es bei ihr nichts. Also warum sie? Und keine Spuren von ihm bei Jayja? Wer war der Mörder von Elisabeth Kranz-Singer?

In der Pension trafen sie heute einen brummigen älteren Mann. Sie fragten nach Indigo Tomante. Er schüttelte unwillig den Kopf: »Ich bin hier nur momentane Vertretung und habe keine Ahnung. Wenn Sie wissen, in welchem Zimmer der wohnt, dann gehen Sie gefälligst selber nachschauen.«

Sie gingen nach oben und klopften, bis im Nebenzimmer lautes Schimpfen losging. Michael öffnete mit einem Spezialschlüssel die Tür, er hatte wirklich immer alles dabei.

Das Zimmer befand sich im selben Zustand wie das letzte Mal.

»Hier war seit dem letzen Mal niemand!«

»Stimmt, es riecht noch muffiger« Clara schaute sich um. »Wo ist Indigo Tomante? Wir sollten – und das sofort – eine Fahndung einleiten.«

Michael erledigte das telefonisch auf dem Weg zum Flughafen.

Die Maschine aus Berlin landete pünktlich. Man beschloss, sich noch am Flughafen bei einem Kaffee auszutauschen und das weitere Vorgehen zu besprechen. Die beiden Herrn waren, soweit es schriftliche Unterlagen gab, bestens informiert. Die

Hintergrundgeschichten von Indigo Tomante und von Jayjas Lebensberichten kannten sie natürlich nicht, und diese änderten das Bild vollkommen. Es wurde telefonisch ein offizieller Auftrag einer Sofortfahndung nach Indigo Tomante mit INPOL und im SIS gestellt.

Dann machten sie sich gemeinsam auf den Weg zum Büro von Toni Roscanz. Niemand öffnete, deshalb beschlossen sie, sich zu trennen. Einer von den beiden würde mit Michael beim Büro warten und Clara mit dem anderen zu Roscanz' Wohnung fahren.

Auf dem Weg klingelte Claras Handy. Es war Michael. »Er ist gerade gekommen, wir treffen euch oben.«

Michael ließ sie herein. Die Verbindungstür zu Roscanz' Zimmer stand offen, und man hörte seine Stimme ruhig und distanziert: »Was möchten Sie? Ohne Staatsanwalt und Haftbefehl können Sie mich nicht einfach festnehmen.«

»Es handelt sich um eine vorläufige Festnahme.«

»Auch dazu haben Sie nicht das Recht.«

»Leider muss ich Sie in diesem Punkt korrigieren«, wurde ihm sehr freundlich widersprochen. »Die rechtliche Grundlage für die vorläufige Festnahme bilden Paragraf hundertsiebenundzwanzig in Verbindung mir Paragraf hundertzwölf folgende, wonach jedermann das Recht hat, eine Person vorläufig festzunehmen, die auf frischer Tat angetroffen oder verfolgt und der Flucht verdächtig ist oder deren Identität nicht geklärt werden kann.«

»Keiner dieser Punkte ist bei mir zutreffend.«

»Wir sind da anderer Meinung. Es haben sich Beweise ergeben, die unbedingt geklärt werden müssen.«

Clara stand mit Michael in der Tür. »Sie stecken also dahinter!« Er fixierte Clara. »Ein Fehler meinerseits. Ich habe Sie nicht ernst genug genommen. Einzige Erbin.«

Die vorläufige Festnahme nach § 127 wurde vollzogen. Am nächsten Tag würde es eine Vorführung vor dem Richter nach § 128 geben, und dann konnte erst dem Vollzug einer Untersuchungshaft stattgegeben werden. Michael begleitete die Kollegen.

Am Abend kam er zur Berichterstattung zu Clara. Sie setzten sich in die Küche.

»Und, wie war es?«

»Sein Anwalt, ein Chilene, hat ihm wohl keine besondere Hoffnung gemacht. Ich nehme an, sie haben sich gestritten, denn sie wurden sehr laut. Schade, dass du nicht dabei warst. Wir konnten leider dieser Auseinandersetzung auf Spanisch nicht folgen.«

»Und dann?« Clara wollte natürlich alles genau wissen.

»Sein Anwalt ist dann verschwunden, und von diesem Moment an ist Roscanz in absolutes Schweigen verfallen. Niemand von uns konnte noch ein Wort aus ihm herausbringen.«

»Kein Wort?« Sie schüttelte den Kopf.

»Halt, jetzt hätte ich's beinahe vergessen: Das Einzige, auf das er noch bestand, waren Papier und ein Stift. Die auf der Wache fanden es grotesk, aber wir fanden es sehr wichtig. Wir haben es ihm gegeben. Nicht die Unmengen, die er wollte, denn die Büros waren schon zu. Und übrigens, auf sein Outfit bestand er auch. Er wurde gründlich durchsucht, und dann wurde ihm sein Wille gelassen. Etwas grotesk – in diesem Ambiente und er mit Anzug und Krawatte!«

»Michael, bevor ich es vergesse: Morgen kommt Hoby, und de Koonig ist hier zum Abendessen, und ich fände es schön, wenn ihr auch kommt.«

Donnerstag, 8. Juni

Seine übliche Aufstehzeit. Wer würde heute Morgen der Katze ihre Milch und den Schinken geben? Heute war nicht der Tag der Zugehfrau. Er hatte die ganze Nacht in Gedanken verbracht und geschrieben. Sein Leben Revue passieren lassen.

In erschreckender Weise führten alle Überlegungen immer wieder zu Elisabeth Kranz-Singer!

Er musste heute, falls sich sein Aufenthalt hier doch verlängerte, seinen Anwalt bitten, ihm verschiedenes Persönliches sowie einen Schreibblock Din-A4 und ordentliches Schreibwerkzeug zu bringen. Es war wichtig, das Geschriebene zu vervollständigen und einen Teil des bereits Vorhandenen auf ordentliches Papier zu kopieren. Sein Anwalt hatte ihm allerdings gestern außerordentlich pessimistisch versucht klarzumachen, dass ein dringender Tatverdacht bestand und man davon ausgehen musste, dass schon heute die unverzügliche Vorführung beim zuständigen Richter stattfinden würde.

Sicherlich wäre die Kontaktaufnahme mit einem zweiten, möglichst deutschen Anwalt nicht von der Hand zu weisen. Würde sein Anwalt dies akzeptieren? Seinen Halbbruder Fritz konnte man sofort als ungeeignet in der Auffindung eines passenden Anwalts ausschalten. Blieb eigentlich nur Torres Casta, in seiner Bestechlichkeit der richtige Ansprechpartner. Auf Fritz wartete allerdings eine andere dringende Aufgabe, die er mit ihm selbst und noch heute im Laufe des Vormittags besprechen musste. Fritz konnte kein Wort Spanisch, und vielleicht war eine Kommunikation für diese Aufgabe notwendig und nicht zu umgehen. Denn es handelte sich in diesem Fall nicht um die Beseitigung von Papier, sondern einer Person. Zum ersten Mal bedauerte er seine Ablehnung gegenüber einem Mobiltelefon. Vielleicht war einer der Wärter bestechlich. Er würde es auf jeden Fall versuchen.

Bedauerlich auch, dass ausgerechnet im Moment sein Büro unbesetzt war.

☆

Clara brachte die Kinder in die Schule. Sie waren nicht sehr ausgeschlafen. »Die unendliche Geschichte« auf DVD gestern Abend war zu aufregend gewesen, und jetzt kabbelten sie sich hinten im Auto. Ein wichtiges Heft von Sarah war zu Hause liegen geblieben. »Ich hab's dir heut Morgen zum Anschauen gegeben!«, erklärte sie weinerlich, und es stimmte: Claras Gedanken waren bei vielem und auch bei heute Abend. »Dann nimmst du's morgen mit!«

»Du kennst die Lehrerin nicht, aber ich!« Und da flossen die ersten Tränen!

Clara drehte um.

Über zwanzig Minuten zu spät erreichte Clara das Präsidium. Die Sitzung war vorbei, einige standen noch herum und redeten. Hans gab es nicht.

Michael kam zu ihr und zog sie nervös Richtung Ausgang.

»Komm, wir müssen dringend los. Wir haben es wirklich eilig! Ich erzähle es dir im Auto, unten wartet schon eins. Die Berliner habe ich gerade noch am Flughafen erreicht. Sie sind mit einem Taxi auf dem Rückweg«, war das Einzige, was Clara in der Eile aus ihm herausbrachte.

»Wohin?«

»Los, komm und frag nicht.« Er schob sie zu Rudi in den wartenden Dienstwagen. Der Notarzt war verständigt. »Fünf Minuten bevor du kamst, ging ein Anruf hier ein. Er kam aus dem Haus, wo sich die Wohnung von Roscanz befindet. Eine Frau rief an. Sie sagte, sie sei die Putzfrau des Hauses. Aber nur für das Grobe, vor allem das Treppenhaus. Sonst habe sie nichts mit dem Haus zu tun. Heute war sie ausnahmsweise im Keller und hörte aus der Kellerabtrennung der Nummer sechsundzwanzig Todesschreie und Stöhnen. Dieser Anruf wurde in die Zentrale geleitet.

»Michael, hat das ...?«

»Ich war zufällig in der Zentrale, und als ich den Straßennamen hörte, wurde ich stutzig.«

Michael beugte sich zum Fahrer: »Ich glaube, wir sollten mit Blaulicht fahren, ich hab kein gutes Gefühl. Hoffentlich ist es nicht zu spät.«

»Wurde Roscanz gestern Nacht noch aus der U-Haft entlassen?«, wollte Clara wissen.

»Nein, keineswegs, das haben wir längst gecheckt.«

Der Notarztwagen kam auch gerade an. Sie wurden an der Haustür bereits von einem stämmigen Mann erwartet.

»Sind Sie von der Polizei?«

»Wir sind von der Polizei«, antwortete Michael und gab ihm seinen Dienstausweis.

»Endlich! Ich bin der Hausmeister hier im Haus, und sie«, er deutete auf die Frau, die neben ihm stand, »ist hier für die Reinigung des Treppenhauses zuständig. Wir waren eben noch unten, jetzt hört man nichts mehr. Hoffentlich hat sie sich nicht getäuscht, sie schaut zu viele Horrorfilme. Schlüssel hab ich dafür keinen, es ist der einzige Kellerraum, der so verrammelt ist. Und bei unserem Chilenen ist niemand, er scheint verreist, und die Putzfrau kommt donnerstags nie.«

»Dann wollen wir mal. Vielleicht gehen Sie vor und zeigen uns den Kellerraum.«

Sie folgten ihm in den Keller durch einen größeren vorderen Kellerraum mit Holzverschlägen, in die man sehen konnte. Diese waren meistens durch einfache Vorhängeschlösser versperrt. Dann ging es einige Stufen hinunter, und dort war ein etwa sechs Meter langer feuchter Gang, der zum Heizungskeller führte. Dahinter befand sich eine mit mehreren sehr schweren Vorhängeschlössern versperrte Tür. Keine Geräusche.

»Ich hab mich allerdings schon am Anfang gefragt, warum der Chilene so einen Keller braucht«, meinte der Hausmeister. In dem Moment tauchten die zwei Berliner auf. Sie beratschlagten nur einen Moment und waren sich dann alle einig: Selbst ohne einen Durchsuchungsbefehl – dieser hätte viel zu lange gedauert – musste die Türe sofort aufgebrochen werden.

Der Kellerraum, den sie dann endlich betreten konnten, war bis auf eine Matratze, auf der sich eine bewegungslose Gestalt befand, einen Wassereimer und mehrere geöffnete Wasserflaschen leer. Die männliche Gestalt lag zusammengekrümmt mit dem Gesicht zur Wand. Der Notarzt drängte sich durch und beugte sich über die Gestalt. Zu zweit drehten sie ihn auf den Rücken. Clara verließ erschüttert den Keller. Ihr war schlecht. Indigo Tomante befand sich sehr wahrscheinlich seit sechs Tagen in dieser albtraumhaften Gefangenschaft. War es zu spät?

Die Wiederbelebung und das Städtische Krankenhaus konnten im letzten Moment seinen Tod verhindern. Es dauerte aber fast zwei Wochen, bis er wieder ansprechbar war, und zwei Monate, bis er zu seiner Familie zurückkehren konnte.

Michael, Rudi und die beiden Ermittler aus Berlin setzten

Clara am Buchladen ab. Sie würden sich jetzt sofort um Toni Roscanz' Vorführung vor den Richter kümmern, des Weiteren um die Vernehmung durch den Richter nach § 115 und die sofortige Anordnung oder den Vollzug der Untersuchungshaft.

Claras Aufgabe als spanisch Sprechende war, den ältesten Sohn von Indigo Tomante zu informieren. Ruth hatte in der Zwischenzeit die Telefonnummer der Familie herausbekommen. Man verabredete sich für den nächsten Morgen um zehn Uhr zu einer Sondersitzung.

Ihre zwei Bücherwürmer merkten sofort, wie fertig Clara war, und beschlossen spontan, das Schild an die Tür zu hängen und das Lieblingscafé um die Ecke aufzusuchen.

Der Aprikosenkuchen, den sie bekamen, war köstlich, blieb Clara aber trotzdem im Hals stecken. Sie kaufte den Apfelstrudel, der gerade als sie gehen wollten aus der Backstube kam. So hatte sie wenigstens einen fertigen Nachtisch für den Abend.

»Komm, ich trag den Apfelstrudel und notfalls dich dazu.« Georg drehte sich zu Siegfried um. »Du hast doch sicher nichts dagegen, aber ich lass sie jetzt nicht allein!«

»Geh ruhig, wir sehen uns heute Abend. Und ich werde pünktlich sein.«

Sie klapperten den Metzger und das Gemüsegeschäft ab und kamen vollbeladen und etwas spät nach Hause.

Friseur war nicht drin, und Hoby vom Flughafen abholen auch nicht, er musste sich heute in ein Taxi schmeißen.

Ruth und Ralph tauchten gut gelaunt auf. Und dann ging w die große Räumerei los. Clara war richtig froh darüber, es lenkte sie ab. Das nie benutzte Wohnzimmer wurde zum Esszimmer umfunktioniert. Georg besorgte erfinderisch zwei Böcke und Bretter, die dann einen Teil der langen Tafel ergaben. Die Stühle sammelten sie aus allen Zimmern zusammen. Leinentücher und indische Stoffe verdeckten das Provisorische, und das Geschirr wurde bunt gewürfelt. Alles wurde so lange herumgeschoben, bis ein exotisches und fröhliches Ambiente entstand.

In der Küche ging's hoch her. Georg war schon ein richtiger Profi, und Ralph stellte sich auch nicht mehr ganz dumm an. Claras Telefonat mit dem Städtischen Krankenhaus war tröstlich. Die Chancen für Indigo Tomante hatten sich verbessert.

Hobys Läuten hatten sie zuerst überhört. Er stürmte in die Küche. »Kochen, Gäste ...« Dabei zerrte er sie aus der Küche in den leeren Flur. »Aber die Zeit für einen richtigen Kuss, nach dem ich mich jetzt schon viel zu lang sehne ...«

»Ich geb's ja zu, eigentlich würde ich mich jetzt auch lieber mit dir alleine im Schlafzimmer verkriechen, ohne Essen, nur ...«

»Also, dann komm!«

»Hoby, bitte, das geht wirklich nicht! Schau mich an, ich sehe wirklich nicht gesellschaftsfähig aus!«

»Wie, außer dass du erschöpft aussiehst, bist du wunderschön!«

Und da klingelte schon ihr erster Gast. Es war Maja – ohne Michael.

»Er ist noch ... ja, bitte frag nicht, ich habe vorhin versucht, ihn zu erreichen, und was eigentlich nie der Fall ist: Sein Handy ist abgestellt.«

Und dann tauchte Siegfried auf und hinter ihm Robert mit seinem Sohn Maximilian.

Robert umarmte Clara. »Ich habe mir gedacht, nachdem ihr euch auf nicht sehr erbauliche Weise kennengelernt habt, sollten wir dies heute Abend ins Gegenteil umkehren. Ich hoffe, dieser Überfall ist für die Hausfrau kein zu großes Problem.«

»Nein, ich freu mich. Und zu essen ...«

Da unterbrach sie Siegfried: »... gibt es hier immer phantastisch und immer viel zu viel. Darf ich mich vorstellen? Ich bin ein Freund des Hauses, Siegfried von Stehel.«

»Stehel, eine alte Hamburgische Familie? Ich kannte den Senator von Stehel gut, wir waren fast ein wenig befreundet. Leider ist er schon vor langer Zeit gestorben. Sein Sohn«, er schaute Siegfried an, »sind das etwa Sie?«

Siegfried nickte, und Clara bat sie in die Bibliothek, wo sie einen Kir Royal servieren wollte. Georg, was täte sie ohne ihn! Er hatte in der Zwischenzeit kleine Lachsrollen dazugezaubert.

Clara stellte ihn als Georg Ahrweiler vor. Siegfried mischte sich ein und erklärte stolz: »Ich wollte ihn adoptieren, aber mich gegen diese zwei durchzusetzen, ist mit bis jetzt nicht gelungen!«

Es fehlte nur noch Michael, sein Handy – sehr ungewöhnlich – war noch immer abgeschaltet.

Schon am Anfang wurde sehr intensiv in der Bibliothek diskutiert. Und beim Essen, das ganz offensichtlich allen schmeckte, wurde es dann immer intensiver. Jeder wollte etwas zu der Unterhaltung beitragen. Es wurde aber auch viel gelacht, und Robert, der darauf bestanden hatte, neben Clara zu sitzen, war fasziniert von dieser bunten, fröhlichen und unkonventionellen Mischung von Menschen.

Michael kam spät. Clara hatte ihm einen Teller im Backofen warm gestellt, leider viel zu lange, wodurch von der Köstlichkeit des Essens nicht mehr viel übrig geblieben war. Er wollte es unbedingt in der Küche essen, auf keinen Fall an der lautstarken Fröhlichkeit der anderen teilnehmen. Clara blieb bei ihm. Lustlos stocherte er in seinem Essen herum.

»Michael, bitte, was ist?«

Er schüttelte nur den Kopf. »Clara, bitte, nicht heute. Aber ein gutes Glas Rotwein und einen Cognac könnte ich jetzt gebrauchen!«

Der Cognac und das Glas Rotwein verschwanden in Windeseile. Maja tauchte in der Küche auf. »Maja, ich würde gern aufbrechen, und Clara, keine Recherchen mehr! Unser Fall Elisabeth Kranz-Singer ist aufgeklärt, die Details erhältst du als Kopie so bald wie möglich!«

In der Bibliothek war auch Aufbruchsstimmung. Aufgeräumt wurde nicht mehr, morgen war auch noch ein Tag!

Mittwoch, 7. Juni

Da sitze ich jetzt, umgeben von Mauern, die schon lange in mir existierten, jetzt aber auch meine äußere Umgebung kennzeichnen. Mauern, aus denen ich mit ziemlicher Sicherheit nicht mehr entkommen kann; sehr wahrscheinlich am Ende dieses gründlichen und ehrlichen Erkundens meines Lebens nicht mehr will. Ich versuche, nachdem der Anwalt mir keine Hoffnung machen wollte oder konnte, Klarheit in mich, meine Gedanken und meinen Gefühlswust zu bekommen. Versuche, nachdem der Traum eines großartigen Besitzes, eines neuen, besonderen Lebensabschnitts in Bayern zerronnen ist, mit Hilfe von Papier und Stift meine Vergangenheit, die zu dieser Gegenwart führte, zu ordnen. Klarheit zu schaffen, so viel Klarheit, dass ich dann in Ruhe den Weg gehen kann, den ich beschließe.

Elisabeth Kranz-Singer, mein lebenslanger Albtraum! Ohne sie wäre mein Leben sicher anders verlaufen! Die heilige Elisabeth war für mich Satan, Hexe, Schlange, Bestie, Dämon – und so könnte ich endlos weiterschreiben. Werde diese Seiten nicht für sie verschwenden, obwohl sie für mich … ich für diese Frau noch immer empfinde! Vor nichts sollte man sich fürchten außer vor der eigenen Furcht; ein Leitsatz, den ich sehr früh lernte. Dieses, mein Ende – selbst das verdanke ich ihr.

Der Mensch – und das konnte (und wollte) ich bis heute nicht lernen – ist so konstruiert, dass es unumgänglich, ja notwendig ist, mit der Umwelt und den »anderen« Kontakt aufzunehmen. Ich empfand schon als Kind, dass sich das Bemühen um andere Menschen nicht lohnt. Meine besten Zeiten waren immer die, wo ich mit mir alleine war.

Mein Vater war mein einziger wirklich menschlicher Kontakt, meine Mutter, eine Hure, ist, soweit ich durch meinen Stiefbruder informiert bin, heute ein ehrloses Wrack. Sicher war es wegen ihr, dass Vater sich in diese nächste Liebe stürzte und darin versank!

Nur ihr Ende konnte mir endlich den Vater wieder zurückgeben. Und nicht nur das: mich endlich von den noch immer schmerzenden Begierden ihr gegenüber befreien. Diese Planung erwies sich als sehr schwierig, dauerte und wurde immer wieder von mir verworfen!

Während meine Gedanken hier in diesem dunklen Eingekerkertsein wie viel zu oft in die Vergangenheit schwingen, wird mir deutlich, dass ich Unzähliges bis zum jetzigen Zeitpunkt verdrängt habe! Während ich dies schreibe, wird mir deutlicher klar: Sie war für mich die Urheberin, die Triebfeder für alles!

Warum ist es mir weder damals noch heute gelungen, sie endgültig aus meinem Leben zu verbannen? Und warum ist es ihr selbst als Tote gelungen, mich hier und jetzt eingesperrt büßen zu lassen? Damals erschlug ich beinahe die Haushälterin statt sie! Der Holzblock, den ich mit Rombo, meinem Verbündeten, ansägte, und die Steinmauer darüber, die wir lockerten, krachten nicht auf sie, sondern auf Marie-Rosa. Gut geplant war es! Niemand, weder die Bewohner von Santa Paola noch die Polizei, die dann pro forma die Umstände prüfte, kamen darauf, dass der Holzbalken nicht aus Altersschwäche beim Öffnen der Tür in den berühmten Elisabeth-Garten heruntergefallen war und die alte Steinmauer darüber mitgerissen hatte!

Die heilige Elisabeth verschwand drei Tage später spurlos. Sie fuhr mit Vater und Tante Marulu zu Besorgungen in die Stadt. Vater hatte einen Termin mit einem anderen Farmer. Er wartete, nicht nur einige Stunden, sondern zwei Tage und Nächte auf dem Sitz des Autos an der Stelle, wo sie sich verabredet hatten. Niemand, weder die Polizei noch sonstige übliche Kontaktpersonen in Santa Cruz, wusste etwas. Sie war mit Marulu Kos spurlos verschwunden. Ausgerechnet Tante Marulu hatte sie mitgenommen und einen sehr depressiven Vater zurückgelassen. Als es auch nach Monaten keine Post von ihr gab, nirgends eine Spur hinführte, versank Vater in Sprachlosigkeit.

Und dann kam plötzlich ein Paket mit Briefen von Marulu Kos. Sie kamen als Beipack, immer wieder, aber nie mit einem Absender, nicht einmal mit dem Hinweis auf das Land. Durch Bestechung erfuhr ich (das Papier wird knapp, ich muss kleiner schreiben, muss mich kürzer fassen), dass die Briefe aus Deutschland kamen. Nach weiterem langwierigem Suchen und weiteren Bestechungen eruierte ich dann endlich den Aufenthaltsort: Köln. Ich richtete ein Büro dort ein und nahm mit der Tante Kontakt auf. Sie freute sich über unser Wiedersehen, wollte alles von mir und über mich wissen. Ich musste sie jeden zweiten Tag mindestens eine Stunde ertragen. Sie kam vor oder nach ihrer Arbeit, räumte auf, obwohl alles in Ordnung war, mischte sich in alles Mögliche ein, um dann in ihr eigenes Zuhause zu verschwinden. Sie war der einzige Mensch, der mich zumindest etwas durchschaute. Eigentlich, wenn ich jetzt hier ein Fazit ziehe, der einzige Mensch in meinem Leben, mit dem ich eine engere Beziehung pflegte, nicht zuletzt weil sie darauf bestand. Kinderlos, wurde ich ihr Sohn, und das konnte ich ihr nicht mehr nehmen. Sie ging mir auf die Nerven, manchmal ertrug ich sie kaum, belog sie, ich müsste längere Zeit verreisen. Da wollte sie meinen Schlüssel, um die Katze zu versorgen. Ich gestand ihr meinen Schwindel, leider zog sie sich nicht beleidigt zurück, sondern spionierte nur noch intensiver hinter mir her. Wir stritten uns, sie ließ sich aber nicht vertreiben. Sie bestand auf unserem Zusammensein und auf mir, weil ich ihrer Meinung nach ganz offensichtlich eine Bezugsperson bräuchte und sie festgestellt hatte, dass dies mit niemandem außer ihr der Fall sei. Sie änderte ihre Besuche auf täglich. Einen Besuch von mir lehnte sie rigoros ab. Sie wusste nur zu gut, wie ich zu Elisabeth Kranz-Singer stand. Sie wusste auch, dass ich es war, der in Santa Paola den Balken und die Mauer über der Tür des Rosengartens zum Einstürzen gebracht hatte! Dies war der ausschlaggebende Grund, warum sie Santa Paola verlassen hatten! Sie wusste, dass in mir noch immer mörderisches Planen geisterte. Sie drohte mir, sie würde es verhindern, und fing dann auch noch zu weinen an. Wenn ich etwas überhaupt nicht erdulden kann, dann sind es weibliche Tränen. Ich verabscheue dieses weibliche Theater und Selbstmitleid! Was wollte sie wirklich von mir? Sie behauptete, das wäre alles Liebe! Liebe! Das Papier geht zu Ende – Liebe, was ist das wirklich?

Ich wollte die heilige Elisabeth mit einer Überdosis ihres Herzmittels umbringen. Deshalb die weit entfernte Apotheke – und Tante Marulu hatte dann eins und eins zusammengezählt. Sie ließ am nächsten Morgen ihre Freundin Elisabeth für mich einschlafen. Ist das die Liebe? Als ehemalige Krankenschwester kannte sie die Wirkung dieses Medikaments, wenn es konzentriert und als Spritze verabreicht wird. Wusste, dass der Tod sehr schnell eintritt und mit fast hundertprozentiger Sicherheit dann nur ein normales Herzversagen festgestellt werden konnte.

So beschrieb sie es mir, als sie danach um 9.27 Uhr in meinem Büro auftauchte. Ich wusste nicht, dass ihr meine Büroadresse bekannt war. Sie brachte den Kater, er sollte bis zu ihrem üblichen Besuch am Spätnachmittag bei mir bleiben. Der Rummel, der unweigerlich in der Wohnung eintreten würde, wäre für ihn nicht zumutbar. Für mich war es auch nicht zumutbar, und ich lehnte ab. Sie wurde sehr, sehr ausfallend! Erklärte mir, es wäre für sie ein Leichtes, alles so darzustellen, dass ich eindeutig als Mörder entlarvt und eingesperrt würde. Die Plastiktüte der Apotheke mit dem Kassenzettel hatte sie aufgehoben. Meine Fingerspuren befanden sich auf der Tüte, und die Apothekerin könnte mich mit Sicherheit identifizieren. Sie legte das, was sie für mich bis heute getan hatte, in die Waagschale mit dem, was ich jemals für sie getan hätte. Wir wurden so auffallend laut, dass ich es vorzog nachzugeben! Am Nachmittag kam sie und verließ mich dann, nach einer weiteren vehementen Auseinandersetzung, mit dem Kater, aber auch mit der Warnung, mich jetzt endlich so weit in der Hand zu haben, dass sie einen anständigen und normalen Menschen und Bürger aus mir machen würde, denn sonst … Ich konnte sie nicht mehr ertragen! Ich habe als Kind und Jugendlicher das Lieben nicht gelernt, weder mich selbst noch die anderen!

Ich konnte nicht schlafen, und in der Morgendämmerung machte ich mich auf den Weg zu ihr. Die Adresse hatte ich. Einen Dietrich hatte ich auch.

Ich musste es tun, ich konnte nicht zulassen, dass mein Leben eine ständige Erpressung würde!

Ihr zuliebe habe ich den Kater dann mit zu mir genommen. Sie hat wirklich mehr für mich getan!

☆

Toni Roscanz erhängte sich in den frühen Morgenstunden mit seiner Krawatte am Fensterkreuz seiner Zelle.

In Oxfords Straßen geht die Angst um …

Veronica Stallwood
NEBEL ÜBER OXFORD
Ein Kate-Ivory-Krimi
Aus dem Englischen
von Ulrike Werner-Richter
336 Seiten
ISBN 978-3-404-16059-4

Wer hat es bloß auf uns abgesehen? Der Medizinstudent Sam ist verzweifelt. Irgendjemand terrorisiert ihn und die anderen Mitglieder seiner Forschungsgruppe mit Drohbriefen, Brandsätzen und Briefbomben. Stecken Tierschützer hinter den feigen Attacken? Die Polizei tappt im Dunkeln. Bald gibt es den ersten Toten – und Sam weiß, dass ihm nur eine Wahl bleibt, um dem Spuk ein Ende zu setzen: seine Freundin Kate Ivory um Hilfe bitten.

Bastei Lübbe Taschenbuch

»*Dies ist Kriminalliteratur vom Feinsten. Wärmstens empfohlen.*«

LITTERATURAVISEN, Norwegen

Kjell Ola Dahl
REIN WIE DER TOD
Norwegen-Krimi
Aus dem Norwegischen
von Kerstin Hartmann-Butt
368 Seiten
ISBN 978-3-404-16070-9

Oslo. In einem Müllcontainer liegt die Leiche einer jungen Frau. Ihr Körper wurde offenbar mit kochendem Wasser verbrüht und danach sorgsam in eine durchsichtige Folie gehüllt. Kriminalkommissar Frank Frølich erkennt die Frau. Er hatte sie kurz zuvor dabei beobachtet, wie sie sich bei einem Dealer Kokain besorgte. Unterdessen stößt sein Kollege Gunnarstranda auf einen viele Jahre zurückliegenden Fall an der norwegischen Westküste, der dem aktuellen Mord stark ähnelt. Der Täter war damals nie gefasst worden ...

Bastei Lübbe Taschenbuch

Eine neue Kultfigur am Krimi-Himmel – männlich, ironisch, absolut nicht p.c.!

Francisco González Ledesma
DER TOD WOHNT
NEBENAN
Kriminalroman
Aus dem Spanischen
von Sabine Giersberg
320 Seiten
ISBN 978-3-404-16075-4

Eine Abrissparty in Barcelonas Armenhaus, dem *Poble Sec.* Doch ein grausiger Fund sprengt das Fest, denn die ersten Gäste stolpern über eine Leiche. Das Motiv für den Mord liegt tief in der Vergangenheit: Vor dreißig Jahren starb ein Kind bei einem Banküberfall. Der Haupttäter konnte damals fliehen – und liegt nun tot vor aller Augen. Für Inspector Méndez ist klar, dass der Vater des kleinen Jungen späte Rache genommen hat. Nun muss er Beweise finden und außerdem weiteres Blutvergießen verhindern. Denn das Opfer hatte Komplizen …
Bestseller in Spanien und Italien, ausgezeichnet mit dem renommierten Krimipreis „Premio de Novela Negra" 2008

Bastei Lübbe Taschenbuch

Werden Sie Teil der Bastei Lübbe Familie

- Lernen Sie Autoren, Verlagsmitarbeiter und andere Leser/innen kennen
- Lesen, hören und rezensieren Sie Bücher und Hörbücher noch vor Erscheinen
- Nehmen Sie an exklusiven Verlosungen teil und gewinnen Sie Buchpakete, signierte Exemplare oder ein Meet & Greet mit unseren Autoren

Willkommen in unserer Welt:

BASTEI LÜBBE www.luebbe.de

www.facebook.com/BasteiLuebbe

twitter www.twitter.com/bastei_luebbe

YouTube www.youtube.com/BasteiLuebbe